CONTINGÊNCIA, IRONIA E SOLIDARIEDADE

Richard Rorty

CONTINGÊNCIA, IRONIA E SOLIDARIEDADE

Tradução
VERA RIBEIRO

Revisão técnica
ANTONIO MARCOS PEREIRA

martins
Martins Fontes

O original desta obra foi publicado em inglês com o título
Contingency, irony, and solidarity.
por the Press Syndicate of the University of Cambridge, Reino Unido.

Preparação
Eduardo Rado

Revisão
Raquel Siqueira
Simone Zaccarias

Projeto gráfico e capa
Joana Jackson

Produção gráfica
Demétrio Zanin

Dados Internacionais de Catalogação na Publicação (CIP)
(Câmara Brasileira do Livro, SP, Brasil)

Rorty, Richard
Contingência, ironia e solidariedade / Richard Rorty ; [tradução Vera Ribeiro].
– São Paulo : Martins, 2007. – (Coleção Dialética)

Título original: Contingency, irony, and solidarity.
Bibliografia.
ISBN 978-85-99102-51-0
1. Linguagem - Filosofia I. Título. II. Série.

06-6874 CDD-401

Índices para catálogo sistemático:
1. Linguagem : Filosofia 401

Martins Editora Livraria Ltda.
R. Prof. Laerte Ramos de Carvalho, 163 01325-030 São Paulo SP Brasil
Tel.: (11) 3116 0000 Fax: (11) 3115 1072
info@martinseditora.com.br www.martinseditora.com.br

Em memória de seis liberais:
meus pais e avós

Sumário

Os agélastes *(termo com que Rabelais designa os que não riem), a falta de reflexão das idéias aceitas e o* kitsch *são uma e a mesma coisa – o inimigo tricéfalo da arte nascida como eco do riso de Deus, a arte que criou a fascinante esfera imaginária em que ninguém é dono da verdade e todos têm o direito de ser compreendidos. Essa esfera imaginária de tolerância nasceu com a Europa moderna, é a própria imagem da Europa – ou, pelo menos, o nosso sonho da Europa, um sonho muitas vezes traído, mas, ainda assim, forte o bastante para nos unir a todos na fraternidade que se estende muito além do pequeno continente europeu. Mas sabemos que o mundo em que o indivíduo é respeitado (o mundo imaginário do romance, e o mundo real da Europa) é frágil e perecível [...] se a cultura européia hoje parece ameaçada, se paira uma ameaça interna e externa sobre o que nela existe de mais precioso – seu respeito pelo indivíduo, por seu pensamento original e por seu direito a uma vida privada inviolável –, creio que essa preciosa essência do espírito europeu vem sendo guardada em segurança, como que numa arca do tesouro, dentro da história do romance, da sabedoria do romance.*

Milan Kundera, *A arte do romance*

Prefácio

Este livro baseia-se em dois conjuntos de aulas: três Palestras Northcliffe, proferidas na University College, em Londres, em fevereiro de 1986, e quatro Palestras Clark, proferidas na Trinity College, em Cambridge, em fevereiro de 1987. Versões ligeiramente revistas das Palestras Northcliffe foram publicadas na *London Review of Books* na primavera de 1986. Tornaram a ser revisadas para compor os três primeiros capítulos deste livro. Uma versão abreviada do Capítulo 7, sobre Nabokov, foi apresentada como uma das Palestras Belitt, na Bennington College, e publicada por esta universidade como um Livreto Bennington sobre Literatura. Os demais capítulos não foram anteriormente publicados.

Algumas partes do livro aventuram-se por terrenos perigosos – trechos em que apresento interpretações controversas de autores que só discuto brevemente. Isso se aplica sobretudo a minha abordagem de Proust e Hegel, autores sobre os quais espero um dia escrever de maneira mais detalhada. Em outras partes do livro, entretanto, o terreno é um pouco menos arriscado. As notas de rodapé dessas partes citam meus escritos anteriores sobre várias figuras (como Davidson, Dennett, Rawls, Freud, Heidegger, Derrida, Foucault e Habermas), os quais espero que respaldem algumas das coisas polêmicas que digo aqui sobre esses personagens. A maioria dos itens mencionados será reeditada em dois volumes de minhas coletâneas de textos (provisoriamente intituladas *Objectivity, truth, and relativism* e *Essays on Heidegger and others*), a serem publicadas pela Cambridge University Press[1].

Sou muito grato a Karl Miller, da cátedra Lord Northcliff de Literatura Inglesa na University College e editor da *London Review of Books*, por seu convite para que eu desse aulas na University College e também por seu incentivo e sua orientação. Sou igualmente grato ao diretor e aos docentes da Trinity College pelo convite para que eu apresentasse as Palestras Clark e também pela generosa hospitalidade durante minha visita a Cambridge. Tenho uma grande dívida com três instituições, que me proporcionaram o tempo livre para redigir essas palestras: a Fundação John D. & Catherine T. MacArthur, o Centro de Estudos Avançados da Universidade da Virgínia e o Wissenschaftskolleg zu Berlin. A Bolsa de Estudos MacArthur que recebi de 1981 a 1986 tornou-me fácil a diversificação para novas áreas de leitura e redação de textos. O diretor do Centro de Estudos Avançados, Dexter Whitehead, permitiu-me organizar meu trabalho letivo de modo a maximizar as oportunidades proporcionadas pela Bolsa MacArthur. A equipe paciente e prestimosa do Wissenschaftskolleg, sem dúvida o ambiente de maior apoio que já se criou para os estudiosos, tornou produtiva e agradável a temporada que passei nessa instituição, em 1986 e 1987.

Enquanto revisava e ampliava os dois conjuntos de palestras, aos poucos dando forma a este livro, recebi comentários ar-

1 *Objetivismo, relativismo e verdade: escritos filosóficos*, vol. 1 (trad. Marco A. Casanova, Rio de Janeiro, Relume-Dumará, 1997); *Ensaios sobre Heidegger e outros* (trad. Marco A. Casanova, Rio de Janeiro, Relume-Dumará, 1999). (N. de T.)

gutos e proveitosos de amigos que bondosamente dedicaram seu tempo à leitura da íntegra ou de parte de uma pilha crescente de manuscritos. Jeffrey Stout, David Bromwich e Barry Allen salvaram-me de muitos erros e fizeram inúmeras sugestões úteis. Konstantin Kolenda sugeriu um rearranjo essencial para os temas. Charles Guignon, David Hiley e Michael Levenson ofereceram conselhos úteis de última hora. Sou grato a todos. Agradeço também a Eusebia Estes, Lyell Asher e Meredith Garmon pela assistência secretarial e editorial, e a Nancy Landau pela criteriosa revisão de textos. Jeremy Mynott e Terence Moore, da Cambridge University Press, ofereceram ajuda e incentivo constantes.

Introdução

A tentativa de fundir o público e o privado está por trás da tentativa platônica de responder à pergunta "Por que é de interesse pessoal ser justo?", bem como da afirmação do cristianismo de que a perfeita auto-realização pode ser alcançada no servir ao outro. Tais tentativas metafísicas ou teológicas de unir a luta pela perfeição ao sentimento de comunhão exigem que reconheçamos uma natureza humana comum. Pedem-nos para acreditar que o mais importante para cada um de nós é o que temos em comum com os outros – que as fontes da realização pessoal e da solidariedade humana são as mesmas. Céticos como Nietzsche insistiram em que a metafísica e a teologia são tentativas óbvias de fazer o altruísmo parecer mais sensato do que é. Tipicamente, porém, esses céticos têm suas próprias teorias da natureza humana. Também eles afirmam haver algo comum a todos os seres humanos – por exemplo, a vontade de poder ou os impulsos libidinais. Pretendem mostrar que, no nível "mais profundo" do eu, *não há* nenhum senso de solidariedade humana, que esse sentimento é um "mero" produto da socialização humana. Assim, tais céticos tornam-se anti-sociais. Viram as costas à própria idéia de uma comunidade maior do que um minúsculo círculo de iniciados.

Desde Hegel, entretanto, os pensadores historicistas têm tentado ir além desse conhecido impasse. Negam que exista uma "natureza humana" ou um "nível mais profundo do eu". Sua estratégia é insistir em que a socialização e, portanto, a circunstância histórica chegam até o fundo – não há nada "por baixo" da socialização ou anterior à história que seja definidor do humano. Tais autores dizem que a pergunta "Que é ser um ser humano?" deve ser substituída por indagações como "Que é habitar uma rica sociedade democrática do século xx?" e "Como pode um habitante de tal sociedade ser mais do que o encenador de um papel num roteiro previamente escrito?". Essa guinada historicista ajudou a libertar-nos, aos poucos, mas resolutamente, da teologia e da metafísica – da tentação de buscar uma fuga do tempo e do acaso. Ajudou-nos a substituir a Verdade pela Liberdade como meta do pensamento e do progresso social. Contudo, mesmo depois de feita essa substituição, permanece a antiga tensão entre o privado e o público. Os historicistas em quem predomina o desejo de autocriação, de autonomia privada (por exemplo, Heidegger e Foucault), ainda tendem a ver a socialização como a via Nietzsche – como antitética a algo existente nas profundezas de nosso ser. Os historicistas em quem predomina o desejo de uma comunidade humana mais justa e mais livre (por exemplo, Dewey e Habermas) continuam inclinados a ver o desejo de perfeição privada como algo contaminado pelo "irracionalismo" e pelo "esteticismo". Este livro procura fazer justiça aos dois grupos de autores historicistas. Insisto para que não tentemos escolher entre eles, mas para que lhes atribuamos, antes, um peso igual e depois os utilizemos para fins diferentes. Autores como Kierkegaard, Nietzsche, Baudelaire, Proust, Heidegger e Nabokov são úteis como exemplos, como ilustrações do que é a perfeição privada – uma vida humana autocriada, autônoma. Autores como Marx, Mill, Dewey, Habermas e Rawls são mais como companheiros cidadãos. Engajam-se em um esforço social compartilhado – o esforço de tornar mais justas e menos cruéis nossas instituições e práticas. Só pensaremos nesses dois tipos de autores como *opostos* se acharmos que uma visão filosófica mais abrangente nos permitiria abarcar, em uma única visão, a autocriação e a justiça, a perfeição privada e a solidariedade humana.

Não há possibilidade de que a filosofia, ou qualquer outra disciplina teórica, algum dia nos permita fazê-lo. O mais perto que chegaremos de unir essas duas buscas será considerar que a meta de uma sociedade justa e livre é deixar que seus cidadãos sejam tão privativistas, "irracionalistas" e esteticistas quanto lhes aprouver, desde que o façam em suas horas de folga – sem causar prejuízo a terceiros e sem usar recursos necessários para os menos favorecidos. Existem medidas práticas a tomar para a realização desse objetivo prático, mas não há como juntar a autocriação com a justiça no nível teórico. O vocabulário da autocriação é necessariamente privado, não compartilhado e impróprio para a argumentação. O vocabulário da justiça é necessariamente público e compartilhado – um meio para o intercâmbio argumentativo.

Se conseguíssemos nos levar a aceitar o fato de que nenhuma teoria sobre a natureza do Homem, da Sociedade, da Racionalidade ou de qualquer outra coisa sintetizará Nietzsche com Marx, ou Heidegger com Habermas, poderíamos começar a pensar na relação entre os que escrevem sobre a autonomia e os que escrevem sobre a justiça como uma relação entre dois tipos de ferramentas – as quais necessitam de síntese tão pouco quanto os pincéis e os pés-de-cabra. Um tipo de escritor permite-nos perceber que as virtudes sociais não são as únicas, e que algumas pessoas efetivamente conseguem recriar-se. Assim nos conscientizamos de nossa necessidade semi-articulada de nos transformarmos em pessoas novas, em pessoas que ainda nos faltam palavras para descrever. O outro tipo lembra-nos a incapacidade de nossas instituições e práticas ficarem à altura das convicções com que já estamos comprometidos, através do vocabulário público comum que usamos na vida cotidiana. Um nos diz que não precisamos falar apenas a língua da tribo, que podemos encontrar nossas próprias palavras, que temos perante nós mesmos a responsabilidade de encontrá-las. O outro nos diz que essa responsabilidade não é a única que temos. Ambos têm razão, mas não há como fazer com que os dois falem a mesma língua.

Este livro procura mostrar como ficam as coisas quando abandonamos a exigência de uma teoria que unifique o público e o privado, e nos contentamos em tratar as demandas de autocriação e de solidariedade humana como igualmente válidas, mas definitivamente incomensuráveis. Ele esboça uma figura que chamo de "ironista liberal". Tomo minha definição de "liberal" de Judith Shklar, para quem liberais são as pessoas que consideram a crueldade a pior coisa que fazemos. Uso "ironista" para designar o tipo de pessoa que enfrenta a contingência de suas convicções e seus desejos mais centrais – alguém suficientemente historicista e nominalista para abandonar a idéia de que essas convicções e esses desejos centrais remontam a algo fora do alcance do tempo e do acaso. Os ironistas liberais são pessoas que incluem entre esses desejos, impossíveis de fundamentar, sua própria esperança de que o sofrimento diminua, de que a humilhação dos seres humanos por outros seres humanos possa cessar.

Para os ironistas liberais, não há resposta para a pergunta "Por que não ser cruel?" – nenhum respaldo teórico não-circular para a convicção de que a crueldade é terrível. Tampouco há resposta para a pergunta "Como decidir quando lutar contra a injustiça e quando nos dedicarmos a projetos privados de autocriação?". Para os ironistas liberais, essa pergunta afigura-se tão impossível quanto outras como "É certo entregar *n* inocentes para serem torturados, a fim de salvar a vida de *m* x *n* outros inocentes? Em caso afirmativo, quais são os valores corretos de *m* e *n*?", ou "Quando pode alguém favorecer os membros de sua família, ou de sua comunidade, em detrimento de outros seres humanos escolhidos ao acaso?". Qualquer um que pense existirem respostas teóricas bem fundamentadas para perguntas dessa natureza – algoritmos para a resolução de dilemas morais desse tipo – ainda é, no fundo, um teólogo ou um metafísico. Acredita numa ordem fora do tempo e do acaso, que determine o significado da vida humana e estabeleça uma hierarquia de responsabilidades.

Os intelectuais ironistas que não crêem na existência desse tipo de ordem têm seu número largamente superado (inclusive nas afortunadas democracias ricas e letradas) pelo das pessoas que acreditam que ele *deve* existir. A maioria dos não intelectuais ainda está comprometida com alguma forma de fé religiosa ou de racionalismo iluminista. É por isso que, muitas vezes, o ironismo parece intrinsecamente avesso não apenas à democracia, mas à solidariedade humana – à solidariedade com a massa da humanidade, com todas aquelas pessoas convencidas de que essa ordem deve existir. Mas não é assim. A aversão a uma dada forma de solidariedade, historicamente condicionada e possivelmente transitória, não é uma aversão à solidariedade como tal. Uma de minhas metas neste livro é sugerir a possibilidade de uma utopia liberal: uma utopia em que o ironismo, no sentido relevante, seja universal. Uma cultura pós-metafísica não me parece mais impossível do que uma cultura pós-religiosa, e é igualmente desejável.

Em minha utopia, a solidariedade humana seria vista não como um fato a ser reconhecido, mediante a eliminação do "preconceito" ou o mergulho em profundezas antes ocultas, mas como um objetivo a ser alcançado. E a ser alcançado não pela indagação, mas pela imaginação, pela capacidade imaginativa de ver pessoas estranhas como semelhantes sofredores. A solidariedade não é descoberta pela reflexão, mas sim criada. Ela é criada pelo aumento de nossa sensibilidade aos detalhes particulares da dor e da humilhação de outros tipos não familiares de pessoas. Essa maior sensibilidade torna mais difícil marginalizar pelo pensamento as pessoas diferentes de nós. "Elas não sentem o que *nós* sentiríamos", ou "Sempre tem que haver sofrimento; logo, por que não deixar que *elas* sofram?".

Esse processo de passar a ver outros seres humanos como "um de nós", e não como "eles", é uma questão de descrição detalhada de como são as pessoas desconhecidas e de redescrição de quem somos nós mesmos. Essa não é uma tarefa para a teoria, mas para gêneros como a etnografia, a reportagem jornalística, o livro de história em quadrinhos, o documentário dramatizado e, em especial, o romance. A ficção de autores como Dickens, Olive Schreiner ou Richard Wright fornece detalhes sobre tipos de sofrimento suportados por pessoas em quem, até então, não prestávamos atenção. A ficção de autores como Choderlos de Laclos, Henry James ou Nabokov fornece detalhes sobre os tipos de crueldade de que nós mesmos somos capazes e, com isso, permite que nos redescrevamos. É por isso que o romance, o cinema e o programa de televisão, de forma paulatina mas sistemática, vêm substituindo o sermão e o tratado como principais veículos de mudança e progresso morais.

Em minha utopia liberal, essa substituição receberia um tipo de reconhecimento que ainda lhe falta. Esse reconhecimento faria parte de uma guinada geral contra a teoria e a favor da narrativa. Seria uma guinada emblemática de nossa desistência da tentativa de abarcar todas as facetas de nossa vida numa única visão, de descrevê-las com um só vocabulário. Equivaleria ao reconhecimento do que chamo, no capítulo 1, de "contingência da linguagem" – o fato de que não há maneira de sairmos dos vários vocabulários que empregamos e de encontrarmos um metavocabulário que, de algum modo, leve em conta *todos* os vocabulários *possíveis*, todas as maneiras possíveis de julgar e sentir. Uma cultura historicista e nominalista da espécie que imagino preferiria, em vez disso, narrativas que vinculassem o presente ao passado, por um lado, e a futuros utópicos, por outro. Mais do que isso, ela veria a concretização de utopias e a imaginação de outras utopias como um processo interminável – uma realização infindável e prolífica da Liberdade, e não a convergência para uma Verdade já existente.

CONTINGÊNCIA

1
A contingência da linguagem

Há cerca de duzentos anos, a idéia de que a verdade era produzida, e não descoberta, começou a tomar conta do imaginário europeu. A Revolução Francesa havia mostrado que todo o vocabulário das relações sociais, assim como todo o espectro das instituições sociais, podia ser substituído quase que da noite para o dia. Esse precedente fez da política utópica a regra, não a exceção, entre os intelectuais. A política utópica deixa de lado as indagações sobre a vontade de Deus e a natureza do Homem, e sonha criar uma forma de sociedade anteriormente desconhecida.

Mais ou menos na mesma época, os poetas românticos vinham mostrando o que acontece quando já não se pensa na arte como imitação, porém como uma autocriação do artista. Eles reivindicavam para a arte o lugar tradicionalmente ocupado na cultura pela religião e pela filosofia, o lugar que o Iluminismo havia reivindicado para a ciência. O precedente estabelecido pelos românticos conferiu a seu pleito uma plausibilidade inicial. O papel efetivo de romances, poemas, peças teatrais, quadros, estátuas e prédios no movimento social dos últimos 150 anos deu-lhe uma plausibilidade ainda maior.

Agora, essas duas tendências uniram forças e alcançaram a hegemonia cultural. Para a maioria dos intelectuais contemporâneos, as questões dos fins em oposição aos meios – a respeito de como alguém pode dar sentido a sua vida ou à vida de sua comunidade – são questões para a arte ou a política, ou ambas, e não para a religião, a filosofia ou a ciência. Esse desdobramento levou a uma cisão no interior da filosofia. Alguns filósofos mantiveram-se fiéis ao Iluminismo e continuaram a se identificar com a causa da ciência. Eles vêem a antiga luta entre a ciência e a religião, a razão e a irracionalidade, como um processo ainda em andamento que agora assumiu a forma de uma luta entre a razão e todas as forças intraculturais que pensam na verdade como algo construído e não encontrado. Esses filósofos consideram que a ciência é a atividade humana paradigmática e insistem em que a ciência natural descobre a verdade em vez de criá-la. Encaram a expressão "criar a verdade" como meramente metafórica e totalmente enganosa. Pensam na política e na arte como esferas em que a idéia de "verdade" fica deslocada. Outros filósofos, percebendo que o mundo descrito pelas ciências físicas não ensina nenhuma lição moral e não oferece conforto espiritual, concluíram que a ciência não passa de uma serva da tecnologia. Esses filósofos alinham-se com o utopista político e com o artista inovador.

Enquanto os filósofos do primeiro tipo contrastam a "realidade científica concreta" com o "subjetivo" ou o "metafórico", os do segundo vêem a ciência como mais uma das atividades humanas, e não como o lugar em que os seres humanos deparam com uma realidade não humana "concreta". De acordo com essa visão, os grandes cientistas inventam descrições do mundo que são úteis para o objetivo de prever e controlar o que acontece, assim como os poetas e os pensadores políticos inventam outras descrições do mundo para outros fins. Não há sentido algum, porém, em que *qualquer* dessas descrições seja uma representação exata de como é o mundo em si. Esses filósofos consideram inútil a própria idéia dessa representação.

Houvesse o primeiro tipo de filósofo, aquele cujo herói é o cientista natural, sido sempre o único, provavelmente nunca teríamos contado com uma disciplina autônoma chamada "filosofia" – uma disciplina tão distinta das ciências quanto o é da teologia ou das artes. Como disciplina dessa natureza, a filosofia não tem mais de duzentos anos. Deve sua existência às tentativas dos idealistas alemães de pôr as ciências em seu lugar e de dar um sentido claro à vaga idéia de que os seres humanos criam a verdade, em vez de descobri-la. Kant queria consignar a ciência ao âmbito de uma verdade de segunda categoria – a verdade sobre um mundo fenomênico. Hegel queria pensar na ciência natural como uma descrição do espírito ainda não plenamente cônscio de sua natureza espiritual e, assim, elevar ao mais alto *status* o tipo de verdade oferecida pelo poeta e pelo revolucionário político.

O idealismo alemão, porém, foi uma solução de compromisso pouco duradoura e insatisfatória. É que Kant e Hegel fizeram apenas concessões parciais em seu repúdio à idéia de que a verdade está "dada". Dispuseram-se a ver o mundo da ciência empírica como um mundo fabricado – a ver a matéria como algo construído pela mente, ou como feita de uma mente insuficientemente cônscia de seu próprio caráter mental –, mas persistiram em ver a mente, o espírito, as profundezas do eu como dotados de uma natureza intrínseca – uma natureza que se poderia conhecer por uma espécie de superciência não empírica, chamada filosofia. Isso significava que apenas metade da verdade – a metade científica inferior – era produzida. A verdade superior, a verdade sobre a mente, seara da filosofia, ainda era uma questão de descoberta, não de criação.

O que se fazia necessário, e que os idealistas não conseguiram contemplar, era um repúdio da própria idéia de alguma coisa – mente ou matéria, eu ou mundo – dotada de uma natureza intrínseca, a ser expressa ou representada. É que os idealistas confundiam a idéia de que nada tinha tal natureza com a idéia de que o espaço e o tempo eram irreais, de que os seres humanos causavam a existência do mundo espaço-temporal.

Precisamos fazer uma distinção entre a afirmação de que o mundo está dado e a de que a verdade está dada. Dizer que o mundo existe, que não é uma criação nossa, equivale a dizer, com bom senso, que a maioria das coisas no espaço e no tempo é efeito de causas que não incluem os estados mentais humanos. Dizer que a verdade não está dada é simplesmente dizer que, onde não há frases, não há verdade, que as frases são componentes das línguas humanas, e que as línguas humanas são criações humanas.

A verdade não pode estar dada – não pode existir independentemente da mente humana – porque as frases não podem existir dessa maneira, ou estar aí. O mundo existe, mas não as descrições do mundo. Só as descrições do mundo podem ser verdadeiras ou falsas. O mundo em si – sem o auxílio das atividades descritivas dos seres humanos – não pode sê-lo.

A sugestão de que a verdade existe, assim como o mundo, é o legado de uma era em que o mundo era visto como a criação de um ser que tinha uma linguagem própria. Se deixarmos de tentar compreender a idéia dessa linguagem não humana, não ficaremos tentados a confundir o chavão de que o mundo pode fazer com que se justifique acreditarmos que uma frase é verdadeira com a afirmação de que o mundo se divide, por iniciativa própria, em pedaços em forma de frases, chamados "fatos". Se, porém, a pessoa se agarrar à idéia de fatos que subsistem por eles mesmos, será fácil começar a grafar com maiúscula a palavra "verdade" e a tratá-la como algo idêntico a Deus, ou ao mundo como projeto divino. Então se dirá, por exemplo, que a Verdade é grandiosa e prevalecerá.

Essa fusão é facilitada quando se restringe a atenção a frases isoladas, em oposição a vocabulários. É que, muitas vezes, deixamos o mundo decidir a competição entre frases alternativas (por exemplo, "o vermelho vence" e "o preto vence", ou "foi o mordomo" e "foi o médico"). Em casos assim, é fácil juntar o fato de que o mundo contém as causas de ser lícito sustentarmos uma convicção com a afirmação de que algum estado não lingüístico do mundo é, em si mesmo, um exemplo de verdade, ou de que um estado dessa ordem "torna verdadeira uma convicção", por "corresponder" a ela, mas a coisa não é tão simples quando passamos de frases isoladas para vocabulários inteiros. Ao considerarmos exemplos de jogos de linguagem alternativos – o vocabulário da antiga política ateniense *versus* o de Jefferson, o vocabulário moral de São Paulo *versus* o de Freud, o jargão de Newton *versus* o de Aristóteles, o idioma de Blake *versus* o de Dryden –, é difícil pensar que o mundo torna um deles melhor do que outro, decide entre eles. Quando a idéia de "descrição do mundo" se desloca do nível de frases regidas por critérios em jogos de linguagem para jogos de linguagem completos, jogos entre os quais não escolhemos com referência a critérios, a idéia de que o mundo decide quais são as descrições verdadeiras já não pode ter um sentido claro. Torna-se difícil pensar que, de algum modo, esse vocabulário já exista no mundo, à espera de que o descubramos. A atenção (do tipo promovido por historiadores intelectuais como Thomas Kuhn e Quentin Skinner) aos vocabulários em que as frases são formuladas, e não a frases isoladas, faz-nos perceber, por exemplo, que o fato de o vocabulário de Newton permitir-nos prever o mundo mais facilmente que o de Aristóteles não significa que o mundo fale newtoniano.

O mundo não fala. Só nós o fazemos. O mundo, depois de nos programarmos com uma linguagem, pode fazer-nos sustentar convicções, mas não pode propor uma linguagem para falarmos. Somente outros seres humanos são capazes de fazê-lo. Todavia, o reconhecimento de que o mundo não nos diz que jogos lingüísticos fazer não deve levar-nos a dizer que a decisão sobre qual deles jogar é arbitrária, nem a dizer que ela é a expressão de algo profundo em nós. A moral não determina que os critérios objetivos de escolha vocabular devam ser substituídos por critérios subjetivos, ou que a razão deva ser substituída pela vontade ou pelo sentimento. Antes, as idéias de critério e escolha (inclusive a de escolha "arbitrária") já não vêm ao caso quando se trata de mudanças de um jogo de linguagem para outro. A Europa não *resolveu* aceitar o idioma da poesia romântica, da política socialista ou da mecânica de Galileu. Esse tipo de mudança teve tão pouco de ato de vontade quanto resultou da argumentação. Ao contrário, a Europa perdeu aos poucos o hábito de usar certas palavras, e aos poucos adquiriu o hábito de usar outras.

Como afirma Kuhn em *A revolução copernicana*, não decidimos, com base em observações telescópicas ou em qualquer outra coisa, que a Terra não era o centro do universo, que o comportamento macroscópico podia ser explicado com base no movimento microestrutural, e que a previsão e o controle deveriam ser a meta principal da teorização científica. Em vez disso, após cem anos de confusão inconcludente, os europeus se viram falando de um modo que tomava por certas essas teses entrelaçadas. Uma mudança cultural dessa magnitude não resulta da aplicação de critérios (ou de uma "decisão arbitrária"), assim como os indivíduos não se tornam teístas ou ateus, ou passam de um cônjuge ou um círculo de amigos para outro, como resultado da aplicação de critérios ou de *atos gratuitos*. Assim como não devemos buscar dentro de nós critérios de decisão sobre essas questões, não devemos buscá-los no mundo.

A tentação de procurar critérios é uma espécie da tentação mais geral de pensar no mundo, ou no eu humano, como possuidor de uma natureza intrínseca, uma essência. Ou seja, ela resulta da tentação de privilegiar uma dentre as muitas linguagens com que habitualmente descrevemos o mundo ou nós mesmos. Enquanto acharmos que existe uma relação chamada de "adaptação ao mundo" ou "expressão da verdadeira natureza do eu", da qual os vocabulários-como-totalidades possam ser dotados ou carentes, continuaremos na busca filosófica tradicional de um critério que nos diga que vocabulários têm essa característica desejável; mas se um dia pudermos conciliar-nos com a idéia de que a maior parte da realidade é indiferente a nossas descrições dela, e de que o eu humano é criado pelo uso de um vocabulário, e não por se expressar adequada ou inadequadamente num vocabulário, teremos ao menos assimilado o que havia de verdadeiro na idéia romântica de que a verdade é construída, e não encontrada. O que há de verdadeiro nessa afirmação é apenas que as *linguagens* são feitas, e não descobertas, e que a verdade é uma propriedade de entidades lingüísticas, de frases[1].

Posso resumir com uma redescrição daquilo que pretendiam dizer, a meu ver, os revolucionários e poetas de dois sé-

1 Não tenho nenhum critério de linguagens ou vocabulários distintos a oferecer, mas não estou certo de que isso seja necessário. Os filósofos usaram expressões como "na língua *L*" durante muito tempo, sem se inquietarem demais sobre como é possível dizer onde uma língua natural termina e outra começa, nem sobre quando "o vocabulário científico do século XVI" termina e "o vocabulário da Nova Ciência" começa. *Grosso modo*, ocorre uma ruptura desse tipo quando começamos a usar "tradução" em vez de "explicação", ao falar de diferenças geográficas ou cronológicas. Isso acontece sempre que nos parece conveniente começar a mencionar palavras, em vez de usá-las – a destacar a diferença entre dois conjuntos de práticas humanas, colocando entre aspas os componentes dessas práticas.

culos atrás. O que se vislumbrou no fim do século XVIII foi que qualquer coisa podia ser levada a parecer boa ou má, importante ou sem importância, útil ou inútil, ao ser redescrita. O que Hegel descreveu como o processo pelo qual o espírito se conscientiza gradativamente de sua natureza intrínseca é mais bem descrito como o processo de as práticas lingüísticas européias mudarem em ritmo cada vez mais rápido. O fenômeno descrito por Hegel consiste em um número maior de pessoas oferecendo redescrições mais radicais de mais coisas do que nunca, de jovens passando por meia dúzia de mudanças de *Gestalten* espirituais antes de chegarem à idade adulta. O que os românticos expressaram como a afirmação de que a imaginação é a faculdade humana central – e não a razão – foi o reconhecimento de que o talento para falar de maneira diferente, e não para bem argumentar, era o principal instrumento da mudança cultural. O que os utópicos da política intuíram, desde a Revolução Francesa, não foi que uma natureza humana duradoura, com caráter de substrato, teria sido eliminada ou reprimida por instituições sociais "antinaturais" ou "irracionais", mas que o processo de mudança das linguagens e de outras práticas sociais podem produzir seres humanos de um tipo que nunca existiu antes. Os idealistas alemães, os revolucionários franceses e os poetas românticos tiveram em comum a pálida intuição de que os seres humanos cuja linguagem se modificava – de tal modo que eles já não falavam de si como tendo de responder a potências não humanas – podiam, através disso, tornar-se uma nova espécie de seres humanos.

A dificuldade enfrentada pelo filósofo que, como eu, simpatiza com essa sugestão – alguém que pensa em si como auxiliar do poeta, e não do físico – está em evitar a insinuação de que tal sugestão corrige alguma coisa, de que meu tipo de filosofia corresponde ao modo como as coisas realmente são. É que esse discurso sobre a correspondência traz de volta justamente a idéia da qual meu tipo de filósofo quer se livrar, a idéia de que o mundo, ou o eu, tem uma natureza intrínseca. Do nosso ponto de vista, explicar o sucesso da ciência ou a desejabilidade do liberalismo político, falando em "adaptação ao mundo" ou em "expressão da natureza humana", é como explicar por que o ópio nos deixa sonolentos falando sobre seu poder dormitivo. Dizer que o vocabulário de Freud atinge a verdade da natureza humana, ou que o de Newton atinge a verdade sobre os céus, não explica nada. É apenas um elogio vazio, tradicionalmente feito aos autores cujo jargão inédito consideramos útil. Dizer que não existe natureza intrínseca não é dizer que a natureza intrínseca da realidade, surpreendentemente, revelou-se extrínseca. É dizer que a expressão "natureza intrínseca" é tal que melhor seria não a utilizarmos: é uma expressão que mais tem causado problemas do que demonstrado valor. Dizer que devemos abandonar a idéia da verdade como algo que está aí, à espera de ser descoberto, não é dizer que descobrimos que não existe verdade alguma[2]. Equivale a dizer que serviríamos melhor a nossos propósitos deixando de ver a verdade como uma questão profunda, um tema de interesse filosófico, ou de ver "verdadeiro" como um termo que justifica a "análise". A "natureza da verdade" é um tema pouco proveitoso, que se assemelha, nesse aspecto, à "natureza do Homem" e à "natureza de Deus", e difere da "natureza do pósitron" e da "natureza da fixação edipiana". Essa afirmação sobre a vantagem

2 Nietzsche criou muita confusão ao inferir de "a verdade não é uma questão de correspondência com a realidade" que "o que chamamos de 'verdades' são apenas mentiras úteis". A mesma confusão é ocasionalmente encontrada em Derrida, quando ele infere do "não existe realidade tal como os metafísicos esperavam encontrá-la" que "o que chamamos de 'real' não é realmente real". Tais confusões tornam Nietzsche e Derrida passíveis de acusações de incoerência auto-referente – de alegarem saber o que eles mesmos dizem que não pode ser sabido.

relativa, por sua vez, é apenas a recomendação de que de fato *falemos* pouco desses temas, para ver como prosseguimos.

Na visão de filosofia que ofereço, não se deve pedir aos filósofos, por exemplo, argumentos contra a teoria da correspondência com a verdade ou a idéia da "natureza intrínseca da realidade". O problema dos argumentos contrários ao uso de um vocabulário conhecido e consagrado pelo tempo é que se espera que eles sejam formulados nesse mesmo vocabulário. Espera-se que mostrem que elementos centrais desse vocabulário são "incoerentes em seus termos", ou que "se desconstroem". Mas isso *nunca* pode ser mostrado. Qualquer argumento no sentido de que nosso uso familiar de um termo familiar é incoerente, vazio, confuso, vago ou "meramente metafórico" está fadado a ser inconcludente e a evitar a questão. É que esse uso, afinal, é o paradigma da fala coerente, dotada de sentido e literal. Tais argumentos sempre parasitam e abreviam as afirmações de que há um vocabulário melhor à disposição. A filosofia interessante raras vezes é um exame dos prós e contras de uma tese. Em geral, de maneira implícita ou explícita, é uma disputa entre um vocabulário arraigado, que se transformou num incômodo, e um novo vocabulário, parcialmente formado, que traz a vaga promessa de coisas grandiosas.

Este último "método" da filosofia é idêntico ao "método" da política utópica ou da ciência revolucionária (em contraste com a política parlamentar ou a ciência normal). O método consiste em descrever uma porção de coisas de maneiras novas, até criar um padrão de conduta lingüística que tente a geração em ascensão a adotá-la, com isso fazendo-a buscar novas formas apropriadas de comportamento não lingüístico – por exemplo, a adoção de um novo equipamento científico ou de novas instituições sociais. Esse tipo de filosofia não trabalha passo a passo, analisando um conceito após outro ou verificando hipótese após hipótese. Ela funciona, antes, de forma holística e pragmática. Diz coisas como "tente pensar nisso desta maneira", ou, mais especificamente, "tente ignorar as questões tradicionais visivelmente fúteis, substituindo-as pelas seguintes questões novas e possivelmente interessantes". Ela não finge dispor de um candidato melhor para fazer as mesmas velhas coisas que fazíamos quando falávamos da maneira antiga. Em vez disso, sugere que talvez convenha pararmos de fazer aquelas coisas e fazer outras, mas não defende essa sugestão com base em critérios antecedentes comuns ao velho e ao novo jogos de linguagem. Isso porque, na medida em que a nova linguagem for realmente nova, tais critérios não existirão.

Em conformidade com meus próprios preceitos, não oferecerei argumentos contra o vocabulário que quero substituir. Tentarei, ao contrário, fazer com que o vocabulário que prefiro pareça atraente, mostrando como é possível usá-lo para descrever uma série de tópicos. Mais especificamente, descreverei, neste capítulo, o trabalho de Donald Davidson na filosofia da linguagem como sendo uma manifestação da disposição de abandonar a idéia de "natureza intrínseca", da disposição de enfrentar a *contingência* da linguagem que usamos. Nos capítulos posteriores, tentarei mostrar que o reconhecimento dessa contingência leva a um reconhecimento da contingência da consciência, e que essas duas formas de reconhecimento levam a uma imagem do progresso intelectual e moral como uma história de metáforas cada vez mais úteis, e não de uma compreensão crescente de como as coisas realmente são.

Começo pela filosofia da linguagem, neste primeiro capítulo, porque quero explicitar as conseqüências de minhas afirmações de que só as frases podem ser verdadeiras, e de que os seres humanos criam verdades ao construírem linguagens com que enunciar frases. Pretendo concentrar-me no trabalho de Davidson porque ele é o filósofo que mais contribuiu para explorar essas conseqüências[3]. A abordagem davidsoniana da verdade combina-se com seu tratamento do aprendizado da linguagem e da metáfora, para formar a primeira abordagem sistemática da linguagem que rompe *por completo* com a idéia da linguagem como algo que pode ser adequado ou inadequado ao mundo ou ao eu. É que Davidson rompe com a idéia de que a linguagem seja um *meio* – um meio de representação ou de expressão.

Posso explicar o que pretendo dizer com "meio" assinalando que a imagem tradicional da situação humana tem sido a de que os seres humanos não são simples redes de crenças e desejos, mas seres que *têm* tais crenças e desejos. A visão tradicional é que há um eu nuclear capaz de examinar essas crenças e desejos, decidir entre eles, usá-los e se expressar por meio deles. Ademais, essas crenças e desejos podem ser criticados não apenas em referência a sua capacidade de serem coerentes entre si, mas em referência a algo externo à rede da qual eles são os fios. As crenças, segundo essa visão, são criticáveis por não corresponderem à realidade. Os desejos são criticáveis por não corresponderem à natureza essencial do eu humano – por serem "irracionais" ou "antinaturais". Temos assim uma imagem do núcleo essencial do eu, num dos lados dessa rede de crenças e desejos, e da realidade, no outro. Nessa imagem, a rede é o produto de uma interação entre os dois,

3 Devo salientar que Davidson não pode ser responsabilizado pela interpretação que atribuo a suas concepções, nem pelas outras visões que extrapolo a partir das suas. Para uma exposição extensa dessa interpretação, cf. meu artigo "Pragmatism, Davidson and truth", em Ernest Lepore (org.), *Truth and interpretation: perspectives on the philosophy of Donald Davidson* (Oxford, Blackwell, 1984) [Incluído também em *Objetivismo, relativismo e verdade: escritos filosóficos*, vol. 1 (trad. Marco A. Casanova, Rio de Janeiro, Relume-Dumará, 1997)]. Sobre a reação de Davidson a essa interpretação, cf. suas "Reconsiderações" ["After-thoughts"] sobre "A coherence theory of truth and knowledge", em Alan Malachowski, *Reading Rorty* (Oxford, Blackwell, no prelo).

que alternadamente expressa um e representa o outro. Essa é a imagem tradicional do sujeito-objeto que o idealismo tentou e não conseguiu substituir, e que Nietzsche, Heidegger, Derrida, James, Dewey, Goodman, Sellars, Putnam, Davidson e outros tentaram substituir, sem se enredarem nos paradoxos dos idealistas.

Uma fase desse esforço de substituição consistiu na tentativa de pôr a "linguagem" no lugar da "mente" ou da "consciência" como o meio a partir do qual as crenças e os desejos são construídos, o elemento terceiro que faz a mediação entre o eu e o mundo. Essa guinada para a linguagem foi considerada um gesto progressista e naturalizador. Assim pareceu, porque pareceu mais fácil fazer uma exposição causal da emergência evolutiva de organismos usuários da linguagem que da emergência metafísica da consciência a partir da não-consciência. Em si mesma, porém, tal substituição é ineficaz. Isso porque, se nos ativermos à imagem da linguagem como meio, como algo que se coloca entre o eu e a realidade não humana com que o eu procura manter-se em contato, não teremos feito progresso algum. Continuaremos a usar uma imagem de sujeito-objeto, e continuaremos às voltas com problemas referentes ao ceticismo, ao idealismo e ao realismo, porque ainda poderemos formular sobre a linguagem perguntas do mesmo tipo das que formulávamos sobre a consciência.

Existem certas perguntas, como: "O meio entre o eu e a realidade os aproxima ou os mantém separados?", ou "Devemos ver o meio primordialmente como um meio de expressão, de articulação do que reside nas profundezas do eu, ou sobretudo como um meio de representação, que mostra ao eu o que há fora dele?". Infelizmente, as teorias idealistas do conhecimento e as idéias românticas da imaginação podem transpor-se com facilidade do jargão da "consciência" para o da "linguagem". As reações realistas e moralistas a tais teorias podem ser transpostas com igual facilidade. Assim, as batalhas em gangorra entre romantismo e moralismo e entre idealismo e realismo continuarão, enquanto se achar que existe esperança de dar sentido à questão de determinada linguagem ser ou não "adequada" a uma tarefa – quer a tarefa de expressar apropriadamente a natureza da espécie humana, quer a tarefa de representar apropriadamente a estrutura da realidade não humana.

Precisamos sair dessa gangorra. Davidson nos ajuda a fazê-lo. É que ele não vê a linguagem como um meio de expressão nem de representação. Assim, consegue pôr de lado a idéia de que o eu e a realidade têm naturezas intrínsecas, naturezas que estão ali, à espera de serem conhecidas. A visão davidsoniana da linguagem não é reducionista nem expansionista. Não propõe, como às vezes fizeram alguns filósofos analíticos, fornecer definições reducionistas de concepções semânticas como "verdade", "intencionalidade" ou "referência". Tampouco se assemelha à tentativa heideggeriana de transformar a linguagem numa espécie de divindade, em algo de que os seres humanos são meras emanações. Como nos alertou Derrida, tal apoteose da linguagem é a mera versão transposta da apoteose da consciência pelos idealistas.

Ao evitar o reducionismo e o expansionismo, Davidson assemelha-se a Wittgenstein. Os dois filósofos tratam os vocabulários alternativos como mais parecidos com ferramentas alternativas do que com peças de um quebra-cabeça. Tratá-los como peças de um quebra-cabeça é presumir que todos os vocabulários são descartáveis ou redutíveis a outros vocabulários, ou passíveis de serem unidos a todos os outros vocabulários num grandioso supervocabulário unificado. Se evitarmos essa suposição, não nos inclinaremos a formular perguntas do tipo "Qual é o lugar da consciência num mundo de moléculas?", "As cores dependem mais da mente do que os pesos?", "Qual é o lugar do valor num mundo de fatos?", "Qual é o lugar da intencionalidade num mundo de causação?", "Qual é a relação entre a mesa sólida do senso comum e a mesa não sólida da microfísica?", ou "Qual é a relação da linguagem com o pensamento?". Não devemos tentar responder tais perguntas, pois fazê-lo leva aos fracassos evidentes do reducionismo ou aos sucessos passageiros do expansionismo. Devemos restringir-nos a perguntas como: "Nosso uso destas palavras atrapalha nosso uso daquelas outras palavras?". Essa é uma pergunta acerca da eficiência relativa de nosso uso de ferramentas, e não uma pergunta sobre se nossas crenças são contraditórias.

Perguntas "meramente filosóficas", como a de Eddington sobre as duas mesas, são tentativas de incitar uma disputa teórica factícia entre vocabulários que se provaram capazes de coexistência pacífica. Todas as perguntas que recitei acima são casos em que os filósofos trouxeram má fama para sua disciplina, por verem dificuldades onde ninguém mais via. Mas isso não quer dizer que os vocabulários nunca atrapalham uns aos outros. Ao contrário, os avanços revolucionários nas artes, nas ciências e no pensamento moral e político ocorrem, tipicamente, quando alguém se apercebe de que dois ou mais de nossos vocabulários estão interferindo uns nos outros, e trata de inventar um novo vocabulário que os substitua. Por exemplo, o vocabulário aristotélico tradicional atrapalhava o vocabulário matematizado que vinha sendo desenvolvido no século XVI pelos estudiosos da mecânica. Do mesmo modo, jovens estudantes alemães de teologia do fim do século XVIII – como Hegel e Hölderlin – constataram que o vocabulário com que cultuavam Jesus estava atrapalhando o vocabulário com que cultuavam os gregos. E também o uso de tropos à moda de Rossetti atrapalhou o uso de tropos blakianos pelo Yeats da juventude.

A criação gradativa, por ensaio e erro, de um terceiro e novo vocabulário – o tipo de vocabulário desenvolvido por pessoas como Galileu, Hegel ou o Yeats da maturidade – não é uma descoberta sobre como combinar os vocabulários antigos. É por isso que não pode ser alcançada por um processo de inferência – partindo de premissas formuladas nos vocabulários antigos. Essas criações não resultam de um encaixe bem feito de peças de um quebra-cabeça. Não são descobertas de uma realidade por trás das aparências, de uma visão não distorcida do panorama completo com que substituir a visão míope de suas partes. A analogia apropriada é com a invenção de novas ferramentas para tomar o lugar das antigas. Criar um desses vocabulários é mais parecido com jogar fora a alavanca e a cunha por se haver concebido a polia, ou descartar o gesso de Paris e a têmpera por se haver descoberto como tratar adequadamente a tela.

Essa analogia wittgensteiniana entre vocabulários e ferramentas tem um inconveniente óbvio. Tipicamente, o artesão sabe qual tarefa precisa executar antes de escolher ou inventar ferramentas com que executá-la. Em contraste, alguém como Galileu, Yeats ou Hegel (um "poeta", em meu sentido lato da palavra – o sentido de "alguém que torna as coisas novas") é tipicamente incapaz de deixar claro exatamente o que quer fazer, antes de desenvolver a linguagem com que consegue fazê-lo. Seu novo vocabulário possibilita, pela primeira vez, uma formulação de sua própria finalidade. É uma ferramenta para fazer algo que não poderia ser contemplado antes do desenvolvimento de um dado conjunto de descrições, aquelas que essa mesma ferramenta ajuda a fornecer. Por ora, entretanto, ignorarei essa falta de analogia. Quero apenas salientar que o contraste entre os modelos do quebra-cabeça e da "ferramenta" para vocabulários alternativos reflete o contraste – nos termos meio enganosos de Nietzsche – entre a vontade de verdade e a vontade de auto-superação. Ambos são expressões do contraste entre a tentativa de representar ou expressar algo que já existia e a tentativa de fazer algo com que nunca se sonhou até então.

Davidson enumera as implicações do tratamento wittgensteiniano dos vocabulários como ferramentas, levantando dúvidas explícitas sobre os pressupostos subjacentes às tradicionais descrições pré-wittgensteinianas da linguagem. Essas descrições pressupõem que certas perguntas – do tipo "A linguagem que usamos atualmente é a linguagem 'certa', é adequada a sua tarefa como meio de expressão ou representação?", ou "Nossa linguagem é um meio transparente ou opaco?" – fazem sentido. Tais perguntas presumem a existência de relações, como "adaptar-se ao mundo" ou "ser fiel à verdadeira natureza do eu", que a linguagem manteria com a não-linguagem. Essa suposição acompanha a de que "nossa linguagem" – a língua que falamos agora, o vocabulário à disposição dos habitantes instruídos do século XX – é, de algum modo, uma unidade, um terceiro elemento que mantém determinada relação com outras duas unidades: o eu e a realidade. Os dois pressupostos são bastante naturais, desde que aceitemos a idéia de que existem coisas não lingüísticas chamadas "significados", as quais é tarefa da linguagem expressar, bem como a idéia de que há coisas não lingüísticas chamadas "fatos", as quais é tarefa da linguagem representar. As duas idéias cultivam a visão da linguagem como um meio.

As polêmicas de Davidson contra os usos filosóficos tradicionais dos termos "fato" e "significado", e também contra o que ele chama de modelo de pensamento e investigação "esquema-conteúdo", fazem parte de uma polêmica maior contra a idéia de existir uma tarefa fixa a ser desempenhada pela linguagem, e uma entidade chamada "língua" ou "a língua", ou "nossa língua", que estaria ou não desempenhando essa tarefa com eficiência. A dúvida de Davidson quanto à existência de tal entidade é paralela às dúvidas de Gilbert Ryle e Daniel Dennett quanto à existência de algo que se possa chamar de "mente" ou "consciência"[4]. Os dois conjuntos de dúvidas concernem à utilidade da idéia de um meio entre o eu e a realidade – o tipo de meio que os realistas vêem como transparente e os céticos, como opaco.

Num artigo recente, com o título sutil de "Uma bela desordem de epitáfios"[5], Davidson procura minar a concepção das línguas como entidades, desenvolvendo a idéia do que chama de "uma teoria passageira" sobre os ruídos e inscrições produzidos no momento por um semelhante humano. Pensemos nessa teoria como parte de uma "teoria passageira" mais ampla sobre o comportamento total dessa pessoa – um conjunto de palpites sobre o que ela fará em tal ou qual situação. Tal teoria é "passageira" porque precisa ser constantemente corrigida, para levar em conta os resmungos, gaguejos, incorreções verbais, metáforas, tiques, espasmos, sintomas psicóticos, flagrante estupidez, tiradas geniais e coisas similares. Para facilitar, imagine que eu esteja formando uma teoria desse tipo sobre a conduta atual de um nativo de uma cultura em que eu tenha caído de pára-quedas, inesperadamente. Essa pessoa estranha, que podemos presumir que me ache igualmente estranho, estará simultaneamente ocupada em formar uma teoria sobre o meu comportamento. Se em algum momento conseguirmos comunicar-nos de maneira afortunada e fácil, será porque os palpites dela sobre o que farei a seguir, inclusive os ruídos que farei a seguir, e mi-

4 Para uma elaboração dessas dúvidas, cf. meu artigo "Contemporary philosophy of mind", *Synthese* 53, 1982, pp. 332-48. Quanto às dúvidas de Dennett a respeito de minha interpretação de suas concepções, cf. seu artigo "Comments on Rorty", pp. 348-54.

5 "A nice derangement of epitaphs", ensaio que pode ser encontrado em Lepore (org.), *Truth and interpretation*.

nhas próprias expectativas sobre o que farei ou direi em certas circunstâncias, serão mais ou menos coincidentes, e porque o inverso também será verdadeiro. Ela e eu lidaremos um com o outro como lidaríamos com mangas ou jibóias – tentando não ser apanhados de surpresa. Dizer que passaremos a falar a mesma língua é dizer, na formulação de Davidson, que "tenderemos a convergir para teorias passageiras". A idéia de Davidson é que tudo "de que duas pessoas precisam para compreender uma à outra através da fala é a capacidade de convergirem para teorias passageiras, de um enunciado para outro".

A descrição davidsoniana da comunicação lingüística prescinde da imagem da linguagem como um terceiro elemento que intervém entre o eu e a realidade, e da imagem das línguas diferentes como barreiras entre pessoas ou culturas. Dizer que a linguagem que se tinha antes era imprópria para lidar com certo segmento do mundo (por exemplo, o céu estrelado lá em cima, ou as paixões avassaladoras cá dentro) é apenas dizer que agora, depois de aprender uma nova língua, o indivíduo é capaz de lidar com esse segmento com mais facilidade. Dizer que duas comunidades têm dificuldade de se dar bem porque as palavras que usam são muito difíceis de traduzir de uma para a outra é apenas dizer que o comportamento lingüístico dos habitantes de uma comunidade, assim como o resto de seu comportamento, podem ser difíceis de prever para os habitantes da outra comunidade. Nas palavras de Davidson,

> Devemos perceber que não só abandonamos a idéia comum de linguagem, como também apagamos a diferença entre saber uma língua e saber circular no mundo em geral. É que não existem regras para se chegar a teorias passageiras que funcionem [...]. É tão pequena a probabilidade de regularizar ou ensinar

> esse processo quanto a de regularizar ou ensinar o processo de criar novas teorias para lidar com novos dados – pois é isso que tal processo envolve. [...]
>
> *Não existe linguagem*, pelo menos não se a linguagem for parecida com o que supuseram os filósofos. Portanto, não há nada a ser aprendido ou dominado. Devemos abandonar a idéia de uma estrutura comum, claramente definida, que os usuários da linguagem dominem e depois apliquem aos casos [...]. Devemos abrir mão da tentativa de esclarecer como nos comunicamos mediante o apelo a convenções.[6]

Essa linha de pensamento sobre a linguagem é análoga à visão de Ryle-Dennett de que, quando usamos uma terminologia mentalista, estamos simplesmente usando um vocabulário eficiente – o vocabulário característico do que Dennett chama de "postura intencional" – para prever o que um organismo tenderá a fazer ou dizer em vários conjuntos de circunstâncias. Davidson é um behaviorista não reducionista no tocante à linguagem, do mesmo modo que Ryle era um behaviorista não reducionista no tocante à mente. Nenhum deles tem o menor desejo de fornecer equivalentes em "behaviorês" para o discurso sobre as crenças ou a referência, mas os dois dizem: pensem nos termos "mente" ou "linguagem" não como o nome de um meio entre o eu e a realidade, mas apenas como uma bandeira que assinala a desejabilidade de se usar um certo vocabulário ao tentar lidar com certas espécies de organismos. Dizer que um dado organismo – ou, até mesmo, uma máquina – possui uma mente é apenas dizer que, para certos fins, será proveitoso pensar nele como tendo crenças e desejos. Dizer que ele é usuário da linguagem equivale apenas a dizer que cotejar as marcas e ruídos que ele faz com os que nós

6 "A nice derangement of epitaphs", op. cit., p. 446. Grifo nosso.

fazemos se mostrará uma tática útil para prever e controlar seu comportamento futuro.

Essa postura wittgensteiniana, desenvolvida por Ryle e Dennett com respeito às mentes e por Davidson com respeito às línguas, naturaliza a mente e a linguagem ao transformar em perguntas *causais* todas as indagações a respeito da relação de qualquer delas com o resto do universo, em contraste com perguntas sobre a adequação da representação ou da expressão. Faz todo o sentido indagar como passamos da relativa irreflexão do macaco para a reflexão plenamente desenvolvida do ser humano, ou de falar "neandertalês" para falar o pós-modernês, se essas indagações forem construídas como perguntas causais diretas. No primeiro caso, a resposta nos leva para a neurologia e dela para a biologia. No segundo, porém, leva-nos para a história intelectual, vista como a história da metáfora. Para meus propósitos neste livro, é esta última que importa. Portanto, passarei o restante deste capítulo esboçando uma descrição do progresso intelectual e moral que se coadune com a descrição davidsoniana da linguagem.

Ver a história da linguagem – e, portanto, das artes, das ciências e do senso moral – como história da metáfora é abandonar a imagem da mente humana ou das línguas humanas como coisas que se ajustam cada vez melhor aos propósitos para os quais Deus ou a natureza as destinaram – por exemplo, para serem capazes de expressar cada vez mais significados ou representar cada vez mais fatos. A idéia de que a linguagem tem um fim desaparece no instante em que desaparece a idéia da linguagem como meio. Uma cultura que renunciasse a essas duas idéias seria a vitória das tendências do pensamento moderno que tiveram início há duzentos anos – as tendências comuns ao idealismo alemão, à poesia romântica e à política utópica.

Uma visão não teleológica da história intelectual, que inclua a história da ciência, faz pela teoria da cultura o que fez a descrição mecanicista mendeliana da seleção natural pela teoria evolutiva. Mendel nos permitiu ver a mente como algo que simplesmente acontecia, e não como algo que era o sentido de todo o processo. Davidson nos permite pensar na história da linguagem e, portanto, da cultura, tal como Darwin nos ensinou a pensar na história de um recife de coral. As velhas metáforas morrem constantemente na literalidade e depois servem de plataforma e contraste para novas metáforas. Essa analogia nos permite pensar em "nossa língua" – isto é, a linguagem da ciência e da cultura da Europa do século XX – como algo que ganhou forma como resultado de um grande número de meras contingências. Nossa linguagem e nossa cultura são tão contingentes, tão resultantes de milhares de pequenas mutações que encontraram nichos (e milhões de outras que não os encontraram), quanto as orquídeas e os antropóides.

Para aceitar essa analogia, devemos acompanhar Mary Hesse na visão das revoluções científicas como "redescrições metafóricas" da natureza, e não como descobertas da natureza intrínseca da natureza[7]. Além disso, devemos resistir à tentação de achar que as redescrições da realidade oferecidas pela ciência física ou biológica contemporânea são mais próximas das "coisas em si" e menos "dependentes da mente", de algum modo, do que as redescrições da história oferecidas pela crítica contemporânea da cultura. É preciso ver as constelações de forças causais que produziram o discurso sobre o DNA ou o *Big Bang* como consentâneas às forças causais que produziram o discurso sobre a

7 Cf. "The explanatory function of metaphor", em Hesse, *Revolutions and reconstructions in the philosophy of science* (Bloomington, Indiana University Press, 1980).

"secularização" ou o "capitalismo tardio"[8]. Essas várias constelações são os fatores aleatórios que transformaram algumas coisas – e não outras – em temas de conversa para nós, que tornaram possíveis e importantes alguns projetos – e não outros.

Posso desenvolver o contraste entre a idéia de que a história da cultura tem um *telos* – como a descoberta da verdade, ou a emancipação da humanidade – e a imagem nietzschiana e davidsoniana que estou esboçando, mediante a observação de que esta última imagem é compatível com uma descrição árida e mecânica da relação entre os seres humanos e o resto do universo. Isso porque, afinal, a novidade autêntica pode ocorrer num mundo de forças cegas, contingentes e mecânicas. Pensemos na novidade como o tipo de coisa que acontece quando, por exemplo, um raio cósmico mistura os átomos de uma molécula de DNA, disparando com isso as coisas em direção às orquídeas ou aos antropóides. As orquídeas, quando chegou seu momento, não foram menos inéditas nem maravilhosas pela pura contingência dessa condição necessária de sua existência. De modo análogo, ao que saibamos ou pelo que nos interessa, o uso metafórico da *ousia* por Aristóteles, o uso metafórico do *ágape* por são Paulo e o uso metafórico da *gravitas* por Newton foram resultantes de raios cósmicos que misturaram a estrutura delicada de alguns neurônios cruciais em seus respectivos cérebros. Ou, em termos mais plausíveis, resultaram de episódios estranhos na primeira infância – esquisitices obsessivas, deixadas nesses cérebros por traumas idiossincráticos. Não chega propriamente a importar

8 Bernard Williams resiste a essa coalescência em sua discussão das idéias de Davidson e das minhas, no capítulo 6 de seu livro *Ethics and the limits of philosophy* (Cambridge, Mass., Harvard University Press, 1985). Para uma resposta parcial a Williams, cf. meu ensaio "Is natural science a natural kind?", em Ernan McMullin (org.), *Construction and constraint: the shaping of scientific rationality* (Notre Dame, Indiana, University of Notre Dame Press, 1988).

como se deu o truque. Os resultados foram maravilhosos. Tais coisas nunca tinham existido antes.

Essa descrição da história intelectual combina com a definição nietzschiana de "verdade" como "um exército móvel de metáforas". Combina também com a descrição que ofereci anteriormente de pessoas como Galileu, Hegel e Yeats, pessoas em cujas mentes se desenvolveram novos vocabulários, com isso equipando-as com ferramentas para fazer coisas que nem sequer podiam ser imaginadas antes de se dispor dessas ferramentas. Para aceitar essa imagem, entretanto, precisamos ver a distinção entre o literal e o metafórico tal como Davidson a vê: não como uma distinção entre dois tipos de significado, não como uma distinção entre dois tipos de interpretação, mas como uma distinção entre usos conhecidos e não conhecidos de ruídos e marcas. Os usos literais de ruídos e marcas são aqueles que podemos manejar com nossas antigas teorias sobre o que as pessoas dirão em diversas condições. Seu uso metafórico é o tipo que faz com que nos ocupemos com o desenvolvimento de uma nova teoria.

Davidson enuncia isso dizendo que não se deve pensar nas expressões metafóricas como dotadas de sentidos distintos de seus sentidos literais. Ter um significado é ter lugar num jogo de linguagem. As metáforas, por definição, não o têm. Davidson nega, em suas palavras, "a tese de que, associado a uma metáfora, há um conteúdo cognitivo que o autor deseja transmitir e que o intérprete precisa apreender, se quiser compreender a mensagem"[9]. A seu ver, jogar uma metáfora numa conversa é como interrompê-la de chofre, por tempo suficiente para fazer uma careta, ou tirar uma fotografia do bolso e exibi-la, ou apontar para uma faceta dos arredores, ou esbofetear o rosto do interlocutor,

9 Cf. Davidson, "What metaphors mean", em seu livro *Inquiries into truth and interpretation* (Oxford, Oxford University Press, 1984), p. 262.

ou dar-lhe um beijo. Jogar uma metáfora num texto é como usar grifos, ilustrações, ou pontuações ou diagramações esquisitas.

Tudo isso são meios de produzir efeitos no interlocutor ou no leitor, mas não de transmitir uma mensagem. A nenhum deles é apropriado responder com "O que você está tentando dizer, exatamente?". Se a pessoa quisesse dizer alguma coisa – se quisesse enunciar uma frase dotada de sentido –, é presumível que o tivesse feito. Em vez disso, porém, ela achou que seu objetivo se transmitiria melhor por outros meios. O fato de alguém usar palavras conhecidas de maneiras pouco familiares – em lugar de tapas, beijos, fotos, gestos ou caretas – não mostra que o que ela diz deva ter sentido. A tentativa de declarar esse sentido seria uma tentativa de encontrar um uso conhecido (ou seja, literal) das palavras – uma frase que já tivesse lugar no jogo de linguagem – e afirmar que seria igualmente possível ficar com *ele*, mas o caráter não parafraseável da metáfora está justamente na inadequação de qualquer frase familiar desse tipo para o propósito que a pessoa tem.

Enunciar uma frase sem lugar fixo num jogo de linguagem é, como disseram com acerto os positivistas, enunciar algo que não é verdadeiro nem falso – algo que não é, nos termos de Ian Hacking, um "candidato ao valor de verdade". Isso porque ela é uma frase que não se pode nem confirmar nem infirmar, nem defender nem refutar. Pode-se apenas saboreá-la ou cuspi-la, mas isso não significa que, com o tempo, ela não possa *tornar-se* uma candidata ao valor de verdade. Se *for* saboreada, e não cuspida, a frase poderá ser repetida, captada, circulada. Então exigirá aos poucos um uso habitual, um lugar conhecido no jogo de linguagem. Com isso terá deixado de ser uma metáfora – ou, se preferirem, ter-se-á transformado no que é a maioria das frases de nossa linguagem: uma metáfora morta. Será apenas mais uma frase da língua, literalmente verdadeira ou literalmente falsa. Em outras palavras, nossas teorias sobre o comportamento lingüístico de nossos semelhantes bastarão para permitir que lidemos com sua enunciação da mesma forma impensada com que lidamos com a maioria de seus outros enunciados.

A afirmação davidsoniana de que as metáforas não têm significados talvez pareça um típico sofisma de filósofo, mas não é[10]. Faz parte de uma tentativa de nos levar a parar de pensar na linguagem como um meio. Isso, por sua vez, é parte de uma tentativa maior de descartar a tradicional imagem filosófica do que é sermos humanos. Talvez a melhor maneira de ver a importância da afirmação de Davidson seja contrastar seu tratamento da metáfora com os do platônico e do positivista, de um lado, e o do romântico, de outro. O platônico e o positivista compartilham uma visão reducionista da metáfora: acham que as metáforas são parafraseáveis ou inúteis para o único objetivo sério da linguagem, qual seja, representar a realidade. Em contraste, o romântico tem uma visão expansionista: acha que a metáfora é estranha, mística, maravilhosa. Os românticos atribuem a metáfora a uma faculdade misteriosa, chamada "imaginação", uma faculdade que supõem encontrar-se no próprio centro do eu, no âmago profundo do coração. Enquanto o metafórico parece irrelevante para os platônicos e positivistas, o literal afigura-se irrelevante para os românticos. É que os primeiros julgam que o objetivo da linguagem é representar uma realidade oculta que está fora de nós, e os últimos crêem que sua finalidade é expressar uma realidade oculta que está dentro de nós.

10 Para mais uma defesa de Davidson contra a acusação de que ele sofisma, e várias outras acusações, cf. meu artigo "Unfamiliar noises: Hesse and Davidson on metaphor", *Proceedings of the Aristotelian Society*, vol. suplementar 61, 1987, pp. 283-96.

Assim, a história positivista da cultura vê a linguagem como algo que se molda gradativamente em volta dos contornos do mundo físico. A história romântica da cultura a vê como algo que aos poucos leva o Espírito à consciência de si. A história nietzschiana da cultura, assim como a filosofia davidsoniana da linguagem, vê a linguagem como hoje vemos a evolução: como novas formas de vida que liquidam constantemente as formas antigas – não para cumprir um propósito superior, mas às cegas. Enquanto o positivista vê Galileu como alguém que faz uma descoberta – que finalmente descobre as palavras de que se necessitava para enquadrar adequadamente o mundo, palavras que teriam faltado a Aristóteles –, o davidsoniano o vê como alguém que esbarrou num instrumento que por acaso funcionou melhor, para alguns fins, do que qualquer instrumento anterior. Depois de descobrir o que era possível fazer com um vocabulário galileano, ninguém mais se interessou muito por fazer as coisas que costumavam ser feitas (e que os tomistas julgavam que deviam continuar a ser feitas) com um vocabulário aristotélico.

Similarmente, enquanto o romântico acha que Yeats chegou a algo a que ninguém havia chegado até então, expressou algo que desde longa data ansiava por se expressar, o davidsoniano o vê como alguém que esbarrou num punhado de ferramentas que lhe permitiram escrever poemas que não eram apenas variações sobre os poemas de seus precursores. Depois de termos nas mãos os poemas do Yeats maduro, ficamos menos interessados na leitura dos de Rossetti. O que vale para os cientistas e poetas fortes e revolucionários vale também para os filósofos fortes – pessoas como Hegel e Davidson, os tipos de filósofos interessados em dissolver e não em resolver os problemas herdados. Segundo essa visão, substituir a demonstração pela dialética, como método da filosofia, ou descartar a teoria da verdade calcada na correspondência, não constitui uma descoberta sobre a natureza de uma entidade preexistente, chamada "filosofia" ou "verdade". Equivale a mudar nossa maneira de falar e, com isso, a mudar o que queremos fazer e o que pensamos ser.

Entretanto, numa visão nietzschiana que abandona a distinção entre realidade e aparência, mudar nossa maneira de falar é mudar, para nossos propósitos, aquilo que nós somos. Dizer com Nietzsche que Deus está morto é dizer que não servimos a fins superiores. A substituição nietzschiana da descoberta pela autocriação instaura uma imagem de gerações famintas, que pisoteiam umas às outras, no lugar da imagem de uma humanidade que se aproxima cada vez mais da luz. Uma cultura em que as metáforas nietzschianas se tornassem literais seria tal que presumiria que os problemas filosóficos são tão temporários quanto os problemas poéticos, que não existem problemas que unam as gerações numa única espécie natural chamada "humanidade". A concepção da história humana como uma história de metáforas sucessivas nos permitiria ver o poeta – no sentido genérico de criador de palavras novas, de moldador de novas linguagens – como a vanguarda da espécie.

Tentarei desenvolver este último ponto nos capítulos 2 e 3, em termos da idéia de "poeta forte" de Harold Bloom, mas encerrarei este primeiro capítulo voltando à afirmação, que foi central para o que venho dizendo, de que o mundo não nos fornece nenhum critério de escolha entre metáforas alternativas, de que só podemos comparar linguagens ou metáforas umas com as outras, e não com algo além da linguagem, chamado "fato".

A única maneira de defender essa afirmação é fazer o que fizeram filósofos como Goodman, Putnam e Davidson: exibir a esterilidade das tentativas de dar sentido a expressões como "tal como é o mundo" ou "ajustar-se aos fatos". Esses esforços podem ser complementados pelo trabalho de filósofos da ciência como Kuhn e Hesse. Tais filósofos explicam por que não há como explicarmos o fato de o vocabulário galileano permitir-nos fazer previsões melhores do que o aristotélico mediante a afirmação de que o livro da natureza é escrito na linguagem da matemática.

Os argumentos dessa ordem, de filósofos da linguagem e da ciência, devem ser vistos contra o pano de fundo da obra de historiadores intelectuais: historiadores que, como Hans Blumenberg, tentaram levantar as semelhanças e dessemelhanças entre a Era da Fé e a Era da Razão[11]. Tais historiadores frisaram o que mencionei antes: a própria idéia de que o mundo ou o eu tem uma natureza intrínseca – uma natureza talvez vislumbrada pelo físico ou pelo poeta – é remanescente da idéia de que o mundo é uma criação divina, obra de alguém que tinha algo em mente, que falava, Ele mesmo, uma língua com que descrevia Seu projeto. Só se tivermos em mente uma imagem desse tipo, uma imagem do universo como uma pessoa, ou como criado por uma pessoa, é que poderemos compreender a idéia de que o mundo tem uma "natureza intrínseca". Isso porque o valor sonante dessa expressão está apenas em que alguns vocabulários são melhores representações do mundo do que outros, em contraste com serem instrumentos melhores para lidar com o mundo para tal ou qual fim.

Abandonar a idéia das línguas como representações e ser rigorosamente wittgensteinianos em nossa abordagem da linguagem equivaleria a desdivinizar o mundo. Somente se o fizermos poderemos aceitar em sua plenitude a tese que apresentei antes – a tese de que, já que a verdade é uma propriedade das frases, já que a existência das frases depende de vocabulários e já que os

11 Cf. Hans Blumenberg, *The legitimacy of the modern age*, trad. Robert Wallace (Cambridge, Mass., MIT Press, 1982).

vocabulários são feitos por seres humanos, o mesmo se dá com as verdades. Enquanto acharmos que "o mundo" designa algo que devemos respeitar e enfrentar, algo semelhante a uma pessoa, no sentido de ter uma descrição predileta de si mesmo, insistiremos em que qualquer descrição filosófica da verdade salve a "intuição" de que a verdade está "aí". Essa intuição equivale ao vago sentimento de que seria arrogância de nossa parte abandonar a linguagem tradicional do "respeito aos fatos" e da "objetividade" – de que seria arriscado e blasfemo não ver o cientista (ou o filósofo, ou o poeta, ou *alguém*) como detentor de uma função sacerdotal, como aquele que nos põe em contato com um reino que transcende o humano.

Na visão que sugiro, a afirmação de que uma doutrina filosófica "adequada" deve dar margem a nossas intuições é um lema reacionário, que se esquiva da questão em exame[12]. Pois é essencial em minha visão que não temos nenhuma consciência pré-lingüística a que a linguagem precise adequar-se, nenhum senso profundo de como são as coisas, o qual seja dever dos filósofos explicitar na linguagem. O que se descreve como essa consciência é a simples disposição de usar a linguagem de nossos ancestrais, de cultuar os cadáveres de suas metáforas. A menos que soframos do que Derrida chama de "nostalgia heideggeriana", não pensaremos em nossas "intuições" como mais do que banalidades, mais do que o uso habitual de um certo repertório de termos, mais do que velhas ferramentas que ainda não têm substitutos.

12 Para uma aplicação desse dito a um caso particular, cf. minha discussão dos apelos à intuição encontrados na visão de "subjetividade" formulada por Thomas Nagel e na doutrina da "intencionalidade intrínseca" de John Searle, em "Contemporary Philosophy of mind", op. cit. Para outras críticas ao trabalho de ambos, críticas que se harmonizam com as minhas, cf. Daniel Dennett, "Setting off on the right foot" e "Evolution, error, and intentionality", em Dennett, *The intentional stance* (Cambridge, Mass., MIT Press, 1987).

Posso resumir cruamente a história contada por historiadores como Blumenberg, dizendo que houve época em que sentíamos necessidade de cultuar algo que estava além do mundo visível. A começar no século XVII, tentamos substituir o amor a Deus pelo amor à verdade, tratando o mundo descrito pela ciência como algo semelhante a uma divindade. A partir do fim do século XVIII, tentamos substituir o amor à verdade científica pelo amor a nós mesmos, pelo culto a nossa própria natureza espiritual ou poética profunda, tratada mais uma vez como algo com características divinas.

A linha de pensamento comum a Blumenberg, Nietzsche, Freud e Davidson sugere que tentemos chegar a um ponto em que não mais cultuemos *nada*, em que não tratemos *nada* como sendo semelhante a uma divindade, em que tratemos *tudo* – nossa linguagem, nossa consciência, nossa comunidade – como produto do tempo e do acaso. Chegar a esse ponto, nas palavras de Freud, seria "tratar o acaso como digno de determinar nosso destino". No capítulo que se segue, afirmo que Freud, Nietzsche e Bloom fazem por nossa consciência o que Wittgenstein e Davidson fazem por nossa linguagem, ou seja, exibem sua pura contingência.

2
A contingência da identidade

Quando começava a escrever sobre o tema deste capítulo, deparei com um poema de Philip Larkin* que me ajudou a formular com clareza o que eu queria dizer. Eis sua última parte:

> E, após percorreres a extensão de tua mente, o que
> Avistas fica claro como um rol de carga;
> Nada mais, para ti, deve ser julgado
>   Existente.
> E qual é a vantagem? Apenas que, com o tempo,
> Como que se identifica a marca cega
> Exibida por toda conduta nossa, rastreia-se-lhe a origem.
>   Mas confessar,
> Na tenra noite em que começa nossa morte,
> Justo qual foi ela, eis o que não chega a satisfazer,
> Pois se aplicou a um só homem, uma vez,
>   E esse homem agonizava.

Esse poema discute o medo da morte, da extinção, confessado por Larkin em entrevistas, mas "medo da extinção" é uma ex-

* O poema é "*Continuing to live*". (N. de T.)

pressão pouco útil. Não existe nada que se possa chamar de um medo da inexistência como tal, mas apenas o medo de uma perda concreta. A "morte" e o "nada" são termos sonoros e igualmente vazios. Dizer que se teme um dos dois é tão canhestro quanto a tentativa epicuriana de dizer por que não devemos temê-los. Disse Epicuro: "Quando sou, a morte não é, e quando a morte é, não sou", o que troca uma expressão vazia por outra. É que a palavra "eu" é tão oca quanto a palavra "morte". Para desembrulhar palavras desse tipo, é preciso preencher os detalhes sobre o eu em questão, especificar precisamente o que é que não será, tornar concreto o medo.

O poema de Larkin sugere uma forma de desembrulhar o que ele temia. O que ele teme que se extinga é seu rol de carga idiossincrático, sua compreensão individual do que foi possível e importante. Era isso que tornava seu eu diferente de todos os outros eus. Perder essa diferença, presumo, é o que teme qualquer poeta – qualquer criador, qualquer um que tenha a esperança de criar algo novo. Quem passa a vida tentando formular uma resposta nova para a questão do que é possível e importante teme a extinção dessa resposta.

Isso, porém, não significa simplesmente que o sujeito tema que suas obras sejam perdidas ou ignoradas. Pois esse medo funde-se com o temor de que, mesmo sendo preservadas e notadas, ninguém encontre nelas nada de distintivo. As palavras (ou formas, ou teoremas, ou modelos da natureza física) dispostas sob o nosso comando podem afigurar-se meros itens estocados, rearranjados de modos rotineiros. Não se terá imprimido a própria marca na linguagem, mas sim passado a vida empurrando daqui para ali peças já cunhadas. Logo, não se terá tido realmente eu nenhum. As criações e o eu do sujeito serão apenas exemplos melhores ou piores de tipos conhecidos. É isso que Harold Bloom chama de "angústia de influência do poeta forte", seu "pavor de se descobrir apenas uma cópia ou uma réplica"[1].

Nesta interpretação do poema de Larkin, o que seria conseguir rastrear a origem da "marca cega exibida por toda conduta" do sujeito? Presumivelmente, seria descobrir o que havia nele de distintivo – a diferença entre seu rol de carga e o de outras pessoas. Se ele pudesse pôr esse reconhecimento no papel (ou na tela, ou em filme) – se pudesse descobrir palavras ou formas distintivas para sua própria distinção –, *demonstraria* não ter sido uma cópia ou uma réplica. O sujeito teria sido tão forte quanto qualquer poeta já foi, o que significa ter sido tão forte quanto qualquer ser humano poderia ser. É que ele saberia com exatidão o que morreria e, portanto, saberia o que havia logrado ao vir a ser.

Todavia, o fim do poema de Larkin parece rejeitar essa leitura bloomiana. Ali nos é dito que esse rastreamento da origem da própria distinção "não chega a satisfazer". Isso parece significar que mal chega a ser satisfatório ter se tornado um indivíduo – no sentido forte de que o talento é o paradigma da individualidade. Larkin finge desprezar sua própria vocação, alegando que ter sucesso nela seria meramente ter posto no papel algo que "se aplicou a um só homem, uma vez, / E esse homem agonizava".

Digo "finge" porque duvido que algum poeta possa seriamente julgar trivial o seu sucesso em levantar a origem da marca cega impressa em todas as suas condutas – em todos os seus poe-

1 Harold Bloom, *The anxiety of influence* (Oxford, Oxford University Press, 1973), p. 80 [*A angústia da influência: uma teoria da poesia* (trad. Marcos Santarrita, Rio de Janeiro, Imago, 2002)]. Cf. também a afirmação de Bloom (p. 10) de que "todo poeta começa (ainda que 'inconscientemente') por se rebelar com mais força contra o medo da morte do que todos os outros homens e mulheres". Presumo que Bloom se dispusesse a estender a referência ao "poeta" para além dos que escrevem poesia, e a usá-la no sentido lato e genérico em que a utilizo – de tal modo que Proust e Nabokov, Newton e Darwin, Hegel e Heidegger também se enquadrem nesse termo. Também essas pessoas devem ser tidas como rebelando-se contra a "morte" – isto é, contra não haverem criado – com mais intensidade do que a maioria de nós.

mas anteriores. Desde o exemplo dos românticos, desde a época em que, com Hegel, começamos a pensar na consciência de si como autocriação, nenhum poeta pensou seriamente na idiossincrasia como uma objeção a sua obra. Nesse poema, entretanto, Larkin finge que as marcas cegas, essas contingências particulares que fazem de cada um de nós um "eu", e não uma cópia ou réplica de outra pessoa, na verdade não importam. Ele sugere que, a menos que se descubra algo comum a todos os homens em todas as épocas, e não apenas algo de um só homem, uma única vez, não se pode morrer satisfeito. Ele finge que ser um poeta forte não basta – que só alcançaria a satisfação sendo filósofo, descobrindo continuidades, em vez de exibir uma descontinuidade[2].

2 "Os críticos, em seu âmago mais secreto, amam as continuidades, mas quem vive apenas com a continuidade não pode ser poeta" (Bloom, *Anxiety of influence*, p. 78). O crítico, nesse aspecto, é uma espécie de filósofo – ou, mais exatamente, do que Heidegger e Derrida chamam de "metafísico". A metafísica, diz Derrida, é a busca de "uma estrutura centrada [...] o conceito de jogo como baseado num solo fundamental, um jogo constituído com base numa imobilidade fundamental e numa certeza tranqüilizadora, que, em si mesma, está fora do alcance do jogo" (Derrida, *Writing and difference*, Chicago, University of Chicago Press, 1978, p. 279 [*Escritura e diferença*, São Paulo, Perspectiva, 3. ed., 2002]). Os metafísicos buscam continuidades – condições abrangentes de possibilidade – que proporcionem o espaço em que ocorre a descontinuidade. O sonho secreto da crítica é dispor de um escaninho em que qualquer poeta futuro possa ser encaixado. A esperança explícita dos filósofos da ciência pré-kuhnianos era ter uma descrição da "natureza da ciência" que não pudesse ser perturbada por nenhuma revolução científica futura.

A diferença mais importante entre Bloom e Paul de Man (para não falar do que Bloom chama de "Companhia Itinerante da Desconstrução") é que De Man achava que a filosofia lhe dera uma idéia da condição necessária de toda e qualquer poesia possível – passada, presente e futura. Acredito que Bloom tenha razão ao rejeitar a afirmação de De Man de que "todo ato poético ou crítico autêntico ensaia o ato aleatório e sem sentido da morte, para o qual uma outra denominação é a problemática da linguagem" (Bloom, *Agon*, Oxford, Oxford University Press, 1982, p. 29). Bloom não quer conversa com idéias filosóficas como "a problemática da linguagem" nem com abstrações como "o ato aleatório e insensato da morte". Considera, acertadamente, que elas prejudicam a crítica, definida como a "arte de conhecer os caminhos ocultos que vão de um poema a outro" (*Anxiety of influence*, p. 96). Tal como a busca freudiana dos caminhos ocultos que vão da criança ao adulto, ou dos pais aos filhos, esse ato deve muito pouco à busca de continuidades, inclusive as continuidades postuladas pela própria metapsicologia freudiana.

Creio que o poema de Larkin deve seu interesse e sua força a esse lembrete da disputa entre a poesia e a filosofia, da tensão entre o esforço de chegar à autocriação pelo reconhecimento da contingência e o esforço de chegar à universalidade pela transcendência da contingência. A mesma tensão perpassou a filosofia desde a época de Hegel[3] e, particularmente, desde Nietzsche. Os filósofos importantes do século XX são aqueles que tentaram dar continuidade aos poetas românticos, rompendo com Platão e vendo a liberdade como o reconhecimento da contingência. São esses os filósofos que procuram desvincular a insistência de Hegel na historicidade do idealismo panteísta hegeliano. Eles aceitam a identificação nietzschiana do poeta forte, do criador, como o herói da humanidade – em vez do cientista, que é tradicionalmente retratado como um descobridor. Em termos mais gerais, tentam evitar qualquer coisa que cheire à filosofia como contemplação, como tentativa de ver a vida uniformemente e de vê-la inteira, para insistir na pura contingência da existência individual.

Com isso, descobrem-se no mesmo tipo de posição incômoda, mas interessante, de Larkin. Este escreve um poema sobre a insatisfação, comparada ao que os filósofos pré-nietzschianos esperavam realizar, de fazer a única coisa que os poetas sabem fa-

3 Diz Bloom: "Se é correta a tese deste livro, o tema oculto da maior parte da poesia dos três últimos séculos foi a angústia de influência, o medo de cada poeta de que não lhe reste nenhum trabalho apropriado a executar" (*Anxiety of influence*, p. 148). Creio que Bloom concordaria em que esse medo também é comum aos pintores originais, aos físicos originais e aos filósofos originais. No capítulo 5, sugiro que a *Fenomenologia* de Hegel foi o livro que iniciou o período de atraso e angústia da filosofia, aquele que ditou a tarefa de Nietzsche, Heidegger e Derrida – a tarefa de ser algo mais do que uma nova volta na mesma velha gangorra dialética. A idéia hegeliana de uma *norma* na filosofia foi o que Nietzsche chamou de uma "desvantagem da história para a vida [do filósofo original]", pois ela sugeriu a Kierkegaard e também a Nietzsche que *agora*, dada a consciência de si hegeliana, já não podia existir algo que se chamasse de criatividade filosófica.

zer. Filósofos pós-nietzschianos como Wittgenstein e Heidegger escrevem filosofia para exibir a universalidade e a necessidade do individual e do contingente. Esses dois filósofos foram apanhados na disputa entre a filosofia e a poesia, iniciada por Platão, e acabaram tentando elaborar termos honrosos em que a filosofia pudesse render-se à poesia.

Posso explicitar essa comparação voltando ao poema de Larkin. Consideremos sua sugestão de que se pode obter mais satisfação da descoberta de uma "marca cega" que *não* se aplique a "um só homem uma única vez", mas a todos os seres humanos. Pensemos no encontro dessa marca como a descoberta das condições universais da existência humana, das grandes continuidades – o contexto permanente e anistórico da vida humana. Foi isso que um dia os sacerdotes afirmaram ter feito. Mais tarde, os filósofos gregos, depois os cientistas empíricos e, ainda posteriormente, os idealistas alemães fizeram a mesma afirmação. Pretenderam explicar-nos o *locus* supremo do poder, a natureza da realidade, as condições de possibilidade da experiência. Com isso nos informariam o que realmente somos, o que somos obrigados a ser, por forças que não nós mesmos. Exibiriam a marca impressa em *todos* nós. Essa marca não seria cega, pois não seria uma questão de acaso, uma simples contingência. Seria necessária, essencial, teleológica, constitutiva do que é ser um ser humano. Ela nos daria uma meta, a única meta possível, a saber, o pleno reconhecimento dessa mesma necessidade, a consciência de nossa essência.

Comparadas a essa marca universal, diz a história dos filósofos pré-nietzschianos, as contingências particulares das vidas individuais não são importantes. O erro dos poetas está em desperdiçar palavras em idiossincrasias, em contingências – em nos falar da aparência acidental, e não da realidade essencial. Admitir a importância da mera localização espaço-temporal, da mera circunstância contingente, seria reduzir-nos ao nível de um animal agonizante. Compreender o contexto em que necessariamente vivemos, em contraste, seria dar-nos uma mente com a extensão exata do próprio universo, um rol de carga que seria uma cópia do rol do próprio universo. O que contaria como existente, possível ou importante para nós seria o que realmente *é* possível ou importante. Havendo copiado esse rol, poder-se-ia morrer satisfeito, por ter realizado a única tarefa imposta à humanidade – *conhecer a verdade*, estar em contato com o que "está aí". Não haveria mais nada a fazer e, portanto, nenhuma perda possível a ser temida. A extinção não teria importância, pois nos tornaríamos idênticos à verdade, e a verdade, segundo essa visão tradicional, é imperecível. O que se extinguiria seria meramente a animalidade idiossincrática. Os poetas, que não estão interessados na verdade, apenas nos distraem dessa tarefa paradigmaticamente humana, e por isso nos degradam.

Foi Nietzsche o primeiro a sugerir explicitamente que abandonássemos toda a idéia de "conhecer a verdade". Sua definição da verdade como um "exército móvel de metáforas" equivaleu a dizer que a idéia inteira de "representar a realidade" por meio da linguagem e, portanto, de descobrir um contexto único para todas as vidas humanas, devia ser abandonada. Seu perspectivismo equivaleu a afirmar que o universo não tinha um rol de carga a ser conhecido, nenhuma extensão determinada. Ele esperava que, ao nos apercebermos de que o "mundo verdadeiro" de Platão era apenas uma fábula, buscaríamos consolo, na hora da morte, não no havermos transcendido a condição de animais, porém no sermos o tipo peculiar de animal agonizante que, por ter-se descrito em seus próprios termos, havia criado a si mesmo. Mais exatamente, esse animal teria criado a única parte importante dele mesmo, por construir sua própria mente. Criar a própria mente é criar a própria linguagem, em vez de permitir que a extensão da mente seja ditada pela linguagem deixada por outros seres humanos[4].

Todavia, ao abandonar a concepção tradicional de verdade, Nietzsche não abandonou a idéia de descobrir as causas de sermos o que somos. Não desistiu da idéia de que o indivíduo podia rastrear as origens da marca cega exibida por todas as suas condutas. Rejeitou apenas a idéia de que esse rastreamento fosse um processo de descoberta. Em sua opinião, ao chegarmos a esse tipo de autoconhecimento, não passamos a conhecer uma verdade que existiu ali (ou aqui) desde sempre. Ao contrário, ele via o autoconhecimento como autocriação. O processo de vir a conhecer a si mesmo, de confrontar as próprias contingências, rastrear as próprias causas, é idêntico ao processo de inventar uma nova linguagem – isto é, de elaborar novas metáforas. Isso porque qualquer descrição *literal* da própria individualidade, ou seja, qualquer uso, para esse fim, de um jogo de linguagem herdado, será necessariamente um fracasso. O indivíduo não rastreará as origens dessa idiossincrasia, mas conseguirá apenas vê-la como não idiossincrática, afinal, como um espécimen que reitera um tipo, uma cópia ou réplica de algo já identificado. Fracassar como poeta – e portanto, para Nietzsche, fracassar como ser humano – é aceitar a descrição de si mesmo feita por outra pessoa, é executar um projeto previamente preparado, é escrever, no máximo, variações elegantes sobre poemas escritos no passado. Logo, a única maneira de rastrear as causas do ser do sujeito como único seria contar a história de suas causas numa nova linguagem.

4 Minha exposição de Nietzsche deve muito a um livro original e penetrante de Alexander Nehamas, *Nietzsche: life as literature* (Cambridge, Mass., Harvard University Press, 1985).

Isso talvez soe paradoxal, pois pensamos nas *causas* como descobertas, e não inventadas. Pensamos em contar uma história *causal* como um paradigma do uso *literal* da linguagem. A metáfora, a novidade lingüística, parece deslocada quando se passa do simples deleite com essa novidade para a explicação de por que ocorreram essas novidades, e não outras; mas lembremos a afirmação, feita no primeiro capítulo, de que até nas ciências naturais, vez por outra, temos histórias causais genuinamente novas – o tipo de histórias produzidas pelo que Kuhn chama de "ciência revolucionária". Mesmo nas ciências, as redescrições metafóricas são a marca da genialidade e dos saltos revolucionários para a frente. Se acompanharmos essa colocação kuhniana, pensando com Davidson na distinção entre o literal e o metafórico como uma distinção entre a velha e a nova linguagem, e não em termos de uma distinção entre as palavras que captam o mundo e as que não o fazem, o paradoxo desaparecerá. Se, com Davidson, abandonarmos a idéia da linguagem como adaptada ao mundo, compreenderemos o sentido da afirmação de Bloom e Nietzsche de que o criador forte, a pessoa que usa as palavras de um modo como nunca foram usadas, é mais capaz de apreciar sua própria contingência. É que ela pode ver, com mais clareza do que o historiador, crítico ou filósofo que busca a continuidade, que sua *linguagem* é tão contingente quanto seus pais ou sua época histórica. Pode avaliar a força da afirmação de que "a verdade é um exército móvel de metáforas" porque, por sua pura força própria, escapa de uma perspectiva metafórica para outra.

Só os poetas, suspeitava Nietzsche, podem verdadeiramente apreciar a contingência. O restante de nós está fadado a continuar a ser filósofo, a insistir em que de fato só existe um rol de carga verdadeiro, uma descrição verdadeira da situação humana, um contexto universal de nossas vidas. Estamos fadados a passar nossa vida consciente tentando fugir da contingência, em vez de, como o poeta forte, reconhecermos a contingência e nos apropriarmos dela. Para Nietzsche, portanto, a linha entre o poeta forte e o resto da raça humana tem a importância que Platão e o cristianismo atribuíram à distinção entre o humano e o animal. Isso porque, ainda que os poetas fortes, assim como todos os outros animais, sejam produtos causais de forças naturais, eles são produtos capazes de contar a história de sua própria produção com palavras nunca usadas antes. A linha que separa a fraqueza e a força é, pois, a linha entre usar uma linguagem que é conhecida e universal e produzir uma linguagem que, apesar de inicialmente desconhecida e idiossincrática, de algum modo torna tangível a marca cega exibida por todas as condutas do indivíduo. Com sorte – o tipo de sorte que assinala a diferença entre o talento e a excentricidade –, essa linguagem também parecerá inevitável à geração seguinte. As condutas *dessa nova geração* exibirão essa marca.

Para dizer a mesma coisa de outra maneira, a tradição filosófica ocidental só pensa na vida humana como um triunfo na medida em que ela rompe com o mundo do tempo, da aparência e da opinião idiossincrática e passa para outro mundo – o mundo da verdade duradoura. Nietzsche, ao contrário, acha que a fronteira importante a cruzar não é a que separa o tempo da verdade atemporal, mas a que separa o velho do novo. Ele só considera triunfal a vida humana na medida em que ela escapa às descrições herdadas das contingências de sua existência e encontra novas descrições. É essa a diferença entre a vontade de verdade e a vontade de auto-superação. É a diferença entre pensar na redenção como um estabelecer contato com algo maior e mais duradouro do que o próprio eu e a redenção tal como Nietzsche a descreve: "recriar todo 'era' num 'eu quis assim'".

O drama de uma vida humana individual, ou da história da humanidade como um todo, não é um drama em que uma meta preexistente seja triunfalmente atingida ou tragicamente não alcançada. Nem uma realidade externa constante nem tampouco uma infalível fonte interna de inspiração compõem o pano de fundo desses dramas. Ao contrário, ver a própria vida ou a vida da comunidade como uma narrativa dramática é vê-la como um processo de auto-superação nietzschiana. O paradigma dessa narrativa é a vida do gênio capaz de dizer "eu quis assim" sobre a parte relevante do passado, por ter encontrado um modo de descrever esse passado que o próprio passado jamais conheceu e, assim, ter descoberto um eu para ser que seus precursores nunca souberam ser possível.

Nessa visão nietzschiana, o impulso de pensar, indagar e tecer outra vez a si mesmo, de maneira cada vez mais minuciosa, não é o assombro, mas o pavor. Trata-se, mais uma vez, do "pavor de se descobrir apenas uma cópia ou uma réplica", nas palavras de Bloom. O assombro em que Aristóteles julgava iniciar-se a filosofia era o assombro do descobrir-se num mundo maior, mais forte e mais nobre que o próprio sujeito. O medo de que partem os poetas de Bloom é o medo de acabar os próprios dias num mundo assim, um mundo jamais criado, um mundo herdado. A esperança de tal poeta é conseguir fazer com o passado aquilo que o passado tentou fazer com ele: fazer com que o passado em si, inclusive os próprios processos causais que lhe marcaram cegamente todas as condutas, exiba a *sua* marca. O sucesso nessa iniciativa – a iniciativa de dizer ao passado "eu quis assim" – é o sucesso no que Bloom chama de "partejar a si mesmo". A importância de Freud está em que ele nos ajuda a aceitar e a fazer uso dessa idéia nietzschiana e bloomiana do que é ser um ser humano plenamente desenvolvido. Bloom chamou

Freud de "inescapável, visto que, mais até do que Proust, ele foi a mente mitopoética de nossa era, tão nosso teólogo e nosso filósofo moral quanto foi nosso psicólogo e nosso principal criador de ficções"[5]. Começamos a compreender o papel de Freud em nossa cultura quando o vemos como o moralista que ajudou a desdivinizar o eu, ao rastrear a consciência até sua origem nas contingências de nossa criação[6].

Ver Freud dessa maneira é vê-lo tendo Kant por pano de fundo. A concepção kantiana da consciência diviniza o eu. Ao desistirmos, como fez Kant, da idéia de que o conhecimento científico de fatos concretos é nosso ponto de contato com uma força outra que não nós mesmos, é natural fazermos o que ele fez: voltarmo-nos para dentro, encontrar esse ponto de contato em nossa consciência moral – em nossa busca da honradez, não em nossa busca da verdade. Para Kant, a honradez "em nosso âmago" assume o lugar da verdade empírica "lá fora". Kant dispunha-se a deixar que o céu estrelado nas alturas fosse um mero *símbolo* da lei moral interna – uma metáfora opcional, extraída do reino do fenomênico, para o caráter ilimitado, sublime e inato do eu moral, dessa parte de nós que não era fenomênica, não era produto do tempo e do acaso, nem era efeito de causas espaço-temporais naturais.

Essa interpretação kantiana ajudou a preparar o cenário para a apropriação romântica da natureza íntima do divino, mas o

5 Bloom, *Agon*, pp. 43-4. Cf. também Harold Bloom, *Kabbalah and criticism* (Nova York, Seabury Press, 1975), p. 112: "Uma curiosidade [...] de grande parte do discurso dos séculos XIX e XX sobre a natureza do humano, e sobre as idéias, é que esse discurso se esclarece de maneira notável ao substituirmos 'pessoa' por 'poema', ou 'idéia' por 'poema'. [...] Nietzsche e Freud me parecem grandes exemplos desse deslocamento surpreendente".

6 Estendi-me sobre essa afirmação em "Freud and moral reflection", em Joseph Smith e William Kerrigan (orgs.), *Pragmatism's freud* (Baltimore, Johns Hopkins University Press, 1986) [Incluído também em *Ensaios sobre Heidegger e outros* (trad. Marco A. Casanova, Rio de Janeiro, Relume-Dumará, 1999)].

próprio Kant ficou estarrecido com a tentativa romântica de fazer da imaginação poética idiossincrática, e não do que ele chamava de "consciência moral comum", o centro do eu. Desde a época de Kant, no entanto, o romantismo e o moralismo – a insistência na espontaneidade individual e na perfeição privada e a insistência na responsabilidade social universalmente compartilhada – estiveram em guerra. Freud nos ajuda a pôr fim a essa guerra. Ele desuniversaliza o senso moral, tornando-o tão idiossincrático quanto as invenções do poeta. Com isso, faculta-nos ver a consciência moral como historicamente condicionada, tão produto do tempo e do acaso quanto da consciência política ou estética.

Freud termina seu ensaio sobre Leonardo da Vinci com uma passagem da qual citei um fragmento no fim do primeiro capítulo. Diz ele:

> Quando se considera o acaso indigno de determinar nosso destino, isso é uma simples recaída na visão reverente do universo que o próprio Leonardo estava prestes a superar quando escreveu que o Sol não se movia [...] estamos todos excessivamente dispostos a esquecer que, na verdade, tudo que tem a ver com nossa vida é acaso, a começar por nossa origem no encontro do espermatozóide com o óvulo. [...] Todos ainda mostramos pouquíssimo respeito pela natureza, que (nas palavras obscuras de Leonardo, que relembram os versos de Hamlet) "é repleta de incontáveis razões (*ragioni*) que nunca entram na experiência".
>
> Cada um de nós, seres humanos, corresponde a um dos experimentos incontáveis em que essas *ragioni* da natureza entram à força em nossa experiência.[7]

7 *Standard edition* (*S.E.*), vol. XI, p. 137 ["Uma lembrança infantil de Leonardo da Vinci", *Edição standard brasileira das obras psicológicas completas de Sigmund Freud* (*E.S.B.*), Rio de Janeiro, Imago, vol. XI]. Agradeço meu conhecimento dessa passagem a William Kerrigan.

O freudismo sensato da cultura contemporânea facilita-nos ver nossa consciência como um desses experimentos, identificar a dor da consciência com a renovação da culpa por impulsos sexuais infantis recalcados – recalcamentos que são o produto de inúmeras contingências que nunca entram na experiência. Hoje em dia, é difícil apreender quão espantoso deve ter sido o momento em que Freud, pela primeira vez, começou a descrever a consciência moral como um ideal de eu instituído pelos que "não se dispõem a abrir mão da perfeição narcísica [...] da infância"[8]. Se Freud tivesse feito apenas a afirmação ampla, abstrata e quase filosófica de que a voz da consciência era a voz internalizada dos pais e da sociedade, não teria causado espanto. Essa afirmação fora sugerida por Trasímaco na *República* de Platão e, posteriormente, desenvolvida por autores reducionistas como Hobbes. O que há de novo em Freud são os *detalhes* que ele nos dá sobre o tipo de coisa que acontece na formação da consciência moral, suas explicações de por que algumas situações e pessoas muito concretas despertam uma culpa insuportável, uma angústia intensa ou um ódio surdo. Consideremos, por exemplo, a seguinte descrição da fase de latência:

> Além da dissolução do complexo de Édipo, há uma degradação regressiva da libido, o supereu torna-se excepcionalmente severo e impiedoso, e o eu, obedecendo ao supereu, produz intensas formações reativas, sob a forma da conscienciosidade, da piedade e da limpeza. [...] Também aqui, porém, a neurose obsessiva apenas exagera o método normal de nos livrarmos do complexo de Édipo.[9]

8 "On narcissism", *S.E.*, XIV, p. 94 ["Sobre o narcisismo: uma introdução", *E.S.B.*, XIV].
9 *S.E.*, XX, p. 115 ["Inibição, sintoma e angústia", *E.S.B.*, XX].

Esse trecho, assim como outros que discutem o que Freud chama de "origem narcísica da compaixão"[10], oferece-nos uma forma de pensar sobre o sentimento de piedade não como uma identificação com o núcleo humano comum que partilhamos com todos os outros membros de nossa espécie, mas como canalizado de maneiras muito específicas para tipos de pessoas muito específicos e vicissitudes muito particulares. Com isso, ele nos ajuda a compreender por que fazemos esforços intermináveis para ajudar um amigo e somos inteiramente alheios ao sofrimento maior de outro, a quem pensamos amar com a mesma ternura. Ele ajuda a explicar como alguém pode ser, ao mesmo tempo, uma doce mãe e uma guarda implacável num campo de concentração, ou um magistrado justo e moderado e também um pai frio e rechaçador. Associando a conscienciosidade à limpeza e associando ambas não apenas à neurose obsessiva, mas também (como faz noutros lugares) ao impulso religioso e à ânsia de construir sistemas filosóficos, Freud desarticula todas as distinções tradicionais entre o superior e o inferior, o essencial e o acidental, o central e o periférico. Deixa-nos um eu que é uma trama de contingências, e não um sistema ao menos potencialmente bem ordenado de faculdades.

Freud nos mostra por que deploramos a crueldade em alguns casos, mas nos deleitamos com ela em outros. Mostra-nos por que nossa capacidade de amar restringe-se a algumas formas, tamanhos e cores muito particulares de pessoas, coisas ou idéias. Mostra-nos por que nosso sentimento de culpa é despertado por certos eventos muito específicos e, em tese, perfeitamente insignificantes, e não por outros que, segundo qualquer teoria moral conhecida, teriam muito mais vulto. Além disso, ele dá a

10 Por exemplo, *S.E*, XVII, p. 88 ["História de uma neurose infantil", *E.S.B.*, XVII].

cada um de nós o instrumental para construir nosso vocabulário privado de deliberações morais. Isso porque termos como "infantil", "sádico", "obsessivo" ou "paranóico", ao contrário dos nomes de vícios e virtudes que herdamos dos gregos e dos cristãos, têm ressonâncias muito específicas e muito diferentes para cada indivíduo que os usa: trazem-nos à mente semelhanças e diferenças entre nós e outras pessoas muito particulares (nossos pais, por exemplo) e entre a situação atual e situações particularíssimas de nosso passado. Eles nos habilitam a esboçar uma narrativa de nosso próprio desenvolvimento, de nossa luta moral idiossincrática, com uma textura muito mais aprimorada, muito mais talhada sob medida para nosso caso individual, do que o vocabulário moral que a tradição filosófica nos oferecia.

Podemos resumir isso dizendo que Freud torna a deliberação moral tão filigranada, tão pormenorizada e multiforme quanto sempre foi o cálculo prudencial. Desse modo, ajuda a desarticular a distinção entre a culpa moral e a contra-indicação prática, tornando assim imprecisa a distinção entre prudência e moral. Em contraste, as filosofias morais de Platão e Kant centraram-se nessa distinção – tal como faz a "filosofia moral", no sentido como costuma ser entendida pelos filósofos analíticos contemporâneos. Kant nos divide em duas partes, uma chamada "razão", que é idêntica em todos nós, e outra (sensação empírica e desejo) que é uma questão de impressões cegas, contingentes e idiossincráticas. Em contraste, Freud trata a racionalidade como um mecanismo que ajusta contingências a outras contingências, mas sua mecanização da razão não é apenas mais um reducionismo filosófico abstrato, não é mais um "platonismo às avessas". Em vez de discutir a racionalidade da maneira abstrata, simplista e reducionista tal como a discutem Hobbes e Hume (uma maneira que retém os dualismos originais de Platão, a fim de invertê-los), Freud investe seu tempo em exibir a extraordinária sofisticação, sutileza e inteligência de nossas estratégias inconscientes. Dessa forma, possibilita-nos ver a ciência e a poesia, a genialidade e a psicose – e, o que é mais importante, a moral e a prudência – não como produtos de faculdades distintas, mas como modalidades alternativas de adaptação.

Assim, Freud nos ajuda a levar a sério a possibilidade de que não haja uma faculdade central, um eu central chamado "razão" – e, portanto, a levar a sério o pragmatismo e o perspectivismo nietzschianos. A psicologia moral freudiana nos dá um vocabulário de descrição de nós mesmos que é radicalmente diferente do de Platão, e também radicalmente diferente da faceta de Nietzsche que Heidegger condenou, com acerto, como mais um exemplo de platonismo às avessas – a tentativa romântica de enaltecer a carne em relação ao espírito, o coração em relação à mente, e uma faculdade mítica chamada "vontade" em relação a outra, igualmente mítica, chamada "razão".

A idéia platônica e kantiana de racionalidade gira em torno da idéia de que precisamos submeter ações particulares a princípios gerais, se quisermos ser morais[11]. Freud sugere que precisamos voltar ao particular – a ver as situações e opções particulares atuais como semelhantes a ações ou eventos particulares passados, ou diferentes deles. A seu ver, somente se nos apoderarmos de algumas contingências idiossincráticas cruciais do passado poderemos fazer de nós mesmos alguma coisa digna, criar eus atuais que possamos respeitar. Ele nos ensinou a interpretar o que fazemos ou pensamos fazer em termos, por exemplo, de nossa reação passada a certas figuras de autoridade, ou em termos

11 Quanto a dúvidas acerca dessa suposição na filosofia analítica recente, cf. os escritos de J. B. Schneewind e Annette Baier. Cf. também Jeffrey Stout, *Ethics after Babel* (Boston, Beacon Press, 1988).

de constelações de comportamentos que nos foram impingidas na primeira infância. Sugeriu que enalteçamos a nós mesmos, tecendo narrativas idiossincráticas – relatos de casos, por assim dizer – de nosso sucesso na autocriação, de nossa capacidade de nos libertarmos de um passado idiossincrático. Freud sugere que devemos nos condenar se falharmos em nossa tentativa de nos libertarmos desse passado, e não por não conseguirmos ficar à altura de padrões universais.

Outra maneira de expor esse ponto é dizer que Freud abandonou a tentativa platônica de juntar o público e o privado, os papéis do Estado e os papéis da alma, a busca de justiça social e a busca de perfeição individual. Ele respeitou igualmente os apelos do moralismo e do romantismo, mas se recusou a dar prioridade a um em relação ao outro, ou a tentar fazer uma síntese dos dois. Estabeleceu uma clara distinção entre a ética privada da autocriação e a ética pública da conciliação recíproca. Convenceu-nos de que não há entre elas nenhuma ponte fornecida por crenças ou desejos universalmente compartilhados – crenças ou desejos que nos sejam próprios enquanto humanos, e que nos unam a nossos semelhantes simplesmente *como* humanos.

Na visão de Freud, nossas metas conscientes privadas são tão idiossincráticas quanto as obsessões e fobias inconscientes de que derivaram. Apesar dos esforços de autores como Fromm e Marcuse, a psicologia moral freudiana não pode ser usada para definir metas sociais, metas da humanidade, em oposição às de indivíduos. Não há como forçar Freud a se enquadrar num molde platônico, tratando-o como um filósofo moral que ofereça critérios universais de bondade, integridade ou felicidade verdadeira. Sua *única* utilidade reside em sua capacidade de nos desviar do universal para o concreto, da tentativa de encontrar verdades necessárias e crenças impossíveis de eliminar para as contingências idiossincráticas de nossos passados individuais, para a marca cega exibida em todas as nossas condutas. Ele nos proporcionou uma psicologia moral compatível com a tentativa de Nietzsche e de Bloom de ver o poeta forte como o arquétipo do ser humano.

Todavia, embora a psicologia moral freudiana seja compatível com essa tentativa, ela não a implica. Para os que compartilham essa idéia do poeta como paradigmático, Freud parecerá libertário e inspirador. Mas suponhamos que, como Kant, considerássemos paradigmática a pessoa altruísta, autêntica, sem imaginação, decente, honesta e cumpridora dos deveres. Foi em homenagem a essas pessoas que Kant escreveu – pessoas que, ao contrário do filósofo de Platão, não têm nenhuma argúcia mental ou curiosidade intelectual especiais e que, ao contrário do santo cristão, não anseiam ardorosamente sacrificar-se por amor a Jesus crucificado.

Foi em nome dessas pessoas que Kant distinguiu a razão prática da razão pura e a religião racional do entusiasmo. Foi em nome delas que inventou a idéia de um imperativo único, sob cuja égide se poderia subsumir a moral. Isso porque, pensava ele, a glória de tais pessoas está em se reconhecerem submetidas a uma obrigação incondicional – uma obrigação que pode ser cumprida sem recurso ao cálculo prudencial, à projeção imaginativa ou à redescrição metafórica. Assim, Kant desenvolveu não apenas uma psicologia moral nova e imaginativa, mas uma abrangente redescrição metafórica de todas as facetas da vida e da cultura, justamente para tornar o mundo intelectual seguro para essas pessoas. Em suas palavras, ele negou o conhecimento para dar espaço à fé, à confiança dessas pessoas em que, ao cumprirem seu dever, elas fazem tudo que precisam fazer, são seres humanos paradigmáticos.

Muitas vezes pareceu necessário escolher entre Kant e Nietzsche, tomar uma decisão – pelo menos *nessa* medida – quanto ao que é sermos humanos, mas Freud nos oferece um modo de olharmos para os seres humanos que nos ajuda a fugir dessa escolha. Após a leitura de Freud, não vemos nem o poeta forte de Bloom nem o zeloso cumpridor de obrigações universais de Kant como paradigmáticos. É que Freud evitou a própria idéia de um ser humano paradigmático. Ele não vê a humanidade como uma espécie natural, dotada de uma natureza intrínseca, de um conjunto intrínseco de poderes a desenvolver ou a deixar não desenvolvidos. Ao romper com o platonismo residual de Kant e com o platonismo às avessas de Nietzsche, ele nos permite ver o super-homem nietzschiano e a consciência moral comum kantiana como exemplos de duas de muitas formas de adaptação, duas de muitas estratégias para lidar com as contingências da própria criação, com o haver-se com uma marca cega. Há muito a dizer em favor de ambas. Cada qual tem suas vantagens e desvantagens. É comum as pessoas dignas serem muito obtusas. O brilhantismo é decerto um aliado íntimo da loucura. Freud reverencia o poeta, mas o descreve como infantil. Entedia-se com o homem meramente moral, mas o descreve como maduro. Não se entusiasma com nenhum dos dois, e não nos pede que escolhamos entre eles. Não acha que tenhamos uma faculdade capaz de fazer tais escolhas.

Freud não vê necessidade de erigir uma teoria da natureza humana que salvaguarde os interesses de um ou de outro. Considera que esses dois tipos de pessoas fazem o melhor que podem com o material de que dispõem, e que nenhum é "mais verdadeiramente humano" do que o outro. Abjurar a idéia do "verdadeiramente humano" é abjurar a tentativa de divinizar o eu como substituto de um mundo divinizado, tentativa kantiana que resumi no fim do primeiro capítulo. Equivale a nos livrarmos da última cidadela da necessidade, da última tentativa de nos vermos a todos diante dos mesmos imperativos, das mesmas reivindicações incondicionais. O que liga Nietzsche e Freud é essa tentativa – a tentativa de considerar que uma marca cega não é indigna de programar nossa vida ou nossos poemas.

Há uma diferença, porém, entre Nietzsche e Freud que não é apreendida por minha descrição da visão freudiana do homem moral como digno, porém obtuso. Freud nos mostra que, se examinarmos o interior do conformista *bien-pensant*, se o deitarmos no divã, veremos que ele só é obtuso na superfície. Para Freud, ninguém é inteiramente obtuso, pois não existe inconsciente obtuso. O que torna Freud mais útil e mais plausível do que Nietzsche é que ele não relega a vasta maioria da humanidade à condição de animais agonizantes. Isso porque a descrição freudiana da fantasia inconsciente mostra-nos como ver toda vida humana como um poema – ou, mais exatamente, toda vida humana como não tão destroçada pela dor que não possa aprender uma linguagem, nem tão imersa no trabalho que não tenha tempo para gerar uma descrição de si mesma[12]. Freud considera que cada vida é uma tentativa de se revestir de suas próprias metáforas. Como diz Philip Rieff, "Freud democratizou o talento, ao dar a todos um inconsciente criativo"[13]. A mesma idéia é exposta por

12 Sobre a necessidade dessa ressalva, cf. o notável livro de Elaine Scarry, *The body in pain: the making and unmaking of the world* (Oxford, Oxford University Press, 1985). Nesse livro, Scarry contrasta a dor muda, o tipo de dor que o torturador espera criar em sua vítima, ao privá-la da linguagem e, portanto, do vínculo com as instituições humanas, com a capacidade de participar dessas instituições, proporcionada pela posse da linguagem e do tempo livre. Scarry assinala que o que realmente apraz ao torturador é *humilhar* sua vítima, e não fazê-la gritar de agonia. O grito é apenas mais uma humilhação. Desenvolvo este último ponto, no contexto das abordagens da crueldade por Nabokov e Orwell, nos capítulos 7 e 8.

13 Philip Rieff, *Freud: the mind of the moralist* (Nova York, Harper and Row, 1961), p. 36.

Lionel Trilling, que disse que Freud "nos mostrou que a poesia é natural da própria constituição da mente; viu a mente como algo que, na maior parte de sua tendência, é exatamente uma faculdade produtora de poesia"[14]. Leo Bersani ampliou a colocação de Rieff e Trilling, ao dizer que "a teoria psicanalítica tornou tão ricamente problemática a idéia de fantasia, que já não deveríamos ser capazes de tomar por certa a distinção entre arte e vida"[15].

Dizer com Trilling que a mente é uma faculdade produtora de poesia talvez pareça levar-nos de volta à filosofia, assim como à idéia de uma natureza humana intrínseca. Em termos específicos, talvez pareça devolver-nos a uma teoria romântica da natureza humana em que a "Imaginação" desempenha o papel que os gregos atribuíam à "Razão". Mas não é assim. A "Imaginação", para os românticos, era um vínculo com algo que não nós mesmos, uma prova de que estamos aqui como se viéssemos de outro mundo. Era uma faculdade de expressão. O que Freud, porém, entende como compartilhado por todos nós, usuários relativamente ociosos da linguagem – todos os que temos o equipamento e o tempo para fantasiar –, é a faculdade de criar metáforas.

Na descrição davidsoniana da metáfora, que resumi no primeiro capítulo, quando uma metáfora é criada, ela não *expressa* algo que já exista, embora, é claro, seja *causada* por algo que existiu antes. Para Freud, essa causa não é a lembrança de outro mundo, mas um investimento particular, gerador de obsessão, em uma dada pessoa, objeto ou palavra, no início da vida. Ao ver todo ser humano como alguém que, consciente ou inconscientemente, põe em ato uma fantasia idiossincrática, pode-

14 Lionel Trilling, *Beyond culture* (Nova York, Harcourt Brace, 1965), p. 79.
15 Leo Bersani, *Baudelaire and Freud* (Berkeley, University of California Press, 1977), p. 138.

mos perceber a parte caracteristicamente humana – em oposição à animalesca – de cada vida humana como sendo o uso, para fins simbólicos, de cada pessoa, objeto, situação, evento e palavra com que o sujeito depara em sua vida posterior. Esse processo equivale a redescrevê-los, com isso dizendo a respeito de todos: "Eu quis assim".

Visto por esse ângulo, o intelectual (a pessoa que usa palavras ou formas visuais ou musicais para esse fim) é apenas um caso especial – apenas alguém que faz com marcas e ruídos o que outras pessoas fazem com seus cônjuges e filhos, seus colegas de trabalho, os instrumentos de seu ofício, as contas-correntes de suas empresas, os bens que acumulam em casa, a música que escutam, os esportes que praticam ou a que assistem, ou as árvores por que passam a caminho do trabalho. Tudo, desde o som de uma palavra, passando pela cor de uma folha, até a sensação de um pedaço de pele, pode servir, como nos mostrou Freud, para dramatizar e cristalizar o sentido de identidade pessoal de um ser humano. É que qualquer uma dessas coisas pode desempenhar, numa vida individual, o papel que os filósofos acharam que só poderia ou, pelo menos, só deveria ser desempenhado por coisas que fossem universais, comuns a todos nós. Qualquer coisa pode simbolizar a marca cega impressa em todas as nossas condutas. Qualquer constelação aparentemente aleatória dessas coisas pode dar o tom de uma vida. Qualquer dessas constelações pode instaurar uma ordem incondicional a cujo serviço uma vida pode ser dedicada – uma ordem que não é menos incondicional pelo fato de talvez só ser inteligível, no máximo, para uma pessoa.

Outra maneira de deixar isso claro é dizer que o processo social de literalizar uma metáfora duplica-se na vida de fantasia do indivíduo. Chamamos uma coisa de "fantasia", e não de "poesia" ou "filosofia", quando ela gira em torno de metáforas que não se tornam populares com outras pessoas – isto é, em torno de modos de falar ou agir para os quais o resto de nós não encontra serventia, mas Freud nos mostra que algo que parece inútil, ridículo ou vil para a sociedade pode tornar-se o componente crucial do sentimento que o indivíduo tem de quem ele é, sua maneira própria de rastrear a origem da marca cega impressa em todas as suas condutas. Inversamente, quando uma obsessão particular produz uma metáfora para a qual *podemos* encontrar serventia, falamos em talento, em vez de excentricidade ou perversão. A diferença entre o talento e a fantasia não é a diferença entre marcas que se fixam em algo universal, numa realidade prévia, existente no mundo ou nas profundezas do eu, e as que não o fazem. Ela é, antes, uma diferença entre idiossincrasias, que apenas por acaso se tornam populares com outras pessoas – e o fazem pelas contingências de uma dada situação histórica, de uma necessidade particular que porventura uma certa comunidade tem num dado momento.

Em resumo, o progresso poético, artístico, filosófico, científico ou político resulta da coincidência acidental de uma obsessão particular com uma necessidade pública. A poesia forte, a moral do senso comum, a moral revolucionária, a ciência normal, a ciência revolucionária e o tipo de fantasia que só é inteligível para uma pessoa, todos são, do ponto de vista freudiano, maneiras diferentes de lidar com marcas cegas – ou, em termos mais exatos, maneiras de lidar com diferentes marcas cegas: marcas que podem ser exclusivas de um indivíduo ou comuns aos membros de uma comunidade historicamente condicionada. Nenhuma dessas estratégias é privilegiada em relação a outras, no sentido de expressar melhor a natureza humana. Nenhuma dessas estratégias é mais nem menos humana do que outras, assim como a caneta não é um instrumento mais verdadeiro do que o facão do açougueiro, nem a orquídea hibridizada é menos flor do que a rosa silvestre.

Reconhecer o valor da visão freudiana equivale a superar o que William James chamou de "uma certa cegueira dos seres humanos". O exemplo jamesoniano dessa cegueira foi sua própria reação, durante uma viagem pelos montes Apalaches, a uma clareira em que a floresta fora derrubada e substituída por um jardim lamacento, uma cabana de madeira e alguns chiqueiros. No dizer de James, "A floresta fora destruída; e o que a havia 'aprimorado', tirando-lhe a vida, era medonho, uma espécie de úlcera, sem um único elemento de graça artificial que compensasse a perda da beleza da Natureza", mas, prossegue James, quando um lavrador sai da cabana e lhe diz que "a gente não fica feliz aqui enquanto não começa a cultivar um desses descampados", ele se apercebe de que:

> Eu estava perdendo todo o significado interno da situação. Como as clareiras, para mim, não falavam senão de desnudamento, achei que, para aqueles cujos braços fortes e machados obedientes as tinham produzido, elas não teriam outra história para contar; mas, quando *eles* olhavam para os tocos medonhos, aquilo em que pensavam era uma vitória pessoal. [...] Em suma, a clareira, que para mim era uma simples imagem disforme na retina, era, para eles, um símbolo evocador de lembranças morais, e entoava justamente uma peã de dever, luta e sucesso.
>
> Eu estivera tão cego para a idealidade peculiar de sua situação quanto eles decerto também ficariam para a idealidade da minha, se pudessem espiar meus estranhos hábitos acadêmicos nos recintos fechados da vida em Cambridge.[16]

16 "On a certain blindness in human beings", em James, *Talks to teachers on psychology*, org. Frederick Burkhardt e Fredson Bowers (Cambridge, Mass., Harvard University Press, 1983), p. 134.

Entendo que Freud explicitou com mais detalhes a colocação de James, ajudando-nos a superar casos particularmente intratáveis de cegueira, ao nos deixar ver a "idealidade peculiar" de eventos que ilustram, por exemplo, a perversão sexual, a crueldade extrema, a obsessão ridícula e o delírio maníaco. Ele nos permite ver cada um destes como o poema particular do pervertido, do sádico ou do louco, cada qual com uma textura tão rica e "evocadora de lembranças morais" quanto nossa própria vida. Ele nos permite ver aquilo que a filosofia moral descreve como extremo, desumano e antinatural como algo ligado a nossa própria atividade, mas – e este é o ponto crucial – Freud não o faz à maneira filosófica reducionista tradicional. Não nos diz que a arte é *realmente* a sublimação, ou que a construção de sistemas filosóficos é *mera* paranóia, nem que a religião é *apenas* a lembrança confusa de um pai feroz. Não diz que a vida humana é *meramente* uma recanalização contínua da energia libidinal. Não está interessado em invocar uma distinção entre aparência e realidade, em dizer que tudo é "meramente" ou "realmente" uma outra coisa bem diversa. Quer apenas dar-nos mais uma redescrição das coisas, a ser guardada com todas as outras, mais um vocabulário, mais um conjunto de metáforas que ele pensa terem a possibilidade de ser usadas e, portanto, literalizadas.

Tanto quanto é possível atribuir idéias filosóficas a Freud, podemos dizer que ele é tão pragmatista quanto James e tão perspectivista quanto Nietzsche – ou, diríamos ainda, tão modernista quanto Proust[17]. É que, de algum modo, tornou-se possível, no

17 Cf. Bloom, *Agon*, p. 23: "[...] por 'cultura literária' refiro-me à sociedade ocidental de agora, porque ela não tem religião autêntica nem filosofia autêntica, e nunca mais tornará a adquiri-las, e porque a psicanálise, que é sua religião pragmática e sua filosofia, é apenas um fragmento da cultura literária, de modo que, com o tempo, falaremos alternativamente em freudismo *ou* proustianismo". Discuto o papel de Proust como exemplo moral no capítulo 5.

fim do século XIX, encarar a atividade da redescrição com mais leveza do que ela fora encarada até então. Tornou-se possível jogar com diversas descrições de um mesmo evento sem perguntar qual delas estava certa – ver a redescrição como um instrumento, e não uma afirmação de se haver descoberto a essência. Com isso, tornou-se possível ver um novo vocabulário não como algo que se supunha substituir todos os outros vocabulários, algo que afirmasse representar a realidade, mas apenas como um vocabulário a mais, um projeto humano a mais, a metáfora favorita de uma pessoa. É improvável que as metáforas freudianas pudessem ter sido colhidas, usadas e literalizadas em qualquer período anterior. Inversamente, porém, é improvável que, sem as metáforas de Freud, fôssemos capazes de assimilar as de Nietzsche, James, Wittgenstein ou Heidegger com a facilidade com que as assimilamos, ou de ler Proust com o prazer com que o lemos. Todas as figuras desse período se beneficiam mutuamente, alimentam as falas uns dos outros. Suas metáforas se comprazem com a companhia umas das outras. Trata-se do tipo de fenômeno que é tentador descrever em termos da marcha do Espírito do Mundo para uma consciência mais clara de si, ou como a equiparação gradativa da extensão da mente humana com a do universo, mas qualquer dessas descrições trairia o espírito de jocosidade e ironia que liga as figuras que venho descrevendo.

Esse espírito jocoso é produto de sua capacidade comum de valorizar a força da redescrição, o poder da linguagem para tornar possíveis e importantes as coisas novas e diferentes – uma valorização que só se torna possível quando o objetivo que se tem torna-se um repertório em expansão de descrições alternativas, em vez da Única Descrição Correta. Tal mudança de objetivo só é possível na medida em que tanto o mundo quanto o eu são desdivinizados. Dizer que ambos são desdivinizados é dizer que já não pensamos em nenhum deles como dirigindo-se a nós, como tendo uma linguagem própria, como um poeta rival. Nenhum dos dois é uma quase pessoa, nenhum quer ser expresso ou representado de certa maneira.

Ambos, porém, têm poder sobre nós – por exemplo, o poder de nos matar. O mundo pode esmagar-nos, de maneira cega e desarticulada; o desespero mudo, a dor mental intensa, pode fazer com que nos apaguemos, mas esse tipo de poder não é algo de que nos possamos apropriar, adotando e depois transformando sua linguagem, com isso nos tornando idênticos à força ameaçadora e a subsumindo em nossos eus mais poderosos. Esta última estratégia só é apropriada para lidar com outras pessoas – por exemplo, com pais, deuses e precursores poéticos. Pois nossa relação com o mundo, com a força bruta e com a dor crua não é o tipo de relação que mantemos com as pessoas. Diante do não humano, do não lingüístico, já não temos a capacidade de superar a contingência e a dor pela apropriação e pela transformação, mas apenas pela capacidade de *reconhecer* a contingência e a dor. A vitória final da poesia em sua antiga luta com a filosofia – a vitória final das metáforas da autocriação sobre as metáforas da descoberta – consistiria em nos reconciliarmos com a idéia de que esse é o único tipo de poder que podemos ter esperança de exercer sobre o mundo. É que essa seria a abjuração final da idéia de que a verdade, e não só o poder e a dor, pode ser encontrada "lá fora".

É tentador sugerir que, numa cultura em que a poesia houvesse triunfado, pública e explicitamente, sobre a filosofia, numa cultura em que o reconhecimento da contingência, e não da necessidade, fosse a definição aceita de liberdade, o poema de Larkin seria um fiasco. Não haveria *páthos* na finitude, mas é provável que tal cultura não possa existir. Provavelmente, esse *páthos* seja impossível de eliminar. É tão difícil imaginar uma cultura dominada pela exuberante jocosidade nietzschiana quanto imaginar o reino dos reis filósofos ou o desaparecimento do Estado. É igualmente difícil imaginar uma vida humana que se sinta completa, um ser humano que morra feliz por haver alcançado tudo o que sempre quis.

Isso é válido até para o poeta forte de Bloom. Mesmo que abandonemos o ideal filosófico de nos vermos uniformes e inteiros contra um pano de fundo permanente de fatos "literais" imutáveis, e que o substituamos pelo ideal de nos vermos em nossos próprios termos, de alcançarmos uma redenção mediante um dizer ao passado "Eu quis assim", continuará a ser verdade que essa vontade será sempre um projeto, e não um resultado – um projeto que a vida não dura o bastante para concluir.

O medo da morte sentido pelo poeta forte, como o medo da incompletude, é função do fato de que nenhum projeto de redescrição do mundo e do passado, nenhum projeto de criação de si mesmo pela imposição das próprias metáforas idiossincráticas pode evitar ser marginal e parasitário. As metáforas são usos pouco conhecidos de velhas palavras, mas tais usos só são possíveis tendo por fundo outras velhas palavras, usadas de velhas maneiras conhecidas. Uma linguagem que fosse "toda metáfora" seria uma linguagem sem serventia e, portanto, não seria uma linguagem, mas apenas balbucio. Isso porque, mesmo que concordemos em que as línguas não são meios de representação ou de expressão, elas continuam a ser meios de comunicação, instrumentos da interação social, maneiras de nos ligarmos a outros seres humanos.

Essa correção necessária da tentativa nietzschiana de divinizar o poeta, essa dependência que até o poeta mais forte tem dos outros, é assim resumida por Bloom:

> A triste verdade é que os poemas *não têm* presença, unidade, forma nem sentido [...]. Então, que é que um poema possui ou cria? Infelizmente, um poema não *possui* nada e não *cria* nada. Sua presença é uma promessa, parte da substância de coisas esperadas, prova de coisas não vistas. Sua unidade está na boa vontade do leitor. [...] seu significado é apenas que existe, ou melhor, *existiu* outro poema.[18]

Nesse trecho, Bloom desdiviniza o poema e, por conseguinte, o poeta, do mesmo modo que Nietzsche desdivinizou a verdade e Freud desdivinizou a consciência. Ele faz pelo romantismo o que Freud fez pelo moralismo. A estratégia é a mesma em todos esses casos: é pôr um tecido de relações contingentes, uma rede que se estende para trás e para a frente pelo passado e pelo futuro, em lugar de uma substância formada, unificada, presente e autônoma, algo passível de ser visto uniformemente e inteiro. Bloom nos lembra que, assim como até o poeta mais forte parasita seus precursores, assim como até ele só pode partejar uma pequena parte de si mesmo, ele depende da bondade de todos aqueles estranhos no futuro.

Isso equivale a um lembrete da idéia wittgensteiniana de que não existem linguagens privadas – a sua tese de que não se pode dar sentido a uma palavra ou um poema confrontando-o com um significado não lingüístico, com algo que não seja um punhado de palavras já usadas ou um punhado de poemas já escritos[19]. Todo poema, parafraseando Wittgenstein, pressupõe

18 Bloom, *Kabbalah and criticism*, op. cit., p. 122.

19 "Assim como nunca podemos abraçar (sexualmente ou não) uma única pessoa, mas abraçamos a totalidade de seu romance familiar, nunca podemos ler um poeta sem ler a totalidade de seu romance familiar como poeta. O problema é a redução e qual a melhor maneira de evitá-la. As críticas retórica, aristotélica, fenomenológica e estruturalista, todas fazem uma redução, seja a imagens, idéias, coisas dadas ou fonemas. As críticas morais, e todas as outras

muitas montagens de cenários na cultura, pela mesma razão que toda metáfora cintilante requer muitos ditos literais enfadonhos que lhe sirvam de contraste. Passando do poema escrito para a vida como poema, podemos dizer que não pode haver vidas plenamente nietzschianas, vidas que sejam pura ação e não reação – vidas que não sejam predominantemente parasitárias de um passado não redescrito e dependentes da caridade de gerações que ainda não nasceram. Não há reivindicação mais forte que se possa fazer, nem mesmo pelo mais forte dos poetas, do que a feita por Keats – a de que ele "figurasse entre os poetas ingleses", compreendido "entre eles", à maneira bloomiana, como que "em meio a eles", de tal modo que futuros poetas vivessem dos recursos dele, assim como ele viveu dos de seus precursores. Analogamente, nem mesmo o super-homem é capaz de fazer uma reivindicação mais forte que a de que suas diferenças com relação ao passado, por mais inevitavelmente insignificantes e mar-

críticas filosóficas ou psicológicas flagrantes, todas fazem uma redução a conceituações rivais. Nós fazemos uma redução – quando muito – a outro poema. *O significado de um poema só pode ser outro poema*" (Bloom, *The anxiety of influence*, op. cit., p. 94; grifo nosso). Cf. também p. 70 e comparar com a p. 43: "Abandonemos a iniciativa fracassada de procurar 'compreender' um único poema como uma entidade em si. Busquemos, em vez disso, aprender a ler qualquer poema como a má interpretação deliberada de seu poeta, *como poeta*, de um poema precursor, ou da poesia em geral".

Há uma analogia entre o anti-reducionismo de Bloom e a disposição de Wittgenstein, Davidson e Derrida de deixar que o sentido consista na relação com outros textos, e não em uma relação com algo externo ao texto. A idéia de uma linguagem privada, assim como o Mito do Dado, de Sellars, provém da esperança de que as palavras possam alcançar o sentido sem depender de outras palavras. Essa esperança, por sua vez, provém da esperança maior, diagnosticada por Sartre, de o indivíduo se tornar um *être-en-soi* [ser em si] auto-suficiente. A descrição sartriana do anti-semita ("Portrait of the anti-semite", em Walter Kaufmann (org.), *Existentialism from Dostoevsky to Sartre*, Nova York: New American Library, 1975), p. 345, como "o homem que quer ser a pedra implacável, a torrente furiosa, o raio devastador – em suma, tudo, menos um homem", é uma crítica a Zaratustra, àquilo que Bloom chama de crítica "reducionista" e Heidegger e Derrida chamam de "metafísica".

ginais que sejam, mesmo assim se transponham para o futuro – que suas redescrições metafóricas de pequenas partes do passado estejam no estoque futuro de verdades literais.

Resumindo, sugiro que a melhor maneira de compreender o *páthos* da finitude invocado por Larkin é interpretá-lo não como a impossibilidade de alcançar o que a filosofia esperava alcançar – algo não idiossincrático, atemporal e universal –, mas como o reconhecimento de que, a certa altura, é preciso confiar na boa vontade dos que viverão outras vidas e escreverão outros poemas. Nabokov construiu seu melhor livro, *Fogo pálido*, em torno da expressão "a vida do homem como comentário de um abstruso poema inacabado". Essa expressão serve de resumo para a afirmação freudiana de que toda vida humana é a elaboração de uma sofisticada fantasia idiossincrática, e serve de lembrete de que nenhuma elaboração desse tipo se completa antes que a morte venha interrompê-la. Não pode completar-se, porque não há nada a completar – há apenas uma rede de relações a ser tecida outra vez, uma rede que o tempo alonga a cada dia.

Se, porém, evitarmos o platonismo às avessas de Nietzsche – sua sugestão de que uma vida de autocriação pode ser tão completa e autônoma como Platão julgava que a vida de contemplação podia ser –, ficaremos contentes em pensar em qualquer vida humana como o re-tecer sempre incompleto, mas às vezes heróico, dessa rede. Veremos que a necessidade consciente de o poeta forte *demonstrar* que não é uma cópia ou uma réplica é apenas uma forma especial de uma necessidade inconsciente que todo ser humano tem: a necessidade de se haver com a marca cega que o acaso lhe deu, de construir um eu para si, redescrevendo essa marca em termos que, mesmo marginalmente, sejam seus.

3
A contingência de uma comunidade liberal

Quem disser, como fiz no primeiro capítulo, que a verdade não está "dada" será suspeito de relativismo e irracionalismo. Quem lançar dúvidas sobre a distinção entre moral e prudência, como fiz no capítulo 2, será suspeito de imoralidade. Para afastar essas suspeitas, preciso argumentar que as distinções entre absolutismo e relativismo, entre racionalidade e irracionalidade e entre moral e conveniência são ferramentas toscas e obsoletas – remanescentes de um vocabulário que deveríamos tentar substituir; mas "argumentar" não é a palavra certa. É que, em minha exposição do progresso intelectual como literalização de metáforas seletas, o rechaço das objeções às redescrições que o sujeito faz de algumas coisas será sobretudo uma questão de redescrever outras coisas, na tentativa de contornar as objeções, ampliando o alcance de suas metáforas favoritas. Portanto, minha estratégia será fazer com que o vocabulário em que essas objeções são enunciadas pareça ruim, com isso mudando de assunto, em vez de conceder a escolha das armas e do terreno àquele que objeta, por enfrentar em cheio suas críticas.

Neste capítulo, afirmarei que mais conviria às instituições e à cultura da sociedade liberal um vocabulário de reflexões morais e políticas que evitasse as distinções que enumerei em vez de um vocabulário que as preserve. Tentarei mostrar que o vocabulário do racionalismo iluminista, apesar de ter sido essencial nos primórdios da democracia liberal, tornou-se um empecilho à preservação e ao progresso das sociedades democráticas. Direi que o vocabulário que esbocei nos dois primeiros capítulos, que gira em torno de idéias de metáfora e autocriação e não de verdade, racionalidade e obrigação moral, presta-se melhor para esse fim.

Não estou dizendo, porém, que a visão davidsoniana-wittgensteiniana da linguagem e a visão nietzschiana-freudiana da consciência e da identidade que resumi forneçam os "fundamentos filosóficos da democracia". É que a idéia de "fundamento filosófico" desaparece quando desaparece o vocabulário do Iluminismo. Essas visões não embasam a democracia, mas permitem que suas práticas e suas metas sejam redescritas. No que virá a seguir, tentarei reformular as esperanças da sociedade liberal de um modo não racionalista e não universalista – um modo que favorece mais a concretização delas do que faziam as descrições mais antigas. Entretanto, oferecer uma redescrição de nossas instituições e práticas atuais não é oferecer uma defesa delas contra seus inimigos; assemelha-se mais a remobiliar uma casa do que a escorá-la ou pôr barricadas a seu redor.

A diferença entre a busca de fundamentos e a tentativa de redescrição é emblemática da diferença entre a cultura do liberalismo e antigas formas de vida cultural. Isso porque, em sua forma ideal, a cultura do liberalismo seria totalmente esclarecida e secular. Seria uma cultura em que não restasse nenhum vestígio de divindade, quer sob a forma de um mundo divinizado, quer sob a de um eu divinizado. Em tal cultura não haveria espaço para a idéia de que existem forças não humanas a que os seres humanos devem responder. Ela abandonaria, ou reinterpretaria drasticamente, não só a idéia de santidade, mas também as de "devoção à verdade" e "realização das necessidades mais profundas do espírito". O processo de desdivinização que descrevi nos dois capítulos anteriores culminaria, idealmente, em não mais conseguirmos ver nenhuma utilidade na idéia de que seres humanos finitos, mortais e de existência contingente derivariam o sentido de sua vida de qualquer outra coisa senão outros seres humanos finitos, mortais e de existência contingente. Numa cultura dessa natureza, as advertências sobre o "relativismo", as questões que indagam se as instituições sociais se tornaram cada vez mais "racionais" nos tempos modernos e as dúvidas quanto ao fato de as metas da sociedade liberal serem ou não "valores morais objetivos" pareceriam meramente ultrapassadas.

Para dar plausibilidade inicial a minha afirmação de que minha visão adapta-se bem a uma sociedade liberal, permitam-me assinalar alguns paralelos entre ela e a defesa da "liberdade negativa" feita por Isaiah Berlin, contra as concepções télicas da perfeição humana. Em seus *Two concepts of liberty* ["Dois conceitos de liberdade"*], Berlin diz, como fiz no primeiro capítulo, que precisamos abandonar a abordagem dos vocabulários, práticas e valores calcada no modelo do quebra-cabeça. Nas palavras de Berlin, precisamos desistir da "convicção de que todos os valores positivos em que os homens têm acreditado devem, no final, ser compatíveis, e talvez até implicar uns aos outros"[1]. Minha ênfase na afirmação freudiana de que devemos pensar em nós

* Em *Estudos sobre a humanidade: uma antologia de ensaios* (org. Henry Hardy e Roger Hausheer, prefácio de Noel Annan; intr. Roger Haushee, trad. Rosaura Eichenberg, São Paulo, Companhia das Letras, 2002). (N. de T.)

1 Isaiah Berlin, *Four essays on liberty* (Oxford, Oxford University Press, 1969), p. 167 [*Quatro ensaios sobre a liberdade* (trad. Wamberto H. Ferreira, Brasília, Universidade de Brasília, 1981)].

mesmos apenas como mais um dos experimentos da natureza, e não como a culminação dos desígnios da natureza, faz eco à utilização berliniana da expressão "experimentos de vida", de J. S. Mill (bem como ao uso do termo "experimento" por Jefferson e Dewey para descrever a democracia norte-americana). Em meu segundo capítulo, invectivei contra a tentativa platônico-kantiana de fazer o que Berlin chamou de "cindir [nossa] personalidade em duas: o controlador transcendental e dominante e o feixe empírico de desejos e paixões a ser disciplinado e controlado"[2].

Berlin concluiu seu ensaio citando Joseph Schumpeter, que disse: "Reconhecer a validade relativa das próprias convicções, mas ainda assim defendê-las resolutamente, é o que distingue o homem civilizado do bárbaro". Comentou Berlin: "Pedir mais do que isso talvez seja uma necessidade metafísica profunda e incurável, mas permitir que isso determine nossa prática é sintoma de uma imaturidade moral e política igualmente profunda, e mais perigosa"[3]. No jargão que venho desenvolvendo, a afirmação schumpeteriana de que essa é a marca da pessoa civilizada traduz-se na afirmação de que as sociedades liberais de nosso século produziram cada vez mais pessoas capazes de reconhecer a contingência do vocabulário em que enunciam suas mais altas esperanças – a contingência de sua própria consciência moral –, mas elas permanecem fiéis a essa consciência. Figuras como Nietzsche, William James, Freud, Proust e Wittgenstein ilustram o que chamei de "liberdade como reconhecimento da contingência". Neste capítulo, direi que esse reconhecimento é a principal virtude dos integrantes de uma sociedade liberal, e que a cultura de tal sociedade deve almejar curar-nos de nossa "necessidade metafísica profunda".

2 Idem, p. 134.
3 Ibid., p. 172.

Para mostrar como se afigura a acusação de relativismo, considerada por meu ponto de vista, discutirei um comentário sobre o ensaio de Berlin por um agudo crítico contemporâneo da tradição liberal, Michael Sandel. Diz Sandel que Berlin "aproxima-se perigosamente de se enlear no dilema relativista". E pergunta:

> Se as convicções têm apenas validade relativa, por que defendê-las resolutamente? Num universo moral de configuração trágica, como o presumido por Berlin, será que o ideal de liberdade está menos sujeito do que ideais rivais à suprema incomensurabilidade dos valores? Sendo assim, em que pode consistir seu *status* privilegiado? E, se a liberdade não tem um *status* moralmente privilegiado, se é apenas um valor entre muitos, que se pode dizer a favor do liberalismo?[4]

Ao formular essas perguntas, Sandel toma por certo o vocabulário do racionalismo iluminista. Além disso, tira proveito do fato de os próprios Schumpeter e Berlin servirem-se desse vocabulário, e com isso tenta mostrar que a visão deles é incoerente. Examinar com certa minúcia as perguntas de Sandel talvez ajude a deixar claro o tipo de visão que devem sustentar as pessoas que julgam úteis os termos "relativismo" e "moralmente privilegiado". Assim, talvez seja proveitoso mostrar por que seria melhor evitar o uso da expressão "validade apenas relativa" para

4 "Introduction", em Michael Sandel (org.), *Liberalism and its critics* (Nova York, New York University Press, 1984), p. 8. Esses comentários representam a descrição feita por Sandel acerca da objeção costumeira a Berlin, e não sua própria atitude. Discuti em outro texto a visão de Sandel, com certa minúcia, e tentei rebater algumas objeções a Rawls formuladas por ele em *Liberalism and the limits of justice* (Cambridge University Press, 1982). Cf. meu artigo "The priority of democracy to philosophy", em Merrill D. Peterson e Robert C. Vaughan (orgs.), *The Virginia statute for religious freedom* (Cambridge University Press, 1988). [Incluído também em *Objetivismo, relativismo e verdade: escritos filosóficos*, vol. 1 (trad. Marco A. Casanova, Rio de Janeiro, Relume-Dumará, 1997).]

caracterizar o estado mental das figuras que Schumpeter, Berlin e eu queremos louvar.

Dizer que as convicções têm apenas "validade relativa" talvez pareça significar que elas só podem justificar-se para as pessoas que acolhem certas outras crenças – não para toda e qualquer pessoa, mas, se fosse esse o seu significado, a expressão não teria força de contraste, pois não haveria afirmações interessantes que fossem *absolutamente* válidas. A validade absoluta se restringiria às banalidades do dia-a-dia, às verdades matemáticas elementares e a coisas semelhantes: o tipo de crenças que ninguém quer discutir, porque não são controvertidas nem centrais para o sentimento de qualquer pessoa sobre quem ela é e para que vive. Todas as crenças que *são* centrais para a auto-imagem do indivíduo o são porque sua presença ou ausência serve de critério para separar os bons dos maus, separar o tipo de pessoa que se quer ser do tipo que não se quer ser. Uma convicção que possa justificar-se para *qualquer um* tem pouco interesse. Não há necessidade de uma "coragem inabalável" para sustentar esse tipo de convicção.

Assim, devemos interpretar a expressão "crenças com validade apenas relativa" como contrastante com afirmações passíveis de ser justificadas para todos os não corruptos – ou seja, para todos aqueles em quem a razão, vista como uma faculdade inerente de busca da verdade, ou a consciência moral, vista como um detector interno da integridade, tem poder suficiente para superar as paixões maléficas, as superstições vulgares e os preconceitos vis. A idéia de "validade absoluta" não faz sentido a menos que se suponha um eu que se divida com bastante precisão entre a parte que compartilha com o divino e a parte que compartilha com os animais. Contudo, se aceitarmos essa oposição entre razão e paixão, ou entre razão e vontade, nós, os liberais, estaremos incorrendo numa petição de princípio contra nós mesmos. Compete àqueles de nós que concordamos com Freud e Berlin em que *não* se deve cindir as pessoas, dividindo-as em razão e paixão, abandonar ou, pelo menos, restringir o uso da distinção tradicional entre a "convicção racional" e a "convicção acarretada por causas, e não razões".

A melhor maneira de restringir seu uso é limitar a oposição entre as formas racionais e irracionais de persuasão ao interior de um jogo de linguagem, em vez de tentar aplicá-la a mudanças interessantes e importantes do comportamento lingüístico. Essa idéia restrita de racionalidade é tudo que nos podemos permitir, se aceitarmos a afirmação central do primeiro capítulo: a de que o importante, no final, são as mudanças no vocabulário, e não as mudanças na crença, as mudanças nos candidatos ao valor de verdade, e não nas atribuições do valor de verdade. Em um jogo de linguagem, dentro de um conjunto de acordos sobre o que é possível e importante, podemos estabelecer com proveito uma distinção entre razões de crença e causas de crença que não constituem razões. Nós o fazemos partindo de algumas diferenças óbvias, como a que se dá entre o diálogo socrático e a sugestão hipnótica. Em seguida, tentamos firmar a distinção, lidando com casos mais confusos: lavagem cerebral, sensacionalismo da mídia e o que os marxistas chamam de "falsa consciência". Não existe, é claro, uma forma precisa de traçar a linha divisória entre a persuasão e a força e, portanto, não há uma forma precisa de traçar a separação entre uma causa de mudança de crença que seja também uma razão e outra que seja uma "mera" causa, mas essa distinção não é mais imprecisa do que a maioria das distinções.

Entretanto, uma vez levantada a questão de como passamos de um vocabulário para outro, de uma metáfora dominante para outra, a distinção entre razões e causas começa a perder sua utilidade. Os que falam a linguagem antiga e não têm desejo de mudar, os que consideram um marco de racionalidade ou moralidade falar justamente essa língua, julgam totalmente *ir*racional o apelo das novas metáforas – o novo jogo de linguagem praticado pelos radicais, pelos jovens ou pela vanguarda. A popularidade das novas maneiras de falar é vista como uma questão de "modismo", "necessidade de rebeldia" ou "decadência". A questão de por que as pessoas falam dessa maneira é tratada como estando abaixo do nível da conversa – um assunto a ser entregue aos psicólogos ou, se necessário, à polícia. Inversamente, do ponto de vista dos que tentam usar a nova linguagem, literalizar as novas metáforas, os que se agarram à antiga linguagem são vistos como irracionais – vítimas da paixão, do preconceito, da superstição, da mão morta do passado etc. Pode-se contar com filósofos de cada um desses lados para respaldar essas invocações opostas da distinção entre razão e causa, desenvolvendo uma psicologia moral, uma epistemologia ou uma filosofia da linguagem que deixe malvistos os que estão do lado oposto.

Aceitar que não existe, fora do vocabulário temporário particular e historicamente condicionado que usamos no momento, nenhum ponto de vista a partir do qual se possa julgar esse vocabulário equivale a desistir da idéia de que possa haver razões para usar as linguagens, bem como razões dentro delas para acreditar nas afirmações. Isso é o mesmo que desistir da idéia de que o progresso intelectual ou político é racional, em qualquer sentido de "racional" que seja neutro entre os vocabulários. Todavia, como parece inútil dizer que todos os grandes avanços morais e intelectuais da história européia – o cristianismo, a ciência galileana, o Iluminismo, o romantismo etc. – foram acasos fortuitos na irracionalidade temporária, a moral a ser extraída é que a distinção entre racional e irracional é menos útil do que se afigurava antigamente. Ao nos darmos conta de que o progresso, tanto da comunidade quanto do indivíduo, é uma questão de usar palavras novas e de argumentar a partir de premissas enunciadas com palavras antigas, percebemos que um vocabulário crítico que gire em torno de idéias como "racional", "critérios", "argumentos", "fundamento" e "absoluto" presta-se mal para descrever a relação entre o velho e o novo.

Na conclusão de um ensaio sobre a visão freudiana da irracionalidade, Davidson assinala que, depois de abrirmos mão da idéia de "critérios absolutos de racionalidade", e assim usarmos o termo "racional" com o sentido de algo como "coerência interna", percebemos que, se não limitarmos o alcance da aplicação desse termo, seremos forçados a chamar de "irracionais" muitas coisas que queremos enaltecer. Em particular, teremos que descrever como "irracional" o que esse autor chama de "uma forma de autocrítica e reforma que temos em alta estima, e que já foi até tida como a própria essência da racionalidade e a fonte da liberdade". Eis como Davidson expõe essa visão:

> O que tenho em mente é um tipo especial de desejo ou valor de segunda ordem, bem como as ações que ele pode desencadear. Isso acontece quando uma pessoa forma um juízo positivo ou negativo sobre alguns de seus desejos e age no sentido de mudá-los. Do ponto de vista do desejo modificado, não há razão para a mudança – a razão provém de uma fonte independente e se baseia em outras considerações parcialmente contrárias. O agente tem razões para mudar seus hábitos e seu caráter, mas essas razões vêm de um campo de valores necessariamente extrínseco ao conteúdo das visões ou dos valores a serem modificados. Portanto, a causa da mu-

> dança, quando esta ocorre, pode não ser uma razão daquilo que ela causa. Uma teoria que não conseguisse explicar a irracionalidade também não poderia explicar nossos esforços salutares e nossos sucessos ocasionais de autocrítica e autoaprimoramento.[5]

Davidson estaria errado, é claro, se a autocrítica e o autoaprimoramento sempre ocorressem num contexto de desejos não triviais da mais alta ordem possível, os do *verdadeiro* eu, aqueles que são centrais para nossa humanidade. É que, nesse caso, tais desejos de nível superior mediariam e racionalizariam a disputa entre os desejos de primeiro e segundo níveis, mas Davidson presume – com acerto, penso eu – que os únicos candidatos a esses desejos do mais alto nível são tão abstratos e vazios, que não têm nenhum poder de mediação: tipificam-se em "desejo ser bom", "desejo ser racional" e "desejo conhecer a verdade". Como o que *figura* como "bom", "racional" ou "verdadeiro" será determinado pela disputa entre os desejos de primeiro e segundo níveis, os nostálgicos protestos de boa vontade do nível mais alto serão impotentes para intervir nessa disputa.

Se Davidson está certo, os pressupostos comumente invocados contra Berlin e Schumpeter estão errados. Não poderemos presumir a existência de um maior arcabouço possível em que se possa perguntar, por exemplo: "Se a liberdade não tem um *status* moralmente privilegiado, se é apenas um valor entre muitos, que se pode dizer a favor do liberalismo?". Não podemos presumir que os liberais devam ser capazes de se elevar acima das contingências da história e ver o tipo de liberdade individual ofere-

5 Donald Davidson, "Paradoxes of irrationality", em Richard Wollheim e James Hopkins (orgs.), *Philosophical essays on Freud* (Cambridge University Press, 1982), p. 305.

cido pelo Estado liberal moderno a seus cidadãos como apenas mais um valor. Tampouco podemos presumir que a coisa racional a fazer seja situar essa liberdade ao lado de outros candidatos (por exemplo, o sentimento de propósito nacional que os nazistas ofereceram brevemente aos alemães, ou o sentimento de conformação à vontade divina que inspirou as guerras religiosas) e, depois, usar a "razão" para examinar minuciosamente esses vários candidatos e descobrir qual deles, se é que existe, é "moralmente privilegiado". Somente a suposição de que exista um ponto de vista dessa ordem, ao qual possamos ascender, dá sentido à pergunta "Se as convicções têm apenas validade relativa, por que defendê-las resolutamente?".

Por outro lado, nem a expressão schumpeteriana "validade relativa" nem a idéia de um "dilema relativista" parecerão apropriadas, se admitirmos a afirmação davidsoniana de que as novas metáforas são causas, mas não razões para mudanças de crenças, e a afirmação de Hesse de que foram as novas metáforas que possibilitaram o progresso intelectual. Admitidas tais afirmações, não há nada que se possa chamar de "dilema relativista", do mesmo modo que, para quem acha que Deus não existe, não pode haver blasfêmia, já que não haverá nenhum ponto de vista superior a que devamos prestar contas e cujos preceitos possamos transgredir. Não haverá uma atividade como examinar detidamente os valores rivais, para ver quais deles são moralmente privilegiados. É que não haverá maneira de o indivíduo elevar-se acima da linguagem, da cultura, das instituições e das práticas que houver adotado, e ver todas elas como equiparadas a todas as demais. Como diz Davidson, "falar uma língua [...] não é um traço que um homem possa perder enquanto conserva o poder do pensamento. Logo, não há como alguém possa adotar um ponto de vista para comparar esquemas conceituais, despindo os que lhe são próprios"[6]. Ou, dito à maneira de Heidegger, "a língua fala o homem" – as línguas mudam no decorrer da história e, portanto, os seres humanos não podem escapar a sua historicidade. O máximo que podem fazer é manipular as tensões de sua própria época, a fim de produzir os primórdios da época seguinte.

Contudo, é claro, se os pressupostos das perguntas de Sandel estão certos, Davidson e Heidegger estão errados. A filosofia da linguagem davidsoniana e wittgensteiniana – a visão da linguagem como uma contingência histórica, e não um meio que assume aos poucos a forma verdadeira do mundo verdadeiro ou do eu verdadeiro – evade a questão. Se aceitarmos as perguntas de Sandel, buscaremos, ao contrário, uma filosofia da linguagem, uma epistemologia e uma psicologia moral que resguardem os interesses da razão, preservem uma distinção entre moral e prudência e, desse modo, garantam a pertinência das perguntas de Sandel. Quereremos um modo de ver a linguagem diferente do proposto por Davidson e Wittgenstein, um modo que a trate como um meio no qual encontrar a verdade que está ali no mundo (ou, no mínimo, nas profundezas do eu, no lugar em que encontramos os desejos permanentes, anistóricos e de mais alto nível, que resolvem os conflitos de nível inferior). Quereremos reformar os modelos de indagação calcados no sujeito/objeto e no esquema/conteúdo – os modelos que Davidson e Heidegger descrevem como obsoletos.

Haverá um modo de resolver esse impasse entre a visão tradicional de que é sempre pertinente perguntar "como você sabe?" e a visão de que, às vezes, tudo que podemos indagar é "por que você fala desse jeito?"? A filosofia, como disciplina,

6 Davidson, *Inquiries into truth and interpretation* (Oxford, Clarendon Press, 1985), p. 185.

torna-se ridícula quando se apresenta nesses momentos críticos e diz que encontrará um terreno neutro em que resolver a questão. Não é como se os filósofos já houvessem conseguido encontrar um terreno neutro em que se posicionar. Melhor seria admitirem que não existe uma forma *única* de sair desses impasses, um lugar único para o qual seja apropriado recuar. Existem, ao contrário, tantas maneiras de sair do impasse quantos são os assuntos de conversa. Pode-se chegar ao problema por diferentes paradigmas de humanidade – o contemplador em oposição ao poeta, ou o devoto em oposição à pessoa que aceita o acaso como digno de determinar seu destino. Ou se pode chegar a ele pelo ponto de vista de uma ética da bondade, e perguntar se a crueldade e a injustiça diminuirão, caso todos paremos de nos preocupar com a "validade absoluta", ou se, ao contrário, só essas preocupações mantêm nosso caráter firme o bastante para defendermos resolutamente os fracos contra os fortes. Ou podemos – de maneira infrutífera, a meu ver – chegar a ele por meio da antropologia e perguntando se existem "universais culturais", ou pela psicologia e perguntando se existem universais psicológicos. Em virtude dessa pluralidade infinita de pontos de vista, desse vasto número de maneiras de abordar a questão pelos lados e tentar sobrepujar o adversário, nunca existe, na prática, impasse algum.

Só teríamos um impasse real e prático, em vez de artificial e teórico, se alguns temas e alguns jogos de linguagem fossem tabus – se houvesse uma concordância geral, numa sociedade, em que certas perguntas são *sempre* pertinentes, em que certas perguntas têm prioridade sobre outras, em que há uma ordem de discussão fixa e em que os movimentos pelos flancos não são permitidos. Esse seria justamente o tipo de sociedade que os liberais tentam evitar – uma sociedade em que a "lógica" dominaria e a "retórica" seria proibida por lei. É central na idéia de sociedade liberal que, com respeito às palavras em oposição aos atos, à persuasão em oposição à força, vale tudo. Essa largueza de horizontes não deve ser fomentada porque, como ensinam as Escrituras, a Verdade é grandiosa e prevalecerá, nem porque, como sugere Milton, a Verdade sempre sairá vencedora num encontro livre e franco. Ela deve ser fomentada por ela mesma. *A sociedade liberal é aquela que se contenta em chamar de "verdadeiro" o que quer que se revele como desfecho desses encontros*. É por isso que tem pouca serventia para a sociedade liberal a tentativa de supri-la de "fundamentos filosóficos". É que a tentativa de suprir tais fundamentos pressupõe uma ordem natural de temas e argumentos anterior e superior aos resultados dos encontros entre velhos e novos vocabulários.

Este último ponto permite que eu me volte para a afirmação maior que expus anteriormente: a de que a cultura liberal necessita mais de uma autodescrição aprimorada do que de um conjunto de fundamentos. A idéia de que ela precisa ter fundamentos resultou do cientificismo iluminista, o qual, por sua vez, foi um remanescente da necessidade religiosa de que os projetos humanos sejam subscritos por uma autoridade não humana. Era natural que o pensamento político liberal do século XVIII procurasse associar-se ao avanço cultural mais promissor da época – as ciências naturais. Infelizmente, porém, o Iluminismo teceu muito de sua retórica política em torno de uma imagem do cientista como uma espécie de sacerdote, alguém que chegou ao contato com a verdade não humana por ser "lógico", "metódico" e "objetivo"[7]. Essa foi uma tática útil na época, mas é menos útil hoje em

7 Para uma elaboração maior desse ponto, cf. meus artigos "Science as solidarity", em John S. Nelson et al. (orgs.), *The rhetoric of the human sciences* (Madison, University of Wisconsin Press, 1987), pp. 38-52, e "Pragmatism without method", em Paul Kurtz (org.), *Sidney Hook: philosopher of democracy and humanism* (Buffalo, Prometheus Books, 1983), pp. 259-73.

dia. Isso porque, em primeiro lugar, as ciências já não são a área mais interessante, promissora ou empolgante da cultura. Em segundo lugar, os historiadores da ciência deixaram claro o quanto essa imagem do cientista tem pouco a ver com os avanços científicos reais, e como é inútil tentar isolar algo chamado "método científico". Embora as ciências tenham se expandido mil vezes desde o fim do século XVIII e, com isso, tenham possibilitado a consecução de metas políticas que nunca poderiam ter-se realizado sem elas, mesmo assim, as ciências recuaram para o pano de fundo da vida cultural. Esse recuo se deve, em grande parte, à dificuldade crescente de dominar as várias linguagens em que as diversas ciências são praticadas. Não se trata de algo a ser deplorado, mas a ser enfrentado. Podemos fazê-lo desviando a atenção para as áreas que *estão* na vanguarda da cultura, aquelas que excitam a imaginação dos jovens, a saber, a arte e a política utópica.

No início do primeiro capítulo, eu disse que a Revolução Francesa e o movimento do romantismo inauguraram uma era em que, aos poucos, passamos a valorizar o papel histórico da inovação lingüística. Essa valorização resume-se na idéia vaga e enganosa, mas pregnante e inspiradora, de que a verdade é mais criada do que descoberta. Afirmei também que a literatura e a política são as esferas para as quais se voltam os intelectuais contemporâneos, quando se preocupam mais com os fins do que com os meios. Agora posso acrescentar o corolário de que essas são as áreas para as quais devemos voltar-nos, a fim de encontrar o mapa de uma sociedade liberal. Precisamos de uma redescrição do liberalismo como esperança de que a cultura como um todo possa ser "poetizada", e não como a esperança iluminista de que ela possa ser "racionalizada" ou "cientizada". Ou seja, precisamos substituir a esperança de que todos troquem a "paixão" ou a fantasia pela "razão" pela esperança de que as oportunidades de realização das fantasias idiossincráticas sejam equiparadas.

A meu ver, uma sociedade idealmente liberal seria aquela cujo herói cultural fosse o "poeta forte" de Bloom, e não o guerreiro, o sacerdote, o sábio, ou o cientista "lógico" e "objetivo" em busca da verdade. Tal cultura descartaria o vocabulário iluminista que venera os pressupostos das perguntas de Sandel a Berlin. Já não seria assombrada por espectros chamados "relativismo" e "irracionalismo". Tal cultura não presumiria que uma forma de vida cultural não é mais sólida que seus fundamentos filosóficos. Ao contrário, abandonaria a idéia de tais fundamentos. Veria a justificação da sociedade liberal como uma simples questão de comparação histórica com outras tentativas de organização social – as do passado e as contempladas pelos utópicos.

Considerar suficiente essa justificação equivaleria a extrair as conseqüências da insistência wittgensteiniana em que os vocabulários – todos os vocabulários, mesmo os que contêm as palavras que levamos mais a sério, as mais essenciais para nossas autodescrições – são criações humanas, ferramentas para a criação de outros artefatos humanos, tais como poemas, sociedades utópicas, teorias científicas e futuras gerações. Com efeito, equivaleria a construir a retórica do liberalismo em torno dessa idéia. Isso significaria abandonar a idéia de que seria possível justificar o liberalismo e refutar os inimigos nazistas ou marxistas do liberalismo, empurrando-os contra uma parede argumentativa – obrigando-os a admitir que a liberdade liberal tem um "privilégio moral" que falta a seus próprios valores. Do ponto de vista que venho recomendando, qualquer tentativa de empurrar um adversário contra a parede dessa maneira fracassa, quando a parede contra a qual ele é empurrado passa a ser vista como mais um vocabulário, mais um modo de descrever as coisas. A parede torna-se então um cenário pintado, mais uma obra humana, mais um elemento da montagem cultural do cenário. A cultura poetizada seria aquela que não insistiria em que encontrássemos a parede real por trás das pintadas, os parâmetros verdadeiros da verdade, em contraste com parâmetros que são meros artefatos culturais. Seria uma cultura que, justamente por reconhecer que *todos* os parâmetros são artefatos dessa natureza, tomaria por meta a criação de artefatos cada vez mais variados e multicores.

Em resumo, a moral que quero extrair de minha discussão da afirmação de que a postura de Berlin é "relativista" é que essa acusação não deve ser respondida, mas evitada. Devemos aprender a pôr de lado perguntas do tipo "Como você *sabe* que a liberdade é a principal meta da organização social?", do mesmo modo que descartamos perguntas do tipo "Como você *sabe* que Jones é digno de sua amizade?", ou "Como você *sabe* que Yeats é um poeta importante, Hegel, um filósofo importante, e Galileu, um cientista importante?". Devemos encarar a fidelidade às instituições sociais como não mais passível de justificação em referência a premissas conhecidas e comumente aceitas, nem tampouco mais arbitrária do que a escolha de amigos ou heróis[8]. Tais escolhas não são feitas em referência a critérios. Não podem ser precedidas por uma reflexão crítica isenta de pressupostos, não conduzida em nenhuma linguagem particular e externa a qualquer contexto histórico específico.

8 Não pretendo sugerir que se ressuscite a distinção entre o cognitivo e o não cognitivo, e muito menos professar a fidelidade das instituições sociais a esta última categoria. Com Davidson, afirmo que a distinção entre verdadeiro e falso (a marca de "*status* cognitivo" dos positivistas) é tão aplicável a afirmações como "Yeats foi um grande poeta", ou "A democracia é melhor que a tirania", quanto a afirmações como "A Terra gira em torno do Sol". Minha idéia sobre perguntas do tipo "Como você *sabe* que...?", como as que listei, é apenas que não há maneira viável de silenciar a dúvida sobre tais questões. Os que insistem em perguntas assim pleiteiam uma postura epistêmica que ninguém jamais tenderá a ter sobre qualquer assunto de importância moral.

Quando digo que "devemos" fazer isto ou "não podemos" fazer aquilo, não falo, é claro, de um ponto de vista neutro. Falo pelo lado berliniano da argumentação, tentando servir de trabalhador subordinado de Berlin, ao limpar um pouco da vegetação filosófica rasteira. Sou tão pouco neutro, e a filosofia é tão pouco neutra a respeito de assuntos políticos dessa magnitude, quanto Locke, o gerador da metáfora do "trabalhador subordinado", pôde ser neutro entre o hilemorfismo e o corpuscularismo. Mais uma vez, porém, quando digo que a neutralidade não é uma aspiração, não o digo de uma perspectiva filosófica neutra. Não estou lançando bases para o liberalismo, afirmando que a recente filosofia da linguagem davidsoniana ou a filosofia da ciência kuhniana demonstraram que os filósofos do passado estavam errados ao pleitear a neutralidade. O que digo é que Kuhn, Davidson, Wittgenstein e Dewey nos fornecem redescrições de fenômenos conhecidos que, tomadas em conjunto, respaldam a forma berliniana de descrever as instituições e teorias políticas alternativas. Esses filósofos ajudam a fornecer uma redescrição do liberalismo político, mas o liberalismo político também ajuda a fornecer uma redescrição da atividade deles – a qual nos permite ver que não existe ordem natural da investigação filosófica. Nada exige que primeiro examinemos corretamente a linguagem, depois a crença e o conhecimento, depois a identidade e, por fim, a sociedade. Não existe uma "primeira filosofia" – nem metafísica, nem filosofia da linguagem, nem filosofia da ciência. Entretanto, de novo e pela última vez, a afirmação referente à própria filosofia é apenas mais uma sugestão terminológica feita em nome da mesma causa – a causa de proporcionar à cultura liberal contemporânea um vocabulário que seja todo seu, expurgando-a dos resíduos de um vocabulário que se adequava às necessidades de épocas anteriores.

Talvez eu possa tornar mais palatável essa abjuração da neutralidade filosófica a bem do liberalismo político referindo-me mais uma vez à analogia wittgensteiniana entre vocabulários e instrumentos. Disse no primeiro capítulo que o problema dessa comparação é que a pessoa que projeta um novo instrumento costuma saber explicar de antemão qual será a utilidade dele – por que o deseja –; em contraste, a criação de uma nova forma de vida cultural, de um novo vocabulário, só tem sua utilidade explicada retrospectivamente. Não podemos ver o cristianismo, o newtonianismo, o movimento romântico ou o liberalismo político como instrumentos enquanto ainda estamos no processo de descobrir como usá-los. É que ainda não existem fins claramente formuláveis para os quais eles constituam um meio. Contudo, depois de descobrirmos como usar os vocabulários desses movimentos, podemos contar uma história de progresso, mostrando como a literalização de certas metáforas serviu ao propósito de possibilitar todas as coisas boas que aconteceram recentemente. Além disso, agora podemos ver todas essas coisas boas como exemplos particulares de um bem mais geral, o bem global a que o movimento serviu. Este último processo era a definição hegeliana de filosofia: "pensar a própria época". Entendo que isso significa "encontrar uma descrição de todas as coisas características de sua época que você mais aprova, com as quais se identifica sem hesitação, uma descrição que sirva de descrição do fim para o qual os desdobramentos históricos que conduziram a sua época foram os meios".

Dado esse significado de "filosofia", segue-se que, como disse Hegel, "a filosofia só tinge de cinza o cinzento quando uma forma de vida envelhece". O cristianismo não sabia que seu propósito era aliviar a crueldade, Newton não sabia que seu propósito era a tecnologia moderna, os poetas românticos não sabiam que seu propósito era contribuir para o desenvolvimento de uma consciência ética adequada à cultura do liberalismo político. Agora, porém, *nós* sabemos essas coisas, porque, tendo chegado depois, podemos contar o tipo de história de progresso que nunca pode ser contada pelos que efetivamente criam o progresso. Podemos ver essas pessoas como fabricantes de instrumentos, e não descobridores, por termos uma idéia clara do produto que o uso desses instrumentos produziu. Esse produto somos *nós* – nossa consciência moral, nossa cultura, nossa forma de vida. Aqueles que nos tornaram possíveis não podiam imaginar o que estavam possibilitando, e, portanto, não podiam descrever os fins para os quais seu trabalho era um meio, mas *nós* podemos.

Permitam-me aplicar esta idéia ao caso particular da relação entre o liberalismo político e o racionalismo iluminista. Essa relação foi o tema da *Dialética do esclarecimento*, de Horkheimer e Adorno. Eles assinalaram, a meu ver com acerto, que as forças desencadeadas pelo Iluminismo minaram as próprias convicções iluministas. O que esses autores chamaram de "racionalidade dissolvente" do Iluminismo, no decorrer da vitória das idéias iluministas durante os dois últimos séculos, solapou as idéias de "racionalidade" e "natureza humana" que o século XVIII tomava por certas. Eles chegaram à conclusão de que agora o liberalismo estava intelectualmente falido, privado de fundamentos filosóficos, e de que a sociedade liberal estava moralmente falida, privada do cimento social.

Essa inferência foi um erro. Horkheimer e Adorno presumiram que os termos com que os iniciadores de um avanço histórico descrevem sua iniciativa continuam a ser os termos que a descrevem corretamente, e em seguida inferiram que a dissolução dessa terminologia priva os resultados desse avanço do direito a uma existência contínua, ou da possibilidade dela. Isso quase nunca acontece. Ao contrário, os termos usados pelos fundadores de uma nova forma de vida cultural compõem-se predominantemente de empréstimos tomados do vocabulário da cultura que eles esperam substituir. Só depois que a nova forma envelhece, que ela mesma se torna alvo de ataques da vanguarda, é que a terminologia dessa cultura começa a ganhar forma. A terminologia com que uma cultura madura compara desdenhosamente outras culturas a ela mesma, na qual enuncia sua apologética, não tende a ser a terminologia usada para promover seu nascimento.

Horkheimer e Adorno fazem uma descrição admirável de como os fundamentos filosóficos da sociedade, que eles vêem como instrumentos lingüísticos de dominação por parte dos governantes, foram solapados pelo ceticismo iluminista. Em suas palavras,

> Em última instância, o Iluminismo consumiu não apenas os símbolos [da união social], mas também seus sucessores, os conceitos universais, e não pouparam nenhum remanescente da metafísica. [...] A situação dos conceitos diante do Iluminismo assemelha-se à de homens de recursos próprios diante dos trustes industriais: nenhum deles pode sentir-se seguro.[9]

Entre as distinções que não puderam resistir a essa dissolução figuram "a validade absoluta *versus* a validade relativa" e "a moral em oposição à prudência". Como dizem Horkheimer e Adorno, o espírito do Iluminismo dita que "toda visão teórica

9 Max Horkheimer e Theodor W. Adorno, *Dialectic of enlightenment* (trad. John Cumming, Nova York, Seabury Press, 1972), p. 23. [*Dialética do esclarecimento – fragmentos filosóficos* (trad. Guido A. Almeida, Rio de Janeiro, Zahar, 2. ed., 1986).]

específica sucumbe à crítica destrutiva que é apenas uma crença – até que as próprias idéias de espírito, verdade e mesmo esclarecimento transformam-se em magia animista"[10]. Essa colocação pode ser enunciada, em meu jargão, dizendo que toda visão teórica específica passa a ser vista como mais um vocabulário, mais uma descrição, mais um modo de falar.

Horkheimer e Adorno julgaram provável que a civilização não pudesse sobreviver a esse processo, e não tiveram nada de útil a sugerir senão o que Ricoeur habilmente denominou de "hermenêutica da suspeita" – a consciência constante de que qualquer nova proposta teórica tenderia a ser mais uma desculpa para a manutenção do *status quo*. Disseram eles que, "quando a consideração do aspecto destrutivo do progresso fica a cargo de seus inimigos, o pensamento cegamente pragmatizado perde sua qualidade transcendente e sua relação com a verdade"[11]. Não fizeram, porém, sugestão alguma aos amigos do progresso. Não tinham qualquer visão utópica de uma cultura que pudesse incorporar e fazer uso da compreensão do caráter dissolvente da racionalidade, do caráter autodestrutivo do Iluminismo. Não tentaram mostrar como o "pensamento pragmatizado" poderia deixar de ser cego e passar a ter uma visão clara.

No entanto, vários outros autores – pessoas que queriam preservar o liberalismo iluminista, ao mesmo tempo abandonando o racionalismo iluminista – fizeram justamente isso. John Dewey, Michael Oakeshott e John Rawls, todos ajudaram a minar a idéia de um conjunto trans-histórico de conceitos "absolutamente válidos" que serviriam de "fundamentos filosóficos" do liberalismo, mas todos pensaram nesse solapamento como uma forma de fortalecer as instituições liberais. Afirmaram que

10 Idem, p. 11.
11 Ibid., p. xiii.

as instituições liberais ficariam muito melhor caso se livrassem da necessidade de se defenderem em termos desses fundamentos – muito melhor por não terem que responder à pergunta "em que consiste o *status* privilegiado da liberdade?". Todos admitiriam alegremente que a justificação circular de nossas práticas, uma justificação que faz parecer bonito um traço de nossa cultura citando um outro, ou comparando de forma discriminatória nossa cultura com outras, fazendo referência a nossos próprios padrões, é o único tipo de justificação que obteremos. Sugiro que vejamos autores como esses como a vitória auto-anuladora e auto-realizadora do Iluminismo. Seu pragmatismo é antitético ao racionalismo iluminista, embora ele mesmo só tenha sido possibilitado (à boa moda dialética) por esse racionalismo. Pode servir de vocabulário de um liberalismo iluminista maduro (descientifizado e desfilosofizado).

Deixem-me citar um trecho de cada um desses três autores, como lembrete de suas posturas. Dewey faz eco à definição hegeliana da filosofia, ao dizer:

> Quando se reconhece que, sob o disfarce de lidar com a realidade última, a filosofia ocupa-se com os valores preciosos inseridos nas tradições sociais, que ela brotou do choque entre objetivos sociais e de um conflito entre instituições herdadas e tendências contemporâneas incompatíveis, percebe-se que a tarefa da filosofia do futuro será esclarecer as idéias dos homens quanto às lutas sociais e morais de sua época.[12]

Em suas Conferências Dewey, Rawls fez eco a Berlin e a Dewey ao dizer:

12 John Dewey, *Reconstruction in philosophy* (Boston, Beacon Press, 1948), p. 26.

> O que justifica uma concepção de justiça não é o fato de ela ser fiel a uma ordem antecedente e que nos foi dada, mas sua congruência com nossa compreensão mais profunda de nós mesmos e de nossas aspirações, e nosso reconhecimento de que, dadas a nossa história e as tradições arraigadas em nossa vida pública, ela é a doutrina mais sensata para nós.[13]

Por último, Oakeshott escreve, em frases que poderiam ter sido igualmente redigidas por Dewey:

> A moral não é um sistema de princípios gerais nem um código de regras, mas uma língua vernácula. Dela se podem extrair princípios e até regras gerais, mas (como outras línguas) ela não é obra dos gramáticos: é feita pelos falantes. O que tem de ser aprendido na educação moral não é um teorema, tal como "a boa conduta é agir com imparcialidade ou ser caridoso", nem tampouco uma regra, como "diga sempre a verdade", e sim como falar inteligentemente essa língua. [...] Ela não é um recurso para formular juízos sobre a conduta ou resolver os chamados problemas morais, e sim uma prática em cujos termos pensar, escolher, agir e falar.[14]

Essa citação de Oakeshott oferece um trampolim para explicar por que penso que a distinção entre moral e prudência, assim como o próprio termo "moral", já não são muito úteis. Minha tese recorre à conhecida afirmação antikantiana, tida por certa nessa passagem de Oakeshott, de que os "princípios morais" (o imperativo categórico, o princípio utilitário etc.) só têm sentido

13 John Rawls, "Kantian constructivism in moral theory", *Journal of philosophy* 77, 1980, p. 519.

14 Michael Oakeshott, *Of human conduct* (Oxford, Oxford University Press, 1975), pp. 78-9.

na medida em que incorporam uma referência tácita a toda uma gama de instituições, práticas e vocabulários de deliberação moral e política. São lembretes ou abreviações dessas práticas, e não justificações delas. Quando muito, são recursos pedagógicos auxiliares para a aquisição dessas práticas. Esse ponto é comum a Hegel e a críticos recentes da moral convencional e da filosofia forense, como Annette Baier, Stanley Fish, Jeffrey Stout, Charles Taylor e Bernard Williams[15]. Ao aceitarmos essa colocação, naturalmente formularemos a pergunta: "Visto que a oposição kantiana clássica entre moral e prudência foi formulada precisamente em termos da oposição entre um apelo aos princípios e um apelo à conveniência, haverá algum sentido em preservar o termo 'moral', depois de abandonarmos a idéia de 'princípio moral'?".

Oakeshott, seguindo Hegel, sugere a resposta: só podemos preservar a idéia de "moral" na medida em que deixemos de pensar na moral como a voz da parte divina de nós e, em vez disso, pensemos nela como nossa própria voz enquanto membros de uma comunidade, falantes de uma língua comum. Podemos conservar a distinção entre moral e prudência se pensarmos nela não como a diferença entre um apelo ao incondicionado e um apelo ao condicionado, mas como a diferença entre um apelo aos interesses de nossa comunidade e o apelo a nossos próprios interesses privados, possivelmente conflitantes. A importância dessa mudança é que ela torna impossível perguntar se nossa sociedade é uma sociedade moral. Torna impossível pensar que existe algo que está para minha comunidade assim como minha comu-

15 É também, obviamente, um ponto conhecido em Marx e nos marxistas. Infelizmente, porém, tal concepção é distorcida, nesses autores, por uma distinção confusa entre "ideologia" e uma forma de pensamento (a dos marxistas) que escapa à "ideologia". Sobre a inutilidade da concepção de "ideologia", cf. Raymond Geuss, *The idea of a critical theory* (Cambridge, Cambridge University Press, 1981).

nidade está para mim – uma comunidade maior, chamada "humanidade", dotada de uma natureza intrínseca. Essa mudança é apropriada para o que Oakeshott chama de *societas*, em oposição a uma *universitas* – uma sociedade concebida como um bando de excêntricos que colaboram com vistas à proteção mútua, em vez de um bando de espíritos semelhantes, unidos por um objetivo comum.

A resposta de Oakeshott coincide com a tese de Wilfrid Sellars de que a moral é uma questão do que ele chama de "intenções-do-nós", a tese de que o sentido nuclear de "ato imoral" é "o tipo de coisa que *nós* não fazemos"[16]. O ato imoral, segundo essa visão, é o tipo de coisa que, se é que chega a ser feita, só é feita por animais, ou então por pessoas de outras famílias, tribos, culturas ou épocas históricas. Se feita por um de nós, ou se repetidamente feita por um de nós, essa pessoa deixa de ser um de nós. Torna-se um pária, alguém que não fala nossa língua, ainda que um dia tenha parecido fazê-lo. Segundo a exposição de Sellars, bem como a de Hegel, a filosofia moral assume a forma de uma resposta à pergunta "Quem somos 'nós', como viemos a ser o que somos e em que podemos nos transformar?", e não uma resposta à pergunta "Que normas devem ditar meus atos?". Em outras palavras, a filosofia moral assume a forma de narração histórica e especulação utópica, em vez de busca de princípios gerais.

Esse modo de Oakeshott e Sellars verem a moral como um conjunto de práticas, *nossas* práticas, torna vívida a diferença entre a concepção de moral como a voz da parte divinizada de nossa alma e como a voz de um artefato humano contingente, de uma comunidade que cresceu sujeita às vicissitudes do tempo

16 Cf. Wilfrid Sellars, *Science and metaphysics* (Londres, Routledge & Kegan Paul, 1968), capítulos 6 e 7. Voltarei a esse ponto no capítulo 9.

e do acaso, mais um dos "experimentos" da natureza. Ele deixa claro por que a distinção entre moral e prudência se desfaz, ao tentarmos transpô-la para questões a respeito de o cimento que une nossa sociedade ser de natureza "moral" ou "prudencial". Essa distinção só faz sentido para os indivíduos. Só faria sentido para as sociedades se a "humanidade" tivesse uma natureza superior às várias formas de vida que a história produziu até hoje, mas, se as demandas de uma moral são as demandas de uma língua, e se as línguas são contingências históricas, e não tentativas de captar a verdadeira forma do mundo ou do eu, "defender resolutamente as próprias convicções morais" é uma questão de identificação com essa contingência.

Deixem-me agora juntar essa colocação com minha afirmação anterior de que os heróis da sociedade liberal são o poeta forte e o revolucionário utópico. Tal síntese parecerá paradoxal, e fadada ao fracasso, se pensarmos no poeta ou no revolucionário como "alienados", mas o paradoxo começa a desaparecer quando abandonamos um pressuposto que se esconde por trás de muitos usos recentes do termo "alienação". Trata-se da idéia de que os alienados são pessoas que protestam, em nome da humanidade, contra restrições sociais arbitrárias e desumanas. Podemos substituí-la pela idéia de que o poeta e o revolucionário protestam, em nome da própria sociedade, contra os aspectos da sociedade que não são fiéis a sua própria auto-imagem.

Essa substituição parece anular a diferença entre o revolucionário e o reformista, mas podemos definir a sociedade *idealmente* liberal como aquela em que essa diferença *é* anulada. Uma sociedade liberal é aquela cujos ideais podem ser realizados mais pela persuasão do que pela força, mais pela reforma do que pela revolução, pelos encontros livres e francos das práticas lingüísticas e outras práticas atuais com sugestões de novas práticas. Entretanto, isso equivale a dizer que a sociedade liberal ideal é aquela que não tem nenhum objetivo senão a liberdade, nenhuma meta senão a disposição de ver como transcorrem esses encontros e se submeter a seu resultado. Não tem outro propósito senão tornar a vida mais fácil para os poetas e revolucionários, ao mesmo tempo que se certifica de que eles só dificultam a vida dos outros por palavras, e não por atos. Trata-se de uma sociedade cujos heróis são o poeta forte e o revolucionário, por reconhecer que ela é como é, tem a moral que tem e fala a língua que fala não por se aproximar da vontade de Deus ou da natureza do Homem, mas porque alguns poetas e revolucionários do passado falaram como falaram.

Ver a linguagem, a consciência, a moral e as mais elevadas esperanças como produtos contingentes, como literalizações do que já foi um conjunto de metáforas acidentalmente produzidas é adotar uma identidade pessoal apropriada à cidadania nesse Estado idealmente liberal. É por isso que o cidadão ideal desse Estado liberal seria alguém que pensa nos fundadores e nos preservadores de sua sociedade como poetas, e não como pessoas que descobriram ou imaginaram claramente a verdade sobre o mundo ou sobre a humanidade. Ele mesmo pode ser ou não poeta, pode ou não encontrar suas próprias metáforas para suas fantasias idiossincráticas, pode ou não tornar essas fantasias conscientes, mas será suficientemente freudiano, no plano do senso comum, para ver os fundadores e transformadores da sociedade, os legisladores reconhecidos de sua língua e, portanto, de sua moral, como pessoas que por acaso encontraram palavras adequadas a suas fantasias, metáforas que porventura responderam às necessidades vagamente sentidas do resto da sociedade. Será suficientemente bloomiano, no plano do senso comum, para tomar por certo que o artista revolucionário e o cientista revolucionário, e não o artista acadêmico ou o cientista normal, exemplificam com mais clareza as virtudes que ele espera ver encarnadas em sua sociedade.

Em resumo, os cidadãos de minha utopia liberal seriam pessoas com uma idéia da contingência de sua linguagem de deliberação moral e, portanto, de sua consciência moral e, portanto, de sua comunidade. Seriam ironistas liberais – pessoas que atenderiam ao critério schumpeteriano de civilização, que combinariam o compromisso com o sentimento de contingência de seu próprio compromisso. Encerrarei este capítulo tentando focalizar com mais nitidez essa figura do ironista liberal, contrastando minha visão com a de dois filósofos com quem tenho vastas áreas de concordância, mas cujas visões diferem da minha em sentidos opostos. Para enunciar cruamente as diferenças, Michel Foucault é um ironista que não se dispõe a ser liberal, ao passo que Jürgen Habermas é um liberal que não se dispõe a ser ironista.

Foucault e Habermas, como Berlin, são críticos das tentativas platônicas e kantianas tradicionais de isolar um componente nuclear do eu. Ambos vêem Nietzsche como tendo uma importância crucial. Foucault considera que Nietzsche ensinou-o a evitar a tentativa de uma perspectiva supra-histórica, a tentativa de descobrir origens atemporais – a se contentar com uma narrativa genealógica das contingências[17]. Nietzsche também ensinou-o a olhar duas vezes para o liberalismo – a olhar para o que está atrás das novas liberdades trazidas pela democracia política, para as novas formas de coerção impostas pelas sociedades democráticas.

17 Cf. Foucault, "Nietzsche, genealogy history", em seu livro *Language, counter-memory, practice: selected essays and interviews* (org. Donald F. Bouchard, Ithaca, Cornell University Press, 1977), esp. pp. 146, 152-3.

Porém, enquanto Foucault toma Nietzsche como inspiração, Habermas – apesar de concordar com as críticas nietzschianas à "razão centrada no sujeito", que faz parte do racionalismo tradicional – considera que ele nos conduz a um beco sem saída. Habermas considera que Nietzsche deixa clara a falência, para fins da "emancipação" humana, do que chama de "filosofia da subjetividade" (resumidamente, a tentativa de extrair a obrigação moral de nossas entranhas, de descobrir em nossas profundezas, além das contingências históricas e dos acidentes da socialização, a origem de nossa responsabilidade para com o semelhante). Com Nietzsche, diz Habermas, "a crítica da modernidade [isto é, a tentativa de nos havermos com a perda dos tipos de coesão social encontrados nas sociedades pré-modernas][18] prescinde pela primeira vez de sua retenção de um conteúdo emancipador"[19]. Habermas toma essa recusa da tentativa de emancipação como sendo um legado nietzschiano para Heidegger, Adorno, Derrida e Foucault – um legado desastroso, que tornou a reflexão filosófica irrelevante para a esperança liberal, na melhor das hipóteses, e antagônica a ela, na pior. Habermas considera que esses pensadores – teóricos devorados por sua própria ironia – constituem uma espécie de *reductio ad absurdum* da filosofia da subjetividade.

A resposta de Habermas a Nietzsche é tentar minar o ataque nietzschiano a nossas tradições religiosas e metafísicas, substituindo a "filosofia da subjetividade" por uma "filosofia da intersubjetividade" – substituindo a antiga "concepção da 'razão' centrada no sujeito", compartilhada por Kant e Nietzsche, pelo que Haber-

18 Cf. Jürgen Habermas, *The philosophical discourse of modernity* (trad. Frederick Lawrence, Cambridge, Mass., MIT Press, 1987), p. 139: "Desde o fim do século XVIII, o discurso da modernidade tem tido um único tema, com títulos sempre novos: a debilitação das forças de vinculação social, a privatização e a dilaceração – em suma, as deturpações de uma práxis cotidiana unilateralmente racionalizada, que evocam a necessidade de algo equivalente à força unificadora da religião".

19 Idem, p. 94.

mas denomina "razão comunicativa". Nesse ponto, Habermas faz o mesmo gesto de Sellars: os dois filósofos tentam interpretar a razão como a internalização de normas sociais, e não como um componente intrínseco do eu humano. Habermas pretende "fundamentar" as instituições democráticas do mesmo modo que esperava Kant – porém almeja fazer melhor esse trabalho, invocando a idéia de "comunicação livre de dominação" para substituir o "respeito à dignidade humana" como a égide sob a qual a sociedade deve tornar-se mais cosmopolita e democrática.

A resposta de Foucault a tentativas como as de Habermas, Dewey e Berlin – tentativas de erigir a filosofia em torno das necessidades de uma sociedade democrática – é assinalar as deficiências dessa sociedade, suas maneiras de *não* dar margem à criação pessoal, aos projetos particulares. Tal como Habermas e Sellars, ele aceita a visão de Mead de que o eu é uma criação da sociedade. Ao contrário deles, não se dispõe a admitir que os eus moldados pelas sociedades liberais modernas sejam melhores do que os eus criados por sociedades anteriores. Grande parte da obra de Foucault – a parte mais valiosa, a meu ver – consiste em mostrar que os padrões de aculturação característicos das sociedades liberais impuseram, aos integrantes destas, certos tipos de limitações com que as antigas sociedades pré-modernas não haviam sonhado. Por outro lado, ele não se dispõe a ver essas limitações como algo compensado pela redução do sofrimento, assim como Nietzsche não se dispunha a ver o ressentimento da "moral do escravo" como compensado por essa redução.

Minha discordância com relação a Foucault resume-se na afirmação de que essa redução efetivamente compensa tais limitações. Concordo com Habermas em que a descrição foucaultiana de como o poder moldou nossa subjetividade contemporânea "exclui todos os aspectos em que a erotização e a internalização da natureza subjetiva também significaram um aumento da liberdade e da expressão"[20]. E, o que é mais importante, creio que a sociedade liberal contemporânea já contém as instituições para seu aprimoramento – um aprimoramento capaz de mitigar os perigos vistos por Foucault. Aliás, é meu palpite que o pensamento social e político do Ocidente talvez tenha passado pela última revolução *conceitual* de que necessita[21]. A sugestão de J. S. Mill de que os governos se dediquem a otimizar o equilíbrio entre deixar em paz a vida privada das pessoas e impedir o sofrimento me parece ser basicamente a última palavra. As descobertas sobre quem é levado a sofrer podem ficar por conta do funcionamento da imprensa livre, das universidades livres e da opinião pública esclarecida – esclarecida, por exemplo, por livros como *História da loucura* e *Vigiar e punir*, bem como por livros como *Germinal, Black boy, A caminho de Wigan* e *1984*.*

Foucault, no entanto, compartilha com Marx e Nietzsche a convicção de que fomos longe demais para que a reforma funcio-

20 Habermas, *The philosophical discourse of modernity*, op. cit., p. 292. A queixa de Habermas faz eco às de Michael Walzer e Charles Taylor. Cf. os ensaios desses autores em David Couzens Hoy (org.), *Foucault: a critical reader* (Oxford, Blackwell, 1986). Faço queixas semelhantes em "Identité morale et autonomie privée", em *Michel Foucault philosophe: rencontre internationale* (Paris, Editions du Seuil, 1989). [Incluído também em *Ensaios sobre Heidegger e outros* (trad. Marco A. Casanova, Rio de Janeiro, Relume-Dumará, 1999).]

21 Isso, é claro, não equivale a dizer que o mundo tenha passado pela última revolução *política* de que necessita. É difícil imaginar uma diminuição da crueldade em países como a África do Sul, o Paraguai e a Albânia sem uma revolução violenta. Nesses países, entretanto, a coragem bruta (como a dos líderes do Congresso dos Sindicatos Sul-Africanos [COSATU] ou a dos subscritores da *Carta 77*) é a virtude relevante, e não o tipo de argúcia reflexiva que faz contribuições para a teoria social. Nesses lugares, o tipo de "desmascaramento" em que Foucault se destaca é irrelevante. Neles, a força impera, desnuda, e ninguém alimenta nenhuma ilusão.

* Os dois primeiros livros da lista são de Michel Foucault; *Germinal* é o célebre clássico de Émile Zola; *Black boy: infância e juventude de um negro americano*, de Richard Wright, foi publicado no Brasil com tradução de Aurora M. S. Neiva e posfácio de John Reilly (Rio de Janeiro, Espaço e Tempo, 1993); os últimos livros listados são de George Orwell (*A caminho de Wigan*, trad. Gláucia F. Sposito, Rio de Janeiro, Nova Fronteira, 1986; e *1984*, trad. Wilson Veloso, São Paulo, Nacional, 20. ed., 1986). (N. de T.)

ne – de que há necessidade de uma convulsão, de que nossa imaginação e nossa vontade estão tão limitadas pela socialização que recebemos, que somos incapazes sequer de propor uma alternativa à sociedade que temos agora[22]. Ele não queria pensar em si mesmo falando como integrante de um "nós" *qualquer*, muito menos usando um "nós, os liberais", como tenho feito. Em suas palavras,

> Não apelo para nenhum "nós" – nenhum dos "nós" cujo consenso, cujos valores, cujas tradições constituam o arcabouço de um pensamento e definam as condições em que ele pode ser validado. O problema, porém, está justamente em decidir se de fato é adequado nos situarmos em um "nós" para afirmar os princípios que reconhecemos e os valores que aceitamos, ou se, ao contrário, não seria preciso possibilitarmos a futura formação de um "nós", elaborando a questão[23].

Este é o problema, com efeito, mas discordo de Foucault quanto a ser de fato necessário formarmos um novo "nós". Minha principal discordância com relação a ele é precisamente quanto ao fato de "nós, os liberais" ser ou não algo suficientemente bom[24].

---

22 Foucault disse numa entrevista, certa vez: "Creio que imaginar outro sistema é ampliar nossa participação no sistema atual" (*Language, counter-memory, practice*, op. cit., p. 230).

23 Paul Rabinow (org.), *The Foucault reader* (Nova York, Pantheon, 1984), p. 385. A citação veio de uma conversa com Rabinow.

24 Concordo com Foucault em que a constituição de um novo "nós" pode resultar, com efeito, de formularmos a pergunta certa. No século XVII, uma comunidade de intelectuais foi constituída por uma pergunta de Galileu: "Algum movimento é mais 'natural' do que outro?". Outra dessas comunidades foi constituída por uma pergunta de Marx: "O Estado é mais do que o comitê executivo da burguesia?". Todavia, formar novas comunidades é tão pouco um fim em si quanto a revolução política. Ampliar o alcance de nosso "nós" atual, por outro lado, é um dos dois projetos que o liberal ironista toma como fins em si, sendo o outro a invenção de si mesmo. (Por "fim em si", entretanto, é claro que ele se refere apenas a um "projeto que não posso imaginar defender com base numa argumentação não circular").

Foucault não apreciaria minha sugestão de que seus livros podem ser assimilados numa cultura política reformista liberal. Creio que parte da explicação de sua reação seria que, apesar de sua concordância com Mead, Sellars e Habermas em que o eu, o sujeito humano, é simplesmente o que quer que a aculturação faça dele, Foucault continua a pensar em algo profundo dentro dos seres humanos, que seria deturpado pela aculturação. Um pequeno indício dessa afirmação é que ele se destaca pela relutância em admitir que (como argumentarei no capítulo 4) não existe uma "linguagem do oprimido". Vez por outra, ele sugere falar "em nome" dos loucos, ou sugere que seu trabalho revela "conhecimentos subjugados [...], blocos de conhecimento histórico que estavam presentes, mas disfarçados, no corpo da teoria funcionalista e sistematizadora"[25].

Muitas passagens de Foucault, inclusive a referente ao "nós", citada anteriormente, exemplificam o que Bernard Yack chamou de "anseio pela revolução total" e de "demanda de que nossa autonomia se encarne em nossas instituições"[26]. É precisamente esse tipo de anseio que, a meu ver, entre os cidadãos de uma democracia liberal, deveria ficar reservado à vida priva-

25 Michel Foucault, *Power/knowledge: selected interviews and other writings 1972-77* (org. Colin Gordon, Brighton, Harvester Press, 1980), p. 82. Habermas comentou essa passagem (*The philosophical discourse of modernity*, op. cit., pp. 279-80). Concordo com ele em que esse trecho exemplifica a tentativa foucaultiana de evitar as dificuldades auto-referentes, "destacando sua genealogia de todo o resto das ciências humanas, de um modo compatível com os pressupostos básicos de sua teoria". Também concordo em que essa tentativa fracassa.

26 Bernard Yack, *The longing for total revolution: Philosophic sources of social discontent from Rousseau to Marx and Nietzsche* (Princeton, Princeton University Press, 1986), p. 385. Yack faz uma ótima defesa de sua afirmação de que a idéia de algo profundamente humano, que a sociedade teria deturpado, provém de Rousseau, por intermédio da tentativa kantiana de ver uma parte do eu como sendo externa à natureza. A naturalização da distinção entre obrigação e benevolência, feita por Sellars, assim como a visão do eu exposta por Mead, ajudam a extirpar as raízes da tentação – típica do radicalismo contemporâneo – de ver a "sociedade" como *intrinsecamente* desumanizante.

da. O tipo de autonomia buscado por ironistas criadores do eu, como Nietzsche, Derrida ou Foucault, não é o tipo de coisa que pudesse *algum dia* ser encarnada pelas instituições sociais. A autonomia não é algo que todos os seres humanos tenham dentro de si e que a sociedade possa liberar, parando de reprimi-los. É algo que alguns seres humanos particulares têm esperança de alcançar, através da criação de si, e que poucos efetivamente alcançam. O desejo de ser autônomo não é relevante para o desejo do liberal de evitar a crueldade e o sofrimento – um desejo que Foucault compartilhava, muito embora não se dispusesse a expressá-lo nesses termos.

A maioria dos ironistas restringe esse anseio à esfera privada, como fizeram (assim argumento no capítulo 5) Proust e Nietzsche, e como Heidegger deveria ter feito. Foucault não se contentou com essa esfera. Habermas a ignorou, julgando-a irrelevante para seus propósitos. A solução de compromisso defendida neste livro equivale a dizer: *privatize* a tentativa nietzschiana-sartriana-foucaultiana de autenticidade e pureza, para impedir que se resvale para uma atitude política que o leve a achar que existe uma meta social mais importante do que evitar a crueldade.

É o quanto basta dizer, portanto, sobre minha discordância da tentativa de Foucault de ser ironista sem ser liberal. Minhas discordâncias da tentativa habermasiana de ser liberal sem ser ironista ficam evidentes ao percebermos quão profundamente desagradaria a Habermas a minha afirmação de que uma utopia liberal seria uma cultura *poetizada*. Habermas encara meu discurso estetizante sobre a metáfora, a novidade conceitual e a invenção de si mesmo como uma preocupação lamentável com o que ele chama de "função de revelação do mundo embutida na linguagem", em contraste com sua "função de resolução de problemas" na "práxis intramundana". Ele desconfia do enaltecimento da primeira dessas funções, que encontra em figuras neonietzschianas como Heidegger e Foucault. Considera igualmente duvidosa a tentativa de Castoriadis de invocar essa função em sua *Instituição imaginária da sociedade*[27]*.

Habermas dispõe-se a admitir a afirmação kuhniana de que "as linguagens específicas da ciência e da tecnologia, da lei e da moral, da economia, da ciência política etc. [...] vivem da força revivificadora dos tropos metafóricos"[28]. Todavia, considera que vou longe demais – perigosamente longe – ao sugerir que "a ciência e a moral, a economia e a política estão entregues a um processo de protuberâncias criadoras de linguagem, *exatamente do mesmo modo que* a arte e a filosofia"[29]. Pretende ele que a revelação do mundo tenha sempre sua "validade" cotejada com a prática intramundana. Quer que haja práticas *argumentativas*, conduzidas dentro de "culturas especializadas", que não possam ser derrubadas por revelações empolgantes e românticas de novos mundos. Ele tem mais medo do tipo de derrubada "romântica" das instituições estabelecidas exemplificado por Hitler e Mao do que do efeito sufocante

27 Cf., por exemplo, o tratamento dado por Habermas à idéia de Castoriadis sobre "a transparência de uma sociedade que não esconde sua origem imaginária por baixo da projeção extra-social, e que se conhece explicitamente como uma sociedade que se auto-institui" (*The philosophical discourse of modernity*, op. cit., p. 318). Habermas critica a mim e a Castoriadis por nos entregarmos a uma *Lebensphilosophie* ["filosofia vital"]: essa acusação significa, em linhas gerais, que ambos queremos poetizar, em vez de racionalizar. Quanto a minha visão (obviamente mais simpática) de Castoriadis, cf. meu artigo "Unger, castoriadis and the romance of a national future", *Northwestern University Law Review*, 82: 2 (Winter, 1988), pp. 335-51. [Incluído também em *Ensaios sobre Heidegger e outros*, cit.]

* Cornelius Castoriadis, *A instituição imaginária da sociedade* (trad. Guy Reynaud, Rio de Janeiro, Paz e Terra, 1982). (N. de T.)

28 Habermas, *The philosophical discourse of modernity*, op. cit., p. 209.

29 Idem, p. 206. A citação é a descrição habermasiana da essência de um artigo de minha autoria, intitulado "Deconstruction and circumvention", *Critical Inquiry* 11 (1984), pp. 1-23 – uma descrição que diz que deixei as "percepções sóbrias do pragmatismo" serem toldadas pelo "páthos nietzschiano de uma *Lebensphilosophie* que deu uma guinada lingüística".

do que Dewey chamou de "a crosta da convenção" (por exemplo, o efeito possivelmente sufocante das divisões tradicionais entre "esferas de cultura"). Habermas tem mais medo dos que querem ver sua própria autonomia refletida nas instituições, como Foucault, do que daquilo que Foucault temia – a possibilidade de as "culturas especializadas" exercerem o "biopoder"[30].

A resposta de Habermas a esses dois conjuntos de medos, todavia, é a mesma. Ele pensa que os perigos de ambos os lados podem ser evitados, se as decisões sobre as mudanças das instituições e políticas públicas forem tomadas por um processo de "comunicação sem dominação". Essa me parece ser uma boa maneira de reafirmar a tradicional afirmação liberal de que a única maneira de evitar a perpetuação da crueldade nas instituições sociais é maximizar a qualidade da educação, a liberdade de imprensa, a oportunidade educacional, as oportunidades de exercer influência política e coisas similares. Portanto, a diferença entre a tentativa habermasiana de reconstruir uma forma de racionalismo e minha recomendação de que a cultura seja poetizada não se reflete em nenhuma discordância política. Não discordamos quanto ao valor das instituições democráticas tradicionais, nem quanto aos tipos de aperfeiçoamentos de que essas instituições necessitam, nem quanto ao que se compreende como "liberdade da dominação". Nossas diferenças concernem *apenas* à auto-imagem que uma sociedade democrática deve ter, à retórica que ela deve usar para expressar suas esperanças. Ao contrário de minhas divergências políticas com relação a Foucault, minhas discordâncias com relação a Habermas são o que se costuma chamar de diferenças "meramente filosóficas".

30 Entretanto, de modo algum Habermas desconhece este último tipo de perigo, que diagnosticou como a "colonização do mundo vital". (Cf. sua *Theory of communicative action*, vol. 2, pp. 391-6.)

Habermas considera essencial para as sociedades democráticas que sua auto-imagem encarne o universalismo e alguma forma do racionalismo iluministas. Pensa em sua descrição da "razão comunicativa" como uma forma de atualizar o racionalismo. Não quero atualizar o universalismo nem o racionalismo, e sim dissolver os dois e substituí-los por outra coisa. Assim, vejo a substituição habermasiana da "razão centrada no sujeito" pela "razão comunicativa" como apenas uma forma enganosa de afirmar a mesma coisa em que venho insistindo: a sociedade liberal é aquela que se contenta em chamar de "verdadeiro" (ou "correto", ou "justo") o que quer que resulte da comunicação não distorcida, qualquer visão que saia vencedora num cotejo livre e franco. Essa substituição equivale a abandonar a imagem de uma harmonia preestabelecida entre o sujeito humano e o objeto do conhecimento e, com isso, a abandonar a problemática epistemológico-metafísica tradicional.

Habermas se dispõe a abandonar quase toda essa problemática. Mesmo depois de fazê-lo, porém, continua a insistir em ver o processo de comunicação não distorcida como convergente, e em ver essa convergência como uma garantia da "racionalidade" de tal comunicação. A divergência residual que tenho com Habermas é que seu universalismo o faz colocar essa convergência no lugar da fundamentação anistórica, ao passo que minha insistência no caráter contingente da linguagem me faz desconfiar da própria idéia da "validade universal" que tal convergência supostamente garantiria. Habermas quer preservar a história tradicional (comum a Hegel e Peirce) da aproximação assintótica aos *foci imaginarii*. Quanto a mim, quero substituí-la por uma história da disposição crescente de conviver com a pluralidade e parar de pleitear a validade universal. Quero ver o acordo a que se chega livremente como um acordo sobre a maneira de realizar objetivos comuns (por exemplo, a previsão e o controle do comportamento de átomos ou pessoas, a equiparação das oportunidades de vida, a redução da crueldade), mas quero ver esses objetivos comuns contra o pano de fundo de um sentimento crescente da diversidade radical dos objetivos privados, ou do caráter radicalmente poético de cada vida individual, e dos fundamentos meramente poéticos da "consciência do nós" que está por trás de nossas instituições sociais.

Abandonar o universalismo é minha maneira de fazer justiça às reivindicações dos ironistas de quem Habermas desconfia: Nietzsche, Heidegger, Derrida. Habermas vê esses homens do ponto de vista das necessidades públicas. Concordo com ele em que, como filósofos *públicos*, eles são inúteis, na melhor das hipóteses, e perigosos, na pior delas, mas quero insistir no papel que eles e outros similares podem desempenhar na conciliação do senso *privado* de identidade do ironista com suas esperanças liberais. Tudo que está em questão, entretanto, é a conciliação – não a síntese. Minha cultura "poetizada" é uma cultura que desistiu da tentativa de unir as formas privadas de lidar com a própria finitude ao sentimento de obrigação para com outros seres humanos.

Para Habermas, todavia, essa compartimentalização do eu, essa divisão do vocabulário final de alguém em duas partes independentes, é objetável em si mesma. Para ele, tal compartimentalização parece uma concessão ao irracionalismo, uma tentativa de conceder direitos a um "outro da razão". A meu ver, porém, a suposta oposição entre a razão e seu outro (por exemplo, as paixões, a vontade de poder nietzschiana, o Ser heideggeriano) é algo que podemos abandonar, uma vez que abandonemos a idéia de que "razão" é o nome de uma força curativa, conciliadora e unificadora – a fonte da solidariedade humana. Se não existe essa força, se a idéia de solidariedade humana é uma simples criação fortuita e afortunada dos tempos modernos, não mais precisamos de uma idéia de "razão comunicativa" para substituir a de "razão centrada no sujeito". Não precisamos substituir a religião por uma descrição filosófica de uma força curativa e unificadora que realize o trabalho anteriormente feito por Deus.

Eu gostaria de substituir as descrições religiosas e filosóficas de um campo supra-histórico ou de uma convergência de fim de história por uma narrativa histórica sobre a ascensão das instituições e dos costumes liberais – instituições e costumes que foram concebidos para reduzir a crueldade, possibilitar o governo pelo consentimento dos governados e permitir a ocorrência do máximo possível de comunicação sem dominação. Tal narrativa esclareceria as condições em que a idéia de verdade como correspondência com a realidade poderia ser substituída, pouco a pouco, pela idéia de verdade como aquilo em que se passa a acreditar no decorrer de contatos livres e francos. Essa transição da epistemologia para a política, de uma explicação da relação entre "razão" e realidade para uma explicação de como a liberdade política modificou nossa idéia de para que serve a investigação humana, é uma transição que Dewey estava disposto a fazer, mas da qual Habermas recua. Habermas ainda quer insistir em que "o momento transcendente da validade *universal* desintegra qualquer provincianismo [...] a validade que se reivindica distingue-se daquilo que é moeda corrente no plano social ou de uma prática efetivamente estabelecida, mas serve de alicerce para um consenso existente". É precisamente essa reivindicação de validade universal que se torna implausível em função do que chamei de "contingência da linguagem", e que a cultura poetizada de minha utopia liberal deixaria de fazer. Tal cultura, em vez disso, concordaria com Dewey em que "a imaginação é o principal instrumento do bem [...] a arte é mais moral do que as morais. É que estas últimas são ou tendem a se transformar em consagrações do *status quo* [...]. Os profetas morais da humanidade sempre foram poetas, ainda que falassem em versos livres ou por parábolas"[31].

31 John Dewey, *Art as experience* (Nova York, Capricorn Books, 1958), p. 348 ["A arte como experiência", em John Dewey, *Experiência e natureza; Lógica: a teoria da investigação; A arte como experiência; Vida e educação; Teoria da vida moral* (trads. Murilo O. R. Paes Leme, Anísio S. Teixeira, Leônidas G. de Carvalho, col. "Os Pensadores", São Paulo, Abril Cultural, 2. ed., 1985)].

IRONISMO E TEORIA

4
Ironia privada e esperança liberal

Todos os seres humanos carregam um conjunto de palavras que empregam para justificar seus atos, suas crenças ou convicções e sua vida. Trata-se das palavras com que formulamos elogios a nossos amigos e desprezo por nossos inimigos, bem como nossos projetos de longo prazo, nossas dúvidas mais profundas sobre nós mesmos e nossas mais altas esperanças. São as palavras com que narramos, ora em caráter prospectivo, ora retrospectivamente, a história de nossa vida. Chamo a essas palavras o "vocabulário final" de uma pessoa.

Ele é "final" no sentido de que, se for lançada uma dúvida sobre o valor dessas palavras, seu usuário não disporá de nenhum recurso argumentativo que não seja circular. Tais palavras são o mais longe que podemos ir com a linguagem; para além delas, existem apenas a passividade desamparada ou o recurso à força. Uma pequena parte do vocabulário final é composta de termos ralos, flexíveis e ubíquos, como "verdadeiro", "bom", "correto" e "belo". A parte maior contém termos mais densos, mais rígidos e mais estreitos, como "Cristo", "Inglaterra", "normas profissionais", "honradez", "bondade", "a Revolução", "a Igreja", "progressista", "rigoroso" ou "criativo". Os termos mais estreitos executam a maior parte do trabalho.

Definirei o "ironista" como alguém que satisfaz três condições: (1) tem dúvidas radicais e contínuas sobre o vocabulário final que usa atualmente por ter sido marcado por outros vocabulários, vocabulários tomados como finais por pessoas ou livros com que ele deparou; (2) percebe que a argumentação enunciada em seu vocabulário atual não consegue corroborar nem desfazer essas dúvidas; (3) na medida em que filosofa sobre sua situação, essa pessoa não acha que seu vocabulário esteja mais próximo da realidade do que outros, que esteja em contato com uma força que não seja ele mesmo. Os ironistas que se inclinam a filosofar vêem a escolha entre vocabulários como uma escolha que não é feita dentro de um metavocabulário neutro e universal, nem tampouco por uma tentativa de lutar para superar as aparências e chegar ao real, mas simplesmente como um jogar o novo contra o velho.

Chamo tais pessoas de "ironistas" porque seu reconhecimento de que qualquer coisa pode ser levada a parecer boa ou má, ao ser redescrita, e sua renúncia à tentativa de formular critérios de escolha entre vocabulários finais coloca-as na posição que Sartre chamava de "meta-estável": nunca propriamente capazes de se levarem a sério, por estarem sempre cônscias de que os termos em que se descrevem são passíveis de mudança, e sempre cônscias da contingência e fragilidade de seus vocabulários finais e, portanto, de seu eu. Tais pessoas simpatizam naturalmente com a linha de pensamento desenvolvida nos dois primeiros capítulos deste livro. Quando também são liberais – pessoas para quem (usando a definição de Judith Shklar) "a crueldade é a pior coisa que elas fazem" –, aderem naturalmente às idéias oferecidas no terceiro capítulo.

O oposto da ironia é o senso comum. Este é o lema dos que, sem nenhum embaraço, descrevem tudo o que é importante em termos do vocabulário final a que eles e aqueles que os cercam estão acostumados. Aderir ao senso comum é tomar por certo que as afirmações formuladas nesse vocabulário final são suficientes para descrever e julgar as crenças, os atos e a vida dos que empregam vocabulários finais alternativos. As pessoas que se orgulham do senso comum acharão desagradável a linha de pensamento desenvolvida na primeira parte deste livro ("Contingência").

Quando se questiona o senso comum, seus adeptos reagem, a princípio, generalizando e explicitando as regras do jogo de linguagem que estão acostumados a jogar (como fizeram alguns sofistas gregos, e como fez Aristóteles em seus escritos sobre ética), mas, quando nenhum chavão formulado no antigo vocabulário é suficiente para enfrentar um questionamento argumentativo, a necessidade de responder produz uma disposição a ir além dos chavões. Nesse ponto, a conversa pode tornar-se socrática. A pergunta "o que é *x*?" passa a ser formulada de tal modo que não pode ser simplesmente respondida pela apresentação de exemplos paradigmáticos de "xizice". Assim, pode-se exigir uma definição, uma essência.

Fazer tais exigências socráticas ainda não equivale, é claro, a nos tornarmos ironistas, no sentido em que utilizo o termo. É apenas um tornar-se "metafísico", no sentido desse termo que adapto de Heidegger. Nesse sentido, o metafísico é alguém que acolhe por seu valor aparente a pergunta "Qual é a natureza intrínseca de (por exemplo, a justiça, a ciência, o saber, o Ser, a fé, a moral, a filosofia)?". Ele presume que a presença de um termo em seu vocabulário final garante que tal termo se refira a algo que *tem* uma essência real. O metafísico continua preso ao senso comum, na medida em que não questiona os chavões que envolvem o uso de um dado vocabulário final e, em particular, o chavão que diz existir uma única realidade permanente a ser descoberta por trás das muitas aparências temporárias. Ele não redescreve, mas, em vez disso, analisa antigas descrições com a ajuda de outras descrições antigas.

O ironista, em contraste, é nominalista e historicista. Considera que nada tem uma natureza intrínseca, uma essência real. Por isso, acha que a ocorrência de um termo como "justo", "científico" ou "racional" no vocabulário final da época não é razão para supor que a investigação socrática da essência da justiça, da ciência ou da racionalidade leve muito além dos jogos de linguagem da época. O ironista passa o tempo preocupado com a possibilidade de se haver iniciado na tribo errada, de ter sido ensinado a jogar o jogo de linguagem incorreto. Preocupa-se com a possibilidade de que o processo de socialização que o transformou em um ser humano, ao lhe dar uma linguagem, tenha lhe dado a linguagem errada e, com isso, o tenha transformado no tipo errado de ser humano, mas não consegue fornecer um critério do erro. Assim, quanto mais é levado a articular sua situação em termos filosóficos, mais se lembra de seu desarraigamento, pelo uso constante de termos como "*Weltanschauung*", "perspectiva", "dialética", "arcabouço conceitual", "época histórica", "jogo de linguagem", "redescrição", "vocabulário" e "ironia".

O metafísico reage a esse tipo de discurso chamando-o de "relativista" e insistindo em que o importante não é a linguagem usada, mas aquilo que é *verdadeiro*. Os metafísicos pensam que, por natureza, os seres humanos desejam saber. Pensam-no porque o vocabulário que herdaram, seu senso comum, fornece-lhes uma imagem do saber como uma relação entre os seres humanos e a "realidade", bem como a idéia de que temos a necessidade e também o dever de estabelecer essa relação. Essa imagem também nos diz que a "realidade", se adequadamente questionada, nos ajudará a determinar qual deve ser nosso vocabulário final.

Assim, os metafísicos crêem existir lá fora, no mundo, essências reais que é nosso dever descobrir, e que estão dispostas a ajudar em sua própria descoberta. Eles não crêem que algo possa assumir a aparência de ser bom ou mau por ser redescrito – ou, quando o fazem, deploram esse fato e se agarram à idéia de que a realidade nos ajudará a resistir a tais seduções.

Em contraste, os ironistas não vêem a busca de um vocabulário final como sendo (nem mesmo em parte) um modo de entender corretamente algo distinto desse vocabulário. Não consideram que a idéia do pensamento discursivo seja *conhecer*, em nenhum sentido passível de ser explicado por noções como "realidade", "essência real", "ponto de vista objetivo" e "a correspondência da linguagem da realidade". Não acham que seu objetivo seja descobrir um vocabulário que represente algo com exatidão, um meio transparente. Para os ironistas, "vocabulário final" não significa "aquele que acaba com todas as dúvidas" ou "aquele que satisfaz nossos critérios de conclusividade, adequação ou otimização". Eles não pensam na reflexão como regida por critérios. Os critérios, a seu ver, nunca passam de lugares-comuns que definem contextualmente os termos de um vocabulário final atualmente em uso. Os ironistas concordam com Davidson quanto a nossa incapacidade de sair de nossa linguagem para compará-la com outra coisa, e com Heidegger quanto à contingência e à historicidade dessa linguagem.

Essa diferença leva a uma diferença em sua atitude para com os livros. Os metafísicos vêem as bibliotecas como divididas de acordo com disciplinas, correspondentes a diferentes objetos do conhecimento. Os ironistas as vêem como divididas segundo tradições, cada um de cujos membros adota em parte e modifica em parte o vocabulário dos autores que eles leram. Os ironistas encaram os escritos de todas as pessoas dotadas de talento poético, todas as mentes originais que tiveram um dom de redescrição – Pitágoras, Platão, Milton, Newton, Goethe, Kant, Kierkegaard, Baudelaire, Darwin, Freud –, como material a ser processado no mesmo moinho dialético. Os metafísicos, ao contrário, querem começar por saber ao certo quais dessas pessoas foram poetas, quais foram filósofos e quais foram cientistas. Consideram essencial discernir corretamente os gêneros – ordenar os textos em referência a uma grade predeterminada, uma grade que, independentemente do que mais possa fazer, pelo menos estabeleça uma distinção clara entre as reivindicações do conhecimento e outras reivindicações de nossa atenção. Já o ironista prefere evitar a adulteração dos livros que lê pelo uso de *qualquer* grade desse tipo (embora, com irônica resignação, reconheça que dificilmente poderá deixar de fazê-lo).

Para um metafísico, a "filosofia", tal como definida em referência à seqüência canônica Platão-Kant, é uma tentativa de saber sobre certas coisas – coisas muito gerais e importantes. Para o ironista, a "filosofia", assim definida, é a tentativa de empregar e desenvolver um dado vocabulário final previamente escolhido – que gira em torno da distinção aparência-realidade. A discordância entre eles, mais uma vez, concerne à contingência de nossa linguagem – a saber se o que o senso comum de nossa cultura compartilha com Platão e Kant é uma pista sobre como é o mundo, ou se é apenas a marca característica do discurso de pessoas que habitam uma certa porção do espaço-tempo. O metafísico presume que nossa tradição não é capaz de levantar nenhum problema que não saiba resolver – que o vocabulário que o ironista teme ser apenas "grego", "ocidental" ou "burguês" é um instrumento que nos permitirá chegar a algo universal. O metafísico concorda com a Teoria Platônica da Rememoração, sob a forma como foi reafirmada por Kierkegaard, isto é, a de que trazemos a verdade dentro de nós, temos critérios intrínsecos que nos facultam reconhecer o vocabulário final correto quando o ouvimos. O valor corrente dessa teoria está em que nossos vocabulários finais contemporâneos são suficientemente próximos do vocabulário certo para permitir que convirjamos para ele – para formularmos premissas a partir das quais cheguemos às conclusões corretas. O metafísico acha que, embora possamos não ter todas as respostas, já temos bons critérios para as respostas corretas. Assim, ele acha que "correto" não significa apenas "adequado aos que falam como nós falamos", mas tem um sentido mais forte: o sentido de "apreender a essência real".

Para o ironista, as buscas de um vocabulário final não estão fadadas a convergir. Para ele, frases como "por natureza, todos os homens têm o desejo de conhecer" ou "a verdade independe da mente humana" são simples chavões usados para inculcar o vocabulário final local, o senso comum do Ocidente. Ele só é ironista na medida em que seu próprio vocabulário final não contém essas idéias. Sua descrição do que faz, ao buscar um vocabulário final melhor do que aquele que utiliza atualmente, é dominada por metáforas de criação, e não de descoberta, de diversificação e ineditismo, e não de convergência para o que estava presente antes. Ele pensa nos vocabulários finais como realizações poéticas, e não como frutos de uma investigação diligente, de acordo com critérios previamente formulados.

Por acreditarem que já possuímos grande parte do vocabulário final "correto" e precisamos apenas elaborar suas implicações, os metafísicos pensam na investigação filosófica como uma questão de identificar as relações entre os vários lugares-comuns que fornecem as definições contextuais dos termos desse vocabulário. Assim, pensam no aprimoramento ou no esclarecimento do uso dos termos como uma questão de tecer com esses lugares-comuns (ou, como prefeririam dizer, com essas intuições) um sistema perspícuo. Isso tem duas conseqüências. Primeiro, eles tendem a se concentrar nos itens mais ralos, mais flexíveis e ubíquos desse vocabulário – palavras como "verdadeiro", "bom", "pessoa" e "objeto". Isso porque, quanto mais ralo o termo, maior o número de lugares-comuns que o empregarão. Segundo, eles tomam o paradigma da investigação filosófica como um argumento lógico – isto é, como identificar as relações inferenciais entre proposições, em vez de comparar e contrastar vocabulários.

A estratégia típica dos metafísicos é identificar uma aparente contradição entre dois lugares-comuns, duas proposições intuitivamente plausíveis, e propor uma distinção que resolva a contradição. Em seguida, os metafísicos inserem essa distinção numa rede de distinções associadas – uma teoria filosófica – que retire um pouco da tensão da distinção inicial. Essa forma de construção da teoria é o mesmo método usado pelos juízes para decidir os casos difíceis, ou pelos teólogos para interpretar os textos difíceis. Tal atividade é o paradigma de racionalidade do metafísico. Ele vê as teorias filosóficas como convergentes – uma série de descobertas sobre a natureza de coisas como a verdade e a identidade, que se aproximam cada vez mais do que elas realmente são e levam a cultura em geral a se aproximar mais de uma representação exata da realidade.

O ironista, no entanto, vê a seqüência dessas teorias – desses padrões entrelaçados de distinções inéditas – como substituições gradativas e tácitas de um vocabulário antigo por um vocabulário novo. Chama de "chavões" aquilo que o metafísico denomina "intuições". Inclina-se a dizer que, quando abrimos mão de um antigo lugar-comum (por exemplo, "o número de espécies biológicas é fixo", "os seres humanos diferem dos animais por terem em si a centelha do divino" ou "os negros não têm nenhum direito que os brancos estejam obrigados a respeitar"), fazemos uma mudança, em vez de descobrir um fato. O ironista, ao observar a seqüência de "grandes filósofos" e a interação do pensamento deles com seu contexto social, discerne uma série de mudanças nas práticas lingüísticas e outras dos europeus. Enquanto o metafísico vê os europeus modernos como particularmente competentes na descoberta do que as coisas realmente são, o ironista os vê como particularmente rápidos na modificação de sua auto-imagem, na recriação deles mesmos.

O metafísico julga que existe um dever intelectual supremo de que se apresentem argumentos em defesa das opiniões controvertidas de alguém – argumentos que partam de premissas relativamente não controvertidas. Já o ironista acha que todos esses argumentos – argumentos lógicos – são muito bons, à sua maneira, e são úteis como recursos de exposição, mas, no cômputo final, não são muito mais do que maneiras de fazer as pessoas alterarem suas práticas sem admitirem que o estão fazendo. A forma preferida de argumentação do ironista é dialética, no sentido de que ele toma a unidade de persuasão como um vocabulário, e não uma proposição. Seu método é mais a redescrição do que a inferência. Os ironistas se especializam em redescrever gamas de objetos ou eventos num jargão parcialmente neologista, na esperança de incitar as pessoas a adotarem e ampliarem esse jargão. O ironista espera que, quando houver terminado de usar as palavras antigas em novos sentidos, para não falar na introdução de palavras inteiramente novas, as pessoas não mais façam perguntas enunciadas com as palavras antigas. Assim, ele pensa na lógica como um auxiliar da dialética, ao passo que o metafísico pensa na dialética como uma espécie de retórica, a qual, por sua vez, é um substituto precário da lógica.

Defini "dialética" como a tentativa de jogar um vocabulário contra outro, em vez de meramente inferir proposições umas das outras e, portanto, como a substituição parcial da inferência pela redescrição. Usei o termo hegeliano porque penso na *Fenomenologia* de Hegel como o início do fim da tradição platônico-kantiana e como um paradigma da capacidade do ironista de explorar as possibilidades da redescrição maciça. Nessa visão, o chamado método dialético de Hegel não é um processo argumentativo nem uma forma de unificar o sujeito e o objeto, mas uma simples habilidade literária – a habilidade de produzir mudanças surpreendentes de *Gestalt* por meio de transições rápidas e suaves de uma terminologia para outra.

Em vez de conservar os antigos lugares-comuns e estabelecer distinções que contribuíssem para sua coesão, Hegel mudava constantemente o vocabulário em que os antigos chavões tinham sido enunciados; em vez de construir teorias filosóficas e defendê-las, evitava a argumentação, trocando constantemente os vocabulários e, com isso, modificando o assunto. Na prática, embora não na teoria, ele abandonou a idéia de chegar à verdade, em favor da idéia de renovar as coisas. Sua crítica a seus antecessores não foi a de que as proposições deles fossem falsas, mas a de que suas linguagens eram obsoletas. Ao inventar esse tipo de crítica, o Hegel da juventude rompeu com a seqüência platônico-kantiana e iniciou uma tradição de filosofia ironista que teve continuidade em Nietzsche, Heidegger e Derrida. Esses são os filósofos que definem suas realizações pela relação com seus predecessores, e não por sua relação com a verdade.

Uma expressão mais atualizada para o que venho chamando de "dialética" seria "crítica literária". Na época de Hegel, ainda era possível pensar em peças teatrais, poemas e romances como tornando vívido algo que já era conhecido, pensar na literatura como auxiliar da cognição, na beleza como subsidiária da verdade. O Hegel maduro pensava na "filosofia" como uma disciplina que, por ser cognitiva de um modo que a arte não era, tinha precedência sobre esta. Com efeito, achava que essa disciplina, já havendo atingido a maturidade sob a forma de seu próprio Idealismo Absoluto, podia tornar e tornaria a arte tão obsoleta quanto fizera com a religião, mas, irônica e dialeticamente, o que Hegel de fato fez, ao fundar uma tradição ironista dentro da filosofia, foi ajudar a torná-la não cognitiva e não metafísica. Ele contribuiu para transformar a filosofia num gênero literário[1]. A prática do jovem Hegel solapou a possibilidade do tipo de convergência para a verdade sobre a qual o Hegel maduro teorizou. Os grandes comentaristas do Hegel mais velho são autores como Heine e Kierkegaard, pessoas que o tratavam da maneira como hoje tratamos Blake, Freud, D. H. Lawrence ou Orwell.

Nós, os ironistas, tratamos essas pessoas não como canais anônimos para a verdade, mas como abreviaturas de um certo vocabulário final e dos tipos de crenças e desejos típicos de seus usuários. O Hegel maduro tornou-se o nome de um desses vocabulários, enquanto Kierkegaard e Nietzsche tornaram-se nomes de outros. Se nos disserem que a vida real vivida por esses homens teve pouco a ver com os livros e a terminologia que chamaram nossa atenção para eles, poremos isso de lado. Trataremos os nomes de tais pessoas como os nomes dos heróis de seus livros. Não nos importaremos em distinguir Swift da *saeva indignatio*, Hegel do *Geist*, Nietzsche de Zaratustra, Marcel Proust do narrador Marcel, ou Trilling da Imaginação Liberal. Não nos importaremos em saber se esses escritores conseguiram viver à

1 Por esse ponto de vista, a filosofia analítica e a fenomenologia foram reversões a um modo de pensar pré-hegeliano, mais ou menos kantiano – tentativas de preservar o que chamo de "metafísica", transformando-a no estudo das "condições de possibilidade" de um meio (consciência, linguagem).

altura de sua própria auto-imagem[2]. O que queremos saber é se devemos adotar essas imagens – recriar a nós mesmos, no todo ou em parte, à imagem dessas pessoas. Respondemos a essa pergunta fazendo experiências com os vocabulários que tais pessoas inventaram. Redescrevemos nós mesmos, nossa situação e nosso passado nesses termos, e comparamos os resultados com redescrições alternativas que usam os vocabulários de figuras alternativas. Com essa redescrição contínua, nós, os ironistas, esperamos criar para nós mesmos o melhor eu possível.

Essa comparação, esse cotejo de figuras umas com as outras, é a principal atividade hoje abarcada pela expressão "crítica literária". Os críticos influentes, do tipo que propõe novos cânones – pessoas como Arnold, Pater, Leavis, Eliot, Edmund Wilson, Lionel Trilling, Frank Kermode e Harold Bloom –, não estão dedicados a explicar o verdadeiro sentido dos livros nem a avaliar algo chamado seu "mérito literário". Ao contrário, passam o tempo situando livros no contexto de outros livros, figuras no contexto de outras figuras. Esse situar é feito do mesmo modo que situamos um novo amigo ou inimigo no contexto dos velhos amigos e inimigos. Ao fazê-lo, revemos nossa opinião dos antigos e dos novos. Simultaneamente, revemos nossa própria identidade moral, ao rever nosso vocabulário final. A crítica literária faz pelos ironistas o que se supõe que a busca de princípios morais universais faça pelos metafísicos.

Para nós, ironistas, nada pode servir de crítica de um vocabulário final senão outro vocabulário dessa natureza; não há res-

---

2 Cf. Alexander Nehamas, *Nietzsche: life as literature*, p. 234, onde Nehamas diz não estar interessado no "homenzinho infeliz que escreveu [os livros de Nietzsche]". Interessa-se (p. 8), antes, pelo "esforço [de Nietzsche] para criar uma obra de arte consigo mesmo, um personagem literário que é também um filósofo, [o que é igualmente] seu esforço de oferecer uma visão positiva, sem recair na tradição dogmática". Na visão que sugiro, Nietzsche talvez tenha sido o primeiro filósofo a fazer conscientemente o que Hegel fizera inconscientemente.

posta para uma redescrição senão uma re-redescrição. Visto que não há nada além de vocabulários que sirva como critério de escolha entre eles, a crítica é uma questão de olhar para uma imagem e para outra, e não de comparar as duas com o original. Nada pode servir de crítica de uma pessoa senão outra pessoa, ou de uma cultura senão uma cultura alternativa – porque as pessoas e culturas, para nós, são vocabulários encarnados. Portanto, nossas dúvidas sobre nosso caráter ou nossa cultura só podem ser resolvidas ou mitigadas pela ampliação do número de nossos conhecidos. A maneira mais fácil de fazê-lo é ler livros e, assim, os ironistas gastam uma parcela maior de seu tempo situando livros do que situando pessoas vivas reais. Eles temem ficar presos no vocabulário em que foram criados se só conhecerem as pessoas de sua vizinhança, de modo que procuram familiarizar-se com pessoas estranhas (Alcibíades, Julien Sorel), famílias estranhas (os Karamazov, os Casaubon) e comunidades estranhas (os cavaleiros teutônicos, os nueres, os mandarins da dinastia Sung).

Os ironistas lêem críticos literários e os tomam como conselheiros morais, pelo simples fato de esses críticos terem uma gama excepcionalmente ampla de conhecidos. Não são conselheiros morais por terem um acesso especial à verdade moral, mas por serem rodados. Leram mais livros, e por isso estão em melhores condições de não serem apanhados no vocabulário de um único livro. Em particular, os ironistas esperam que os críticos os ajudem a realizar o tipo de proeza dialética em que Hegel era muito bom. Em outras palavras, esperam que os críticos os ajudem a continuar a admirar livros que são antitéticos à primeira vista, mediante a feitura de uma espécie de síntese. Gostaríamos de poder admirar Blake e Arnold, Nietzsche e Mill, Marx e Baudelaire, Trotski e Eliot, Nabokov e Orwell. Assim, esperamos que um crítico nos mostre como é possível juntar os livros desses homens para formar um belo mosaico. Esperamos que os críticos possam redescrever essas pessoas de maneiras que ampliem o cânone e que nos dêem um conjunto de textos clássicos tão ricos e variados quanto possível. Essa tarefa de ampliar o cânone assume, para o ironista, o lugar da tentativa dos filósofos morais de equilibrar intuições morais comumente aceitas sobre casos específicos com princípios morais gerais comumente aceitos[3].

É fato conhecido que a denominação "crítica literária" foi cada vez mais alargada no decorrer do século XX. Originalmente, significava a comparação e a avaliação de peças, poemas e romances – talvez com uma olhadela ocasional para as artes plásticas. Depois, foi alargada para abarcar a crítica do passado (por exemplo, da prosa de Dryden, Shelley, Arnold e Eliot, bem como de sua poesia). Em seguida, com muita rapidez, estendeu-se aos livros que haviam fornecido aos críticos do passado o seu vocabulário crítico e que vinham fornecendo aos críticos atuais o deles. Isso significou estendê-la à teologia, à filosofia, à teoria social, aos programas políticos reformistas e aos manifestos revolucionários. Em suma, significou estendê-la a qualquer livro propenso a fornecer candidatos ao vocabulário final de uma pessoa.

Uma vez ampliado a esse ponto o alcance da crítica literária, é claro que faz cada vez menos sentido chamá-la de crítica *literária*; no entanto, por razões históricas acidentais, que têm a

3 Tomo emprestada, neste ponto, a idéia de "equilíbrio reflexivo" de Rawls. Poderíamos dizer que a crítica literária tenta produzir esse equilíbrio entre os nomes próprios dos autores, e não entre proposições. Uma das maneiras mais fáceis de expressar a diferença entre a filosofia "analítica" e a "continental" é dizer que a primeira lida com proposições e a segunda, com nomes próprios. Quando a filosofia continental surgiu nos departamentos de literatura anglo-americana, sob a forma de "teoria literária", isso não constituiu a descoberta de um novo método ou abordagem, mas o simples acréscimo de outros nomes (os nomes dos filósofos) ao leque daqueles entre os quais se buscava o equilíbrio.

ver com a maneira como os intelectuais conseguiram empregar-se em universidades, fingindo seguir especialidades acadêmicas, o nome ficou. Assim, em vez de trocarmos a denominação "crítica literária" por algo como "crítica da cultura", o que fizemos foi esticar a palavra "literatura", para que ela abrangesse o que quer que os críticos literários criticavam. Esperava-se que um crítico literário do que T. J. Clarke chamou de cultura "trotskiano-eliotiana" da Nova York das décadas de 1930 e 1940 houvesse lido *A revolução traída* e *A interpretação dos sonhos*, bem como *The Wasteland*, *A esperança* e *Uma tragédia americana**. Na atual cultura orwelliano-bloomiana, espera-se que tenha lido *O arquipélago Gulag*, *Investigações filosóficas* e *As palavras e as coisas*, além de *Lolita* e *O livro do riso e do esquecimento***. A palavra "literatura" abarca hoje praticamente qualquer tipo de livro que se possa imaginar que tenha relevância moral – que se possa imaginar que altere o sentido do que é possível e importante. O emprego desse termo nada tem a ver com a presença de "qualidades literárias" em um livro. Em vez de detectar e expor tais qualidades, espera-se hoje que o crítico facilite a reflexão moral, mediante a sugestão de revisões do cânone de exemplos e orientadores morais, e mediante a sugestão de maneiras pelas quais as tensões internas desse cânone possam ser aliviadas – ou, quando necessário, acentuadas.

A ascensão da crítica literária à preeminência na cultura superior das democracias – sua assunção gradativa e apenas semiconsciente do papel cultural antes reivindicado (sucessivamente) pela religião, pela ciência e pela filosofia – foi paralela ao aumento da proporção de ironistas em relação aos metafísicos, entre os

* Respectivamente de Trotski, Freud, Eliot, André Malraux e Theodore Dreiser. (N. de T.)

** Respectivamente de Soljenitsin, Wittgenstein, Foucault, Nabokov e Kundera. (N. de T.)

intelectuais. Isso aprofundou o abismo entre os intelectuais e o público. É que a metafísica está entremeada na retórica pública das sociedades liberais modernas. O mesmo ocorre com a distinção entre o moral e o "meramente" estético – uma distinção usada com freqüência para relegar a "literatura" a uma posição subalterna na cultura e para sugerir que os romances e os poemas são irrelevantes para a reflexão moral. *Grosso modo*, a retórica dessas sociedades toma por certa a maioria das oposições que afirmei (no começo do capítulo 3) terem se tornado empecilhos para a cultura do liberalismo.

Essa situação levou a acusações de "irresponsabilidade" contra os intelectuais ironistas. Algumas delas vieram de ignorantes – pessoas que não leram os livros contra os quais advertem outros indivíduos, e que apenas defendem instintivamente seus próprios papéis tradicionais. Entre os ignorantes incluem-se os fundamentalistas religiosos, os cientistas que se ofendem com a sugestão de que ser "científico" não é a mais alta virtude intelectual, e os filósofos para quem é um artigo de fé que a racionalidade exija a utilização de princípios morais gerais, do tipo formulado por Mill e Kant. As mesmas acusações, porém, são feitas por autores que sabem do que estão falando e cujas opiniões são dignas de respeito. Como já sugeri, o mais importante desses autores é Habermas, que montou uma polêmica contínua, pormenorizada e cuidadosamente ponderada contra os críticos do Iluminismo (por exemplo, Adorno e Foucault) que parecem voltar as costas às esperanças sociais de sociedades liberais. Na visão habermasiana, Hegel (assim como Marx) tomou o rumo errado ao se ater a uma filosofia da "subjetividade" – ou da reflexão sobre si mesmo –, em vez de tentar desenvolver uma filosofia da comunicação intersubjetiva.

Como disse no capítulo 3, quero defender o ironismo, bem como o hábito de tomar a crítica literária como a disciplina intelectual preponderante, de polêmicas como a de Habermas. Minha defesa depende de estabelecer-se uma distinção rigorosa entre o privado e o público. Enquanto Habermas vê a linha de pensamento ironista que vai de Hegel a Foucault e Derrida como destrutiva para a esperança social, vejo essa linha de pensamento como basicamente irrelevante para a vida pública e as questões políticas. Teóricos ironistas como Hegel, Nietzsche, Derrida e Foucault me parecem de valor inestimável em nossa tentativa de formar uma auto-imagem privada, mas praticamente inúteis em matéria de política. Habermas pressupõe que a tarefa da filosofia é fornecer uma espécie de cola social que substitua a fé religiosa, e vê o discurso iluminista da "universalidade" e da "racionalidade" como o melhor candidato a constituir essa cola. Assim, vê esse tipo de crítica ao Iluminismo e à idéia de racionalidade como algo que dissolve os vínculos entre os membros das sociedades liberais. Ele pensa no contextualismo e no perspectivismo pelos quais elogiei Nietzsche em capítulos anteriores como um subjetivismo irresponsável.

Habermas compartilha com os marxistas, e com muitos daqueles a quem critica, a suposição de que o verdadeiro significado de uma visão filosófica consiste em suas implicações políticas, e de que o quadro de referência supremo em que julgar um escritor filosófico, em oposição a um autor meramente "literário", é político. Para a tradição dentro da qual Habermas trabalha, é tão óbvio que a filosofia política é central para a filosofia quanto é óbvio, para a tradição analítica, que a filosofia da linguagem é central, mas, como afirmei no capítulo 3, melhor seria evitar pensar na filosofia como uma "disciplina" com "problemas nucleares" ou dotada de uma função social. Também seria melhor evitar a idéia de que a reflexão filosófica tem um ponto de partida natural – a idéia de que uma de suas sub-áreas, em alguma ordem natural de justificação, tem prioridade sobre as outras. Isso porque, na visão que venho oferecendo acerca do ironista, não existe uma ordem "natural" de justificação das crenças ou dos desejos. Também não há muito motivo para usar as distinções entre lógica e retórica, ou entre filosofia e literatura, ou entre métodos racionais e não racionais de fazer os outros mudarem de idéia[4]. Se não existe um centro do eu, há apenas maneiras diferentes de entretecer novos candidatos a crenças e dos desejos com redes previamente existentes de crenças e desejos. A única distinção política importante nessa área é a que se faz entre o uso da força e o uso da persuasão.

Habermas e outros metafísicos que desconfiam de uma concepção meramente "literária" da filosofia acham que as liberdades políticas liberais requerem um certo consenso sobre o que é universalmente humano. Nós, ironistas que também somos liberais, cremos que tais liberdades não precisam de consenso quanto a nenhum tópico mais básico do que sua própria desejabilidade. Visto por nosso ângulo, só o que importa para a política liberal é a convicção amplamente compartilhada de que, como afirmei no capítulo 3, chamamos de "verdadeiro" ou "bom" o que quer que resulte do debate livre – a convicção de que, se cuidarmos da liberdade política, a verdade e o bem cuidarão deles mesmos.

"Debate livre", aqui, não significa "livre de ideologia", mas apenas o tipo que acontece quando a imprensa, o judiciário, as

4 Quando essas redes de crenças e desejos são basicamente as mesmas para um grande número de pessoas, torna-se realmente útil falar de "apelo à razão" ou à "lógica", pois isso simplesmente significa o apelo a um terreno comum largamente compartilhado, relembrando às pessoas as proposições que fazem parte desse terreno. Em linhas mais gerais, todas as distinções metafísicas tradicionais podem receber um sentido ironista respeitável, mediante sua sociologização – mediante seu tratamento como distinções entre conjuntos de práticas que têm uma existência contingente, ou estratégias empregadas dentro dessas práticas, e não entre espécies naturais.

eleições e as universidades são livres, a mobilidade social é freqüente e rápida, a alfabetização é universal, o ensino superior é comum, e a paz e a riqueza já possibilitaram o lazer necessário para escutarmos uma porção de pessoas diferentes e pensarmos no que elas dizem. Compartilho com Habermas a afirmação, no estilo de Peirce, de que a única descrição geral a ser dada sobre nossos critérios de verdade é aquela que se refere à "comunicação não distorcida"[5], mas penso que não há muito a dizer sobre o que figura como "não distorcido", exceto "o tipo [de comunicação] que se tem quando há instituições políticas democráticas e condições para fazer com que elas funcionem"[6].

A cola social que liga a sociedade liberal ideal descrita no capítulo anterior consiste em pouco mais que o consenso de que o objetivo da organização social é permitir que todos tenham a oportunidade de criar a si mesmos, segundo o melhor de sua capacidade, e de que essa meta requer, além de paz e riqueza, as "liberdades burguesas" de praxe. Essa convicção não se basearia numa visão de objetivos humanos universalmente partilhados, de direitos humanos, da natureza da racionalidade, do Bem para o Homem nem de qualquer outra coisa. Seria uma convicção fundamentada em nada mais profundo do que os fatos históricos que sugerem que, sem a proteção de algo como as institui-

5 Isso não quer dizer que "verdadeiro" possa ser definido como "aquilo em que se acreditará no fim da investigação". Para uma crítica dessa doutrina peirciana, cf. Michael Williams, "Coherence, justification and truth", *Review of Metaphysics*, 34, 1980, pp. 243-72, e seção 2 de meu ensaio "Pragmatism, Davidson and truth", em Ernest Lepore (org.), *Truth and interpretation: perspectives on the philosophy of Donald Davidson* (Oxford, Basil Blackwell, 1986), pp. 333-55. [Incluído também em *Objetivismo, relativismo e verdade: escritos filosóficos*, vol. 1, trad. Marco A. Casanova, Rio de Janeiro, Relume-Dumará, 1997).]

6 Em contraste, Habermas e os que concordam com ele em que a *Ideologiekritik* [crítica da ideologia] é central para a filosofia acham que há muito a dizer. A questão gira em torno de se achar ou não que é possível dar um sentido interessante à palavra "ideologia" – fazer com que ela signifique mais do que "má idéia".

ções da sociedade liberal burguesa, as pessoas ficam menos aptas a elaborar sua salvação pessoal, criar sua auto-imagem privada e tecer de novo suas redes de crenças e desejos, à luz das novas pessoas e dos novos livros com que lhes suceda encontrar-se. Nessa sociedade ideal, a discussão das questões públicas giraria em torno de (1) como equilibrar as necessidades de paz, riqueza e liberdade, quando as condições exigem que uma dessas metas seja sacrificada a uma das outras, e (2) como igualar as oportunidades de autocriação e deixar as pessoas em paz para usarem ou desprezarem suas oportunidades.

A sugestão de que essa é toda a cola social de que necessitam as sociedades liberais está sujeita a duas grandes objeções. A primeira é que, como questão prática, essa cola simplesmente não é espessa o bastante; a retórica (predominantemente) metafísica da vida pública nas democracias é essencial para a continuação das instituições livres. A segunda é que é psicologicamente impossível ser um ironista liberal – ser alguém para quem "a crueldade é a pior coisa que fazemos" – e não ter crenças metafísicas sobre o que todos os seres humanos têm em comum.

A primeira objeção é uma previsão sobre o que aconteceria se o ironismo substituísse a metafísica em nossa retórica pública. A segunda é uma sugestão de que a cisão público-privado que defendo não pode funcionar: ninguém é capaz de se dividir num criador privado de si mesmo e num liberal público – uma mesma pessoa não pode, em momentos alternados, ser Nietzsche e J. S. Mill.

Quero descartar bem depressa a primeira dessas objeções, a fim de me concentrar na segunda. A primeira equivale à previsão de que o predomínio de idéias ironistas no público em geral, a adoção generalizada de concepções antimetafísicas e antiessencialistas sobre a natureza da moral, da racionalidade e dos seres humanos, enfraqueceria e desarticularia as sociedades liberais. É possível que essa previsão esteja certa, mas há pelo menos uma razão excelente para considerá-la errada. Trata-se da analogia com o declínio da fé religiosa. Esse declínio – mais especificamente, o declínio da capacidade de as pessoas levarem a sério a idéia de recompensas depois da morte – não enfraqueceu as sociedades liberais mas, efetivamente, as fortaleceu. Muita gente dos séculos XVIII e XIX previu o inverso. Tais pessoas achavam que a esperança do Paraíso era necessária para suprir a fibra moral e a cola social – que de nada adiantava, por exemplo, fazer um ateu jurar dizer a verdade num tribunal de justiça. Como se constatou, entretanto, a disposição de suportar o sofrimento em nome da recompensa futura mostrou-se passível de ser transferida das recompensas individuais para as recompensas sociais, das esperanças pessoais do Paraíso para as esperanças referentes aos netos[7].

A razão de o liberalismo ter se fortalecido com essa mudança foi que, enquanto a crença em uma alma imortal foi sendo açoitada pelas descobertas científicas e pelas tentativas dos filósofos de acompanhar o ritmo da ciência natural, não está claro que nenhuma mudança de opinião científica ou filosófica possa prejudicar o tipo de esperança social que caracteriza as sociedades liberais modernas – a esperança de que um dia a vida seja mais livre, menos cruel, mais ociosa e mais rica em bens e experiências, não apenas para nossos descendentes, mas para os descendentes de todos. Se você disser a alguém cuja vida extrai sentido dessa esperança que os filósofos estão ficando irônicos quanto à essência real, à objetividade da verdade e à existência de uma na-

7 Hans Blumenberg considera que essa transferência foi central no desenvolvimento do pensamento e da sociedade modernos, e faz uma boa defesa dessa idéia.

tureza humana anistórica, é pouco provável que desperte grande interesse, e muito menos que cause algum prejuízo. A idéia de que as sociedades liberais são unidas por crenças filosóficas me parece ridícula. O que une as sociedades são os vocabulários comuns e as esperanças comuns. Os vocabulários costumam ser parasitários das esperanças – no sentido de que sua função principal é contar histórias sobre resultados futuros que compensem os sacrifícios do presente.

As modernas sociedades seculares e letradas dependem da existência de cenários *políticos* razoavelmente concretos, otimistas e plausíveis, em contraste com cenários de redenção depois da morte. Para conservar a esperança social, os integrantes de tais sociedades precisam poder contar a si mesmos uma história sobre como as coisas podem melhorar, sem ver obstáculos intransponíveis à materialização dessa história. Se a esperança social tornou-se mais difícil ultimamente, não é porque os clérigos venham cometendo uma traição, mas porque, desde o fim da Segunda Guerra, o curso dos acontecimentos tornou mais difícil contar histórias convincentes desse tipo. O cínico e inexpugnável Império Soviético, a miopia e a ganância contínuas das democracias sobreviventes e as populações famintas e explosivas do hemisfério sul fazem com que os problemas enfrentados por nossos pais na década de 1930 – o fascismo e o desemprego – pareçam quase tratáveis. As pessoas que tentam atualizar e reescrever o roteiro social democrático padrão sobre a igualdade humana, aquele que seus avós escreveram mais ou menos na virada do século, não vêm tendo muito sucesso. Os problemas que os pensadores sociais de inclinação metafísica acreditam ser causados por nossa incapacidade de encontrar o tipo certo de cola teórica – uma filosofia que possa impor um vasto assentimento em uma sociedade individualista e pluralista – são causados, a meu ver, por um conjunto de contingências históricas. Essas contingências têm facilitado a visão das últimas centenas de anos da história européia e norte-americana – séculos de esperança pública e ironismo privado crescentes – como uma ilha no tempo, cercada pela miséria, pela tirania e pelo caos. Como disse Orwell, "as paisagens democráticas parecem terminar no arame farpado".

Voltarei a essa questão da perda da esperança social ao discutir Orwell no capítulo 8. Por ora, tento apenas desvincular a pergunta pública "A ausência da metafísica é politicamente perigosa?" da pergunta privada "O ironismo é compatível com o sentimento de solidariedade humana?". Para tanto, talvez seja útil distinguir a aparência que têm hoje o nominalismo e o historicismo, numa cultura liberal cuja retórica pública – a retórica em que os jovens são socializados – ainda é metafísica, da aparência que eles poderão ter num futuro cuja retórica pública seja retirada dos nominalistas e historicistas. Tendemos a presumir que o nominalismo e o historicismo são propriedade exclusiva dos intelectuais, da cultura superior, e que as massas não podem ser tão sofisticadas a respeito de seus vocabulários finais, mas é bom lembrar que houve época em que o ateísmo também era propriedade exclusiva dos intelectuais.

Na sociedade liberal ideal, os intelectuais continuariam a ser ironistas, mas não os não intelectuais. Estes últimos, entretanto, seriam nominalistas e historicistas pelo senso comum. Assim, ver-se-iam como inteiramente contingentes, sem sentirem qualquer dúvida particular sobre as contingências que eles porventura aplicassem. Não seriam livrescos nem recorreriam a críticos literários como conselheiros morais, mas seriam sensatamente não metafísicos, tal como mais e mais pessoas das democracias ricas vêm sendo não teístas, com base no senso comum. Não sentiriam maior necessidade de responder a perguntas como "*por que* você é liberal?", ou "por que se *importa* com a humilhação dos estranhos?" do que o cristão quinhentista médio sentia necessidade de responder à pergunta "por que você é cristão?", ou do que a maioria das pessoas de hoje sente necessidade de responder à pergunta "você está salvo?"[8]. Uma pessoa desse tipo não precisaria de justificativa para seu sentimento de solidariedade humana, pois não teria sido criada para jogar o jogo de linguagem em que se indaga e se obtém a justificação desse tipo de crença. Sua cultura seria tal que as dúvidas sobre a retórica pública da cultura não seriam enfrentadas por solicitações socráticas de definições e princípios, mas por solicitações deweyanas de alternativas e projetos concretos. Tal cultura, pelo que posso ver, seria tão autocrítica e tão dedicada à igualdade humana quanto nossa cultura liberal conhecida e ainda metafísica – se não mais até.

Contudo, mesmo que eu tenha razão em achar que uma cultura liberal cuja retórica pública seja nominalista e historicista é possível e desejável, não posso fazer também a afirmação de que poderia ou deveria haver uma cultura cuja retórica pública fosse *ironista*. Não posso imaginar uma cultura que socializasse seus jovens de um modo que os fizesse duvidar continuamente de seu próprio processo de socialização. A ironia parece ser uma questão intrinsecamente privada. Por minha definição, o ironista não pode arranjar-se sem o contraste entre o vocabulário final que herdou e aquele que tenta criar para si mesmo. A ironia, se não intrinsecamente ressentida, é ao menos reativa. Os ironistas têm que ter algo de que duvidar, algo de que possam se alienar.

Isso me traz à segunda das duas objeções que listei aqui e, com isso, à idéia de que há algo em ser ironista que deixa a pes-

8 Nietzsche disse, com um sorriso desdenhoso: "A democracia é o cristianismo tornado natural" (*Will to power*, Nova York, Vintage, 1968, p. 215). Tirando-se o desdém, ele tinha toda a razão.

soa inapta para ser liberal, e de que a simples cisão entre os interesses privados e públicos não basta para superar a tensão.

Pode-se tornar plausível essa afirmação, dizendo que há no mínimo uma tensão à primeira vista entre a idéia de que a organização social visa à igualdade humana e a idéia de que os seres humanos são simples vocabulários encarnados. A idéia de que todos temos a obrigação primordial de reduzir a crueldade, de igualar os seres humanos com respeito a seu risco de sofrimento, parece presumir que há algo nos seres humanos que merece respeito e proteção, independentemente da linguagem que eles falem. Sugere que uma capacidade não lingüística, a capacidade de sentir dor, é o que importa, e que as diferenças vocabulares são muito menos importantes.

A metafísica – no sentido de uma busca de teorias que cheguem à essência real – procura dar sentido à afirmação de que os seres humanos são mais do que redes de crenças e desejos, desprovidas de um centro. A razão por que muitas pessoas consideram essa afirmação essencial para o liberalismo é que, se de fato os homens e mulheres nada mais fossem do que atitudes sentenciais – nada além da presença ou ausência de predisposições para o uso de frases formuladas num vocabulário historicamente condicionado –, não apenas a natureza humana, mas também a *solidariedade* humana, começariam a parecer idéias excêntricas e duvidosas. Isso porque a solidariedade com todos os vocabulários possíveis parece impossível. Os metafísicos nos dizem que, a menos que haja algum tipo de vocabulário primitivo comum, não temos "razão" para não ser cruéis com aqueles cujos vocabulários finais são muito diferentes dos nossos. A ética universalista parece incompatível com o ironismo, pelo simples fato de que é difícil imaginar a enunciação de tal ética sem uma doutrina sobre a natureza do Homem. Esse apelo à essência real é a antítese do ironismo.

Portanto, o fato de a maior abertura, o espaço maior para a criação de si mesmo, ser a demanda-padrão feita pelos ironistas a suas sociedades é contrabalançado pelo fato de que essa demanda parece ser, meramente, a de liberdade para falar uma espécie de metalinguagem teórica irônica que não faz sentido para o homem da rua. Podemos facilmente imaginar um ironista que queira intensamente uma liberdade maior, um espaço mais aberto para os Baudelaires e os Nabokovs, sem pensar minimamente no tipo de coisa que Orwell queria: por exemplo, introduzir mais ar puro nas minas de carvão, ou tirar o Partido das costas dos proletários. Essa sensação de que o vínculo entre o ironismo e o liberalismo é muito frouxo, ao passo que é muito estreito entre a metafísica e o liberalismo, é o que faz com que as pessoas desconfiem do ironismo na filosofia e do estetismo na literatura como "elitistas".

É por isso que escritores como Nabokov, que dizem desprezar o "lixo local" e almejar um "êxtase estético", parecem moralmente duvidosos e, quem sabe, politicamente perigosos. Filósofos ironistas como Nietzsche e Heidegger muitas vezes parecem iguais, ainda que esqueçamos o uso que os nazistas fizeram deles. Em contraste, mesmo quando atentamos para o uso feito do marxismo por gangues de bandidos que se denominaram "governos marxistas", para o uso feito do cristianismo pela Inquisição e para o uso feito do utilitarismo por [Thomas] Gradgrind, não podemos mencionar o marxismo, o cristianismo ou o utilitarismo sem respeito. É que houve época em que cada um deles serviu à liberdade humana. E não é óbvio que o ironismo jamais o tenha feito.

O ironista é o típico intelectual moderno, e as únicas sociedades que lhe dão a liberdade de articular sua alienação são as liberais. Assim, é tentador inferir que os ironistas são naturalmente antiliberais. Uma porção de pessoas, de Julien Benda a C. P. Snow, considerou quase evidente a ligação entre o ironismo e o antiliberalismo. Hoje em dia, muitos presumem que o gosto pela "desconstrução" – uma das atuais palavras de ordem dos ironistas – é um bom sinal de falta de responsabilidade moral. Presumem que a marca do intelectual moralmente fidedigno é uma espécie de prosa direta, desenvolta e transparente – exatamente o tipo de prosa que nenhum ironista criador de si mesmo quer escrever.

Embora algumas dessas inferências possam ser falaciosas e alguns desses pressupostos, infundados, há algo acertado na desconfiança que o ironismo desperta. O ironismo, tal como o defini, resulta da consciência do poder da redescrição, mas a maioria das pessoas não quer ser redescrita. Quer ser aceita em seus próprios termos – levada a sério tal como é e da maneira como fala. O ironista lhes diz que a linguagem que falam está aí para ser posta em questão por ele e por outros como ele. Há nessa afirmação algo de potencialmente muito cruel. É que a melhor maneira de causar um sofrimento duradouro às pessoas é humilhá-las, fazendo com que as coisas que lhes parecem mais importantes se afigurem fúteis, obsoletas e impotentes[9]. Consideremos o que acontece quando as posses preciosas de uma criança – as pequenas coisas em torno das quais ela tece fantasias que a tornam um pouco diferente de todas as outras crianças – são redescritas como "porcaria" e jogadas no lixo. Ou então, pensemos no que acontece quando essas posses são ridicularizadas, na comparação com as posses de outra criança mais rica. É presumível que aconteça algo parecido com uma cultura primitiva, quando

9 Cf. a discussão de Judith Shklar sobre a humilhação, na p. 37 de seus *Ordinary vices* ["Vícios comuns"] (Cambridge, Mass., Harvard University Press, 1984), e a discussão de Ellen Scarry sobre o uso da humilhação pelos torturadores, no capítulo 1 de *The body in pain* ["O corpo dolente"].

ela é dominada por outra mais avançada. O mesmo tipo de coisa às vezes acontece com os não intelectuais na presença de intelectuais. Tudo isso são formas mais brandas do que sucedeu a Winston Smith quando ele foi preso: quebraram seu peso de papel e deram um soco na barriga de Julia, com isso dando início ao processo de fazer com que ele se descrevesse nos termos de O'Brien, e não nos seus*. O ironista redescritivo, ao ameaçar o vocabulário final de uma pessoa e, com isso, sua capacidade de compreender a si mesma em seus próprios termos, e não nos dele, sugere que o eu e o mundo da pessoa são fúteis, obsoletos, *impotentes*. A redescrição comumente humilha.

Observe-se, porém, que a redescrição e a possível humilhação não têm uma ligação mais estreita com o ironismo do que com a metafísica. O metafísico também redescreve, embora o faça em nome da razão, e não da imaginação. A redescrição é um traço genérico do intelectual, e não uma marca específica do ironista. Então, por que os ironistas despertam um ressentimento *especial*? Encontramos a pista para uma resposta no fato de que, em geral, o metafísico respalda sua redescrição na argumentação – ou, tal como esse processo é redescrito pelo ironista, disfarça sua redescrição sob a fachada da argumentação. Em si, porém, isso não resolve o problema, porque a argumentação, tal como a redescrição, é neutra entre o liberalismo e o antiliberalismo. Presumivelmente, a diferença relevante está em que oferecer um argumento para corroborar uma redescrição equivale a dizer à platéia que ela está sendo *educada*, em vez de apenas reprogramada – que a verdade já estava nela e precisava meramente ser trazida à luz. A redescrição que se apresenta como

* Personagens de *1984*, de Orwell. (N. de T.)

o desvelamento do verdadeiro eu do interlocutor, ou da verdadeira natureza de um mundo público comum, compartilhado pelo falante e pelo interlocutor, sugere que a pessoa redescrita está sendo capacitada, e não tendo seu poder diminuído. Essa sugestão é favorecida quando se combina com a sugestão de que sua falsa autodescrição anterior fora imposta pelo mundo, pela carne, pelo diabo, pelos professores ou pela sociedade repressiva. O convertido ao cristianismo ou ao marxismo é levado a sentir que ser redescrito equivale a um desvendamento de seu verdadeiro eu, ou de seus interesses reais. Passa a acreditar que sua aceitação dessa redescrição sela uma aliança com uma força mais poderosa do que qualquer das que o oprimiram no passado.

O metafísico, em suma, pensa que há uma ligação entre a redescrição e o poder, e que a redescrição certa pode nos libertar. O ironista não oferece qualquer garantia parecida. Tem que dizer que nossas chances de liberdade dependem de contingências históricas que só ocasionalmente são influenciadas por nossas redescrições de nós mesmos. Não conhece qualquer poder do mesmo porte daquele com que o metafísico se diz familiarizado. Quando afirma que sua redescrição é melhor, não consegue dar ao termo "melhor" o peso tranqüilizador que lhe confere o metafísico, ao explicá-la como tendo "melhor correspondência com a realidade".

Assim, concluo que aquilo de que se acusa o ironista não é uma propensão para humilhar, mas uma impossibilidade de capacitar. Não há razão por que o ironista não possa ser liberal, mas ele não pode ser um liberal "progressista" e "dinâmico", no sentido em que os metafísicos liberais às vezes afirmam ser. É que ele não pode oferecer o mesmo tipo de esperança social oferecido pelos metafísicos. Não pode afirmar que a adoção de sua redescrição da pessoa ou da situação dela a torne mais capaz de dominar as forças que se juntam contra ela. A seu ver, essa capacidade é uma questão de armas e de sorte, e não de ela estar do lado da verdade ou haver identificado o "movimento da história".

Há, portanto, duas diferenças entre o ironista liberal e o metafísico liberal. A primeira concerne ao sentido do que a redescrição pode fazer pelo liberalismo; a segunda, ao sentido da ligação entre a esperança pública e a ironia privada. A primeira diferença é que o ironista julga que as *únicas* redescrições que servem aos propósitos liberais são aquelas que respondem à pergunta "que é que humilha?", ao passo que o metafísico também quer responder à pergunta "por que devo evitar humilhar?". O metafísico liberal quer que nosso *desejo de sermos bons* seja fomentado por um argumento, um argumento que implique uma auto-redescrição que destaque uma essência humana comum, uma essência que seja algo mais do que nossa capacidade compartilhada de sofrer humilhações. O ironista liberal quer apenas que nossas *probabilidades de sermos bons*, de evitarmos humilhar o outro, sejam ampliadas pela redescrição. Ele acha que o reconhecimento de uma susceptibilidade comum à humilhação é o *único* vínculo social necessário. Enquanto o metafísico considera que o aspecto moralmente relevante dos outros seres humanos é sua relação com um poder comum maior – a racionalidade, Deus, a verdade ou a história, por exemplo –, o ironista considera que a definição moralmente relevante de uma pessoa, de um sujeito moral, é ser "algo passível de ser humilhado". Seu senso de solidariedade humana baseia-se no sentimento de um perigo comum, e não de uma posse comum ou de um poder compartilhado.

Como fica, então, a afirmação que fiz antes, de que as pessoas querem ser redescritas em seus próprios termos? Como já sugeri, o ironista liberal enfrenta isso dizendo que precisamos distinguir entre a redescrição para fins privados e para fins públicos. Para meus objetivos privados, posso redescrever você e todas as outras pessoas em termos que nada têm a ver com minha postura perante seu sofrimento real ou possível. Meus objetivos privados e a parte de meu vocabulário final que não é pertinente a meus atos públicos não são da sua conta, mas, como sou liberal, a parte de meu vocabulário final que é pertinente a esses atos exige que eu me conscientize de todas as várias maneiras em que outros seres humanos sobre os quais eu aja podem ser humilhados. Portanto, o ironista liberal precisa de toda a familiaridade imaginativa possível com vocabulários finais alternativos, não só para sua própria edificação, mas para compreender a humilhação real e potencial das pessoas que usam esses vocabulários finais alternativos.

O metafísico liberal, em contraste, quer um vocabulário final que tenha uma estrutura interna e orgânica, que não seja dividido ao meio por uma distinção público/privado, que não seja apenas uma colcha de retalhos. Acha ele que o reconhecimento de que todos querem ser aceitos em seus próprios termos impõe-nos o compromisso de encontrar um mínimo denominador comum desses termos, uma descrição única que seja suficiente para os fins públicos e privados, para a autodefinição e para as relações do sujeito com outros. Seguindo Sócrates, ele reza para que o homem interno e o externo sejam um só – para que a ironia já não seja necessária. Seguindo Platão, é propenso a acreditar que as partes da alma e as do Estado correspondem umas às outras, e que distinguir o essencial do acidental na alma nos ajudará a distinguir a justiça da injustiça no Estado. Essas metáforas expressam a crença do metafísico liberal em que a retórica metafísica pública do liberalismo deve permanecer central no vocabulário final de cada liberal, por ser a parte que expressa o que ele tem em comum com o resto da humanidade – a parte que possibilita a solidariedade[10].

Contudo, essa distinção entre uma parte central, compartilhada e obrigatória e uma parte periférica, idiossincrática e opcional do vocabulário final de alguém é, justamente, a distinção que o ironista se recusa a fazer. Ele acha que o que o une ao restante da espécie não é uma linguagem comum, mas *apenas* a suscetibilidade à dor e, em particular, ao tipo especial de dor que as feras não compartilham com os seres humanos – a humilhação. Segundo sua concepção, a solidariedade humana não é uma questão de partilhar uma verdade comum ou uma meta comum, mas de partilhar uma esperança egoísta comum: a esperança de que o mundo de cada um – as pequenas coisas ao redor das quais o sujeito teceu seu vocabulário final – não seja destruído. Para fins públicos, não importa que o vocabulário final de todos seja diferente, desde que haja superposição suficiente para que todos tenham algumas palavras com que expressar a desejabilidade de entrar nas fantasias de outras pessoas, assim como nas próprias. Porém, essas palavras superpostas – termos como "bondade", "honradez" ou "dignidade" – não formam um vocabulário que todos os seres humanos possam alcançar mediante a reflexão sobre sua natureza. Tal reflexão não produz nada além da consciência acentuada da possibilidade de sofrer. Não produz uma *razão para nos importarmos* com o sofrimento. O que importa para o

10 Habermas, por exemplo, procura salvar algo do racionalismo iluminista mediante uma "teoria discursiva da verdade", que mostrará que o "ponto de vista moral" é um "universal" e "não expressa meramente as intuições morais do integrante médio, masculino e de classe média de uma sociedade ocidental moderna" (Peter Dews [org.], *Autonomy and solidarity: interviews with Jürgen Habermas*, Londres, Verso, 1986). Para o ironista, o fato de ninguém nunca ter tido essas intuições antes da ascensão das sociedades ocidentais modernas é perfeitamente irrelevante para a questão de determinar se ele deve compartilhá-las.

ironista liberal não é descobrir essa razão, mas certificar-se de *notar* o sofrimento quando ele ocorre. Sua esperança é não ser limitado por seu próprio vocabulário final ao deparar com a possibilidade de humilhar alguém de vocabulário final muito diferente.

Para o ironista liberal, a habilidade na identificação imaginária executa o trabalho que o metafísico liberal gostaria de realizar por meio de uma motivação especificamente moral – a racionalidade, o amor a Deus ou o amor à verdade. O ironista não vê sua capacidade de contemplar e querer prevenir a humilhação real e possível de outrem – apesar das diferenças de sexo, raça, tribo e vocabulário final – como mais real ou central, ou "essencialmente humana", do que qualquer outra parte dele. Na verdade, encara-a como uma capacidade e um desejo que, tal como a capacidade de formular equações diferenciais, surgiu muito tardiamente na história da humanidade, e ainda é um fenômeno bastante local. Associa-se primordialmente à Europa e à América dos últimos três séculos. Não está associada a nenhuma força maior do que a encarnada em situações históricas concretas, a exemplo do poder das ricas economias européias e norte-americanas de disseminar seus costumes em outras partes do mundo, poder este que foi ampliado por algumas contingências passadas e diminuído por certas contingências mais recentes.

Enquanto o metafísico liberal acha que o bom liberal sabe que algumas proposições cruciais são verdadeiras, o ironista liberal acha que o bom liberal tem um certo tipo de *know-how*. Enquanto o primeiro pensa na cultura superior do liberalismo como centrada na teoria, o segundo a vê como centrada na literatura (no sentido mais antigo e estreito do termo – peças, poemas e sobretudo romances). Um acha que a tarefa do intelectual é preservar e defender o liberalismo, respaldando-o com proposições verdadeiras sobre grandes temas, mas o outro acha que essa tarefa é aumentar nossa habilidade de reconhecer e descrever os diferentes tipos de pequenas coisas em que os indivíduos ou as comunidades centram suas fantasias e sua vida. O ironista encara as palavras fundamentais da metafísica e, em particular, da retórica pública das democracias liberais como sendo apenas mais um texto, apenas outro conjunto de coisinhas humanas. Sua capacidade de compreender como é fazer a vida centrar-se nessas palavras não se distingue de sua capacidade de apreender como é fazer a vida centrar-se no amor a Cristo ou ao Grande Irmão. Seu liberalismo não consiste em sua devoção a essas palavras específicas, mas em sua capacidade de captar a função de muitos conjuntos diferentes de palavras.

Essas distinções ajudam a explicar por que a filosofia ironista não fez nem fará muito pela liberdade e pela igualdade, mas explicam também por que a "literatura" (no sentido antigo e mais estrito), assim como a etnografia e o jornalismo, têm feito isso. Como eu disse antes, a dor é não lingüística: é aquilo que temos, nós, os seres humanos, que nos liga aos animais não usuários da linguagem. Assim, as vítimas da crueldade, as pessoas que estão sofrendo, não têm grande coisa em termos de linguagem. É por isso que não existem a "voz dos oprimidos" nem a "linguagem das vítimas". A linguagem antes usada pelas vítimas já não funciona, e elas estão sofrendo demais para juntar novas palavras. Portanto, a tarefa de transformar sua situação em linguagem tem que ser executada para elas por outras pessoas. O romancista, o poeta ou o jornalista liberais são bons nisso. O teórico liberal geralmente não o é.

A suspeita de que o ironismo na filosofia não contribuiu para o liberalismo é correta, mas não porque a filosofia ironista seja intrinsecamente cruel. É que os liberais passaram a esperar que a filosofia realize uma certa tarefa – a de responder a perguntas como "por que não sermos cruéis?" e "por que sermos bons?" – e acham que qualquer filosofia que recuse essa atribuição deve ser desalmada. Essa expectativa, porém, resulta de uma formação metafísica. Se pudéssemos livrar-nos da expectativa, os liberais não pediriam à filosofia ironista para fazer um trabalho que ela não pode fazer, e que se define como incapaz de fazer.

A associação que o metafísico faz entre teoria e esperança social e entre literatura e perfeição privada inverte-se na cultura do ironista liberal. Numa cultura metafísica liberal, as disciplinas encarregadas de penetrar nas muitas aparências privadas e chegar a uma realidade comum geral – teologia, ciência, filosofia – eram as que deveriam unir os seres humanos e, desse modo, ajudar a eliminar a crueldade. Em uma cultura ironista, ao contrário, as disciplinas especializadas na descrição densa do privado e do idiossincrático é que recebem a atribuição dessa tarefa. Em particular, os romances e as etnografias que sensibilizam para o sofrimento dos que não falam nossa linguagem devem fazer o trabalho que se esperava que fosse feito pelas demonstrações de uma natureza humana comum. A solidariedade deve ser construída a partir de pequenos fragmentos, e não já encontrada à espera, sob a forma de uma linguagem primitiva que todos reconheçamos ao ouvi-la.

Inversamente, em nossa cultura cada vez mais ironista, a filosofia tornou-se mais importante para a busca da perfeição privada que para qualquer tarefa social. Nos próximos dois capítulos, afirmarei que os filósofos ironistas são filósofos privados – filósofos interessados em intensificar a ironia do nominalista e do historicista. Seu trabalho presta-se mal aos fins públicos e não tem serventia para os liberais *qua* liberais. Nos capítulos 7 e 8, fornecerei exemplos do modo como os romancistas podem fazer algo socialmente útil – ajudar-nos a atentar para as fontes da crueldade em nós mesmos, bem como para a realidade de sua ocorrência em áreas em que não a havíamos notado.

5
Autocriação e filiação: Proust, Nietzsche e Heidegger

Para ilustrar minha afirmação de que para nós, os ironistas, a teoria tornou-se um meio para a perfeição privada, e não para a solidariedade humana, discutirei alguns paradigmas da teoria ironista: o jovem Hegel, Nietzsche, Heidegger e Derrida. Usarei a palavra "teórico", em vez de "filósofo", porque a etimologia de "teoria" me dá a conotação que desejo e evita algumas que não quero. As pessoas que discutirei não pensam que exista nada chamado "sabedoria", num sentido do termo que Platão pudesse reconhecer. Por isso, a expressão "amante da sabedoria" parece imprópria, mas *theoria* sugere ter a visão de uma ampla faixa de território, a uma distância considerável, e é justamente isso que fazem as pessoas que discutirei. Todas se especializam em tomar distância e em ter uma visão ampla do que Heidegger chamava de "tradição da metafísica ocidental" – o que venho chamando de "cânone platônico-kantiano".

Os componentes desse cânone, as obras dos grandes metafísicos, são as tentativas clássicas de ver tudo com uniformidade e vê-lo por inteiro: as tentativas dos metafísicos de se erguerem acima da pluralidade das aparências, na esperança de que, vistas das alturas, elas evidenciem uma unidade inesperada – uma unidade que é sinal de que se vislumbrou algo *real*, algo que está por trás das aparências e as produz. Em contraste, o cânone ironista que pretendo discutir é uma série de tentativas de reexaminar as tentativas dos metafísicos de se erguerem a essas alturas, e discernir a unidade subjacente à pluralidade dessas tentativas. O teórico ironista desconfia da metáfora do metafísico que fala de uma visão vertical, de cima para baixo. Ele a substitui pela metáfora historicista de voltar os olhos para o passado, num eixo horizontal, mas aquilo para o qual volta os olhos não são coisas em geral, e sim um tipo muito especial de pessoa, que escreve um tipo muito especial de livro. O tema da teoria ironista é a teoria metafísica. Para o teórico ironista, a história da crença numa sabedoria anistórica, bem como do amor a ela, é a história de tentativas sucessivas de encontrar um vocabulário final que seja não apenas o vocabulário final de um dado filósofo, mas um vocabulário final em todos os sentidos – um vocabulário que não seja um mero produto histórico idiossincrático, mas a última palavra, para a qual a investigação e a história convergem, aquela que torne supérflua a investigação e a história adicionais.

A meta da teoria ironista é compreender tão bem a ânsia metafísica, a ânsia de teorizar, que fiquemos inteiramente livres dela. A teoria ironista, portanto, é uma escada a ser jogada fora, tão logo se compreenda o que moveu os predecessores a teorizarem[1]. A última coisa que o teórico ironista quer ou da qual precisa é uma teoria do ironismo. Ele não se dedica a fornecer a si

1 O lema da teorização ironista foi fornecido pelo Heidegger da maturidade, que concluiu sua conferência de 1962, intitulada "Tempo e ser", dizendo: "A consideração pela metafísica ainda prepondera, mesmo na intenção de superá-la. Por isso, nossa tarefa é cessar toda a superação e deixar a metafísica por sua própria conta" (*On time and being*, trad. Joan Stambaugh, Nova York, Harper and Row, 1972, p. 24). Heidegger tinha vívida consciência de uma possibilidade que acabou por se realizar na obra de Derrida – a de que ele fosse tratado tal como havia tratado Nietzsche, como mais um (o último) degrau numa escada a ser jogada fora. Para um exemplo dessa

mesmo e a seus colegas ironistas um método, uma plataforma ou uma lógica. Faz apenas o mesmo que todos os ironistas fazem – uma tentativa de autonomia. Procura sair debaixo das contingências herdadas e criar suas próprias contingências, sair debaixo de um velho vocabulário final e moldar outro que seja todo seu. O traço genérico dos ironistas é que eles não esperam ter suas dúvidas sobre seus vocabulários finais dirimidas por algo maior do que eles mesmos. Isso significa que seu critério para dirimir dúvidas, seu critério de perfeição privada, é a autonomia, e não a filiação a outro poder que não eles mesmos. Tudo com que qualquer ironista pode cotejar o sucesso é o passado – não por ficar à altura dele, mas por redescrevê-lo em seus próprios termos, com isso tornando-se capaz de dizer: "Assim eu o quis".

A tarefa genérica do ironista é aquela que Coleridge recomendou ao poeta que é grande e original: criar o gosto pelo qual ele será julgado, mas o juiz que o ironista tem em mente é ele mesmo. Ele quer poder resumir sua vida em seus próprios termos. A vida perfeita será aquela que se encerrar na certeza de que o último de seus vocabulários finais, pelo menos, terá sido realmente todo *seu*. A diferença específica que distingue o *teórico* ironista é, simplesmente, que seu passado consiste numa tradição literária particular, muito estreitamente delimitada – *grosso modo*, o cânone platônico-kantiano, e as notas de rodapé desse cânone. O que ele busca é uma redescrição desse cânone que faça

---

consciência, cf. seu repúdio da idéia "francesa" de que sua obra dava continuidade à de Hegel, bem como sua negação de que existisse uma "filosofia heideggeriana" ("Summary of a seminar", idem, p. 48). Cf. também a passagem de "A dialogue on language between a Japanese and an inquirer" ["Diálogo sobre a linguagem entre um japonês e um pensador"] concernente ao perigo de que palavras que pretendiam ser sinais e gestos (*Winke und Gebärden*) fossem interpretadas como *conceitos*, instrumentos para apreender algo diferente delas mesmas (*Zeichen und Chiffren*) (*On the way to language*, trad. Peter Hertz, Nova York, Harper and Row, 1971, pp. 24-7).

com que este perca a força que exercia sobre ele – quebrar o feitiço lançado pela leitura dos livros que compõem esse cânone. (Dito em termos metafísicos e, portanto, enganosos, o ironista quer descobrir o nome secreto, verdadeiro e mágico da filosofia – um nome cujo uso a transforme em serva, em vez de senhora.) A relação do teórico ironista com o restante da cultura ironista, ao contrário da relação do metafísico com o restante da cultura metafísica, não é a do abstrato com o concreto, a do problema geral com os casos especiais. É simplesmente uma questão de quais são as coisas concretas sobre as quais se é irônico – que itens compõem o passado relevante. O passado, para o ironista, são os livros que sugeriram que haveria algo como um vocabulário não passível de ironia, um vocabulário que não poderia ser substituído ao ser redescrito. Podemos pensar nos teóricos ironistas como críticos literários que se especializam nesses livros – nesse gênero literário particular.

Em nossa cultura cada vez mais ironista, duas figuras são comumente citadas como havendo atingido o tipo de perfeição descrito por Coleridge: Proust e Nietzsche. Alexander Nehamas, em seu livro recente sobre Nietzsche, juntou essas duas figuras. Assinalou que elas tinham em comum não só o fato de haverem passado a vida substituindo contingências herdadas por outras de sua própria lavra, mas o fato de se haverem descrito como pessoas que faziam exatamente isso. Ambos estavam cientes de que esse próprio processo de autocriação era uma questão de contingências das quais eles não conseguiriam ter plena consciência, mas nenhum dos dois se deixou perturbar pelas indagações do metafísico sobre a relação entre a liberdade e o determinismo. Proust e Nietzsche são não-metafísicos paradigmáticos, pelo fato óbvio de só se haverem importado em saber como pareciam a seus próprios olhos, e não como se afiguravam para o universo, mas, enquanto Proust tomou a metafísica como apenas mais uma forma de vida, ela obcecou Nietzsche. Nietzsche foi não apenas um não-metafísico, porém um teórico antimetafísico.

Nehamas cita uma passagem em que o narrador de Proust diz acreditar

> que, ao criar uma obra de arte, de modo algum somos livres, não escolhemos como vamos fazê-la, mas ela preexiste e, sendo assim, somos obrigados, já que ela é necessária e oculta, a fazer o que teríamos de fazer se ela fosse uma lei da natureza, ou seja, descobri-la.

Comenta Nehamas:

> No entanto, essa descoberta, que [Proust] descreve explicitamente como "a descoberta de nossa vida verdadeira", só pode ser feita no próprio processo de criar a obra de arte que a descreve e a constitui. E a relação ambígua entre descoberta e criação, que se equipara exatamente à visão de Nietzsche, também capta perfeitamente a tensão da própria idéia do poder tornar-se quem realmente se é.[2]

No sentido dado à frase por Nietzsche, "quem realmente se é" não significa "quem realmente se foi o tempo todo", mas "aquele em quem o indivíduo se transformou no decorrer da criação do gosto pelo qual acabou julgando a si mesmo". O termo "acabou", porém, é enganoso. Sugere um local predestinado de repouso, mas o processo do conscientizar-se das próprias causas, mediante a redescrição delas, está fadado a prosseguir até

2 Alexander Nehamas, *Nietzsche: life as literature*, op. cit., p. 188.

a morte. Qualquer auto-redescrição final no leito de morte terá tido causas, ela mesma, que não haverá tempo para redescrever. Terá sido ditada por uma lei da natureza que não restou tempo ao sujeito para descobrir (mas na qual seus críticos fortes e admirativos poderão um dia tropeçar).

Um metafísico como Sartre pode descrever a busca de perfeição do ironista como uma "paixão inútil", mas um ironista como Proust ou Nietzsche achará que essa expressão se esquiva à questão crucial. O tema da inutilidade só surgiria se o indivíduo tentasse superar o tempo, o acaso e a auto-redescrição, mediante a descoberta de algo mais poderoso que qualquer desses três. Para Proust e Nietzsche, entretanto, não há *nada* mais poderoso ou importante do que redescrever a si mesmo. Eles não tentam superar o tempo e o acaso, mas usá-los. Têm plena consciência de que o que figura como resolução, perfeição e autonomia será sempre função de quando se morre ou se enlouquece, mas essa relatividade não implica inutilidade. É que não há um grande segredo que o ironista tenha a esperança de descobrir, o qual ele pode morrer ou entrar em decadência antes de descobrir. Há apenas pequenas coisas mortais a serem rearranjadas pela redescrição. Se ele vivesse ou ficasse são por mais tempo, haveria mais material para rearranjar e, por conseguinte, redescrições diferentes, mas nunca haveria a descrição certa. Isso porque, embora o ironista possa usar a idéia de "descrição melhor", ele não tem um critério para a aplicação desse termo e, portanto, não pode usar a idéia de "descrição certa". Por isso, não vê inutilidade em sua impossibilidade de se tornar um *être-en-soi* [ser-em-si]. O fato de nunca ter querido sê-lo, ou, pelo menos, de ter querido não querer sê-lo, é justamente o que o separa do metafísico.

Apesar dessas semelhanças entre Proust e Nietzsche, há uma diferença decisiva, e essa diferença é crucial para meus propósitos. O projeto proustiano pouco tem a ver com a política; assim como Nabokov, ele só usa as questões públicas da época para dar uma certa cor local. Em contraste, Nietzsche muitas vezes fala como se tivesse uma missão social, como se tivesse concepções relevantes para a ação pública – concepções nitidamente antiliberais, mas, como também ocorre no caso de Heidegger, esse antiliberalismo parece adventício e idiossincrático, pois o tipo de autocriação de que Nietzsche e Heidegger são modelos não parece ter nada em particular a ver com as questões da política social. Creio que uma comparação dos dois com Proust talvez ajude a esclarecer a situação, e ajude também a respaldar a afirmação que fiz no fim do capítulo 4, qual seja, a de que o vocabulário final do ironista pode e deve dividir-se em um grande setor privado e um pequeno setor público, os quais não têm nenhuma relação particular um com o outro.

Como primeira e tosca maneira de esboçar uma diferença entre Proust e Nietzsche, podemos assinalar que Proust tornou-se quem foi por reagir contra pessoas e redescrevê-las – pessoas vivas reais, que ele conhecera em carne e osso –, ao passo que Nietzsche reagiu contra e redescreveu pessoas que havia conhecido em livros. Ambos queriam criar-se escrevendo uma narrativa sobre as pessoas que haviam oferecido descrições deles; queriam tornar-se autônomos redescrevendo as fontes de descrições heterônomas. Porém a narrativa de Nietzsche – a narrativa condensada na seção chamada "Como o 'Mundo Verdadeiro' tornou-se uma fábula", no *Crepúsculo dos ídolos* – não descreve pessoas, e sim os vocabulários para os quais certos nomes famosos servem de abreviaturas.

A diferença entre pessoas e idéias, contudo, é apenas superficial. O importante é que a coleção de pessoas conhecidas por Proust, que o descreveram e que ele redescreveu eu seu romance

– pais, criados, amigos da família, colegas de escola, duquesas, editores, amantes –, é *apenas* uma coleção, são apenas as pessoas em quem Proust por acaso esbarrou. Os vocabulários discutidos por Nietzsche, em contraste, são dialeticamente ligados, internamente relacionados uns com os outros. Não são uma coletânea fortuita, mas uma progressão dialética que serve para descrever a vida de alguém que não é Friedrich Nietzsche, porém alguém muito maior. O nome que Nietzsche dá a essa pessoa grande, na maioria das vezes, é "Europa". Na vida da Europa, ao contrário da de Nietzsche, o acaso não se intromete. Tal como na *Fenomenologia do espírito* do jovem Hegel, e também na História do Ser, de Heidegger, não há espaço para a contingência na narrativa.

A Europa, o Espírito e o Ser não são apenas acúmulos de contingências, produtos de encontros ao acaso – o tipo de coisa que Proust sabia ser. Essa invenção de um herói maior do que o eu, em termos de cuja carreira eles definem o objetivo de sua própria carreira, é o que diferencia Hegel, Nietzsche e Heidegger de Proust, e o que faz deles *teóricos*, e não romancistas: pessoas que olham para algo grande, em vez de construírem algo pequeno. Embora sejam ironistas autênticos, e não metafísicos, esses três autores ainda não são nominalistas plenamente desenvolvidos, porque não se contentam em dispor coisas pequenas. Querem também descrever uma coisa grande.

É isso que distingue suas narrativas de *Em busca do tempo perdido*. O romance de Proust é uma rede de pequenas contingências que se animam mutuamente. O narrador poderia nunca ter deparado com outra *madeleine*. O príncipe de Guermantes, recém-empobrecido, não tinha que se casar com a Sra. Verdurin: poderia ter conhecido outra herdeira. Essas contingências só fazem sentido em retrospectiva – e fazem um sentido diferente, toda vez que ocorre uma redescrição. Nas narrativas da teoria ironista, porém, Platão *tem* que dar lugar a São Paulo, e o cristianismo, ao Iluminismo. Um Kant *tem* que ser seguido por um Hegel, e um Hegel, por um Marx. É por isso que a teoria ironista é tão traiçoeira, tão propensa ao auto-engano. É uma das razões por que cada novo teórico acusa seus predecessores de terem sido metafísicos disfarçados.

A teoria ironista deve ser narrativa na forma, porque o nominalismo e o historicismo do ironista não lhe permitem pensar que seu trabalho estabelece uma relação com a essência real; ele só pode estabelecer relação com o passado. Contudo, ao contrário de outras formas de escritos ironistas – e, em particular, ao contrário do romance ironista de que Proust é paradigmático –, essa relação com o passado não é com o passado idiossincrático do autor, mas com um passado maior, o passado da espécie, da raça, da cultura. É uma relação não com uma coletânea mista de fatos contingentes, mas com o campo da possibilidade, um campo pelo qual o herói mais imponente de todos segue seu curso, esgotando pouco a pouco as possibilidades, à medida que avança. Por uma feliz coincidência, a cultura chegou ao fim dessa gama de possibilidades mais ou menos na época em que o próprio narrador nasceu.

As figuras que uso como paradigmas da teorização ironista – o Hegel da *Fenomenologia*, o Nietzsche de *Crepúsculo dos ídolos* e o Heidegger da "Carta sobre o humanismo" – têm em comum a idéia de que algo (a história, o Homem ocidental, a metafísica – algo suficientemente grande para ter um destino) esgotou suas possibilidades. Portanto, agora tudo tem que ser criado como novo. Eles não estão interessados apenas em se renovarem. Também querem tornar nova essa coisa grande; sua própria autonomia será uma decorrência dessa novidade maior. Eles querem o sublime e o inefável, não apenas o belo e o inédito – algo incomensurável com o passado, e não o passado simplesmente recapturado pelo rearranjo e pela redescrição. Eles querem não apenas a beleza descritível e relativa do rearranjo, mas a sublimidade inefável e absoluta do Outro Sagrado; querem a Revolução Total[3]. Querem um modo de ver seu passado que seja incomensurável com todas as maneiras pelas quais o passado se descreveu. Em contraste, os romancistas ironistas não estão interessados na incomensurabilidade. Contentam-se com a mera diferença. Pode-se conquistar a autonomia privada redescrevendo o próprio passado de um modo que não tenha ocorrido ao passado. Ela não requer a novidade apocalíptica do tipo exigido pela teoria ironista. O ironista que não é teórico não se incomoda com a idéia de que suas redescrições do passado constituam matéria para as redescrições de seus sucessores; sua atitude para com esses sucessores é, simplesmente, "boa sorte para eles". O teórico ironista, porém, não pode imaginar nenhum sucessor, pois é o profeta de uma nova era, uma era em que nenhum termo empregado no passado terá aplicação.

Perto do fim do capítulo 4, afirmei que o liberal ironista não se interessava pelo poder, mas apenas pela perfeição. O teórico ironista, entretanto, quer ainda o tipo de poder que provém da relação estreita com alguém muito grande; essa é uma das razões por que ele raramente é liberal. O super-homem de Nietzsche compartilha com o Espírito do Mundo hegeliano e com o Ser heideggeriano a dualidade atribuída a Cristo: muito humano, mas, em seu aspecto inefável, muito divino. A doutrina cristã da encarnação foi essencial para a descrição que Hegel fez de seu projeto, e reaparece quando Nietzsche começa a se imaginar como o Anticristo, e novamente quando Heidegger, o ex-noviço jesuí-

3 Cf. Bernard Yack, *The longing for total revolution*, especialmente parte 3.

ta, começa a descrever o Ser como infinitamente gentil e como o Totalmente Outro.

Proust também estava interessado no poder, mas não em descobrir alguém maior do que ele para encarnar ou celebrar. Só queria livrar-se do jugo dos poderes finitos, evidenciando-lhes a finitude. Não queria fazer amizade com o poder nem ficar em condições de dar poder a outros, mas apenas livrar-se das descrições dele mesmo oferecidas pelas pessoas a quem havia conhecido. Queria não ser meramente a pessoa que esses outros julgavam saber que ele era, não ser congelado na moldura de uma fotografia tirada pela perspectiva de terceiros. Na expressão de Sartre, temia ser transformado numa coisa pelo olhar do outro (por exemplo, pelo "olhar duro" de Saint-Loup, pelo "olhar enigmático" de Charlus)[4]. Seu método para se libertar dessas pessoas – para se autonomizar – foi redescrever aqueles que o descreveram. Desenhou esboços deles por uma porção de perspectivas diferentes – e, em particular, de uma porção de posições diferentes no tempo – e, com isso, deixou claro que nenhuma dessas pessoas ocupava um ponto de vista privilegiado. Proust tornou-se autônomo ao explicar a si mesmo por que os outros não eram autoridades, mas simples companheiros de contingência. Redescreveu-os como sendo tão produto das atitudes de terceiros para com eles quanto o próprio Proust era produto das atitudes deles para com ele.

No fim de sua vida e de seu romance, ao mostrar o que o tempo fizera com essas outras pessoas, Proust mostrou o que tinha feito com o tempo que lhe fora dado. Havia escrito um livro e, com isso, criado um eu – o autor do livro – que aquelas pes-

4 *Remembrance of things past*, trad. Charles Scott-Moncrief, Nova York, Random House, 1934, vol. I, pp. 571, 576 [*Em busca do tempo perdido*, vol. I, *No caminho de Swan* (trad. Mario Quintana, São Paulo, Globo, 15. ed., 1993)].

soas não poderiam ter previsto ou sequer imaginado. Tornara-se tão autoridade sobre as pessoas que conhecia quanto seu eu mais jovem temera que elas fossem autoridades a respeito dele. Essa proeza permitiu-lhe abandonar a própria idéia de autoridade e, com ela, a idéia da existência de uma perspectiva privilegiada, a partir da qual ele, ou qualquer outra pessoa, devesse ser descrito. Permitiu-lhe descartar toda a idéia de filiação a um poder superior – o tipo de filiação que Charlus oferecera ao jovem Marcel em seu primeiro encontro, e que os metafísicos tradicionalmente oferecem a seus leitores: uma filiação destinada a fazer o epígono sentir-se como uma encarnação da Onipotência.

Proust tornou temporais e finitas as figuras de autoridade que havia conhecido, ao vê-las como criaturas das circunstâncias contingentes. Tal como Nietzsche, livrou-se do medo de que houvesse uma verdade antecedente sobre ele, uma essência real que outros pudessem haver detectado, mas Proust pôde fazê-lo sem afirmar que conhecia uma verdade oculta das figuras de autoridade de seus anos anteriores. Conseguiu desmascarar a autoridade sem se colocar como autoridade, desmascarar as ambições dos poderosos sem compartilhá-las. Tornou finitas as figuras de autoridade, não por detectar o que elas "realmente" eram, mas observando-as se tornarem diferentes do que tinham sido e vendo como ficavam ao serem redescritas em termos oferecidos por mais outras figuras de autoridade, que ele jogou contra as primeiras. O resultado desse torná-las finitas foi fazer com que Proust não se envergonhasse de sua própria finitude. Ele dominou a contingência pelo reconhecimento dela e, desse modo, libertou-se do medo de que as contingências com que havia deparado fossem mais do que apenas contingências. De juízes que eram, transformou as outras pessoas em companheiros de sofrimento, e com isso conseguiu criar o gosto pelo qual julgou a si mesmo.

Nietzsche, como Proust e o jovem Hegel, deleitava-se com sua aptidão para a redescrição, com sua capacidade de circular entre descrições antitéticas de uma mesma situação. Todos três eram hábeis em parecer que estavam dos dois lados de uma mesma questão, enquanto, na verdade, mudavam de perspectiva e, com isso, alteravam a questão entre respostas sucessivas. Todos os três se compraziam com as mudanças acarretadas pelo tempo. Nietzsche gostava de mostrar que, como dizia, tudo que já foi formulado como uma hipótese sobre o "Homem" "não passa, basicamente, de uma afirmação de duração *muito limitada* sobre o Homem"[5]. Em termos mais gerais, ele gostava de mostrar que toda descrição de qualquer coisa é relativa às necessidades de alguma situação historicamente condicionada. Ele e o jovem Hegel empregaram essa técnica para tornar finitos os grandes filósofos mortos – os grandes redescritores que um ironista que se dedique à filosofia deve redescrever e, com isso, superar, se quiser tornar-se um deles, em vez de permanecer como seu epígono.

Quando empregada por teóricos, em vez de romancistas, entretanto, essa estratégia do tornar finito levanta um problema óbvio – o problema que os comentaristas de Hegel resumem com a expressão "fim da história". Se o sujeito se define em termos de sua originalidade, no cotejo com um conjunto de predecessores, e quando se orgulha em descrevê-los com rigor e radicalidade ainda maiores do que eles redescreveram uns aos outros, ele acaba começando a fazer uma pergunta: "e quem *me* redescreverá?" Por querer *ver*, em ver de *rearranjar*, elevar-se acima do que existe, em vez de manipulá-lo, o teórico tem que se preocupar com o chamado problema da auto-referência – o problema de explicar

5 Nietzsche, *Human, all too human*, p. 2 [*Humano, demasiado humano: um livro para espíritos livres* (trad., notas e posfácio de Paulo César de Souza, São Paulo, Companhia das Letras, 2000)].

seu próprio sucesso sem precedentes na redescrição em termos de sua teoria. Ele quer deixar claro que, estando agora esgotado o campo das possibilidades, ninguém poderá elevar-se acima dele do modo como ele se elevou acima de todos os demais. Não resta espaço dialético, por assim dizer, através do qual se possa ascender; isso é o mais longe que o pensamento é capaz de chegar. A pergunta "por que devo achar, como posso afirmar que a redescrição termina em mim?" também pode ser entendida como a pergunta "como posso terminar meu livro?". A *Fenomenologia do espírito* termina com um toque ambíguo: suas últimas linhas podem ser interpretadas como a abertura para um futuro infinitamente longo, ou como olhando para trás, para uma história já completa. Notoriamente, porém, a nota com que terminam alguns dos livros posteriores de Hegel é: "e assim a Alemanha tornou-se a Primeira das Nações, e a História chegou ao Fim"[6].

Disse Kierkegaard que, se Hegel houvesse prefaciado a *Ciência da lógica* com a frase "Tudo isto é apenas um experimento imaginário", teria sido o maior pensador de todos os tempos[7]. Assinalar tal coisa teria demonstrado a apreensão hegeliana de sua própria finitude, assim como da de todos os demais. Teria tornado a tentativa de autonomia de Hegel algo privado e repudiado a tentação de supor que ele havia se filiado a algo maior. Seria caridoso e agradável, se bem que não justificado pelas provas, acreditar que Hegel se absteve deliberadamente de especular sobre a nação que sucederia a Alemanha, e sobre o filósofo que o sucederia, por querer demonstrar sua consciência de sua

6 As *Lições sobre a história da filosofia* terminam como começou a *Fenomenologia*, com a *Aufhebung* [anulação] hegeliana de Fichte e Schelling e com a afirmação de que o Espírito, sabendo-se agora absoluto, "atingiu sua meta".

7 Kierkegaard, *Diário*, citado (sem referência de página) por Walter Lowrie em suas notas para Kierkegaard, *Concluding unscientific postcript* (trad. David Swenson e Walter Lowrie, Princeton, Princeton University Press, 1968), p. 558.

própria finitude, através do que Kierkegaard chamava de "comunicação indireta" – por meio um gesto irônico, e não do enunciado de uma afirmação. Seria agradável supor que ele deixou o futuro em branco deliberadamente, como um convite para que seus sucessores fizessem com ele o que ele fizera com seus predecessores, e não como uma suposição arrogante de que nada mais poderia ser feito. Porém, como quer que tenha sido com Hegel, o problema de tornar finito e, ao mesmo tempo, exibir um conhecimento da própria finitude – de satisfazer a demanda de Kierkegaard a Hegel – é *o* problema da teoria ironista. Trata-se do problema de como superar a autoridade sem reivindicá-la. Esse problema é a contrapartida, entre os ironistas, do problema dos metafísicos de eliminar a distância entre a aparência e a realidade, o tempo e a eternidade, a linguagem e o não lingüístico.

Para não-teóricos como Proust, esse problema não existe. O narrador de *O passado redescoberto* não se deixaria perturbar pela pergunta "quem me redescreverá?", pois seu trabalho estaria concluído quando ele houvesse posto os eventos de sua vida em sua própria ordem, criado um padrão com todas as pequenas coisas – Gilberte entre os pilriteiros, a cor das janelas da capela de Guermantes, o som do nome "Guermantes", as duas caminhadas, as agulhas cambiantes das torres. Ele sabe que esse padrão seria diferente se ele morresse antes ou depois, pois haveria, respectivamente, menos ou mais pequenas coisas que teriam de ser encaixadas, mas isso não vem ao caso. Proust não tem o problema de como evitar ser *aufgehoben* [anulado]. Posto que a beleza depende de dar forma a uma multiplicidade, ela é notoriamente transitória, pois tende a ser destruída quando se acrescentam novos elementos a essa multiplicidade. A beleza requer uma moldura, e a morte proporciona essa moldura.

Em contraste, a sublimidade não é transitória, relacional, reativa nem finita. O teórico ironista, ao contrário do romancista ironista, é continuamente tentado a buscar a sublimidade, não apenas a beleza. É por isso que fica permanentemente tentado a recair na metafísica, a buscar uma grande realidade oculta, em vez de um padrão entre aparências – a sugerir a existência de alguém maior do que ele, chamado "Europa", "História" ou "Ser", o qual ele encarna. O sublime não é síntese de uma multiplicidade, e por isso não pode ser alcançado pela redescrição de uma série de encontros temporais. Buscar o sublime é tentar criar um padrão a partir de todo o campo da *possibilidade*, e não apenas de alguns pequenos fatos contingentes. Desde Kant, a tentativa metafísica de chegar à sublimidade tem assumido a forma de tentativas de formular as "condições necessárias de todos os *x* possíveis". Quando os filósofos fazem essa tentativa transcendental, começam a apostar em objetivos mais altos do que o tipo de autonomia privada e perfeição privada que Proust conseguiu.

Na teoria, Nietzsche não faz esse jogo kantiano. Na prática, na medida em que afirma ver mais fundo, e não de maneira diferente, na medida em que afirma ser mais livre, e não meramente reativo, ele trai seu próprio perspectivismo e seu nominalismo. Pensa que seu historicismo o salvará dessa traição, mas não salva. Pois aquilo a que ele aspira é um sublime histórico, um futuro que tenha rompido todas as relações com o passado e, desse modo, só possa ligar-se às redescrições do passado feitas pelo filósofo através da negação. Enquanto Platão e Kant, prudentes, haviam tirado completamente do tempo essa sublimidade, Nietzsche e Heidegger não podem usar essa esquiva. Têm que permanecer no tempo, mas vendo-se separados de todo o restante do tempo por um evento decisivo.

Essa busca do sublime histórico – da proximidade de um evento como a eliminação da distância entre sujeito e objeto, ou o advento do super-homem ou o fim da metafísica – leva Hegel, Nietzsche e Heidegger a se imaginarem no papel do "último filósofo". A tentativa de ficar nessa posição é a tentativa de escrever algo que torne impossível a pessoa ser redescrita, a não ser em seus próprios termos – que impossibilite sua transformação num elemento do belo padrão de outra pessoa, em mais uma coisinha. Buscar o sublime é tentar não apenas criar o gosto pelo qual o sujeito julgará a si mesmo, mas também impossibilitar que qualquer pessoa o julgue por outro gosto. Proust ficaria muito contente em achar que poderia servir de elemento nos belos padrões de terceiros. Agradava-lhe pensar que poderia desempenhar para um sucessor o papel que um de seus precursores – digamos, Balzac ou Saint-Simon – havia desempenhado para ele, mas essa idéia, às vezes, é mais do que um teórico ironista como Nietzsche é capaz de suportar.

Consideremos o contraste entre as defesas nietzschianas do "perspectivismo" e a polêmica de Nietzsche contra a "reatividade". Enquanto ocupa-se com a relativização e a historicização de seus predecessores, Nietzsche contenta-se em redescrevê-los como redes de relações com eventos históricos, condições sociais, os predecessores deles etc. Nesses momentos, mostra-se fiel a sua convicção de que o eu não é uma substância e de que devemos abandonar toda a idéia de "substância" – de algo que não pode ser posto em perspectiva porque tem uma essência real, uma perspectiva privilegiada a seu próprio respeito. Em outros, porém – naqueles em que imagina um super-homem que não seja apenas um feixe de reações idiossincráticas a estímulos passados, mas seja *pura* autocriação, pura espontaneidade –, esquece tudo sobre seu perspectivismo. Quando começa a explicar a maneira de alguém ser maravilhoso, diferente e dessemelhante de qualquer coisa que já tenha existido, fala dos eus humanos como se fossem reservatórios de algo chamado "vontade de poder". O super-homem tem um reservatório imenso dessa matéria, e podemos presumir que o de Nietzsche seria bem grande. Como perspectivista, Nietzsche interessa-se por descobrir uma perspectiva a partir da qual possa voltar os olhos para as perspectivas que herdou, a fim de ver um belo padrão. Esse Nietzsche pode modelar-se em Proust, como o modelou Nehamas; pode ser visto como alguém que se criou como autor de seus livros. Como teórico da vontade de poder, entretanto – o Nietzsche que Heidegger atacou como "o último dos metafísicos" –, ele se interessa tanto quanto Heidegger por ir além de todas as perspectivas. Quer a sublimidade, não apenas a beleza.

Se Nietzsche houvesse conseguido pensar no cânone dos grandes filósofos mortos do modo como Proust pensou nas pessoas que conheceu, não teria ficado tentado a ser teórico, não haveria se esforçado por chegar à sublimidade, teria escapado da crítica heideggeriana e atendido às expectativas de Kierkegaard e Nehamas. Teria sido um Kierkegaard sem o cristianismo, alguém que se manteria conscientemente "estético", no sentido kierkegaardiano do termo. Se tivesse sido fiel a seu próprio perspectivismo e antiessencialismo, teria evitado a tentação em que caiu Hegel: a tentação de pensar que, depois que se encontrou um meio de subsumir os predecessores numa idéia geral, com isso se fez mais do que descobrir uma redescrição deles – uma redescrição que se revelou útil para o objetivo de autocriação do próprio sujeito. Quando o indivíduo conclui que descobriu um modo de se tornar muito diferente desses predecessores, de fazer algo muito diferente do que eles fizeram, sofre o que Heidegger chamou de "recaída na metafísica". Nesse momento, o indivíduo afirma que nenhuma das descrições que se aplicavam aos predecessores aplica-se a ele – que está separado deles por um abismo. Age como se a redescrição dos predecessores o pusesse em contato com um poder diferente dele – algo maiúsculo: Ser, Verdade, História, Saber Absoluto ou Vontade de Poder. Foi o que Heidegger quis dizer ao chamar Nietzsche de "um mero platônico às avessas". A mesma ânsia de filiação a alguém maior que levara Platão a reificar o "Ser" levou Nietzsche a tentar filiar-se ao "Devir" e ao "Poder".

Proust não teve essa tentação. No fim da vida, viu-se como alguém que olhava para trás por um eixo temporal, vendo as cores, os sons, as coisas e as pessoas se encaixarem em seus lugares, pela perspectiva de sua própria descrição mais recente deles. Não se viu como olhando de cima para baixo para a seqüência de eventos temporais, como tendo ascendido de uma forma de descrição em perspectiva para uma forma não perspectivista. A *theoria* não fazia parte de sua ambição; ele era um perspectivista que não tinha que se preocupar em saber se o perspectivismo era uma teoria verdadeira. Assim, a lição que extraio do exemplo de Proust é que os romances são um meio mais seguro do que a teoria para expressar o reconhecimento que se tem da relatividade e da contingência das figuras de autoridade. É que, em geral, os romances concernem a pessoas – coisas que, ao contrário das idéias gerais e dos vocabulários finais, são evidentemente limitadas pelo tempo, inseridas numa rede de contingências. Uma vez que os personagens dos romances envelhecem e morrem – uma vez que obviamente compartilham a finitude dos livros em que aparecem –, não nos sentimos tentados a achar que, por adotar uma atitude em relação a eles, adotamos uma atitude em relação a todos os tipos *possíveis* de pessoas. Em contraste, os livros que se referem a idéias, mesmo quando escritos por historicistas como Hegel e Nietzsche, assemelham-se a descrições de relações eternas entre objetos eternos, em vez de descrições genealógicas da filiação de vocabulários finais, que mostram que tais vocabulários foram gerados por acasalamentos ao acaso, por um quem-esbarrou-em-quem[8].

O contraste que venho traçando entre Proust e Nietzsche levanta o problema central que Heidegger procurou resolver, isto é, como podemos escrever uma narrativa histórica sobre a metafísica – sobre tentativas sucessivas de descobrir uma redescrição do passado que o futuro não possa redescrever – sem que nós mesmos nos tornemos metafísicos. Como podemos fazer uma narrativa histórica que termine em nós mesmos, sem parecermos tão ridículos quanto Hegel se fez parecer? Como pode alguém ser um teórico – escrever uma narrativa de idéias, e não de pessoas – que não aspire a uma sublimidade que sua própria narrativa exclui?

Embora Nietzsche fale muito de um "novo dia", uma "nova maneira", uma "nova alma", um "novo Homem", sua ânsia de romper os limites impostos pelo passado é mitigada, às vezes, por sua consciência tristonha da mancada de Hegel e, em linhas mais gerais, por seu senso das desvantagens do excesso de consciência histórica para a vida. Nietzsche se dá conta de que quem quer criar a si mesmo não pode se dar ao luxo de ser apolíneo demais. Em particular, não pode imitar a tentativa kantiana de inspecionar de cima todo o campo das possibilidades. É que a idéia de um "campo de possibilidades" fixo e inalterável é difícil de combinar com a idéia de que é possível, por esforço próprio, ampliar esse campo – não simplesmente assumir um lugar num esquema predeterminado, mas modificar o esquema. O teórico ironista é apanhado num dilema entre dizer que materializou a última possibilidade que restava em aberto e dizer que criou não só uma nova materialidade, porém novas possibilidades. As exi-

8 Existem, é claro, romances como o *Dr. Fausto*, de Thomas Mann, em que os personagens são simples generalidades enfatiotadas. Por si só, a forma do romance não pode *garantir* uma percepção da contingência. Só torna um pouco mais difícil evitar essa percepção.

gências da teoria requerem que diga a primeira dessas coisas; as exigências da autocriação, que diga a segunda.

Nietzsche é um estudo perturbador e instrutivo sobre a tensão entre essas duas exigências – uma tensão que aparece na pressão exercida em seu ilimitado senso de humor pela tentativa de se ver historicamente inserido –, a tensão imposta a seu desejo de ser completamente novo por seu reconhecimento de que essa ambição já estava muito fora de moda; mas é Heidegger, desprovido de senso de humor, a figura que mais nos diz sobre essa tensão. Ele foi muito mais consciente e explícito quanto ao dilema que acabei de enunciar do que Hegel ou Nietzsche e, a rigor, obcecou-se com ele. Não é grande exagero dizer que, aos poucos, durante a década de 1930, a resolução desse dilema tornou-se a preocupação central de Heidegger.

Em meados da década de 1920, com muito desembaraço, Heidegger ainda era capaz de projetar seu problema de como ser um teórico ironista em algo grandioso (o *Dasein*), identificando a "culpa" (num sentido "ontológico" profundo) com o fato de o sujeito não haver criado a si mesmo. "O *Dasein* como tal é culpado", diz-nos ele. O *Dasein* é continuamente perseguido pelo "chamado da consciência", que lhe recorda que ele é "perseguido" por sua própria estranheza [*Unheimlichkeit*], a estranheza que é "a forma básica do ser-no-mundo, ainda que seja cotidianamente encoberta"[9]. A autenticidade é o reconhecimento dessa

9 Cf. *Sein und Zeit*, 15. ed. (Tübingen, Max Nieweyer, 1979), p. 285, quanto ao "*Das Dasein als soche ist schuldig*". Cf. a p. 277 quanto à afirmação de que "*Unheimlichkeit ist die obzwar alltäglich verdeckte Grundart des In-der-Welt-seins*", e a p. 274 quanto ao "*Ruf des Gewissens*" (que reaparece no Heidegger posterior como *Stimme des Seins* [a voz do ser]). As páginas equivalentes, na tradução de MacQuarrie e Robinson (*Being and time*, Nova York, Harper and Row, 1962), são, respectivamente, 331, 332 e 319. Para uma boa discussão dessas seções de *Ser e tempo*, cf. John Richardson, *Existential epistemology* (Oxford, Oxford University Press, 1986), pp. 128-35. Diz Richardson (p. 132): "A impossibilidade de uma autocriação completa, no sentido de que nunca podemos ser a 'causa de nós mesmos', é a primeira nulidade [*Nichtigkeit*, termo heideggeriano que designa a falta que nos torna culpados] do que Heidegger chama de 'culpa'".

estranheza. Só é alcançada pelos que percebem terem sido "lançados" – descobrem que não podem (*ainda* não, pelo menos) dizer ao passado: "Assim eu o quis."

Para Heidegger – jovem e velho –, o sujeito são as práticas em que ele se engaja e, em especial, a língua, o vocabulário final que ele usa. Esse vocabulário determina o que ele pode assumir como um projeto possível. Portanto, dizer que o *Dasein* é culpado é dizer que ele fala a linguagem de um outro e, portanto, vive num mundo que nunca criou – um mundo que, justamente por isso, não é seu *Heim* [seu lar, sua casa]. Ele é culpado porque seu vocabulário final é apenas algo em que ele foi lançado – a linguagem que sucedeu ser falada pelas pessoas em meio às quais ele cresceu. A maioria das pessoas não se sentiria culpada por isso, mas assim se *sentem* as pessoas com os dons e ambições compartilhados por Hegel, Proust e Heidegger. Portanto, a resposta mais simples à pergunta "Que pretende dizer Heidegger com a palavra *Dasein*?" é: "pessoas como ele" – pessoas incapazes de suportar a idéia de não serem suas próprias criações. Trata-se das pessoas que compreendem de imediato a exclamação de Blake: "Tenho de criar um sistema, ou ser escravizado pelo de outro homem"[10]. Ou, em termos mais exatos, tais pessoas são um "*Dasein autêntico*" – um *Dasein* que sabe que é *Dasein*, que está apenas *contingentemente* onde está, falando como fala.

Quando escreveu *Ser e tempo*, Heidegger parece haver pensado seriamente que estava realizando um projeto transcendental, ou seja, fornecendo uma lista exata das condições "ontológicas" de possibilidade de estados meramente "ônticos". Parece haver acreditado sinceramente que os estados mentais e os projetos de vida comuns dos não-intelectuais "baseavam-se" na capacidade

10 *Jerusalem*, lâmina 10, verso 20. O verso seguinte diz: "Não farei ponderações e comparações; minha tarefa é criar".

de certas pessoas, como ele e Blake, de terem angústias e projetos extraordinariamente diferentes. (Ele nos diz com seriedade, por exemplo, que a "culpa", tal como definida acima, é uma condição da possibilidade, por exemplo, de nos sentirmos culpados por ainda não termos pago uma dívida monetária.) Assim como Kant nunca parece haver se perguntado, dadas as restrições à cognição humana discernidas em *Crítica da razão pura*, como era possível assumir o "ponto de vista transcendental" a partir do qual esse livro teria sido escrito, o Heidegger dessa fase nunca examinou a questão da auto-referência metodológica. Nunca se perguntou como o tipo de "ontologia" que estava empenhado em produzir, dadas as suas próprias conclusões, era possível.

Ao assinalar essa desinibição inicial, não pretendo denegrir esse livro de Heidegger (um texto sem coerência interna, escrito às pressas e brilhantemente original). Afinal, ele não foi o primeiro filósofo a tomar sua situação espiritual idiossincrática pela essência do que era ser um ser humano. (O primeiro caso claro de um filósofo que o fez foi o de Platão, o primeiro filósofo ocidental cuja obra foi preservada.) Assinalo, antes, que havia excelentes razões, no decorrer da década de 1930, para que Heidegger parasse de usar as palavras *Dasein*, "ontologia" e "fenomenologia", e parasse de falar nas "condições de possibilidade" de várias emoções e situações conhecidas. Ele tinha excelentes razões para parar de falar como se seu sujeito fosse algo como "o tipo de coisa que todos os seres humanos realmente são, no fundo", e começasse a falar explicitamente do que de fato o incomodava: sua dívida privada específica com certos filósofos do passado, seu medo de que os vocabulários deles o houvessem escravizado, e seu pavor de jamais conseguir criar a si mesmo.

Desde a época em que passou a se preocupar com Nietzsche (que mal é mencionado em *Ser e tempo*) até sua morte, Heidegger concentrou-se em uma pergunta: "Como posso não ser mais um metafísico, mais uma nota de rodapé de Platão?". A primeira resposta que deu a essa pergunta foi mudar sua descrição daquilo que ele queria escrever, passando da "ontologia fenomenológica" para "a história do Ser" – a história de algumas dezenas de pensadores, pessoas que haviam criado a si mesmas, e das conseqüentes eras do mundo, incorporando uma nova "compreensão do Ser" (*Seinsverständnis*). Todos esses pensadores eram metafísicos, na medida em que todos invocavam alguma forma da distinção grega entre aparência e realidade. Todos se imaginavam aproximando-se mais de algo (o Real) que já os esperava. Até Nietzsche, tratado (como Heidegger insistia em tratá-lo) como teórico da vontade de poder como realidade suprema, era metafísico – talvez "o último dos metafísicos", por ser aquele que fizera a única transformação restante de Platão: invertê-lo, para fazer com que o Real consistisse no que Platão havia identificado como a Aparência[11].

11 Habermas considera que a passagem da "ontologia fenomenológica" para a "história do Ser" resultou do envolvimento de Heidegger com os nazistas. Em *O discurso filosófico da modernidade*, diz ele: "Desconfio de que Heidegger só conseguiu encontrar o caminho para a *Ursprungsphilosophie* temporalizada do período posterior por meio de sua identificação temporária com o Movimento Nacional-Socialista – cuja veracidade e grandeza internas ele continuava a atestar em 1935" (*The philosophical discourse of modernity*, p. 155). Mais adiante, ele diz que Heidegger quis imputar a culpa de sua cegueira ante a natureza do movimento nazista a "uma história sublimada, promovida aos píncaros altaneiros da ontologia. Assim nasceu o conceito de história do Ser" (p. 159). Entretanto, grande parte do relato feito por Heidegger no fim da década de 1930 e na década de 1940 sobre a história do Ser fora prefigurada em 1927, em suas conferências sobre "Os problemas fundamentais da fenomenologia", e é presumível que esse relato constituísse a segunda parte de *Ser e tempo*, se algum dia o livro tivesse sido concluído. Ainda que os nazistas não houvessem chegado ao poder e que Heidegger nunca tivesse sonhado em se tornar a eminência parda de Hitler, desconfio que essa "transição" teria ocorrido.
Um aspecto importante da história do Ser que *não* está presente na década de 1920 é a afirmação de que ela "esgota suas possibilidades" em Nietzsche. Assim, meu palpite é que os detalhes cruciais da "história sublimada, promovida

Essa redescrição do passado, e de Nietzsche em particular – essa descrição do Ocidente como o lugar em que o platonismo se inverteu a acabou virando vontade de poder –, permitiu a Heidegger ver-se como um novo tipo de pensador. Ele não queria ser metafísico nem ironista, mas combinar as vantagens das duas coisas. Passou grande parte do tempo dando ao termo "metafísica" o sentido pejorativo que Derrida captou nele e popularizou – o sentido que venho empregando neste livro –, mas também passou muito tempo desdenhando a frivolidade esteticista e pragmatista dos ironistas. Pensava nestes como conversadores meio diletantes, a quem faltava a suma seriedade dos grandes metafísicos – a relação especial destes com o Ser. Como roceiro da Schwarzwald [Floresta Negra], ele nutria uma antipatia arraigada pelas sumidades cosmopolitas do norte da Alemanha. Como filósofo, via a ascensão dos intelectuais ironistas – muitos deles judeus – como um sintoma da degeneração do que chamava de "era da imagem do mundo". Julgava a cultura ironista do século XX, a cultura superior em que Proust e Freud eram figuras centrais, como a mera presunção não pensante de um niilismo pós-metafísico. Assim, queria encontrar um modo de não ser

aos píncaros altaneiros da ontologia" fixaram-se não no dia em que Heidegger se perguntou "Como parecerei aos olhos da história em meu uniforme nazista?", mas no dia em que se perguntou "Será que a história me verá como apenas mais um discípulo de Nietzsche?". Habermas decerto tem razão em dizer que Heidegger precisava encontrar uma desculpa final para seu nazismo e que entremeou uma auto-exculpação (totalmente não convincente) na história que passou a contar. A meu ver, porém, trata-se de uma história que ele teria escrito de qualquer modo, mesmo que tivesse menos de que se desculpar.

Quanto à questão geral da relação entre o pensamento de Heidegger e seu nazismo, não estou convencido de que haja muito a dizer, exceto que sucedeu a um dos pensadores mais originais do século ser um belo mau-caráter. Ele era um homem capaz de trair seus colegas judeus em nome de sua ambição e depois conseguir esquecer o que tinha feito, mas, se adotarmos a visão do eu como desprovido de centro, tal como a expus no capítulo 2, estaremos aptos a considerar contingente a relação entre as virtudes intelectuais e morais e a relação entre os livros de um autor e outras partes de sua vida.

metafísico nem esteticista. Queria ver a metafísica como o destino verdadeiro e fatídico da Europa, em vez de simplesmente descartá-la (como fizeram Proust e Freud), mas também queria insistir em que a metafísica e, portanto, a Europa, estavam acabadas, pois – agora que Platão sofrera uma inversão completa – a metafísica tinha esgotado suas possibilidades.

Para Heidegger, essa tarefa se apresentava como a tarefa de como trabalhar dentro de um vocabulário final e, ao mesmo tempo, de algum modo "pôr entre parênteses" esse vocabulário – manter a seriedade de sua finalidade, mas deixando-o expressar sua própria contingência. Ele queria construir um vocabulário que se desarticulasse constantemente e que constantemente se levasse a sério. O perspectivismo de Hegel e Nietzsche havia conduzido a esse problema, mas Hegel o tinha evitado, falando como se o Saber Absoluto estivesse logo ali na esquina, e como se a linguagem fosse apenas uma "mediação" dispensável, que a união final entre Sujeito e Objeto superaria. Nietzsche, por sua vez, tinha nos tapeado com a sugestão de que, de algum modo, o super-homem se arranjaria sem *nenhum* vocabulário. Nietzsche sugeriu vagamente que, na parábola de Zaratustra, a criança que sucede o leão (o qual, por sua vez, sucedeu o camelo) terá, de algum modo, todas as vantagens do pensamento, sem nenhuma das desvantagens de falar determinada língua.

Heidegger, justiça seja feita, não evitou o problema; não abandonou o nominalismo em favor da inefabilidade não-lingüística, quando a situação ficou precária. Em vez disso, fez uma sugestão ousada e chocante do que poderia ser a filosofia numa era ironista. Há em *Ser e tempo* uma frase que, a meu ver, descreve sua ambição antes e depois da *Kehre* [virada]: "A tarefa suprema da filosofia é preservar a *força das palavras mais elementares* em que o *Dasein* se expressa, e impedir que a compreensão comum as nivele com a ininteligibilidade que funciona [...] como fonte de pseudoproblemas" (*Being and time*, p. 262).

O primeiro conjunto de candidatos oferecidos por Heidegger como "palavras mais elementares" foram termos como *Dasein*, *Sorge* [zelo, cuidado] e *Befindlichkeit* [disposição ou sintonia afetiva], nos novos usos que ele lhes atribuiu ao escrever *Ser e tempo*. Durante a *Kehre*, no decorrer de (o que imagino ter sido) seu reconhecimento gradual de que o jargão desse livro, assim como suas pretensões transcendentais, faziam dele um alvo tentador da ridicularização kierkegaardiana e nietzschiana, Heidegger propôs um segundo conjunto de candidatos: as palavras emblemáticas usadas pelos grandes metafísicos mortos – termos como *noein*, *physis* e *substantia*, redefinidos por ele a fim de se ajustarem a seu propósito de mostrar que todos esses metafísicos, a despeito das aparências, haviam tentado expressar o sentimento da finitude do *Dasein*[12]. Os dois conjuntos de palavras embutem a ironia – supostamente, todas expressariam o sentimento do *Dasein* autêntico a respeito de si mesmo como incapaz de se arranjar sem um vocabulário final, embora tendo consciência de que nenhum

12 A aplicação do que Heidegger – no que talvez tenha sido um raro momento de pesar bem-humorado – chamou de "método heideggeriano forçado e unilateral de exegese" (*Introduction to Metaphysics*, trad. Ralph Mannheim, New Haven, Connecticut, Yale University Press, 1959, p. 176) resulta sempre na percepção de que o grande filósofo (ou poeta) cujo texto está em exame havia antecipado *Ser e tempo*. O texto sempre frisa que o *Sein* e o *Dasein* se interligam, que o Ser não é algo distante e infinito, mas algo que "só está ali enquanto o *Dasein* está" (cf. *Sein und Zeit*, p. 212: "*Allerdings nur solange Dasein* ist, *das heisst die ontische Möglichkeit von Seinsverständnis, 'gibt es' Sein*"; comparar com *Introduction to Metaphysics*, p. 139, onde se afirma que essa é a questão central do Fragmento 8 de Parmênides).
Por um lado, Heidegger queria dizer que ele e Parmênides (colegas do clube dos Pensadores) trabalhavam seguindo a mesma linha: "Nos próprios primórdios da filosofia ocidental, ficou patente que a questão do ser abarca necessariamente os fundamentos do ser-aí" (*Introduction to Metaphysics*, p. 174). Por outro, ele queria dizer que o próprio Ser se modificara desde a época de Parmênides, em decorrência do crescente *Seinsvergessenheit* [esquecimento do Ser]. Heidegger teve dificuldade para combinar as duas afirmações.

vocabulário podia permanecer final: seu sentimento de sua "metaestabilidade". "*Dasein*" era, por assim dizer, o nome que Heidegger dava ao ironista, mas, em sua fase posterior, essa palavra foi substituída por "Europa" ou "o Ocidente" – personificações do lugar em que o Ser cumpria um destino que acabava no ironismo. Para o Heidegger maduro, falar de ironismo era falar do penúltimo estágio na história da Europa, o estágio imediatamente anterior a ele, e do qual ele fez Nietzsche um símbolo – o estágio em que "o mundo se transforma em visão", à medida que os intelectuais (e, aos poucos, todas as outras pessoas) percebem que qualquer coisa pode ser levada a parecer boa ou má, interessante ou tediosa, ao ser recontextualizada, redescrita[13].

Na leitura que faço dele, todas as "palavras mais elementares" de Heidegger destinam-se a expressar a difícil situação do teórico ironista – a tensão que Nietzsche e Hegel sentiram, mas descartaram, e que Heidegger encarou com toda a seriedade. Todas essas palavras encerram a dificuldade de ser teórico e ironista ao mesmo tempo. Portanto, Heidegger escrevia sobre si mesmo, sobre seus próprios apuros, quando dizia estar escrevendo sobre os de outro – a "Europa". O que liga o Heidegger jovem ao maduro é a esperança de encontrar um vocabulário que

13 Cf. "The age of the world picture", em *The question concerning technology and other essays* (trad. William Lovitt, Nova York, Harper and Row, 1977), e especialmente a p. 129: "Assim, a imagem de mundo, compreendida em sua essência, não significa uma imagem do mundo, mas o mundo concebido e apreendido como imagem. Aquilo que é, em sua íntegra, é hoje entendido de tal maneira que primeiro é ao ser, e só é ao ser na medida em que é montado pelo Homem, que representa e expõe". Se esquecermos o Ser, como faço eu, e pensarmos que tudo que há são os seres, essa visão "humanista" – que o próprio Heidegger desprezava – será o que se entende pela afirmação heideggeriana de que "a linguagem fala o homem" e por sua exaltação do "poético" como aquilo que "abre mundos". Os três primeiros capítulos deste livro, e especialmente o enaltecimento do "poeta" no capítulo 3, são uma tentativa de discorrer sobre a idéia de "mundo como imagem" que Heidegger apresenta em seu ensaio, mas, tal como Derrida, quero virar Heidegger de cabeça para baixo – valorizar o que ele abominava.

o mantenha autêntico – que barre qualquer tentativa de se filiar a um poder superior, de chegar a um *ktêma eis aiei*, de fugir do tempo para a eternidade. Ele quer palavras que não possam ser "niveladas", que não possam ser usadas como se fizessem parte do vocabulário final "correto". Quer um vocabulário final que se consuma e se renove continuamente – palavras que deixem claro que *não são* representações da essência real, *não são* maneiras de entrar em contato com um poder superior, não são instrumento de poder nem meios para chegar a fins, nem tampouco tentativas de fugir da responsabilidade de autocriação do *Dasein*. Heidegger quer palavras que, por assim dizer, façam o trabalho por ele – que o aliviem da tensão que sente, tomando a si essa tensão. Por isso, ele tem que adotar uma visão da linguagem que seja não apenas antiwittgensteiniana, mas também antilockiana, uma visão pouco familiar, desde que a especulação sobre uma linguagem "adâmica" desapareceu gradativamente no século XVII. Para Heidegger, a verdade filosófica depende da própria escolha dos *fonemas*, do próprio *som* das palavras[14].

14 Isso transparece com extrema clareza na insistência heideggeriana na audição – uma insistência com que muito se importou Derrida, que inverte Heidegger, insistindo na "prioridade da escrita", mas atentando para as formas das palavras escritas do mesmo modo que Heidegger atentou para os sons das que eram faladas. Cf., por exemplo, o ensaio heideggeriano sobre "A natureza da linguagem", que contém trechos como: "Quando a palavra é chamada [por Hölderlin] de flor e floração da boca, ouvimos o som da linguagem erguer-se como a terra. De onde? Do Dizer em que sucede ao Mundo ser levado a aparecer. O som ecoa no sonoro toque de reunir que, abrindo-se para o Aberto, faz o Mundo aparecer em todas as coisas" (*On the way to language*, p. 101).
Quando Heidegger afirma que "o alemão e o grego são as duas línguas filosóficas" e que o grego "é a única língua que é o que diz", entendo que pretende afirmar que a filosofia é intraduzível, no sentido como dizem sê-lo a poesia – o sentido de que o *som* é importante. A menos que seja essa a sua idéia, seu interminável jogo de palavras, com sua invocação de termos alemães arcaicos, não faz sentido. (Cf., por exemplo, a discussão de *war*, *wahr* e *wahren* em *Early Greek thinking*, trad. David Krell e Frank Capuzzi, Nova York, Harper and Row, 1975, p. 36.) A questão da etimologia não interessa a Heidegger, e ele descarta as acusações de haver trabalhado com etimologias falsas. Só o que lhe interessa são as *ressonâncias*: as histórias causais que produziram ou deixaram de produzir essas ressonâncias são irrelevantes.

É fácil tomar essa visão por uma *reductio ad absurdum* do projeto heideggeriano, mas seus atrativos tornam-se visíveis ao percebermos a dificuldade do problema que Heidegger se impôs: o de como superar, situar e pôr de lado toda a teoria passada, sem teorizar. Em seu próprio jargão, isso dá a impressão de ser o problema de falar do Ser sem falar do que todos os seres têm em comum. (Falar desta última forma, na definição de Heidegger, é a essência da metafísica.) O problema de saber se seu próprio jargão, supostamente não teórico, é tão diferente assim do jargão confessadamente teórico de outras pessoas surge, para Heidegger, como o problema de como "tocar na natureza da linguagem sem machucá-la"[15]. Mais especificamente, trata-se do problema de como manter os "sinais e gestos" [*Winke und Gebärden*] distintos dos "signos e cifras" [*Zeichen und Chiffren*] da metafísica: por exemplo, como impedir que a expressão "casa do Ser" (uma das descrições heideggerianas da linguagem) seja tomada como uma "simples imagem apressada que nos ajuda a imaginar o que quisermos"[16]. A

Heidegger quer que o pensamento seja "poetizado" e que nos apercebamos de que, "em sentido estrito, é a linguagem que fala. O Homem fala pela primeira vez quando e somente quando responde à linguagem, ao ouvir seu apelo" (*Poetry, language, thinking*, trad. Albert Hofstadter, Nova York, Harper and Row, 1971, p. 216), mas ele nunca nos diz nada muito esclarecedor sobre a relação entre poetas e pensadores – sobre por que, por exemplo, Sófocles e Hölderlin figuram como poetas, e Parmênides e ele, como pensadores. Sua inveja de Hölderlin é quase palpável, mas Heidegger não se dispõe a competir com ele. Tão logo declara que "pensamos a mesma coisa que Hölderlin diz sob forma poética", sente necessidade de inserir um intrigante parágrafo que dá o dito pelo não dito, e que afirma, por exemplo: "A poesia e o pensar só se encontram como um e o mesmo quando e somente enquanto se mantêm nitidamente na distinção de suas naturezas" (idem, p. 218).
Heidegger não queria ser visto como um "poeta fracassado", assim como não queria ser tomado pelo professor que traduziu Nietzsche para o jargão acadêmico, mas a primeira dessas descrições nos ocorre prontamente ao lermos o que ele escreveu depois da guerra, tal como nos ocorre a segunda ao lermos certas partes de *Ser e tempo*.

15 *On the way to language*, p. 22.

16 Idem, p. 26.

única solução para tais problemas é: não ponha as palavras de Heidegger em nenhum contexto, não as trate como peças móveis de um jogo, nem como instrumentos, nem como pertinentes a nenhuma questão, exceto as do próprio Heidegger. Em suma, dê às palavras dele o privilégio que você concede a um poema de que gosta demais para tratá-lo como objeto de "crítica literária" – um poema que você recita, mas que (por medo de feri-lo) não relaciona com nenhuma outra coisa.

Somente se tiverem importância os fonemas, os sons, é que esse apelo fará sentido. Isso porque, se não forem importantes, estaremos livres para tratar as palavras de Heidegger – os fragmentos de vocabulário final que ele desenvolveu para si – como fichas de um jogo de linguagem em que outras pessoas além dele podem entrar. Poderíamos até tratar expressões como *Haus des Seins* [casa do Ser] da forma contextualista com que Saussure e Wittgenstein nos familiarizaram, como um instrumento mais ou menos útil para um objetivo que é externo ao termo em si, mas, se o fizermos, acabaremos sendo levados de volta às perguntas "de que adianta jogar esse jogo?" e "a que fim serve esse vocabulário final?". A única resposta disponível para as duas parece ser a que foi dada por Nietzsche: ele aumenta nosso poder; ajuda-nos a obter o que decidimos previamente que queríamos[17].

Heidegger acha que, se quisermos evitar justamente essa identificação da verdade com o poder – evitar o tipo de humanismo e pragmatismo defendidos neste livro, formas de pensamento que ele considerava as versões mais degradadas do niilismo em que culmina a metafísica –, teremos de dizer que

17 Heidegger considera que essa visão da linguagem tornou-se inevitável depois que Platão distinguiu "significado" de "veículo sensorial do significado". Essa inevitabilidade faz parte da inevitabilidade maior que ele discerne na progressão de Platão a Nietzsche – a deliqüescência predestinada da distinção aparência/realidade na distinção "seu poder *versus* meu poder".

os vocabulários finais não são apenas meios para atingir fins, mas, a rigor, casas do Ser. Essa afirmação, no entanto, exige que ele poetize a linguagem filosófica, deixando que os fonemas tenham importância, e não apenas os usos que lhes são dados.

Quase todas as objeções contemporâneas às concepções wittgensteinianas da linguagem e às visões pragmáticas da verdade provêm de filósofos "realistas" (como Wilfrid Sellars e Bernard Williams), que afirmam que a ciência física tem privilégio sobre outras partes do discurso. Para Heidegger, isso apreende as coisas exatamente da forma errada. A seu ver, o pragmatismo, Wittgenstein e a ciência física se merecem. Para ele, é a poesia, e não a física, que mostra a inadequação de uma explicação da linguagem como um jogo de linguagem. Consideremos um de seus exemplos do que não pode ser parafraseado, a ocorrência da palavra *ist* no verso de Goethe "*Über allen Gipfeln, ist Ruh*"[18]. Parece haver algo errado na tentativa de interpretar esse *ist* como um instrumento para chegar a um fim. Ele pode ser interpretado dessa maneira, é claro, e Heidegger não nos dá nenhum argumento sobre por que não deva sê-lo, mas quer que consideremos uma pergunta: "Dado que *parece* haver algo errado em interpretá-lo dessa maneira, qual teria que ser a linguagem, se *houvesse* algo errado?". Sua resposta é que teria de haver certas "palavras elementares" – palavras dotadas de uma "força" distinta de sua utilização pelo que ele chama de "a compreensão comum". A compreensão comum é o que é captado por uma teoria dos jogos de linguagem, mas a *força* é aquilo que a idéia de "casa do Ser" deve ajudar-nos a captar. Se nenhuma palavra tivesse força, não haveria necessidade da filosofia como tentativa de preservar essa força.

18 *Introduction to Metaphysics*, p. 90.

Essa explicação do que Heidegger pretendia dizer com a expressão "a tarefa suprema da filosofia" levanta uma questão óbvia: "Como é que Heidegger conhece uma palavra elementar quando a vê, uma palavra dotada de força, e não apenas de uso?". Se ele é tão finito, tão limitado pelo tempo e pelo espaço quanto o resto de nós, como pode afirmar-se capaz de reconhecer uma palavra elementar ao ouvi-la, sem se retransformar num metafísico? Podemos ter uma pista de sua resposta a partir de um verso de um dos poucos poemas que ele publicou (embora tenha escrito muitos, ao que parece): "O poema do Ser – o Homem – mal começou". Heidegger pensa no Homem – ou melhor, no homem europeu – como a pessoa cuja vida foi passada na transição de certos vocabulários finais para outros. Portanto, se você quiser captar as palavras elementares, escreva um *Bildungsroman* [romance de formação] sobre um personagem chamado "Europa", tentando identificar as transições cruciais na vida dele. Pense em Heidegger como alguém que faz com o "poema do Ser" o que um crítico tentaria fazer com a "poesia em inglês". Um crítico suficientemente ambicioso, como Bloom, interpreta um cânone não apenas de poetas, mas também de poemas e versos dentro de poemas, na tentativa de identificar quais versos de quais poemas abriram ou fecharam alternativas para os poetas que vieram depois. Os versos "mais elementares" da poesia inglesa são aqueles que determinam a posição histórica em que se encontra um poeta do século XX que escreva em inglês: são a casa em que ele mora, não as ferramentas que utiliza. Um crítico dessa natureza escreverá um *Bildungsroman* sobre como a poesia inglesa veio a ser o que é hoje. Heidegger escreve um *Bildungsroman*, em suas palavras, sobre "o que o Ser é hoje"[19]. Procura identificar os filósofos

19 A diferença é que um crítico como Bloom mantém sua distinção da figura que ele interpreta, ao passo que Heidegger tenta fundir-se com ela.

e as palavras que foram decisivos para levar a Europa ao ponto em que ela está. Quer dar-nos uma genealogia de vocabulários finais que nos mostre por que usamos atualmente o vocabulário final que usamos, contando-nos uma história dos teóricos (Heráclito, Aristóteles, Descartes etc.) que devemos percorrer, em vez de contornar, mas o critério de escolha das figuras a serem discutidas e das palavras elementares a serem isoladas não é que os filósofos ou as palavras sejam autoridades sobre algo diferente deles mesmos – sobre o Ser, por exemplo. Eles não são reveladores de nada senão nós mesmos – nós, os ironistas do século XX. Revelam-nos porque nos *fizeram*. "As palavras mais elementares em que o *Dasein* se expressa" não são "as mais elementares" no sentido de estarem mais perto do que as coisas são em si, mas apenas no sentido de estarem mais perto de *nós*.

Posso resumir minha descrição de Heidegger dizendo que ele esperava evitar a recaída de Nietzsche da ironia na metafísica, sua rendição final a seu desejo de poder, dando-nos uma *ladainha*, em vez de uma narrativa. Heidegger compreendeu perfeitamente o problema hegeliano e nietzschiano de como terminar sua narrativa e, já no fim da vida, esperou ter evitado a armadilha em que eles haviam caído, tratando sua narrativa da história do Ser como uma mera escada que podia ser jogada fora, um mero artifício para nos chamar a atenção para as "palavras elementares". Queria ajudar-nos a ouvir as palavras que fizeram de nós o que somos. Devíamos ouvi-las, acabou decidindo, não para superar coisa alguma – por exemplo, a "ontologia ocidental", ou nós mesmos –, mas em nome da *Gelassenheit* [serenidade], da capacidade de *não* buscar o poder, da capacidade de *não* querer superar[20].

---

20 Cf. o trecho de *Ser e tempo* citado na nota 1 deste capítulo.

As analogias entre a tentativa heideggeriana assim descrita e a tentativa proustiana, tal como a descrevi anteriormente, são bastante óbvias. O esforço de Proust para privar de autoridade o conceito de autoridade, redescrevendo todas as autoridades possíveis como semelhantes sofredores, encontra um paralelo na tentativa heideggeriana de simplesmente ouvir as ressonâncias das palavras dos metafísicos, em vez de usá-las como instrumentos. Sua descrição do que ele estava fazendo como um *andenkendes Denken* – um pensar rememorativo – torna ainda mais fácil a analogia com Proust. Um e outro achavam que, se a memória pudesse resgatar o que nos havia criado, esse próprio resgate equivaleria a nos tornarmos aquilo que éramos.

Depois de traçar essa analogia, posso agora explicar o que há de errado nela, por que considero que Heidegger falhou onde Proust logrou êxito. Proust logrou êxito porque não tinha ambições públicas – nenhuma razão para crer que o som do nome "Guermantes" tivesse algum significado para outra pessoa que não seu narrador. Se hoje esse mesmo nome efetivamente tem ressonância para uma porção de gente, é apenas porque a leitura do romance proustiano tornou-se, para essas pessoas, o mesmo tipo de coisa que a caminhada *à côté de Guermantes* havia se tornado para Marcel – uma experiência que elas precisavam redescrever, com isso mesclando-a a outras experiências, se quisessem lograr êxito em seus projetos de autocriação. Heidegger, porém, julgava conhecer palavras que tinham ou deviam ter ressonância para *todas as pessoas* da Europa moderna, palavras que eram relevantes não só para o destino das pessoas que porventura lessem muitos livros de filosofia, mas também para o destino público do Ocidente. Não conseguia acreditar que palavras que tinham tamanho significado para ele – como "Aristóteles", *physis*, "Parmênides", *noein*, "Descartes" e *substantia* – fossem apenas seus próprios equivalentes privados de "Guermantes", "Combray" e "Gilberte".

Na verdade, porém, isso é tudo o que eram. Heidegger foi a maior imaginação teórica de sua época (fora das ciências naturais); alcançou a sublimidade que buscava, mas isso não impede que seja totalmente inútil para as pessoas que não partilham de suas associações. Para pessoas como eu, que as compartilho, ele é uma figura exemplar, gigantesca, inesquecível. Ler Heidegger tornou-se uma das experiências com que é preciso nos havermos, para redescrevê-la e misturá-la com o resto de nossas experiências, a fim de ter sucesso em nossos projetos de autocriação, mas Heidegger não tem nenhuma utilidade pública geral. Para aqueles que nunca leram, ou leram e meramente se divertiram com as tentativas de metafísicos como Platão e Kant de se filiarem a um poder anistórico, a teoria ironista parece uma reação absurdamente exagerada a uma ameaça vazia. Tais pessoas acharão que o *andenkendes Denken* heideggeriano é um projeto tão pouco urgente quanto a tentativa do Tio Toby de construir um modelo das fortificações de Namur[1].

Heidegger julgou que podia, em virtude de sua familiaridade com certos livros, pegar algumas palavras que seriam, para todos os europeus contemporâneos, o que tinha sido para Marcel sua ladainha de recordações. Não podia. Não existe tal lista de palavras elementares, uma ladainha universal. A elementaridade das palavras elementares, no sentido heideggeriano de "elementar", é um assunto privado e idiossincrático. A lista dos livros lidos por Heidegger é tão pouco central para a Europa e seu destino quanto uma porção de outras listas de uma porção

* Alusão ao romance *A vida e as opiniões do cavaleiro Tristram Shandy*, de Laurence Sterne (tradução, introdução e notas de José Paulo Paes, Rio de Janeiro, Nova Fronteira, 1984). (N. de T.)

de outros livros, e o conceito de "destino da Europa", de qualquer modo, é algo de que podemos prescindir. Esse tipo de dramaturgia historicista é apenas mais uma tentativa de rechaçar a idéia de mortalidade com idéias de filiação e encarnação[21].

Heidegger teve razão ao dizer que a poesia mostra o que a linguagem pode ser quando não é um meio para um fim, mas errou ao supor que poderia haver um poema universal - algo que combinasse os melhores traços da filosofia e da poesia, algo que ficasse além da metafísica e do ironismo. Os fonemas são importantes, sim, mas nenhum fonema importa para muitas pessoas por muito tempo. A definição heideggeriana do "Homem" como "poema do Ser" foi uma tentativa magnífica, porém infrutífera, de salvar a teoria através de sua poetização, mas nem o Homem em geral nem a Europa em particular têm um destino, e nenhum dos dois está para uma figura mais imponente que todas como está um poema para seu autor. E a teoria ironista não é mais do que uma das grandes tradições literárias da Europa moderna – comparável ao romance moderno, pela grandiosidade das realizações que a exemplificam, porém muito menos relevante para a política, a esperança social ou a solidariedade humana.

Quando Nietzsche e Heidegger se atêm a celebrar seus cânones pessoais, quando se atêm às pequenas coisas que mais tinham significado para eles, são tão magníficos quanto Proust.

21 Cf. Alan Megill, *Prophets of extremity* (Berkeley, University of California Press, 1985), p. 346: "A idéia de crise na história pressupõe o que ela se propõe destruir - a idéia da história como um processo contínuo, da história com H maiúsculo". A crítica de Megill ao que ele chama de "estetismo" de Heidegger é paralela a minha crítica da tentativa heideggeriana de chegar à sublimidade histórica. Megill define "estetismo" como "uma tentativa de trazer de volta ao pensamento e a nossa vida aquela forma de edificação, aquele redespertar do *ekstasis*, que ficou predominantemente restrito, na visão iluminista e pós-iluminista, ao âmbito da arte" (p. 342). Nesse sentido de "estetismo", meu esforço, neste livro (e sobretudo em meu esboço de uma utopia liberal, no capítulo 3), é sugerir que introduzamos essa tentativa em nossa vida privada, sem tentar introduzi-la na política.

São figuras que o resto de nós pode usar como exemplos e como material, em nossas próprias tentativas de criar um novo eu pela redação de um *Bildungsroman* sobre nosso antigo eu. No entanto, assim que qualquer deles tenta expor uma visão da sociedade moderna, ou do destino da Europa, ou da política contemporânea, torna-se insípido, na melhor das hipóteses, e sádico, na pior. Quando lemos Heidegger como um professor de filosofia que conseguiu transcender sua condição pessoal, usando os nomes e as palavras dos grandes metafísicos mortos como elementos de uma litania pessoal, ele é uma figura imensamente simpática. Porém, como filósofo de nossa vida pública, como comentarista da tecnologia e da política do século XX, ele é ressentido, mesquinho, preconceituoso, obsessivo e – no que tem ocasionalmente de pior (como em seu enaltecimento de Hitler, depois de os judeus serem expulsos da universidade) – cruel.

Essa afirmação repete uma sugestão que fiz no final do capítulo anterior: a de que a ironia tem pouca serventia pública, e de que a teoria ironista é, se não uma contradição, pelo menos tão diferente da teoria metafísica, que se torna impossível de julgar nos mesmos termos. A metafísica tinha a esperança de unir nossas vidas privada e pública, mostrando-nos que o autodescobrimento e a utilidade política podiam ser unidos. Ela esperava fornecer um vocabulário final que não se decompusesse em uma parte privada e uma parte pública. Esperava ser bela, numa pequena escala privada, e sublime, numa grande escala pública. A teoria ironista percorreu seu caminho na tentativa de chegar a essa mesma síntese, através da narrativa, em vez de um sistema. Porém a tentativa foi inviável.

Metafísicos como Platão e Marx julgaram poder mostrar-nos que, depois de a teoria filosófica nos levar das aparências para a realidade, estaríamos em melhores condições de ser úteis a nossos semelhantes humanos. Ambos esperavam que a cisão entre o público e o privado, a distinção entre o dever para consigo mesmo e o dever para com o outro, pudesse ser superada. O marxismo causou inveja a todos os movimentos intelectuais posteriores porque, por um momento, pareceu mostrar como sintetizar a criação de si mesmo com a responsabilidade social, o heroísmo pagão com o amor cristão, o desapego do contemplativo com o fervor do revolucionário.

Em minha visão da cultura ironista, tais opostos podem combinar-se numa vida, mas não ser sintetizados numa teoria. Devemos parar de procurar um sucessor do marxismo, uma teoria que funda a honradez com a sublimidade. Os ironistas devem reconciliar-se com a cisão entre o privado e o público em seus vocabulários finais, com o fato de que dirimir as dúvidas sobre o vocabulário final do sujeito nada tem a ver, em particular, com as tentativas de salvar outras pessoas do sofrimento e da humilhação. A coligação e a redescrição das pequenas coisas que são importantes para alguém – mesmo que essas pequenas coisas sejam livros de filosofia – não resultarão na compreensão de nada maior do que o próprio sujeito, nada que se pareça com a "Europa" ou a "História". Devemos parar de tentar combinar a autocriação com a política, especialmente se formos liberais. A parte do vocabulário final de um ironista liberal que tem a ver com a ação pública nunca será subsumida no restante de seu vocabulário final, nem tampouco o subsumirá. No capítulo 8, direi que o discurso político liberal faria bem em se manter tão ateórico e simples quanto parece (e como Orwell julgava que era), independentemente de quão sofisticado se torne o discurso da autocriação.

6

Da teoria ironista às alusões privadas: Derrida

Derrida está para Heidegger assim como Heidegger está para Nietzsche. Cada qual é o leitor mais inteligente e o crítico mais devastador de seu respectivo predecessor. Esse predecessor é a pessoa com quem cada um deles mais aprendeu e aquela a quem mais precisa ultrapassar. Derrida continua a pensar no problema que mais obcecou Heidegger: o de como combinar ironia e teorização, mas tem a vantagem de haver observado o fracasso de Heidegger, tal como Nietzsche e Heidegger tiveram a vantagem de observar o de Hegel.

Derrida aprendeu com Heidegger que os fonemas são importantes, mas percebeu que a ladainha heideggeriana é apenas a de Heidegger, não a do Ser ou da Europa. Seu problema passou a ser, como ele diz no fim de "Différance", o de pensar no fato de que "não existe um nome único" – ou, em linhas mais gerais, não há ladainha definitiva – "sem *nostalgia*, isto é, fora do mito de uma língua puramente materna ou paterna, uma pátria de pensamento perdida"[1]. Ele quer descobrir como escapar à tentação de se identificar com algo grande – algo como a "Europa", ou o "chamado do Ser", ou o "Homem". Como disse em sua resposta à *Carta sobre*

1 Jacques Derrida, *Margins of Philosophy* (Chicago, University of Chicago Press, 1982), p. 27 [*Margens da filosofia* (trad. Joaquim T. Costa e Antonio M. Magalhães, Campinas, Papirus, 1991)].

o humanismo, de Heidegger, o uso que este faz do "nós" provém da "situação escatológico-teleológica" que está "inscrita na metafísica"[2]. O problema da reflexão heideggeriana sobre "a presença do presente" é que ela "só pode metaforizar, por meio de uma necessidade profunda da qual não se pode simplesmente resolver fugir, a linguagem que ela desconstrói"[3]. O *andenkendes Denken* de Heidegger é nostálgico ou não é nada, e o mito de uma língua perdida, de "palavras elementares" cuja força precisa ser restaurada, não passa de mais uma tentativa de crer que algumas palavras são privilegiadas em relação a outras por um poder que não somos nós, que alguns vocabulários finais aproximam-se mais do que outros de algo trans-histórico e não contingente[4].

Muitos admiradores de Derrida, em especial Rodolphe Gasché, lêem dessa maneira sua obra inicial, mas Gasché começa seu livro dizendo que não discutirá *Glas* nem a obra derridiana poste-

2 Idem, p. 123.

3 Ibid., p. 131.

4 Grande parte de minha crítica a Heidegger no capítulo 5 foi extraída de Derrida e, em particular, de "As finalidades do Homem" e "Différance". Para uma caracterização e uma crítica muito argutas da leitura de Heidegger que derivo de Derrida, cf. John D. Caputo, "The thought of being and the conversation of mankind: the case of Heidegger and Rorty", *Review of Metaphysics* 36, 1983, pp. 661-85. Caputo acerta ao dizer que, como Derrida, estou "interessado na destruição da história da ontologia em seu sentido negativo" e considero que a idéia de ela ter um "sentido positivo" é "a ilusão final de Heidegger" (p. 676), mas ele erra ao dizer que minha visão, ou a de Derrida, garante que "não avancemos além do discurso proposicional" (pp. 677-8). Tudo que quero excluir (ou Derrida quer excluir, pelo que posso perceber) é a tentativa de que alguém seja não proposicional (poético, revelador do mundo) e, ao mesmo tempo, afirme estar chegando a algo de primordial – ao que Caputo chama de "o silêncio de que brota toda linguagem" (p. 675). O nominalismo descrito no capítulo 1 (um nominalismo que penso ser compartilhado por Derrida) exige que rejeitemos a afirmação heideggeriana de Caputo de que "a linguagem não é um sistema de palavras concebido para fins humanos, mas o evento que dá origem às coisas". Essa afirmação me parece uma confusão de condições causais com as "condições de possibilidade", misteriosas e transcendentais, sonhadas por Kant. Como eu disse no começo do capítulo 1, nós, os nominalistas, queremos expurgar do romantismo os últimos vestígios do idealismo alemão – e, como afirmo adiante, isso significa eliminar o *apelo argumentativo* ao não proposicional.

rior a *The truth of painting* ["A verdade da pintura"], e que deixa de lado "a delicada questão do que deve figurar como mais filosófico ou mais literariamente jocoso"[5]. Gasché passa então a reconstruir a obra inicial de Derrida como uma tentativa de formular um "sistema além do Ser", um sistema de "infra-estruturas" (por exemplo, *différance*, espaçamento, iterabilidade) que nos levem para além ou para aquém de Heidegger[6]. A seu ver, Derrida "demonstrou" que

É exatamente isso que Derrida, Davidson e Bloom nos ajudam a fazer, deixando-nos pensar em poetas como sendo *ursprünglich* [originais, primitivos] por si mesmos, e não receptores passivos de dádivas do Ser. Para Heidegger, em contraste, como diz Caputo, "o falante autêntico [...] é dominado pelas coisas em si, cede a elas e deixa que elas cheguem às palavras nele" (p. 674). Esse desejo de associação com Algo Outro e Maior é justamente aquilo de que Derrida mais desconfia em Heidegger, e penso que tem razão em desconfiar. Para uma boa resposta ao artigo de Caputo, cf. Lyell Asher, "Heidegger, Rorty and the possibility of being", em Robert Merrill (org.), *Ethics/Aesthetics: post-modern positions* (Washington, Maisonneuve Press, 1988).

5 Rodolphe Gasché, *The tain of the mirror: Derrida and the philosophy of reflection*, (Cambridge, Mass., Harvard University Press, 1986), p. 4.

6 Gasché leva a sério a afirmação derridiana de que a "différance" não é "uma palavra nem tampouco um conceito", e a aplica a todos os outros termos de Derrida que entende que significam infra-estruturas. Critiquei essa afirmação em "Deconstruction and circumvention", *Critical Inquiry* 11, 1983, pp. 1-23 [incluído também em *Ensaios sobre Heidegger e outros* (trad. Marco A. Casanova, Rio de Janeiro, Relume-Dumará, 1999)], com o argumento de que nela, tal como Heidegger, Derrida busca uma coisa contraditória: dizer o indizível, decretando que uma palavra que ele ponha em circulação não é o tipo de coisa que se possa pôr em circulação. Como o Heidegger maduro, o Derrida jovem às vezes vai atrás da magia da palavra – na esperança de encontrar um vocábulo que não possa ser banalizado e metafisicado pelo uso, que preserve de algum modo sua "instabilidade", mesmo depois de se tornar corrente. Gasché parece achar que essa magia funciona, como quando declara: "Uma infra-estrutura, além disso, não é uma essência, já que não depende de nenhuma categoria do que está presente ou ausente. [...] Não tem um caráter estável, nem autonomia nem identidade ideal, e por isso não é uma *substância*, ou um *hypokeimenon*. Sua 'essência' está em não ter essência. Não obstante, a infra-estrutura é dotada de uma certa universalidade". Fazer tais elogios às palavras de Derrida parece-me algo como avançar às cegas – dizer que seria bom se houvesse palavras dotadas dessa combinação impossível de propriedades, sem explicar como teria sido possibilitada a combinação. A superioridade do Derrida maduro em relação ao jovem parece-me estar, precisamente, em ele parar de contar com a magia da palavra e confiar, em vez disso, em uma maneira de escrever – na criação de um estilo, e não na invenção de neologismos.

> ... a "origem" de todo ser, para além do ser, é uma escrita *generalizada*, ou melhor, *geral*, cuja não-verdade e não-presença essenciais são a condição fundamentalmente irresolúvel da possibilidade e da impossibilidade da presença em sua identidade e da identidade em sua presença. A "origem" do ser e do ente, para Derrida, é o sistema ou a cadeia das várias infra-estruturas ou irresolúveis para além do ser.[7]

Muita coisa na obra inicial de Derrida incentiva essa leitura, e não examinarei a questão da exatidão da descrição gascheana das intenções iniciais de Derrida, mas há um problema óbvio em qualquer leitura desse tipo, qual seja, a idéia toda de "solapamento" e "condição de possibilidade" soa terrivelmente metafísica. Em outras palavras, parece pressupor que existe um vocabulário fixo dentro do qual é possível realizar tal projeto – pressupor que todas as pessoas que Gasché chama de "filósofos da reflexão" sabem o que é descobrir uma "condição de possibilidade" e sabem dizer quem conseguiu solapar quem[8].

---

7 Gasché, *The tain of the mirror*, p. 177.

8 Discuti com certa minúcia o livro de Gasché em "Is Derrida a transcendental philosopher?", *The Yale Journal of Criticism* 2: 2 (Spring, 1989) [incluído também em *Ensaios sobre Heidegger e outros* (trad. Marco A. Casanova, Rio de Janeiro, Relume-Dumará, 1999)]. Cf. também um diálogo entre Christopher Norris e eu sobre a questão de devermos considerar Derrida "gozador" ou "sério", em Reed Dasenbrock (org.), *Redrawing the lines: Analytic Philosophy, deconstruction and literary theory* (Mineápolis, University of Minnesota Press, 1989, pp. 204-16). A contribuição de Norris – "Philosophy as *not* just a 'kind of writing'. Derrida and the claim of reason" – é, em parte, uma resposta a meu ensaio "Philosophy as a kind of writing: an essay on Derrida", incluído em meu livro *Consequences of pragmatism* (Mineápolis, University of Minnesota Press, 1982). Minha contribuição – "Two senses of 'logocentrism': a reply to Norris" [incluída em *Ensaios sobre Heidegger e outros* (trad. Marco A. Casanova, Rio de Janeiro, Relume-Dumará, 1999)] – objeta à afirmação de que Derrida fornece fundamentos filosóficos à chamada crítica literária desconstrucionista, e afirma também que a visão e a estratégia derridianas diferem drasticamente das de Paul de Man, o autor cuja obra deu o tom para esse tipo de crítica.

A descrição gascheana da busca das "condições de possibilidade do discurso filosófico" sugere que compreender quais são essas condições e saber como buscá-las é uma questão do que ele chama de "as regras padronizadas da filosofia"[9]. Seria estranho, porém, que a referência a tais regras permitisse-nos engavetar o problema que mencionei antes, ao discutir Heidegger: o de que o campo de possibilidade se expande toda vez que um novo vocabulário é inventado, de modo que encontrar as "condições de possibilidade" exigiria que imaginássemos todas essas invenções antes de elas ocorrerem. A idéia de que de fato dispomos de tal metavocabulário, que nos ofereceria um "espaço lógico" em que "situar" tudo que qualquer pessoa jamais pudesse dizer, parece-me apenas mais uma versão do sonho de "presença" do qual, desde Hegel, os ironistas vêm tentando despertar-nos.

Tenha ou não Derrida sentido uma tentação, no começo, pelo projeto transcendental que Gasché lhe atribui, sugiro que leiamos seus escritos posteriores como algo que transforma esses projetos sistemáticos de solapamento em piadas privadas. A meu ver, a solução que Derrida acabou dando ao problema de como evitar o "nós" heideggeriano e, em termos mais gerais, evitar a armadilha em que caiu Heidegger, ao tentar encarnar ou se filiar a algo maior do que ele, consiste no que Gasché designa desdenhosamente de "lucubrações desvairadas e particulares"[10]. O Derrida maduro privatiza sua reflexão filosófica e, desse modo, elimina a tensão entre ironismo e teorização. Simplesmente abandona a teoria – a tentativa de ver seus predecessores de maneira invariável e em sua inteireza – em favor de tecer fantasias sobre esses predecessores, brincar com eles e dar rédea solta às cadeias de associações que eles produzem. Não há uma moral

9 Gasché, *Tain*, op. cit., p. 122.
10 Idem, p. 123.

nessas fantasias, nem tampouco um uso público (pedagógico ou político) a ser feito delas, mas, para os leitores de Derrida, ainda assim, elas podem ser exemplares – sugestões do tipo de coisa que se poderia fazer, o que raras vezes se fez antes.

Essas fantasias, a meu ver, são o produto final da teorização ironista. Recair na fantasia privada é a única solução para o problema da auto-referência com que essa teorização depara, o problema de como tomar distância dos predecessores sem fazer exatamente aquilo que eles foram repudiados por terem feito. Assim, entendo que a importância de Derrida está em ter tido a coragem de desistir da tentativa de unir o privado e o público, de parar de tentar ligar a busca de autonomia privada à tentativa de ter repercussão e utilidade públicas. Ele privatizou o sublime, depois de aprender com o destino de seus predecessores que o público nunca pode ser mais do que belo.

Em Heidegger, a busca do sublime foi a busca de palavras que tivessem "força", e não o mero valor de troca que lhes é dado por seu papel nos jogos de linguagem. O dilema enfrentado por Heidegger foi que, tão logo isolou essas palavras e divulgou seus resultados, as palavras passaram prontamente a fazer parte do jogo de linguagem heideggeriano, amplamente jogado, e, com isso, foram demovidas de *Winke* para *Zeichen*, do Pensar para a metafísica. Assim que ele se tornou público, suas "palavras elementares" perderam força, ao ganharem utilizações (por exemplo, tornando-se nomes de "problemas filosóficos" – o "problema da presença", o "problema da tecnologia" etc.). Derrida aprendeu com o exemplo de Heidegger que o problema não está em "tocar na natureza da linguagem sem machucá-la", mas em criar um estilo tão diferente que torne os livros de um autor incomensuráveis com os de seus precursores. Ele aprendeu que a "linguagem" – da mesma maneira que o "Ser" ou o "Homem" – não tem uma natureza e que a tentativa de reduzi-la a "palavras elementares" era inútil.

Assim, em vez de reduzir, o Derrida maduro faz proliferar. Em vez de esperar, com Heidegger, "dizer [sempre] o mesmo", "levar repetidamente para a linguagem esse advento do Ser que permanece como [...] a única matéria do pensamento"[11], ele se esforça por nunca dizer duas vezes a mesma coisa. Enquanto sabemos, em Heidegger, que, seja qual for o suposto tema do ensaio, voltaremos à necessidade de distinguir os seres do Ser, ou de recordar o Ser, ou de agradecer ao Ser, no Derrida da maturidade nunca sabemos o que virá depois. Derrida não se interessa pelo "esplendor do simples", mas pela inconstância do complexo. Não se interessa pela pureza nem pela inefabilidade. *Tudo* que o liga à tradição filosófica é que os filósofos do passado são objeto de suas mais vívidas fantasias.

A primeira metade de *O cartão-postal*, intitulada "Envois" [remessas], é o texto que melhor ilustra o que considero como Derrida em seu auge. "Envois" difere de *Glas* por ser legível, além de comovente. Deve esses traços a sua forma – uma seqüência de cartas de amor. Essa forma enfatiza a privacidade do trabalho que é feito. Nada é mais privado do que uma carta de amor – não há nada para o qual as idéias gerais sejam menos pertinentes ou mais impróprias. Em um caso ou em uma carta de amor, tudo depende de associações privadas comuns, como quando o "caixeiro viajante"[12] que escreve as cartas de "Envois" recorda

11 Heidegger, "Letter on humanism", em David Krell (org.), *Basic writings* (Nova York, Harper and Row, 1977), p. 241 ["Carta sobre o humanismo", trad. Ernildo Stein, em *Heidegger* (São Paulo, Abril Cultural, 1979, col. "Os Pensadores")].

12 "Escrevo-lhe cartas de um caixeiro-viajante, na esperança de que ouça o riso e a música – os únicos (únicos o quê?) que não podem ser enviados –, e não as lágrimas. No fundo, só me interessa aquilo que não pode ser remetido, não pode mesmo ser despachado" (*The post card from Socrates to Freud and beyond* (trad. Alan Bass, Chicago, University of Chicago Press, 1987), p. 14. O original encontra-se em *La carte postale de Socrate à Freud et au delà* (Paris, Aubier-Flammarion, 1980), p. 19. (Deste ponto em diante, fornecerei os números de páginas da tradução e do original, indicando primeiro os da tradução.)

"o dia em que compramos aquela cama (as complicações do crédito e da etiqueta perfurada na loja de departamentos, e depois uma daquelas cenas pavorosas entre nós)"[13]. As cartas extraem muito de seu caráter pungente das referências a acontecimentos e pessoas da vida real: aterrissar em Heathrow, lecionar em Oxford, pousar no aeroporto Kennedy, lecionar em Yale, recuperar-se de um acidente de *skate*, falar ao telefone do outro lado do oceano ("e então você ri e o Atlântico recua")[14].

Ao longo das cartas, o autor tece fantasias sobre um cartão-postal com que deparou em Oxford: uma reprodução de um quadro do século XIII que mostra duas figuras – uma denominada "platão" e a outra, "Sócrates". Ele escreve suas cartas de amor no verso de inúmeras cópias desse cartão-postal, e tece fantasias intermináveis sobre as relações entre Sócrates e Platão. Esse par acaba sendo examinado com uma porção de outros: Freud e Heidegger, os dois avós de Derrida, Heidegger e o Ser, os Seres e o Ser, Sujeito e Objeto, S e p, o próprio autor e "você", seu "doce amor" – e até "Fido" e Fido[15]. As fantasias, como as próprias cartas, são uma mescla do erótico privado com o filosófi-

13 Idem, p. 34/40.

14 Derrida, porém, deixa-nos tentando adivinhar se todas as cartas foram escritas pela mesma pessoa, ou se são endereçadas à mesma pessoa, e também se o "doce amor" (ou doces amores) em questão é (ou são) masculino ou feminino, real ou imaginário, concreto ou abstrato, idêntico ou diferente do autor (ou de você que lê o livro), e assim por diante. Na p. 5/9, diz ele: "Que os signatários e os destinatários nem sempre são, visível e necessariamente, idênticos de uma remessa para outra, que os signatários não devem ser inevitavelmente confundidos com os remetentes, nem os destinatários com os receptores, isto é, com os leitores (*você*, por exemplo) etc., você terá a experiência de tudo isso e o sentirá, em alguns momentos, de maneira muito vívida, embora confusa".

15 "S" e "P" – de "sujeito" e "predicado", respectivamente – são abreviaturas encontradas com freqüência nos livros de filosofia analítica. (No entanto, no cartão-postal em questão, "platão" é grafado com "p" minúsculo, e "Sócrates", com "S" maiúsculo, de modo que Derrida escreve o "p" em caixa-baixa em todo o texto.) Nós que admiramos Derrida sentimo-nos tentados a produzir textos doutos sobre a relação entre o S-p de "Envois" e a relação entre o S-a ("Saber absoluto", o "pequeno *a*" de Lacan e tudo o mais) de *Glas* – mas essas

co público. Misturam obsessões idiossincráticas com reflexões sobre a tentativa paradigmática de escapar do meramente privado – a metafísica, a busca da generalidade.

A imagem costumeira de Sócrates é a de um plebeuzinho feio que inspirou um belo e jovem nobre a escrever longos diálogos sobre grandes temas. Talvez pelo fato de algum copista ter posto os nomes errados ao lado das figuras do quadro, o postal mostra "platão" como um homenzinho feio e malvestido, em pé, atrás de um "Sócrates" alto e bem trajado, fazendo-lhe perguntas insistentes. "Sócrates" está sentado a uma mesa, ocupado em escrever alguma coisa. Sem nenhuma razão clara, há um objeto grande (que lembra um pouco um *skate*) projetando-se entre a parte posterior de Sócrates e a cadeira em que ele está sentado – algo que Derrida interpreta, prontamente, da maneira mais obscena possível:

> Quanto a mim, por ora te digo que vejo *Platão* tendo uma ereção às costas de *Sócrates*, e vejo a arrogância insana de seu pau, uma ereção interminável e desproporcional que atravessa a cabeça de Paris como uma idéia fixa, e depois a cadeira do copista, antes de deslizar lentamente, ainda morno, por baixo da perna direita de *Sócrates*, em harmonia ou em sintonia com o movimento desse feixe fálico [*ce faisceau de phallus*], com os pontos, as plumas, as penas, os dedos, as unhas e os *grattoirs* [borrachas], com as próprias caixas de lápis que se voltam para a mesma direção.[16]

---

são tentações a que devemos resistir. Ninguém quer um conjunto completo de notas de rodapé em *The post card*, do mesmo modo que não o queremos em *Finnegans Wake, Tristam Shandy* ou *Em busca do tempo perdido*. A relação do leitor com os autores desses livros depende, em grande parte, de que o deixem em paz para sonhar com suas próprias notas de rodapé.

16 Idem, pp. 18/22-3. "Paris" é uma referência a Mateus de Paris, autor do livro de adivinhação do futuro ilustrado pela imagem do cartão-postal. A obscenidade da cena imaginada por Derrida contrasta com a castidade imputada por Platão a Sócrates (sua recusa a manter relações sexuais com Alcibíades e, quem sabe, com o próprio Platão).

Desse ponto em diante, Derrida expressa todas as maneiras possíveis de influenciar filósofos, criar filósofos fictícios que sirvam de substitutos, virar filósofos de cabeça para baixo, penetrá-los por trás, fecundá-los para que dêem origem a novas idéias etc. Mais e mais associações se acumulam e três nomes acabam aparecendo com freqüência cada vez maior – os de Freud (que se concentrou nas inversões e erros de orientação sexuais), Heidegger (que se concentrou nas inversões e erros de leitura dialéticos) e Fido (sobre quem teremos mais a dizer adiante).

Como exemplo do tipo de coisa que Derrida nos oferece em "Envois", consideremos sua fusão da ânsia metafísica de um vocabulário final privilegiado, de idéias gerais, com a ânsia de ter filhos (eco do discurso socrático sobre "a arte da parteira" e os "ovos não fecundados" no *Teeteto*). Logo no começo da correspondência, ele diz a seu "doce amor" que "o que nos traiu foi que você queria a generalidade, que é o que chamo de um filho"[17]. Os filhos, tal como as verdades públicas universais (ou as descrições privilegiadas, ou os nomes únicos) que os metafísicos esperam legar à posteridade, são tradicionalmente tomados por um modo de escapar à morte e à finitude, mas tanto os filhos quanto as gerações sucessivas de filósofos tendem para o parricídio e o matricídio – fato que leva Derrida a escrever: "Ajuda-me, ao menos, para que a morte só nos chegue a partir de nós. Não ceda à generalidade"[18]. Além disso, é difícil dizer quem são os pais de uma criança ou de uma filosofia. Na carta, depois de introduzir o tema dos filhos, Derrida escreve: "O projeto dos dois impostores [platão e Sócrates] também é ter um filho comigo".

Logo em seguida, entretanto, diz ele:

17 Ibid., p. 23/28.
18 Ibid., p. 118/130.

> Ao diabo com o filho, a única coisa que algum dia teremos discutido, o filho, o filho, o filho. A mensagem impossível entre nós. Um filho é aquilo que não se deve poder "enviar" para si mesmo. Nunca será, nunca *deve* ser um sinal, uma carta, nem mesmo um símbolo. Escritos: filhos natimortos que o sujeito envia para si mesmo, a fim de parar de ouvir falar deles – precisamente porque os filhos são, antes de mais nada, aquilo de que se deseja ouvir falar por eles mesmos. Ou assim dizem os dois velhos.[19]

Na visão de Derrida, nada nunca fala "por si", porque nada tem a primordialidade – o caráter não relacional, absoluto – buscada pelos metafísicos. Ainda assim, não podemos evitar o desejo de produzir algo que fale dessa maneira. Se *houvesse* um "nome único", um "mundo elementar" ou uma "condição incondicional de possibilidade", isso, para Derrida, seria uma tragédia: "Pois o dia em que houver uma leitura do cartão de Oxford, uma única leitura verdadeira, será o fim da história. Ou a prosificação do nosso amor"[20]. Se estou certo ao pensar no estilo posterior de Derrida como uma rejeição das tentações transcendentais de seu estilo anterior, podemos entender a afirmação "nunca me resignarei a publicar outra coisa senão cartões-postais, a falar com *eles*"[21] como "não lhes mandarei filhos, apenas cartões-postais, nada de generalidades públicas, apenas idiossincrasias privadas"[22].

19 Ibid., pp. 25/29-30. Compare-se essa passagem com o final de "Tempo e ser", de Heidegger, citado no capítulo anterior: "Contudo, a consideração pela metafísica ainda prepondera, mesmo na intenção de superá-la. Por isso, nossa tarefa é parar com toda a superação e deixar a metafísica por sua própria conta". Imagine Heidegger dizendo: "Ao diabo com a metafísica, a única coisa que algum dia terei discutido".

20 Ibid., p. 115/127.

21 Ibid., p. 13/17. Entendo que o "eles" refere-se a platão e Sócrates.

22 No entanto, a preocupação constante de Derrida com o paradoxo auto-referente, implícito em sua formulação de qualquer afirmação programática geral, é ilustrada em ibid., p. 238/255: "Eles jamais saberão se gosto ou não do cartão-postal, se sou a favor ou contra ele".

A incrível riqueza da textura de "Envois" – uma riqueza alcançada por poucos outros autores contemporâneos e por nenhum outro professor contemporâneo de filosofia – é bem ilustrada por esse jogo entre os sentimentos nutridos pelos bebês e os sentimentos nutridos pelos livros. É o tipo de assimilação que se liga a muitas outras coisas em Derrida – por exemplo, ao contraste, na *Gramatologia*, entre o texto (interminável) e o livro (terminável), que agora aparece como o contraste entre o amor feito por ele mesmo e o amor feito para fazer filhos. Quem não escreve nada além de cartões-postais não terá o problema hegeliano de como concluir seu livro, nem o problema de Gasché de saber se chegou ao fundo na busca das infra-estruturas, mas também não produzirá um "resultado", uma "conclusão". Não haverá nenhum "desfecho" – nada a levar de "Envois" (amorosamente segurado nas mãos em concha, ou aninhado no colo) quando se terminar de lê-lo.

Essa redução das produções públicas às produções privadas, dos livros a bebês, da escrita ao sexo, do pensamento ao amor, do desejo do saber absoluto hegeliano ao desejo de um filho[23] prossegue quando Derrida combina Freud com Heidegger:

> Aqui, Freud e Heidegger, conjugo-os dentro de mim como os dois grandes espectros da "era grandiosa". Os dois avós sobreviventes. Eles não se conheceram, mas, de acordo comigo, formam um par, e justamente por isso, aliás, formam esse anacronismo singular. Estão ligados um ao outro sem se lerem e sem se corresponderem. Falei-te muitas vezes dessa situação, e é essa imagem que eu gostaria de descrever em *Le legs* [o legado]: dois pensadores cujos olhares nunca se cruza-

23 Cf. pp. 39/44-45: "continuando o filho a ser, vivo ou morto, a mais bela e viva das fantasias, tão extravagante quanto o saber absoluto".

> ram e que, sem jamais terem recebido notícia um do outro, dizem a mesma coisa. Voltam-se para o mesmo lado.[24]

Que é essa "mesma coisa" que dizem Heidegger e Freud – o especialista no Ser e o detector de segredinhos sórdidos? Podemos interpretá-los como dizendo *uma porção* de coisas iguais, de modo que talvez a pergunta seja: "por que Derrida acha que esse par *específico* assinala o fim de uma grande era, iniciada com a formação de outro par por Platão e Sócrates?". A melhor resposta em que consigo pensar é que tanto Heidegger quanto Freud

24 Ibid., p. 191/206. A referência a *Le legs* diz respeito ao "Legs de Freud" ["O legado de Freud"], um dos ensaios incluídos na segunda metade de *O cartão-postal*. Nele, entre outras coisas, Derrida discute os filhos de Freud (especialmente Sophie e Ernst); o título é um trocadilho anglo-francês, além de ser ambíguo entre os livros freudianos e os filhos de Freud. A referência à "era grandiosa" [*la grande époque*] concerne à "grande época (cuja tecnologia é marcada por papel, caneta, envelope, destinatário individual etc.) que vai, digamos, de Sócrates a Freud e Heidegger" (ibid.). Trata-se da era que, no jargão anterior de Derrida, é a do "livro" (em oposição, a princípio, ao texto, e depois, ao cartão-postal). Trata-se também da época que Heidegger identificou como a da "metafísica ocidental" – a era "logocêntrica", centrada na busca do que Husserl chamava de *epoché*: apreender a essência pela descontextualização. "Dizem a mesma coisa" é uma referência irônica ao uso heideggeriano dessa frase. No cartão-postal de platão e Sócrates, os dois estão virados para o mesmo lado e seus olhares não se cruzam. Sobre os avós, cf. p. 61/68, onde Derrida descreve Sócrates (no postal) como "jovem, como é dito na Carta [a Segunda Carta de Platão], mais moço do que *Platão* e mais belo, e maior, seu filho crescido, seu avô ou seu neto crescido, seu *neto*". Diz Derrida nessa passagem: "Foi S. [o sujeito dos diálogos de Platão, isto é, Sócrates] quem escreveu tudo" que foi escrito por Platão, afirmação que remete outra vez ao fato de que "o sonho de Platão" era "fazer Sócrates escrever, e fazê-lo escrever o que quisesse, sua derradeira ordem, *seu testamento* [...] com isso transformando-se em Sócrates e em seu pai, e, portanto, em seu próprio avô" (p. 52/59). Remete também a uma passagem da Segunda Carta em que Platão diz: "Não há nem haverá nenhuma obra escrita do próprio Platão. O que hoje se diz ser dele é obra de um Sócrates rejuvenescido e belo".
A extensão desta nota de rodapé (severamente reduzida) talvez sugira, aos que não estão familiarizados com "Envois", o que pretendo dizer com sua "riqueza de textura" – uma riqueza possibilitada, em parte, por se levarem a sério as "meras associações" entre ruídos e marcas. Quase qualquer meia dúzia de linhas de "Envois" poderia produzir uma nota igualmente extensa.

dispuseram-se a dar importância a fonemas e grafemas – às formas e aos sons das palavras. Na explicação freudiana da origem inconsciente dos chistes, assim como nas etimologias (predominantemente falsas) de Heidegger, vemos a mesma atenção ao que a maioria dos livros da *grande époque* havia tratado como não essencial – os aspectos "materiais" e "acidentais" das marcas e dos ruídos usados pelas pessoas para conseguirem o que querem. Se essa resposta é ao menos parcialmente correta, o recurso constante a trocadilhos, ressonâncias verbais e chistes gráficos na obra madura de Derrida é o que devemos esperar de alguém que resolveu "enviar apenas cartões-postais". É que a única maneira de evitar problemas sobre como concluir livros, de escapar à crítica auto-referente de ter feito aquilo que se acusou outros de fazerem, é transferir o peso dos próprios escritos para esses aspectos "materiais" – para aquilo que até então fora tratado como marginal. Essas associações são necessariamente privadas, pois, à medida que se tornam públicas, encontram o caminho dos dicionários e das enciclopédias[25].

Isso nos leva a outra dupla: "Fido"-Fido. As referências a ela têm mais ou menos a mesma freqüência em "Envois" que as referências a Freud-Heidegger. "Fido" é o nome do cão Fido, assim como "'Fido'" é o nome do nome desse cão. (Observe-se que é possível produzir novos nomes, mas não novos cães, com a mesma rapidez com que é possível inserir aspas). Os filósofos oxfordianos (como P. H. Nowell-Smith e Gilbert Ryle) apelidaram a idéia de que "todas as palavras são nomes" de "teoria 'Fido'-Fido do significado". Essa teoria foi freqüentemente associada (por Austin, entre outros) a Platão. Ela contrasta com a idéia, as-

25 Por exemplo, a associação entre "Hegel" e "hegeliano", ou entre Hegel e Espírito, é pública. A associação de Derrida entre "Hegel" e *aigle* [águia]* é privada. [*Os dois termos são quase homófonos em francês. (N. de T.)]

sociada a Saussure e Wittgenstein, de que as palavras adquirem sentido não por simples associação com seus referentes (quando estes existem), mas pela relação de seus usos com os usos de outras palavras. (Com uma certa montagem do cenário, você pode aprender o uso de "Fido" se alguém apontar para Fido e disser "Aquele é o Fido", mas não aprende o uso de "bom" pela tênue lembrança de sua Forma e por rotular essa lembrança com tal vocábulo, nem aprende o uso de "eu" por rotular uma de suas características destacadas.)

A segunda ocasião em que "Fido"-Fido aparece em "Envois" é no decorrer de um enorme pós-escrito a múltiplos cartões-postais sobre "um par incompleto de avós terríveis [...] o par Platão/Sócrates, divisível e indivisível, com sua divisão interminável, o contrato que os liga a nós até o fim dos tempos". Nesse pós-escrito, diz Derrida:

> Esse é o problema de "Fido"-Fido (você sabe, Ryle, Russell etc.), e da questão de saber se estou chamando meu cachorro ou mencionando o nome de que ele é portador, se faço uma utilização ou se nomeio seu nome. Adoro essas teorizações, quase sempre oxfordianas, ainda por cima, e tanto adoro sua sutileza extraordinária e necessária quanto sua engenhosidade imperturbável, *psicanaliticamente falando*; elas sempre confiarão na lei das aspas.[26]

A diferença entre "Fido" e Fido é comumente usada para ilustrar a distinção de Russell entre "mencionar" uma palavra (para dizer, por exemplo, que ela tem quatro letras) e "usá-la" (para chamar um cachorro, digamos). Tal distinção nos permite separar

26 *The post card*, p. 98/108.

o significado, o uso ou a função "essencial" de "Fido" dos aspectos "acidentais" desse nome (por exemplo, o de que, como marca ou ruído, ela faz lembrar o verbo latino *fidere* e, portanto, a fidelidade, e, com isso, certos personagens como o cão fiel Faithful Dog, de Dudley Doright* etc. etc.)[27]. Tempos atrás, "confiando na lei das aspas", John Searle acusou Derrida de haver desprezado essa distinção ao discutir a obra de Austin[28]. Derrida respondeu levantando dúvidas sobre a utilidade e o alcance da distinção em si – dúvidas exasperantemente irrelevantes para as queixas de Searle. É que este dizia: "Se você seguir as regras do jogo de linguagem de Austin, se respeitar seus motivos e intenções, suas críticas a ele não funcionarão. Se, por outro lado, sentir-se à vontade para ler nele o que bem entender, se o tratar psicanaliticamente, por exemplo, não poderá dizer que o está *criticando*; estará apenas a usá-lo como uma imagem em suas próprias fantasias, soltando as rédeas de um conjunto de associações que não têm nenhuma pertinência ao projeto de Austin".

* Dudley Doright [Dudley Age-Certo] é o personagem central de um desenho animado do mesmo nome, um agente da Polícia Montada canadense que sempre salva sua amada dos perigos e tem um cavalo chamado Horse, além do "Cão Fiel". O desenho deu origem a um filme, intitulado no Brasil *Polícia desmontada*, uma comédia de 1999 dirigida por Hugh Wilson e estrelada por Brendan Fraser. (N. de T.)

27 Idem, pp. 243/260-1: "Ah, sim, Fido, sou fiel a você como cão. Por que 'Ryle' escolheu esse nome, Fido? Terá sido porque dizem que um cão *responde* a seu nome, ao nome Fido, por exemplo? Terá sido porque o cão é a imagem da fidelidade e porque, melhor do que ninguém, responde a seu nome, especialmente se for Fido? [...] Por que Ryle escolheu um nome de cachorro, Fido? Acabo de conversar longamente sobre isso com Pierre, que me segredou: 'é para que o exemplo seja obediente'". Note-se o descaso para com a distinção entre uso e menção nessa passagem. Observe-se também uma passagem vizinha sobre os filósofos anglo-saxões: "Mas sempre chega um momento em que vejo sua raiva crescer numa frente comum; sua resistência é unânime: 'e as aspas – elas não são para atirar aos cães! [*les guillemets, c'est pas pour les chiens!*], nem a teoria, o significado, a referência e a linguagem!' *Mais si, mais si*".

28 Cf. Searle, "Reiterating the differences: a reply to Derrida", *Glyph*, 1, 1977, pp. 198-208.

Em sua resposta a Searle[29], Derrida esquivou-se sistematicamente desse dilema. No entanto, por que não o enfrentou, pura e simplesmente? Por que sua resposta a Searle foi duas vezes mais fantasiosa e repleta de associações livres do que sua crítica original a Austin, apesar de estar cheia de declarações sisudas de sinceridade e seriedade? Presumivelmente, pela mesma razão que ele resistiria a uma pergunta no estilo de Gasché: "Devemos considerar 'Envois' filosófico, ou literário e jocoso?". Entendo que Derrida não queira fazer um único gesto no jogo de linguagem que estabeleça uma distinção entre fantasia e argumento, filosofia e literatura, escrita séria e escrita brincalhona – o jogo de linguagem da *grande époque*. Ele não pretende jogar pelas regras do vocabulário final de terceiros.

Recusa-se a fazê-lo, não por ser "irracional" ou estar "perdido na fantasia", nem por ser burro demais para entender o que pretendem Austin e Searle, mas porque está tentando criar a si mesmo pela criação de seu próprio jogo de linguagem, tentando não gerar outro filho de Sócrates, não ser mais uma nota de rodapé em Platão. Tenta iniciar um jogo que atravesse a distinção entre racional e irracional, mas, como professor de filosofia, tem dificuldade de se safar com isso[30]. Embora fosse bastante rude perguntar a Proust se ele interpretaria seu romance como história da sociedade ou como um estudo sobre a obsessão sexual, ou perguntar a Yeats se ele realmente *acreditava* em toda aquela bobajada sobre as fases da Lua, tradicionalmente se espera que os filósofos respondam a esse tipo de pergunta. Se você se anunciar como romancista ou poeta, será poupado(a) de uma porção

29 Derrida, "Limited Inc.", *Glyph*, 2, 1977, pp. 162-254.

30 Desconfio de que, se Derrida fosse um rico beletrista que, havendo começado na poesia e na ficção, tivesse passado para a filosofia, mas nunca houvesse precisado ganhar seu sustento ensinando-a, nem de longe enfrentaria tantas dificuldades quanto enfrenta por parte de seus colegas de profissão.

de perguntas desagradáveis, por causa da penumbra numinosa que cerca os "criadores artísticos", mas supõe-se que os professores de filosofia sejam feitos de material mais austero e se exponham abertamente.

Essa penumbra cerca autores que não se associam a nenhuma disciplina específica e dos quais não se espera, portanto, que joguem de acordo com regras previamente conhecidas[31]. Tenho insistido em que envolvamos Derrida com essa auréola, discernindo seu objetivo como a mesma autonomia almejada por Proust e Yeats. A vantagem de fazê-lo é que podemos evitar a dissecação de seus escritos em moldes propostos por terceiros e, em vez disso, relaxar e apreciá-los – esperar para ver que consolo ou exemplo eles podem oferecer-nos, e se irão mostrar-se relevantes para nossas tentativas de autonomização. Se não nos houvermos impressionado com Platão nem Heidegger, é provável que eles não tenham nenhuma serventia; se houvermos, talvez sejam decisivos. Quem tiver lido pouca filosofia tirará pouca coisa de "Envois", mas, para um certo público pequeno, ele pode ser um livro importantíssimo.

Aceitar essa sugestão significa abrir mão da tentativa de dizer, acompanhando Gasché e Culler, que Derrida não demonstrou nada nem refutou ninguém (por exemplo, Austin). Significa também desistir da idéia de que Derrida desenvolveu um "método de desconstrução" que mostra "rigorosamente" como o "mais elevado" de um par de conceitos opostos (por exemplo, forma/matéria, presença/ausência, um/muitos, senhor/escravo, fran-

31 Como diz Jonathan Culler, "a idéia de uma disciplina é a idéia de uma investigação em que escrever pode ser levado até o fim" [*On deconstruction*, Ithaca, Nova York, Cornell University Press, 1982)], p. 90. O autor que se orgulha de sua facilidade de criar uma proliferação de pendências não contribui para uma disciplina, mas isso não significa que seja indisciplinado. A disciplina privada não é disciplina no sentido "público" que esse termo tem em Culler, mas, ainda assim, pode implicar muito trabalho árduo e exigente.

cês/norte-americano, Fido/"Fido") "desconstrói a si mesmo". Os conceitos não matam coisa alguma, nem mesmo eles próprios; as pessoas é que matam os conceitos. Hegel precisou de muito trabalho árduo para lidar com as inversões dialéticas que depois fingiu ter observado, e não produzido. É preciso muito trabalho para produzir efeitos especiais como "a presença é apenas um caso especial da ausência", ou "o uso não passa de um caso especial da menção"[32]. Nada senão a falta de engenhosidade impede uma recontextualização desse tipo, mas não há um *método* envolvido, se método é um procedimento que se pode ensinar através da referência a regras[33]. A desconstrução não é um novo processo possibilitado por uma descoberta filosófica recente. A recontextualização em geral e a inversão de hierarquias em particular ocorrem há muito tempo. Sócrates recontextualizou Homero, Agostinho recontextualizou as virtudes pagãs, transformando-as em vícios esplêndidos, e depois Nietzsche reinverteu a hierarquia; Hegel recontextualizou Sócrates e Agostinho, para transformar os dois em predecessores igualmente *aufgehoben*; Proust recontextualizou (repetidas vezes) todas as pessoas que conheceu; e Derrida recontextualiza (repetidamente) Hegel, Austin, Searle e todos os outros autores que lê.

32 Esse último exemplo é de Culler. Diz ele: "Derrida tem toda razão em afirmar que uso/menção, em última instância, é uma hierarquia do mesmo tipo que sério/não sério e fala/escrita. Todas tentam controlar a linguagem, caracterizando aspectos distintivos de sua iterabilidade como parasitários ou derivativos. A leitura desconstrucionista demonstraria que a hierarquia deve ser invertida e que o *uso* não passa de um caso especial da *menção*" (*On deconstruction*, op. cit., p. 120n.)

33 Aprende-se a "desconstruir textos" do mesmo modo que se aprende a detectar imagens sexuais, a ideologia burguesa ou sete tipos de ambigüidade nos textos; é como aprender a andar de bicicleta ou tocar flauta. Algumas pessoas têm jeito para isso, enquanto outras serão sempre meio desajeitadas – mas desconstruir textos não é facilitado nem dificultado por "descobertas filosóficas", por exemplo, sobre a natureza da linguagem, assim como andar de bicicleta não é facilitado nem dificultado por descobertas sobre a natureza da energia.

Então, por que parece tão chocantemente diferente quando Derrida o faz, já que se trata apenas de uma nova repetição da inversão dialética? Simplesmente porque Derrida se serve das características materiais "acidentais" das palavras, enquanto Hegel, embora se recusasse a jogar segundo a regra de que a relação de "contradição" só se aplica entre proposições, mas não entre conceitos, continuou a aderir à regra de que não se pode dar nenhuma importância aos sons e formas das palavras[34]. A atitude de Derrida perante todas essas regras consiste em que é necessário segui-las, é claro, se o indivíduo quiser discutir com outras pessoas, mas em que há outras coisas a fazer com os filósofos além de discutir com eles[35]. Essas regras tornam possível o discurso argumentativo, mas Derrida responde à pergunta "que aconteceria se as ignorássemos?". Sua resposta é dada *em movimento*, à medida que ele escreve o tipo de prosa que encontramos em *Glas* e "Envois" – o tipo em que nunca se sabe, de uma linha para outra, se convém prestar atenção aos aspectos "simbólicos" ou aos aspectos "materiais" das palavras usadas. Ao ler *Glas* ou "Envois", perde-se rapidamente o interesse pela pergunta "devo encarar essa coisa como significante ou como marca?". Para a lei-

34 A *Fenomenologia*, em sua época, também foi chocantemente autônoma – na fase anterior àquela em que Hegel tornou-se um grande filósofo morto. Também Hegel teve admiradores (como Engels e Lênin) que acreditaram que ele havia descoberto um "método", assim como Culler e outros acreditam ter feito Derrida.

35 Consideremos outra resposta de Derrida a Searle: "Sim, certo, nada a dizer contra as *leis* que regem essa problemática [do uso e da menção], a não ser para indagar sobre a questão da lei, e da lei do nome próprio no que concerne a esses pares chamados aspas. Digo (a eles e a você, meu amor): este é meu corpo em funcionamento; me ame, analise o *corpus* que lhe ofereço, que lhe estendo aqui neste leito de papel, diferencie as aspas dos cabelos, da cabeça aos pés, e, se você me amar o bastante, me mandará notícias. Depois me sepultará, para dormir serenamente. E me esquecerá, a mim e a meu nome" (*The post card*, p. 99/109).

tura desse tipo de texto, a distinção entre uso e menção é apenas uma distração[36].

Que há de bom em escrever assim? Se quisermos argumentos que cheguem a conclusões, não haverá nada de bom. Como eu já disse, não há nada de proposicional a ser tirado da experiência dessa leitura – como não o há a tirar dos escritos do Heidegger maduro. Então, caberá julgá-lo por critérios "literários", em vez de "filosóficos"? Não, porque, como nos casos da *Fenomenologia do espírito*, de *Em busca do tempo perdido* e de *Finnegans Wake*, não há critérios previamente disponíveis de *nenhum dos dois* tipos. Quanto mais original é um livro ou um tipo de escrita, quanto mais sem precedentes, menor é a probabilidade de dispormos de critérios, e menor é o sentido de tentar atribuir-lhe um gênero. Temos de ver se podemos encontrar uma serventia para ele. Se pudermos, haverá bastante tempo para alargar as fronteiras de tal ou qual gênero, o suficiente para introduzi-lo ali e elaborar critérios de acordo com os quais se trate de um bom tipo de escrita inventado. Só os metafísicos acham que nossos gêneros e critérios atuais esgotam o campo das possibilidades. Os ironistas continuam a ampliar esse campo.

Por que se inclinaria alguém, mesmo assim, a dizer que "Envois" figura como "filosofia", embora não resulte em nada que seja concebível chamarmos de *teoria* filosófica? Bem, para começar, porque só as pessoas que lêem filosofia habitualmente têm possibilidade de apreciá-lo. Seria igualmente possível dizer que ele tem na filosofia uma de suas causas e um de seus temas? Não exatamente. Melhor seria dizer que ele inclui *filósofos* – determinados filósofos – entre suas causas e temas. Cada vez mais, à me-

36 Cf. idem, p. 186/201: "Você nunca saberá, nem eles tampouco, se, quando uso um nome, é para dizer que *Sócrates* sou eu ou que 'Sócrates' tem oito letras. É por isso que ninguém jamais conseguirá traduzir".

dida que Derrida prossegue, sua relação não é com as doutrinas de Platão ou de Heidegger, mas com esses próprios homens[37]. Enquanto a teorização ironista, de Hegel a Heidegger, dizia respeito à teorização metafísica, os primeiros escritos de Derrida foram sobre a teorização ironista. Assim como a escrita dos ironistas corria o risco de se transformar em mais metafísica, a dele corria o risco de se transformar, se não em mais metafísica, pelo menos em mais teorização. Seus escritos posteriores evitaram esse perigo, em parte por concernirem a teoriz*adores*. Referindo-me à oposição que esbocei no capítulo 5, Derrida assemelha-se cada vez menos a Nietzsche e cada vez mais a Proust. Interessa-se menos e menos pelo sublime e pelo inefável, e mais e mais pelo rearranjo belo, se bem que fantasioso, daquilo de que se lembra.

Afirmei no capítulo 5 que Proust não reagiu a idéias gerais, mas a pessoas que conheceu na infância (como sua avó) ou que veio a conhecer depois (por exemplo, Charles Haas, a senhora Greffulhe, Robert de Montesquieu). De maneira análoga, Derrida reage aos avós e às criadas em cujos colos saltitam os professores de filosofia (como Platão e Sócrates, Windelband e Wilamowitz), bem como a pessoas em quem esbarrou no decorrer de sua carreira (por exemplo, Austin, Mateus de Paris, Searle, Ryle, Fido)[38].

37 "Martin [Heidegger] tem o rosto de um velho judeu de Argel" (p. 189/204); "O Geviert também, o cartão-postal absolutamente encantador que Martin nos enviou de Freiburg [...]" (p. 67/75).

38 Fido não é exatamente uma pessoa, mas também não é exatamente um cão nem um nome. Apesar disso, no fim de "Envois", o leitor sente-se razoavelmente familiarizado com Fido. Cf., por exemplo, p. 129/141: "Voltei para nossos amigos. Fido e Fido de repente parece [*parait*] muito alegre, já faz uma semana". Ou então, na p. 113/124: "o tempo todo afagando com outras mãos, entre outras coisas e outras palavras, nosso amigo anexo [*notre ami ci-joint*], ou seja, 'Fido' e Fido". (Podemos presumir que o uso do singular, onde esperaríamos ver o plural, decorra de Derrida querer embotar a distinção tradicional.) Ou ainda, na p. 41/47: "Eu havia trazido e depois encomendado todo um estoque deles [os postais que mostram Sócrates e Platão], tenho duas pilhas em cima da mesa. Esta manhã, eles são dois cães fiéis, Fido e Fido, dois filhos

Eu disse também que a vitória de Proust foi ter escrito um livro que escapou de qualquer das descrições que as figuras de autoridade que ele conhecia lhe houvessem aplicado (ou que ele imaginava que lhe aplicariam). Proust escreveu um novo tipo de livro; ninguém jamais havia *pensado* em algo como *Em busca do tempo perdido*. Agora, é claro, todos pensamos nele – ou, no mínimo, quem quer escrever um *Bildungsroman* tem que se haver com Proust, assim como quem quer escrever um poema em inglês tem que se haver com Keats.

Resumindo: digo que Derrida, em "Envois", escreveu um tipo de livro em que ninguém jamais havia pensado. Fez pela história da filosofia o que fizera Proust por sua própria história de vida: jogou umas contra as outras todas as figuras de autoridade, e todas as descrições dele mesmo que era possível imaginar que essas figuras dessem, e o resultado foi que a própria idéia de "autoridade" deixou de ser aplicável em relação a seu trabalho. Ele atingiu a autonomia do mesmo modo que Proust: nem *Em busca do tempo perdido* nem "Envois" se encaixam em nenhum esquema conceitual previamente usado para avaliar romances ou tratados filosóficos. Com isso, Derrida evitou a nostalgia heideggeriana, do mesmo modo que Proust evitou a nostalgia sentimental – recontextualizando incessantemente tudo que era trazido pela memória. Ele e Proust ampliaram os limites da possibilidade.

disfarçados, dois remadores exaustos". Ou mais, na p. 178/193: "Por exemplo (digo isto para lhe tranqüilizar: eles querem acreditar que somos dois, que somos você e eu, que somos civil e sexualmente identificáveis, a menos que um dia eles acordem), em nossas línguas, eu, Fido, não tenho [*manque*] sexo". Por último, cf. p. 113/125: "Basta, como diz Fido; chega deste assunto".

CRUELDADE E SOLIDARIEDADE

7
O barbeiro de Kasbeam: Nabokov sobre a crueldade

A distinção entre público e privado que desenvolvi ao longo da segunda parte, "Ironismo e teoria", sugere que distingamos os livros que nos ajudam a ser autônomos dos que nos ajudam a ser menos cruéis. O primeiro tipo de livro é pertinente às "marcas cegas", às contingências idiossincráticas que produzem fantasias idiossincráticas. Essas são as fantasias que aqueles que buscam a autonomia passam a vida reelaborando – na esperança de rastrearem a marca cega até sua origem e, com isso, na expressão de Nietzsche, transformarem-se em quem são. O segundo tipo de livro é pertinente a nossas relações com os outros, para nos ajudar a notar os efeitos de nossos atos sobre outras pessoas. São esses os livros pertinentes à esperança liberal e à questão de como conciliar a ironia privada com essa esperança.

Os livros que ajudam a nos tornar menos cruéis podem ser grosseiramente divididos em (1) livros que nos ajudam a ver os efeitos das práticas e instituições sociais nos outros, e (2) os que nos ajudam a ver os efeitos de nossas idiossincrasias privadas sobre terceiros. Os da primeira categoria são tipificados por livros sobre, por exemplo, a escravidão, a pobreza e o preconceito. In-

* De Friedrich Engels, 1845. (N. de T.)

cluem *A situação da classe trabalhadora na Inglaterra**, as reportagens do jornalismo sensacionalista e os relatórios de comissões governamentais, mas incluem também romances como *A cabana do pai Tomás*, *Os miseráveis*, *Carolina*, *O poço da solidão* e *Black boy: infância e juventude de um negro americano**. Tais livros ajudam-nos a ver como as práticas sociais que aceitávamos como um dado corriqueiro tornaram-nos cruéis.

O segundo tipo de livro – o que discutirei neste capítulo e no próximo – diz respeito aos modos como determinados tipos de pessoas são cruéis com outros tipos particulares de pessoas. Às vezes, os textos de psicologia cumprem essa função, porém os livros mais úteis desse gênero são obras de ficção que exibem a cegueira de um certo tipo de pessoas para a dor de outros tipos de pessoas. Através da identificação com o senhor Causaubon, de *Middlemarch***, ou com a senhora Jellyby, de *A casa soturna****, por exemplo, podemos vir a notar o que nós mesmos temos feito. Em particular, esses livros mostram que nossas tentativas de autonomia, nossas obsessões particulares com a conquista de um certo tipo de perfeição podem fazer-nos desconhecer o sofrimento e a humilhação que causamos. Trata-se de livros que dramatizam o conflito entre os deveres do indivíduo para consigo e seus deveres para com os outros.

Os livros concernentes à evitação da crueldade social ou individual são comumente contrastados – como livros dotados de

---

* Os autores são, respectivamente, Harriet Elizabeth Stowe, Victor Hugo, Theodore Dreiser (trad. Moacir Augusto, Rio de Janeiro, Rio Gráfica, 1987), Radclyffe Hall (trad. Ary Quintella, Rio de Janeiro, Record, 1998) e Richard Wright (trad. Aurora Maria Soares Neiva, Rio de Janeiro, Espaço e Tempo, 1993). (N. de T.)

** George Eliot, *Middlemarch: um estudo da vida provinciana* (trad. e prefácio de Leonardo Fróes, Rio de Janeiro, Record, 1998). (N. de T.)

*** De Charles Dickens (trad. Oscar Mendes, Rio de Janeiro, Nova Fronteira, 1986). (N. de T.)

uma "mensagem moral" – com aqueles cujos objetivos, em vez disso, são "estéticos". As pessoas que traçam esse contraste entre o moral e o estético e dão prioridade ao moral costumam distinguir entre uma faculdade humana essencial – a consciência moral – e uma faculdade opcional extra, o "gosto estético". As que traçam o mesmo contraste em benefício do "estético" pressupõem, com freqüência, uma distinção da mesma natureza. Para estas, porém, o centro do eu é tido como o desejo de autonomia do ironista, o desejo de uma espécie de perfeição que nada tem a ver com suas relações com as outras pessoas. Essa atitude nietzschiana enaltece a figura do "artista", assim como a primeira atitude enaltece os que "vivem para os outros". Ela presume que o sentido da sociedade humana não é a felicidade geral, mas o oferecimento de uma oportunidade aos especialmente talentosos – os que estão aptos a se tornar autônomos – para que eles alcancem seu objetivo.

Na visão do eu oferecida no capítulo 2, tratamos a "consciência moral" e o "gosto" como feixes de crenças e desejos idiossincráticos, e não como "faculdades" com objetos determinados. Assim, o contraste moral-estético terá pouca serventia para nós[1]. Tal como tradicionalmente empregada pelos "moralistas" e pelos "estetas", essa distinção só faz embotar a que estou tentando traçar entre a pertinência à autonomia e a pertinência à crueldade. A imagem tradicional do eu como dividido entre a busca cognitiva da crença verdadeira, a busca moral da ação correta e a busca estética da beleza (ou da "expressão ade-

1 Em particular, não presumiremos que o artista deve ser inimigo da moral convencional. Nietzsche não conseguiu libertar-se inteiramente da associação kantiana entre a "arte" e o "estético", e isso ajudou a cegá-lo para a possibilidade do ironismo *liberal* – uma cegueira às vezes compartilhada por Bernard Shaw.

quada do sentimento") deixa pouco espaço para a ironia ou para a busca de autonomia[2].

Se abandonarmos essa visão tradicional, pararemos de fazer perguntas como "Este livro almeja a verdade ou a beleza? Visa promover a conduta correta ou o prazer?" e, em vez disso, perguntaremos: "A que finalidades serve este livro?". Nossa classificação inicial e mais ampla da finalidade será construída em torno de duas distinções. A primeira é a distinção entre a gama de finalidades declaráveis no presente, num dado vocabulário final conhecido e largamente usado, e a finalidade de elaborar um *novo* vocabulário final. Aplicar essa distinção separa os livros entre aqueles que podem e aqueles que não podem ter seu sucesso julgado com base em critérios conhecidos. Esta última classe contém apenas uma fração minúscula de todos os livros, mas contém também os mais importantes – aqueles que mais fazem diferença a longo prazo.

A segunda distinção divide esta última classe entre os livros destinados a elaborar um novo vocabulário final *privado* e os que visam elaborar um novo vocabulário final *público*. O primeiro é um vocabulário usado para responder a perguntas como "que serei?", "que posso vir a ser?" e "que tenho sido?". O segundo é um vocabulário usado para responder à pergunta "que tipos de

2 Essa visão kantiano-weberiana de três esferas autônomas é central na obra de Habermas – particularmente em *The theory of communicative action* ["Teoria da ação comunicativa"], (trad. Thomas McCarthy, Boston, Beacon Press, 1987), e em *O discurso filosófico da modernidade*. Creio que Habermas tem razão ao enfatizar o modo como a separação e a autonomia dessas três "culturas especializadas" – em linhas gerais, ciência, jurisprudência e crítica literária – atendeu aos objetivos da sociedade liberal (por exemplo, protegendo-a de pretensos Lysenkos e Zhadanovs), mas creio que a atenção dada a esse serviço levou-o a adotar uma visão simplista da relação entre a literatura e a moral – tanto a moral social quanto a individual. A classificação de Habermas faz com que ele tome a literatura como uma questão de "adequação da expressão dos sentimentos", e a crítica literária como uma questão de "julgamentos do gosto". Essas idéias simplesmente não fazem justiça ao papel que os romances, em particular, passaram a desempenhar na reforma das instituições sociais, na educação moral dos jovens e na formação da auto-imagem dos intelectuais.

coisas sobre que tipos de pessoas preciso notar?". O tipo de pessoa que chamei de "ironista liberal", no capítulo 4, necessita desses dois vocabulários. Para algumas dessas pessoas – os cristãos (e outros), para quem a busca da perfeição privada coincide com o projeto de viver para os outros –, os dois tipos de perguntas caminham juntos. Para a maioria delas, não.

O máximo que um ironista liberal pode se aproximar de reconstruir a distinção-padrão entre o moral e o estético, quando aplicada aos livros, é separando os livros que dão novos estímulos à ação (inclusive *todos* os tipos de livros mencionados até aqui) dos que oferecem um simples relaxamento. Os primeiros sugerem (ora diretamente, ora por insinuação) que o leitor deve modificar sua vida (num aspecto significativo ou insignificante). Os últimos não levantam essa questão: levam o leitor para um mundo sem questionamentos[3]. Uma das conseqüências lastimá-

3 Essa divisão entre o estimulante e o relaxante, é claro, separa livros diferentes para pessoas diferentes. Pessoas diferentes levam vidas diferentes, sentem-se desafiadas por situações diferentes e precisam descansar de projetos diferentes. Por isso, qualquer tentativa de andar por nossas bibliotecas, rearrumando os livros com essa distinção em mente, será relativa a nossos interesses especiais. Ainda assim, é claro que tal tentativa, de modo geral, *não* porá *Os amaldiçoados da Terra*, de Fanon, e o *Prelúdio*, de Wordsworth, em prateleiras diferentes, assim como não o fará com as *Conferências introdutórias sobre psicanálise*, de Freud, e *Middlemarch* [de Eliot], nem com *The education of Henry Adams* ["A educação de Henry Adams", de H. Adams] e *Rei Lear*, nem com a *Genealogia da moral* [de Nietzsche] e o Novo Testamento, nem com a *Carta sobre o humanismo*, de Heidegger, e os poemas de Baudelaire. Portanto, essa distinção entre o estimulante e o relaxante não é paralela às linhas tradicionais entre o cognitivo e o não cognitivo, o moral e o estético, ou o "literário" e o não literário. Tampouco se conforma a qualquer distinção padronizada de forma ou gênero. Não obstante, para a maioria das pessoas, essa distinção separa *todos* os livros que acabamos de mencionar de *Zuleika Dobson*, de Beerbohm; de *Assassinato no expresso do oriente*, de Agatha Christie; de *Os gatos*, de Eliot; da *História das cruzadas*, de Runciman; de *Idylls of the King* ["Os idílios do rei"], de Tennyson; das *Memórias* de Saint-Simon; de *Thunderball*, de Ian Fleming; dos *Ensaios* de Macauley; de *Carry on, Jeeves!* ["Prossiga, Jeeves!"], de Wodehouse; dos romances da [editora canadense] Harlequim; de *Urn-Burial*, de sir Thomas Browne; e dos livros de pornografia não complicada. Tais livros conformam-se às fantasias de seus leitores, sem sugerir que possa haver algo errado nessas fantasias ou na pessoa que as tem.

veis da popularidade da distinção entre o moral e o estético é a confusão da busca de autonomia com a necessidade de relaxamento e prazer. Essa confusão é fácil para os que não são ironistas e não compreendem o que é ser ironista – pessoas que nunca tiveram nenhuma dúvida sobre o vocabulário final que utilizam. Essas pessoas – os metafísicos – presumem que os livros que não fornecem meios para se chegar aos fins tipicamente formulados por esse vocabulário devem ser, se não imorais ou inúteis, adequados apenas para projetos privados, mas o único projeto privado que conseguem imaginar é a busca de prazer. Presumem que um livro que efetivamente proporcione esse prazer não pode ser uma obra séria de filosofia nem pode transmitir uma "mensagem moral". A única ligação que conseguem discernir entre as obras de ficção e a moral é da ordem da "inspiração" – tais livros lembram ao indivíduo seu dever e o incentivam cumpri-lo. Tal incompreensão da ironia é uma das razões por que é difícil convencer os metafísicos liberais de que alguns autores que dão prazer ao pequeno grupo de leitores que capta suas alusões, e que não são relevantes para a esperança liberal – como Nietzsche e Derrida – podem, ainda assim, ser figuras imponentes, capazes de mudar a direção do pensamento filosófico. Também é difícil convencer os metafísicos liberais do valor dos livros que nos ajudam a evitar a crueldade, não por nos advertirem contra a injustiça social, mas por nos advertirem contra as tendências para a crueldade que são inerentes às buscas de autonomia.

Neste capítulo e no próximo, discutirei livros deste último tipo. Vladimir Nabokov e George Orwell tinham talentos muito diversos e auto-imagens muito diferentes, mas, como pretendo sugerir, o que conseguiram realizar foi praticamente o mesmo. Ambos alertam o intelectual ironista liberal contra as tentações a ser cruel. Ambos dramatizam a tensão entre a ironia privada e a esperança liberal.

No trecho que segue, Nabokov contribuiu para emaranhar as distinções que quero traçar:

> *Lolita* não tem nenhuma moral a reboque. Para mim, um livro de ficção só existe na medida em que me proporciona o que chamarei, grosseiramente, de deleite estético, ou seja, o sentimento de estar ligado, de algum modo, em algum lugar, a outros estados do ser em que a arte (a curiosidade, a ternura, a bondade, o êxtase) é a norma. Não há muitos desses livros. Todo o resto é lixo local, ou o que alguns chamam de Literatura das Idéias, a qual é, muitas vezes, lixo local embalado em enormes blocos de gesso, que são cuidadosamente transmitidos de uma era para outra, até que aparece alguém com um martelo e dá uma boa rachada em Balzac, em Górki ou em Mann.[4]

Orwell emaranhou as mesmas distinções quando, numa de suas raríssimas descidas a um palavreado bombástico, "As fronteiras da arte e da propaganda", escreveu exatamente o tipo de coisa que Nabokov abominava:

> Não se pode ter um interesse puramente estético por uma doença de que se está morrendo; não é possível ter sentimentos desapaixonados por um homem que está prestes a nos cortar a garganta. Em um mundo em que o fascismo e o socialismo lutavam um com o outro, qualquer pessoa pensante tinha que tomar partido. [...] Esse período de uns dez anos, no qual a literatura e até a poesia se misturaram com a pan-

4 Nabokov, "On a book entitled *Lolita*", em *Lolita* (Harmondsworth, Penguin, 1980), p. 313. Nos pontos em que fica patente que as citações provêm desse livro, as futuras referências serão indicadas pelo número da página, entre parênteses.

> fletagem, prestou um grande serviço à crítica literária, porque destruiu a ilusão do estetismo puro. [...] Desbancou a arte pela arte.[5]

Essa passagem associa duas questões ruins que, como achava Nabokov, acertadamente, nada tinham a ver uma com a outra. A primeira é a questão de quando tirar tempo de projetos privados para resistir a perigos públicos. Tal pergunta é inútil, já que ninguém jamais terá uma boa resposta *geral* para ela – embora tenha sucedido a Orwell e Nabokov concordarem num caso específico: ambos tentaram em vão alistar-se nos exércitos que estavam se formando para ser lançados contra os nazistas. A segunda pergunta é: "A arte é feita pela arte?". Trata-se de uma pergunta igualmente ruim. Há nela uma ambigüidade entre saber se "o deleite estético é um bem intrínseco" e se "o deleite estético é a meta apropriada do escritor". Se tomarmos a pergunta no primeiro sentido, a resposta será, óbvia e banalmente, sim; mas, mesmo que a entendamos em seu segundo sentido, menos trivial, teremos de rejeitá-la. Não existe algo que se possa chamar de "o escritor", e não há razão para crer que toda pessoa que escreve um livro deva ter os mesmos objetivos ou ser medida pelos mesmos padrões.

Se rejeitarmos com firmeza as perguntas sobre a "meta do escritor" ou a "natureza da literatura", bem como a idéia de que a crítica literária exige que esses temas embaraçosos sejam levados a sério, poderemos conciliar Orwell e Nabokov do mesmo modo que eu gostaria de conciliar Dewey e Heidegger. A busca da perfeição privada é uma meta perfeitamente razoável para alguns escritores – autores como Platão, Heidegger, Proust e Na-

5 George Orwell, *The collected essays, journalism and letters of George Orwell* (Harmondsworth, Penguin, 1968), vol. 2, p. 152.

bokov, que compartilham certos talentos. Servir à liberdade humana é uma meta perfeitamente razoável para outros autores – pessoas como Dickens, Mill, Dewey, Orwell, Habermas e Rawls, que compartilham outros talentos. Não faz sentido tentar atribuir graus a essas buscas diferentes numa mesma escala, criando espécies artificiais chamadas "literatura", "arte" ou "escrita", e tampouco faz sentido tentar sintetizá-las. Não existe algo chamado "o objetivo de escrever", assim como não há algo chamado "o objetivo de teorizar". Infelizmente, tanto Orwell quanto Nabokov enredaram-se em tentativas de excomungar pessoas com talentos e interesses diferentes dos deles. Isso obscureceu muitas semelhanças entre os dois, semelhanças que não deveriam ser obscurecidas por brigas filosóficas conduzidas em termos de oposições artificiais e batidas, como "arte *versus* moral" ou "estilo *versus* substância".

A principal semelhança em que insistirei neste capítulo e no próximo é que os livros de Nabokov e Orwell diferem dos que foram escritos pelos autores que discuti na segunda parte – Proust, Nietzsche, Heidegger e Derrida – no sentido de que a crueldade, e não a criação de si mesmo, é seu tema central. Nabokov e Orwell foram liberais políticos, no sentido lato do termo que pode ser estendido a ponto de abranger Proust e Derrida (embora não Nietzsche nem Heidegger). Compartilharam mais ou menos o mesmo credo político e as mesmas reações aos mesmos eventos políticos. Mais importante, porém, é que ambos satisfizeram o critério do liberal proposto por Judith Shklar: alguém que acredita que a crueldade é a pior coisa que fazemos[6]. Nabokov escreveu sobre a crueldade a partir de uma perspectiva interna, ajudando-nos a ver de que modo a busca privada do

6 Cf. Judith Shklar, *Ordinary vices*, pp. 43-4 e capítulo 1, *passim*.

deleite estético produz crueldade. Orwell, na maioria dos textos, escreveu sobre a crueldade a partir de uma perspectiva externa, do ponto de vista das vítimas, e com isso produziu o que Nabokov chamava de "lixo local" – o tipo de livro que ajuda a reduzir o sofrimento futuro e serve à liberdade humana. No entanto, afirmarei no capítulo 8 que, no fim de seu último livro, em seu retrato de O'Brien, Orwell faz o mesmo que Nabokov: ajuda-nos a *penetrar* na crueldade e, com isso, contribui para articular a ligação tenuemente sentida entre a arte e a tortura.

No restante deste capítulo, pretendo oferecer uma leitura de Nabokov que liga três de seus traços: seu estetismo, sua preocupação com a crueldade e sua crença na imortalidade. "Nós nos cremos mortais", escreveu Nabokov, "assim como um louco acredita ser Deus"[7].

Para ver como era o estetismo de Nabokov quando ele lidava com um autor a quem levava a sério, consideremos sua palestra sobre *A casa soturna*, de Dickens. A certa altura, ele faz uma longa citação do capítulo em que Dickens descreve a morte do menino Jo. Trata-se do capítulo cuja coda é o famoso parágrafo iniciado por "Morto, Majestade! Morto, milordes e cavalheiros!", e que termina com "E morrendo à nossa volta todos os dias". Isso é uma convocação à ação pública, se é que existe alguma em Dickens, mas Nabokov nos diz que o capítulo é "uma lição de estilo, não de emoção participativa"[8].

Note-se que, se Nabokov tivesse dito "bem como" em vez de "não", ninguém discordaria. Ao dizer "não", ele mantém sua

7 *"Comme un fou se croit Dieu, nous nous croyons mortels"* é a epígrafe de *Invitation to a beheading* ["Convite para uma decapitação"]. Nabokov atribui a frase ao "melancólico, extravagante, sábio, espirituoso, mágico e totalmente encantador Pierre Delalande, que eu inventei".

8 Vladimir Nabokov, *Lectures on literature* ["Aulas de literatura"], org. Fredson Bowers (Nova York, Harcourt Brace Jovanovich, 1980), p. 94. Esse livro será doravante citado como "*LL*", entre parênteses.

postura de alguém que não se interessa por nada senão o "deleite estético", alguém que pensa que "o estudo do impacto sociológico ou político da literatura tem que ser inventado, sobretudo para aqueles que, por temperamento ou educação, são imunes à vibração estética da literatura autêntica, para aqueles que não vivenciam o calafrio revelador entre as espáduas" (*LL*, p. 64). Nabokov tem que fingir, de uma forma implausível, que Dickens não estava ou, pelo menos, não deveria estar interessado no fato de que seus romances eram um impulso mais poderoso de reforma social do que a obra completa de todos os teóricos sociais britânicos de sua época.

Por que Nabokov insiste em que há uma incompatibilidade, uma relação antitética entre os calafrios housmanianos* e o tipo de emoção participativa que moveu estadistas liberais, como seu próprio pai, a militarem pelo rechaço de leis injustas? Por que não diz apenas que esses são dois bens distintos e não competitivos? Nabokov tem toda razão ao dizer que "Aquele arrepiozinho nas costas é, com certeza, a mais alta forma de emoção que a humanidade atingiu, ao elaborar a arte pura e a ciência pura" (*LL*, p. 64). Esse dito explicita, simplesmente, o sentido relevante do termo "pura", mas parece bastante compatível com a afirmação de que estremecer de vergonha e indignação ante a morte desnecessária de uma criança – uma criança com quem não temos laços de família, tribo ou classe – é a mais alta forma de emoção que a humanidade atingiu, ao desenvolver as instituições sociais e políticas modernas.

Nabokov não tenta defender sua suposição de que a reforma social não tem o mesmo direito à nossa atenção que a "arte pura e a ciência pura". Não fornece razões para duvidarmos de que

* Alusão ao poeta e erudito inglês Alfred Edward Housman (1859–1936). (N. de T.)

pessoas talentosas como Dickens puderam, em alguns momentos, fazer coisas bem diferentes num mesmo livro. Teria sido muito mais fácil admitir que *A casa soturna* despertou emoções participativas que ajudaram a modificar as leis da Inglaterra, e que *também* imortalizou Dickens, por ter sido um livro escrito de modo a continuar a produzir calafrios na espinha, muito depois de os horrores específicos do século de Dickens terem sido substituídos por novos horrores. No entanto, Nabokov insiste repetidamente em que esta última realização – o efeito produzido pelo estilo, em contraste com o produzido pela emoção participativa – é *a única coisa* que importa[9]. Ele nunca deixa clara a escala de importância que usa, nem nos diz por que devemos insistir numa escala *única*. Está longe de ser *evidente* que "a arte pura e a ciência pura" tenham mais importância do que a ausência de sofrimento, e tampouco faz sentido perguntar qual delas é mais importante – como se nos fosse possível, de algum modo, colocar-nos acima de ambas e julgar seus méritos de um ponto de vista neutro.

Partilho da desconfiança nabokoviana das idéias gerais, quando se trata de tentativas filosóficas de espremer nossos sentimentos morais para transformá-los em regras com que decidir dilemas morais, mas considero que a lição sobre nossa incapacidade de descobrir essas regras está em que deveríamos parar de falar num estilo quase metafísico sobre "a tarefa do escritor", ou sobre "o que importa, em última instância", ou sobre "a emoção

9 Ele nunca chega propriamente a dizer que os artistas não devem prestar atenção aos males sociais nem tentar modificá-los, mas é ríspido com qualquer tentativa específica de fazê-lo, e o é, muitas vezes, por motivos absurdamente irrelevantes. De forma inexata e improdutiva, diz ele que "a ligação dessas pobres crianças de *A casa soturna* é menos com as circunstâncias sociais da década de 1850 do que com épocas anteriores e espelhos do tempo". Com igual irrelevância, ele descarta os capítulos referentes a sir Leicester e *Lady* Dedlock, considerados uma "denúncia da aristocracia", como "não [tendo] o menor interesse ou importância, uma vez que o conhecimento e as idéias de nosso autor sobre esse círculo são extremamente parcos e toscos" (*LL*, pp. 64-5).

mais elevada"; deveríamos parar de trabalhar no nível de abstrações povoadas por fantasmas pálidos como "a vida humana", "a arte" e "a moral", e permanecer numa faixa média. Deveríamos nos ater a questões sobre o que funciona para determinados fins. Portanto, como primeira etapa na reconciliação de Orwell e Nabokov, eu insistiria em que Orwell compartilha com Dickens alguns objetivos importantes (produzir arrepios de indignação, despertar repugnância e vergonha), enquanto Nabokov compartilha outros (produzir formigamentos, deleite estético).

Nabokov, porém, não quer ser reconciliado. Quer que Dickens e ele mesmo figurem como membros de um grupo de eleitos do qual Orwell – a exemplo de outros objetos de seu desprezo, como Balzac, Stendhal, Zola, Górki, Mann, Faulkner e Malraux – seja eternamente excluído. Obtemos uma pista importante de suas motivações em uma passagem em que ele explica por que lê Dickens da maneira que o lê:

> Como fica muito claro, o mago dos encantamentos interessa-me muito mais do que o contador de histórias ou o professor. No caso de Dickens, essa atitude parece-me ser a única maneira de mantê-lo vivo, acima do reformador, acima do contozinho barato, acima do lixo sentimentalóide, acima do disparate teatralizado. Lá ele reluz para sempre, em píncaros dos quais conhecemos a elevação exata, os contornos e a formação, bem como as trilhas montanhosas para atingi-los, atravessando a neblina. É em sua imagística que ele é grandioso. (*LL*, p. 65)

A neblina em questão é a descrita por Dickens no capítulo inicial de *A casa soturna*. No dizer de Nabokov, Dickens usa a neblina de Londres para ressuscitar um tropo conhecido: o miasma jurídico que se eleva dos processos conduzidos no Tribunal do Lorde Chanceler. Nabokov quer que tratemos os ataques de Dickens aos malefícios do sistema do Tribunal – e, em linhas mais gerais, o retrato dickensiano dos conflitos entre o que Nabokov, colocando os termos entre aspas horrorizadas, chama de "o bem" e "o mal" – como o mero "esqueleto" de *A casa soturna*. Ele parabeniza Dickens por ser "artista demais" para tornar esse esqueleto "saliente ou óbvio". Os escritores desprovidos da capacidade dickensiana, as pessoas que escrevem "lixo local", não sabem dar corpo ao esqueleto "moral" de sua obra. Assim, misturando as duas metáforas, montes desses esqueletos empilhados – os romances de Orwell e Mann, por exemplo – formam os contrafortes lamacentos e enevoados da literatura. Por falta de imagens precisas, os escritores capazes de dar aulas de emoção participativa, mas não de estilo, não alcançam a imortalidade.

Convém assinalar duas coisas sobre a passagem que acabo de citar. A primeira é que Nabokov escreve sobre Dickens não em consideração aos alunos de sua turma, não em consideração ao público instruído, mas *unicamente* em consideração a Dickens. Ele quer prestar um favor a um de seus poucos pares. Quer que este tenha a imortalidade que merece. Quando diz, por exemplo, que o tratamento dado por Edmund Wilson a Dickens em *The wound and the bow* ["A ferida e o arco"] é "brilhante", mas que a "faceta sociológica" de Dickens "não é interessante nem importante", está dizendo que a crítica literária do tipo que Wilson fez, com brilhantismo, cria o mesmo tipo de neblina particularmente densa que é criado pelos membros particularmente brilhantes do corpo de advogados do Tribunal do Lorde Chanceler[10]. Ao apontar para o

10 Ao ler *The wound and the bow*, Nabokov deve ter percebido com que facilidade a estratégia geral de Wilson – atribuir a obsessão de um escritor e a forma de sua carreira a um trauma precoce – poderia ser aplicada a seu próprio caso.

pico montanhoso acima da neblina e localizar as trilhas que levam até ele, Nabokov resgata Dickens de pessoas como Wilson, resgata-o do miasma furtivo do tempo histórico e do acaso mortal.

A segunda coisa a assinalar é que o interesse de Nabokov pela imortalidade de Dickens foi o corolário de sua intensa preocupação da vida inteira com a questão de saber se ele sobreviveria à morte e, desse modo, encontraria seus pais em outro mundo. Tal sobrevivência e tais encontros aparecem, subitamente, nas últimas linhas de *Invitation to a beheading* ["Convite para uma decapitação"], como o sentido desse romance. São também o tema de um canto do poema "Fogo Pálido", de John Shade*, e das magníficas frases finais de *Lolita*:

> E não lamento C. Q. [Clare Quilty]. Alguém tinha de escolher entre ele e H. H. [Humbert Humbert], e alguém queria que H. H. existisse pelo menos durante mais uns dois meses, para fazer com que você pudesse viver nas mentes de gerações futuras. Estou pensando em auroques e anjos, no segredo de duráveis pigmentos, em sonetos proféticos, no refúgio da arte. E esta é a única imortalidade de que você e eu podemos compartilhar, minha Lolita.**

Deve ter se enfurecido ao perceber que essa aplicação já teria ocorrido a Wilson. Desconfio que também se aborreceu com a interpretação quase freudiana de Housman feita por Wilson. O discurso de Nabokov sobre os formigamentos foi influenciado, com certeza, por *Name and nature of poetry* ["Nome e natureza da poesia"], de Housman (o manifesto mais famoso, em língua inglesa, do que Nelson Goodman chamou de teoria da experiência estética "por Imersão no Calafrio"). Nabokov gostava da poesia de Housman em sua época de aluno de graduação no Trinity, embora, tempos depois, tenha se referido impiedosamente a *A Shropshire lad* ["Um rapaz de Shropshire"] como um "livrinho de poesia sobre homens jovens e a morte".

* V. Nabokov, *Fogo pálido* (trad. Jorio Dauster e S. Duarte, São Paulo, Companhia das Letras, 2. ed., 2004). (N. de T.)

** V. Nabokov, *Lolita*, trad. Brenno Silveira, Rio de Janeiro, Biblioteca Universal Popular, 1968. (N. de T.)

Nesse último trecho, como em muitos outros, Nabokov fala da imortalidade no sentido "literário" – o sentido em que se é imortal quando os livros que se escreveu são lidos para sempre. Noutros textos, porém, especialmente em sua autobiografia, ele fala da imortalidade no sentido teológico e metafísico comum – na possibilidade de sobreviver de algum modo à morte e, com isso, poder encontrar entes queridos mortos, num mundo além do tempo[11]. Ele não faz mistério de seu medo da morte (*SM*, p. 80):

> Vez após outra, minha mente tem feito esforços colossais para distinguir o mais tênue lampejo pessoal na escuridão impessoal dos dois lados de minha vida. A crença em que essa escuridão é causada meramente pelos muros temporais, que separam a mim e a meus punhos machucados do mundo livre da intemporalidade, é algo que compartilho alegremente com o selvagem coberto da mais espalhafatosa pintura. (*SM*, p. 14)

Vez após outra, Nabokov tentou ligar esse interesse sumamente antiquado pela imortalidade metafísica à idéia mais respeitável da imortalidade literária. Queria ver uma ligação entre criar calafrios, criar deleite estético, ser artista, no sentido em que ele, Joyce e Dickens eram artistas, e Orwell e Mann não eram, e libertar-se do tempo, entrar em outro estado do ser. Ele tinha certeza de haver uma conexão entre a imortalidade da obra e a da pessoa criadora da obra – entre estética e metafísica, para dizê-lo cruamente. No entanto, como não é de admirar, nunca soube dizer qual era essa conexão.

O melhor exemplo desse esforço galante, esplêndido e fadado ao fracasso é uma das poucas tentativas nabokovianas de

11 Vladimir Nabokov, *Speak, memory: an autobiography revisited* (Nova York, Pyramid, 1968), pp. 14, 37, 57, 87, 103 [*A pessoa em questão: uma autobiografia revisitada* (trad. Sergio Flaksman, São Paulo, Companhia das Letras, 1994)]. Deste ponto em diante, esse livro será citado entre parênteses como "*SM*".

trabalhar no meio desarmônico das idéias gerais. Trata-se de seu ensaio intitulado "A arte da literatura e o senso comum", no qual ele apresenta o mesmo protesto generalizado contra as idéias gerais que encontramos em Heidegger. Heidegger e Nabokov concordam em que o senso comum é uma apologia autoenganadora da irreflexão e da vulgaridade. Oferecem a mesma defesa da ironia singular e idiossincrática. Ambos rejeitam a afirmação platônica e democrática de que só se deve ter crenças que possam ser defendidas com base em premissas largamente compartilhadas. O tema do ensaio de Nabokov é o que ele chama de "supremacia do detalhe em relação ao geral" (*LL*, p. 373). Sua tese é: "Essa capacidade de nos deslumbrarmos com bagatelas – seja qual for o perigo iminente –, esses apartes do espírito, essas notas de rodapé no livro da vida são as mais elevadas formas de consciência, e é nesse estado mental infantilmente especulativo, muito diferente do senso comum e sua lógica, que sabemos que o mundo é bom" (*LL*, p. 374).

Aí não nos é meramente dito, de forma tautológica, que "a arte pura e a ciência pura" culminam nessas bagatelas causadoras de arrepios. O que nos é dito é que esses arrepios são "as mais elevadas formas de consciência". Essa afirmação é ambígua entre uma interpretação moral e uma interpretação metafísica. Pode significar que os calafrios são aquilo por que mais vale a pena lutar, ou significar o tipo de coisa que Platão queria dizer – que essa forma de consciência é superior, por colocar-nos em contato com o atemporal, por fazer-nos sair do fluxo e entrar num domínio que está além do tempo e do acaso. Se a afirmação fosse tomada apenas em seu sentido moral, seria plausível responder que, com certeza, era por isso que cabia as pessoas como Nabokov lutarem, mas que outras pessoas, dotadas de outros talentos – pessoas cujo cérebro não estivesse conectado de modo a produzir calafrios, mas fossem boas, por exemplo, para produzir frêmitos de indignação moral –, poderiam licitamente lutar por sua própria forma de perfeição. Nabokov, porém, queria absolutizar a afirmação moral, respaldando-a com a afirmação metafísica. Queria dizer que as imagens idiossincráticas, que ele produzia bem, e não o tipo de idéias generalizantes que Platão produzia bem, é que abriam as portas da imortalidade. A arte, e não a matemática, irromperia pelas muralhas do tempo para chegar a um mundo fora da contingência.

O problema do referido ensaio, mais uma vez, é que Nabokov junta a imortalidade literária à imortalidade pessoal. Se apenas a primeira estivesse em jogo, então, com efeito, Platão estaria errado e Nabokov, Heidegger e Derrida estariam certos[12]. Se

12 O que aprendemos desde Platão é que as idéias gerais são instrumentos para fins práticos, fins que são esquecidos com o correr do tempo, mas que determinadas imagens sobrevivem. Hoje em dia, podemos sair-nos melhor em termos de ideais morais, arranjos sociais e seres humanos do que Homero imaginou. Como diz Nabokov, "Na batalha imaginária entre o [*Homo*] *americus* e o [*Homo*] *homericus*, o primeiro leva o prêmio de humanidade", mas Homero sobrevive, porque suas imagens sobrevivem. Os meninos que adotam a ética de Aquiles ("sempre supere os outros") não passam de valentões maçantes, mas alguns epítetos homéricos ainda provocam arrepios em seus colegas de classe mais tranqüilos. Ninguém sabe nem está muito interessado em saber se Shakespeare quis transmitir uma visão sociopolítica em suas peças romanas, mas John Shade falou em nome de todos nós, antiplatônicos, ao dar a seguinte resposta à sugestão de Kinbore de que ele "[apreciava] particularmente as passagens floreadas" de *Hamlet*: "Sim, meu caro Charles, espojo-me nelas como um vira-lata agradecido num pedaço de relva estragado por um cão dinamarquês". A questão do refúgio em uma granja nos montes Sabinos perdeu o interesse, mas curvamo-nos a Horácio toda vez que descrevemos uma passagem como floreada. O próprio Platão, embora geralmente errasse quanto às idéias gerais, sobrevive como o primeiro mago branco. Foi ele o feiticeiro que teceu os primeiros fios da rede de metáforas que Derrida chama de "mitologia branca" do Ocidente. Sua fogueira especial ainda arde e seu sol particular ainda resplandece, muito depois de os matemáticos a quem ele admirava terem se tornado uma ferramenta nas mãos de construtores de bombas, e muito depois de as intuições morais que ele esperava aprimorar e purificar terem sido desmascaradas como provérbios incoerentes de uma cultura muito primitiva. Com respeito ao que Whitehead chamou de "imortalidade objetiva", as grandes figuras do passado realmente são, como disse Nabokov sobre Dickens, "grandiosas em sua imagística".

você quer ser lembrado pelas futuras gerações, dedique-se à poesia, não à matemática. Se quer que seus livros sejam lidos, e não respeitosamente amortalhados em couro trabalhado, você deve tentar produzir calafrios, e não a verdade. O que chamamos de senso comum – o corpo das verdades amplamente aceitas – é, como pensavam Heidegger e Nabokov, uma coletânea de metáforas mortas. As verdades são os esqueletos que sobram depois que a capacidade de despertar os sentidos – de provocar arrepios – é desgastada pela familiaridade e pelo uso prolongado. Depois de retiradas as escamas das asas de uma borboleta, tem-se a transparência, mas não a beleza – a estrutura formal sem o conteúdo sensorial. Depois de desgastado o frescor da metáfora, temos a linguagem clara, literal, transparente – o tipo de linguagem atribuído não a nenhuma pessoa em particular, mas ao "senso comum", à "razão" ou à "intuição": idéias tão claras e distintas que é possível enxergar através delas. Por isso, se suas metáforas, como as de Euclides, Newton ou J. S. Mill, forem socialmente úteis e literalizadas, você será honrado no plano abstrato e esquecido no particular. Terá se tornado um nome, mas deixado de ser uma pessoa. Entretanto, se, como Catulo, Baudelaire, Derrida e Nabokov, seus textos produzirem (apenas ou também) arrepios, você terá uma chance de sobreviver como mais do que um nome. Talvez venha a ser, como Landor e Donne*, uma das pessoas com quem um futuro Yeats esperará cear ao fim do dia.

Todavia, embora tudo isso seja verdade, não tem nenhuma relação com a sugestão de que a imortalidade literária está ligada à imortalidade pessoal – com a afirmação de que você realmente *estará* lá, para além das muralhas do tempo, à espera de

* Referência aos poetas ingleses Walter Savage Landor (1775–1864) e John Donne (1572–1631). (N. de T.)

seus convidados do jantar. Como assinalou Kant, e como admitiu Nabokov, pesarosamente, nada *poderia* conferir plausibilidade a essa afirmação. Esperar, como tudo o mais que se imagine fazer, leva tempo[13]. Porém, mesmo que descartemos a afirmação metafísica, ainda teremos que levar a sério uma outra afirmação feita por Nabokov – a de que é "nesse estado mental infantilmente especulativo [...] que sabemos que o mundo é bom".

Nabokov acha que a "bondade" é algo irracionalmente concreto, algo a ser captado pela imaginação, e não pelo intelecto. Ele inverte a linha dividida de Platão, de tal modo que a *eikasia*, e não o *nous*, transforma-se na faculdade do conhecimento moral[14]. Diz ele:

> Do ponto de vista do senso comum, o "bem" de um alimento, digamos, é tão abstrato quanto seu "mal", pois ambos são qualidades que não podem ser percebidas pelo juízo sadio como objetos tangíveis e completos, mas, quando executamos aquela torção mental necessária, que é como aprender a nadar ou a mudar a trajetória de uma bola, percebemos que o "bem" é algo redondo e cremoso, e lindamente ruborizado, algo com um avental limpo e braços desnudos e quentes que nos embalaram e nos consolaram. (*LL*, p. 375)

13 Nabokov resignou-se tanto quanto Kant ao fato de que a especulação, à moda de Swedenborg, nunca chegará a parte alguma: "Viajei no tempo – com o pensamento a se extinguir desesperançadamente enquanto eu prosseguia – de volta a regiões remotas, onde tateei em busca de um escape, apenas para descobrir que a prisão do tempo é esférica e não tem saídas" (*SM*, p. 14).

14 Talvez Nabokov tenha sido influenciado pela tentativa bergsoniana de um platonismo às avessas e, em particular, por *As duas fontes da moral e da religião* [Rio de Janeiro, Zahar, 1976]. Cf. Nabokov, *Strong opinions* (Londres, Weidenfeld & Nicolson, 1974), pp. 42, 290, que doravante será citado entre parênteses como "*SO*".

No mesmo ensaio, ele junta essa idéia do bem como algo "real e concreto" a seu sentimento de solidariedade com "alguns milhares" de outros que compartilham seus dotes:

> a crença irracional na bondade do homem [...] transforma-se em algo muito maior do que a base vacilante das filosofias idealistas. Transforma-se numa verdade sólida e iridescente. Isso significa que o bem se torna uma parte central e tangível do mundo de alguém, mundo que, à primeira vista, parece difícil de identificar com o mundo moderno dos editores de jornais e outros pessimistas brilhantes, que nos dirão, para falar com brandura, que é ilógico aplaudir a supremacia do bem numa época em que algo chamado Estado policialesco, ou comunismo, tenta transformar o globo em oito milhões de quilômetros quadrados de terror, estupidez e arame farpado. [...] Mas no mundo enfática e inabalavelmente ilógico que anuncio como morada do espírito, os deuses da guerra são irreais, não por estarem convenientemente distantes, no espaço físico, da realidade de um abajur de leitura e da solidez de uma caneta-tinteiro, mas porque não consigo imaginar (e isso é dizer muito) circunstâncias tais que possam invadir o mundo encantador e cativante que persiste serenamente, ao passo que posso muito bem imaginar que meus colegas sonhadores, milhares dos quais vagueiam pela Terra, atenham-se a esses mesmos padrões irracionais e divinos durante as mais sombrias e atordoantes horas de perigo físico, dor, poeira e morte. (*LL*, p. 373)

Interpreto essas duas passagens como algo que faz uma importante colocação psicológica: a de que a única coisa capaz de permitir a um ser humano combinar altruísmo e alegria, a única coisa que possibilita a ação heróica ou o discurso esplêndido, é uma cadeia muito específica de associações com lembranças altamente idiossincráticas[15]. Freud disse a mesma coisa, e ele era a pessoa de quem Nabokov se ressentia da mesma forma obsessiva e intensa que Heidegger ressentia-se de Nietzsche. Em ambos os casos, era o ressentimento dirigido ao precursor que talvez já houvesse escrito todas as melhores linhas do sujeito. Tal tese psicológica liga Hume, Freud e Nabokov e os distingue de Platão e Kant, mas não é uma afirmação metafísica sobre a "natureza" do "bem" nem uma afirmação epistemológica sobre nosso "conhecimento" do "bem". Ser impulsionado ou inspirado por uma imagem não é o mesmo que conhecer um mundo. Não precisamos postular um mundo fora do tempo, que seja a sede dessas imagens, para explicar a ocorrência delas ou seus efeitos sobre a conduta.

Todavia, apenas se, de algum modo, pudesse espremer um pouco de metafísica de suas duas afirmações solidamente antiplatônicas – a referente à natureza da imortalidade literária e a outra sobre a natureza da motivação moral –, é que Nabokov teria conseguido ligar a utilização de seus talentos à natureza

15 Nesse sentido, embora em nenhum outro, Nabokov tem razão ao dizer que "todos pensam em imagens, não em palavras" (*SO*, p. 14). Eu sustentaria que, quando não se pode usar a linguagem, pode-se ter tão pouca consciência de imagens internas quanto de objetos externos, mas essa tese "nominalista psicológica" de Sellars é compatível com concordar em que o que individualiza as pessoas, o que lhes dá seu sabor especial e suas neuroses características, não são as atitudes proposicionais diferentes, e sim as associações diferentes das palavras de seus vocabulários finais (inclusive da palavra "bem", que ocorre nos de quase todo mundo) com determinadas situações. No caso de tipos especiais de pessoas, como Nabokov, que têm cérebros especialmente equipados, isso significa uma associação com imagens extremamente vívidas e detalhadas dessas situações, mas Nabokov, é claro, exagera ao extremo ao afirmar que as pessoas que não têm sua faculdade eidética especial levam vidas simples e vulgares. Há inúmeras maneiras de uma mente ser rica e interessante que não envolvem imagens (por exemplo, a música – à qual Nabokov, assim como Yeats, e diferentemente de seu próprio pai e de seu filho, era quase completamente insensível).

das coisas. Só então poderia ver seus dotes especiais como algo que o colocava numa situação epistemologicamente privilegiada, em condições de conhecer o segredo de que, como crêem os selvagens espalhafatosamente pintados e como acabou percebendo Cincinnatus C.*, o tempo e a causalidade são um mero engodo vulgar. Somente se pudesse estabelecer essa ligação é que ele poderia defender sua afirmação de que o interesse de Dickens pela reforma social era simplesmente o ponto fraco de um grande artista, e sua sugestão de que autores contemporâneos como Orwell não mereciam nenhum agradecimento pelos serviços prestados à liberdade humana.

A coletânea de idéias gerais que Nabokov reuniu, na esperança de se convencer de que o tempo e a causalidade *eram* engodos, é uma mistura estranha e incoerente de atemporalidade platônica e sensualismo antiplatônico. É uma tentativa de combinar as comodidades da metafísica antiquada com a polêmica antimetafísica atual que é comum a Bergson e Heidegger. Tal como os sistemas de idéias gerais que os teóricos ironistas constroem para atacar a própria idéia de uma idéia geral, trata-se do que Stanley Fish chama de um "artefato autodevorador". Mesmo assim, esses dispositivos frágeis e desequilibrados, com sua engenhosa combinação de dogma e ironia, têm a mesma iridescência do poema "Fogo pálido", do personagem John Shade. Assim como esse poema, o sistema de Nabokov é a sombra do pássaro, no instante que antecede seu choque contra as muralhas do tempo.

Por que Nabokov quis esse recurso? Por que se arriscou dessa maneira? Creio que houve duas razões, nenhuma das quais teve a ver com o medo da morte. A primeira, e mais importante, foi um sentimento agigantado de piedade. Sua capacidade ex-

* Protagonista de *Invitation to a beheading* ["Convite para uma decapitação"], de Nabokov, livro publicado em fascículos em 1932. (N. de T.)

centricamente grande de alegria, sua capacidade idiossincrática de vivenciar um deleite tão imenso que parecia incomensurável com a existência do sofrimento e da crueldade, deixaram-no incapaz de tolerar a realidade do sofrimento. A capacidade nabokoviana de sentir pena dos outros era tão grande quanto a capacidade proustiana de sentir pena de si mesmo – uma capacidade que Proust, de maneira admirável, soube atrelar a sua tentativa de autocriação. O deleite começou cedo para Nabokov. Ele não teve qualquer motivo para a autocomiseração nem qualquer necessidade de criar a si mesmo. A diferença entre o romance de Proust e os de Nabokov é a diferença entre um *Bildungsroman* e um crescendo de afirmações cada vez mais fervorosas da mesma fé infantil. Nabokov parece nunca ter sofrido uma perda pela qual se culpasse, nunca ter se desprezado, suspeitado ou duvidado de si mesmo. Não *precisou* lutar pela autonomia, fundir uma consciência moral na forja de sua alma, buscar um vocabulário final feito por ele mesmo. Foi um herói para seus pais e para si mesmo – um homem de muita sorte. Teria sido um mero chato pretensioso, se porventura seu cérebro não fosse equipado de um modo que o habilitava a se surpreender e se deleitar continuamente, dispondo palavras em padrões iridescentes.

Todavia, o outro lado dessa capacidade de deleite era a impossibilidade de suportar a idéia da dor intensa. A intensidade da comiseração de Nabokov levou-o ao romance que despertou mais protestos entre seus admiradores: *Bend sinister* ["Sinistro desvio"]. Nesse romance, o filho de oito anos de Adam Krug é torturado até a morte por loucos, porque seu dossiê foi arquivado no lugar errado pelos burocratas inexperientes de um governo revolucionário. Nabokov não tenta retratar a dor de Krug. Mais do que isso, recusa-se a contemplar a realidade de um sofrimento dessa monta. Assim, tal como em *Invitation to a beheading*, transpõe o herói para outro "campo do ser": Cincinnatus levanta-se tão logo sua cabeça é decepada, observa a guilhotina e vê os espectadores se dispersarem e, em seguida, "abre caminho em direção ao local em que, a julgar pelas vozes, estavam seres que lhe eram semelhantes". Em *Bend sinister*, Nabokov salva Krug da percepção do que aconteceu, mediante o que chama de "intervenção de uma divindade antropomórfica personificada por mim"[16]. Diz Nabokov que "senti uma fisgada de piedade por Adam e deslizei até ele por um feixe inclinado de luz pálida – causando uma loucura instantânea, mas ao menos salvando-o da agonia absurda de seu destino lógico" (pp. 193-4). O autor de Krug atravessa "uma fenda no mundo [de Krug] que leva a um outro mundo, feito de ternura, luminosidade e beleza" (p. 8). O modo de Nabokov brincar com idéias gerais sobre a imortalidade, com a idéia de haver uma fenda em seu mundo e nos nossos, como no de Krug, foi mais uma expressão da mesma piedade que salvou Cincinnatus e Krug.

Há uma segunda razão, porém, que precisa ser levada em conta. Trata-se de que Nabokov parece nunca ter-se permitido sentir esperança na sociedade. Era filho de um famoso estadista liberal que foi assassinado quando o escritor tinha 22 anos. O círculo de seu pai – que incluía, por exemplo, H. G. Wells, que Nabokov conheceu à mesa paterna – não tinha tempo para a metafísica, porque concentrava suas esperanças nas futuras gerações. Essas pessoas exemplificaram a substituição da esperança de imortalidade pessoal pela esperança nas futuras gerações, que discuti no capítulo 4. É desta última esperança que Nabokov parece nunca ter tido o menor vestígio. Talvez a houvesse sentido,

16 Vladimir Nabokov, *Bend sinister* (Harmondsworth, Penguin, 1974), p. 11. Deste ponto em diante, o livro será citado entre parênteses pelo número de página.

um dia, e a tivesse abandonado em decorrência do assassinato do pai. Talvez nunca a tenha tido, por reconhecer desde cedo que ele e o pai tinham talentos antitéticos, embora igualmente grandiosos, e que trairia a si mesmo se tentasse fazer até a mais leve imitação de alguém a quem amava tão intensamente. Qualquer que tenha sido a razão, ele sempre repudiou qualquer interesse por movimentos políticos. Em *The gift* ["A dádiva"], Fyodor caminha pelas ruas da Berlim da década de 1920 e nota que "três tipos de bandeiras projetavam-se das janelas das casas: as de cor preta-amarela-vermelha, preta-branca-vermelha e apenas vermelha; agora, cada qual significava uma coisa, e o mais engraçado é que esse algo era capaz de despertar orgulho ou ódio nas pessoas". Reparar nas bandeiras induz a uma meditação sobre a Rússia soviética, que termina quando Fyodor pensa:

> Ah, que tudo passe e seja esquecido – e novamente, daqui a duzentos anos, um fracassado ambicioso dará vazão a sua frustração nos simplórios que sonham com uma boa vida (isto se não chegar o *meu* reino, onde cada um vive no seu canto e não há igualdade nem autoridades – mas, se você não o quiser, não insisto nem me incomodo).[17]

Nabokov não fazia idéia – quem faz? – de como criar um Estado sem igualdade nem autoridades, mas também abriu mão da idéia liberal moderna de trabalhar por um futuro em que a crueldade já não fosse institucionalizada. Nesse aspecto, foi um retrocesso à Antigüidade, a uma época em que essa esperança social era tão obviamente irrealista, que tinha pouco interesse para os intelectuais. Sua metafísica sobre o outro mundo é o que podería-

17 Vladimir Nabokov, *The gift* (Harmondsworth, Penguin, 1963), p. 370.

mos imaginar produzido por um contemporâneo de Platão, escrevendo em parte para imitar, em parte para reagir ao *Fédon* – um contemporâneo que não compartilharia a necessidade platônica de um mundo em que ele pudesse não sentir vergonha, mas que precisaria de um mundo em que não tivesse que sentir piedade.

Entretanto, se a carreira de Nabokov como romancista houvesse chegado ao auge com a criação de Fyodor Godunov-Cherdyntsev, Cincinnatus C. e Adam Krug, não o leríamos com a freqüência com que o lemos. Os personagens que acabo de mencionar são conhecidos por terem sido criados pelo autor de outros dois – Humbert Humbert e Charles Kinbote. Estes são as figuras centrais dos livros de Nabokov sobre a crueldade – não a "farsa bestial" comum a Lênin, Hitler, Gradus e Paduk, mas o tipo *especial* de crueldade de que são capazes os que também são capazes de deleite. Esses livros são reflexões sobre a possibilidade de existirem assassinos sensíveis, estetas cruéis, poetas impiedosos – mestres da imagística que se contentam em transformar a vida de outros seres humanos em imagens numa tela, simplesmente sem notar que essas outras pessoas sofrem. O mal-estar de Nabokov com o compromisso filosófico instável que ele havia elaborado, e com o que devem ter sido, pelo menos ocasionalmente, dúvidas sobre sua recusa a pensar em termos de solidariedade humana, levou-o a considerar a possibilidade de que estivesse errado. Sendo o homem íntegro que era, Nabokov escreveu seus melhores livros para investigar a possibilidade de que, afinal, seus críticos mais rigorosos tivessem razão.

O que seus críticos vinham sugerindo era que, na verdade, Nabokov era Harold Skimpole. Skimpole, o esteta sedutor de *A casa soturna*, provoca a morte de Jo – um ato lindamente descrito por Nabokov como "a falsa criança traindo a verdadeira"

(*LL*, p. 91). Skimpole reivindica os privilégios da criança e do poeta. Vê a vida de todas as outras pessoas como poesia, por mais que elas sofram[18]. Skimpole encara o fato de haver aceitado cinco libras esterlinas para revelar o paradeiro de Jo ao agente de Tulkinghorn como uma concatenação divertida das circunstâncias[19], um poeminha agradável, o tipo de coisa que John Shade chama de "uma espécie de malha e contramalha, uma espécie de padrão correlacionado no jogo". Ao afirmar que não apreende conceitos como "dinheiro" e "responsabilidade", Skimpole procura desculpar-se por viver da caridade e do sofrimento alheios[20].

Fica claro por sua autobiografia que a única coisa realmente capaz de abater Nabokov era o medo de ser ou ter sido cruel. Mais especificamente, o que ele tinha pavor era de simplesmente não haver *notado* o sofrimento de alguém com quem tivesse estado em contato (*SM*, pp. 86-7). Doía-lhe terrivelmente recordar o sofrimento que pudesse ter causado, inadvertidamente, a um colega de classe ou a uma governanta. Ele devia apavorar-se ao pensar que podia ser Skimpole, afinal. A intensidade de seu medo da crueldade parece-me mostrar que devemos ler *Fogo pálido* como se o livro concernisse a duas *personae* do próprio Nabokov. De um lado está John Shade, que combina as virtudes privadas de Nabokov com uma paciência à moda de Jarndyce para com seu amigo monstruoso, o falso menino Kinbote. De outro lado está o próprio Kinbote, cuja característica central é sua incapacidade de notar o sofrimento de qualquer outra pessoa, especialmente o de Shade, *mas que é um escritor muito melhor do que Shade.*

---

18 Charles Dickens, *Bleak house* (Nova York, Signet, 1964), pp. 445, 529.

19 Cf. a discussão nabokoviana dessa passagem em *LL*, p. 90.

20 Essa foi, em algumas ocasiões, a visão de Edmund Wilson sobre o que seu amigo Nabokov vinha fazendo. Vez por outra, Wilson colocava-se no papel de John Jarndyce [também de *A casa soturna*], o protetor generoso e paciente, em oposição a Nabokov, como o encantador e imoral Skimpole.

As maiores criações de Nabokov são personagens obsessivos – Kinbote, Humbert Humbert e Van Veen – que, *embora escrevam tão bem quanto seu criador no auge de sua qualidade*, são pessoas que o próprio Nabokov abomina, tanto quanto Dickens abominava Skimpole. Humbert, nas palavras de Nabokov, é "um miserável fútil e cruel, que consegue parecer 'tocante'" (*SO*, p. 94) – e o consegue por ser capaz de escrever tão bem quanto Nabokov. Kinbote e Humbert são primorosamente sensíveis a tudo que afeta ou serve de expressão para suas obsessões, e inteiramente indiferentes a qualquer coisa que afete outras pessoas. Esses personagens dramatizam, de um modo como nunca fora dramatizado até então, a forma particular de crueldade com que Nabokov mais se preocupava – a incuriosidade.

Antes de dar exemplos dessa cruel incuriosidade, extraídos dos romances, permitam-me oferecer outro tipo de prova para corroborar a afirmação que acabo de fazer. Lembremos a rápida definição nabokoviana, entre parênteses, do termo "arte", no trecho sobre o "deleite estético" já citado neste capítulo. Ao escrever o que ele sabia que seria a passagem mais discutida do que sabia que se tornaria seu manifesto mais amplamente lido, o Posfácio de *Lolita*, Nabokov identificou a arte com a presença conjunta de "curiosidade, ternura, bondade e êxtase". Observe-se que "curiosidade" vem em primeiro lugar[21].

---

21 Os antecedentes dessa definição de arte são interessantes. Visto que Nabokov parecia nunca se esquecer de nada, é provável que um comentário sarcástico feito a Wilson sobre "a propaganda bolchevique ultrapassada de que você se imbuiu na juventude" (Simon Karlinsky [org.], *The Nabokov-Wilson letters*, Nova York, Harper, 1979, p. 304, 13 de dezembro de 1956) tenha sido uma alusão a um comentário igualmente sarcástico que Wilson fizera oito anos antes. Em 1948, Wilson escrevera o seguinte a Nabokov: "Nunca pude compreender como você consegue, por um lado, estudar borboletas do ponto de vista do *habitat* delas e, por outro, fingir que é possível escrever sobre seres humanos e deixar fora de consideração qualquer questão sobre a sociedade e o meio ambiente. Cheguei à conclusão de que você simplesmente adotou, na juventude, a *Arte pela Arte do*

A meu ver, Nabokov tenta encaixar uma filosofia moral *ad hoc* e implausível nesses parênteses, assim como tenta encaixar a imortalidade metafísica na expressão "outros estados do ser", que utiliza para definir o "deleite estético". Se a curiosidade e a ternura são as marcas do artista, se ambas são inseparáveis do êxtase – de tal modo que, quando estão ausentes, não há deleite possível –, então, afinal, não há distinção entre o estético e o moral. O dilema do esteta liberal está resolvido. Tudo que se faz necessário para agir bem é fazer aquilo em que os artistas são bons – notar as coisas que a maioria das outras pessoas não nota, ter curiosidade sobre o que os outros presumem como fatos corriqueiros, enxergar a iridescência momentânea, e não apenas a estrutura formal subjacente. O artista curioso e sensível será o modelo da moral, porque será o único que sempre repara em tudo.

Essa visão, mais uma vez, é um platonismo às avessas: Platão estava certo em dizer que conhecer o bem é fazê-lo, mas forneceu exatamente a razão errada. Achava que "conhecer o bem" era uma questão de apreender uma idéia geral, quando, na verdade, conhecer o bem é apenas intuir o que importa para outras pessoas, qual é sua imagem do bem – é notar se elas pensam no bem como algo redondo, cremoso e ruborizado, ou, talvez, como algo em forma de prisma, parecido com uma jóia e reluzente. O artista terno e curioso seria aquele que, tal como Shade e diferentemente de Skimpole ou Kinbote, teria tempo para as fantasias dos outros, e não apenas para as suas. Seria um poeta não obce-

fin-de-siècle e nunca parou para pensar nisso. Breve lhe mandarei um livro meu [*The triple thinkers*] que talvez o ajude a corrigir esses problemas" (idem, p. 211; 15 de novembro de 1948). Nabokov respondeu de imediato. Depois de descartar Faulkner e Malraux, dois favoritos de Wilson, como "escritores populares medíocres", disse ele: "A 'arte pela arte' não significa nada, a menos que se defina o termo 'arte'. Primeiro, dê-me sua definição dele, e depois poderemos conversar" (ibid., p. 214; 21 de novembro de 1948). Wilson não aceitou o desafio, mas Nabokov o fez, na passagem que estou discutindo.

cado, mas, apesar disso, alguém cujos poemas seriam capazes de produzir êxtase[22].

Contudo, Nabokov sabia muito bem que o êxtase e a ternura não apenas são separáveis, como tendem a impedir um ao outro – a maioria dos poetas não obcecados é, como Shade, de segunda categoria. Esse é o conhecimento "moral" que seus romances nos ajudam a adquirir, e para o qual sua retórica esteticista é irrelevante. Ele sabe muito bem que a busca de autonomia é discrepante dos sentimentos de solidariedade. Sua filosofia moral parentética só seria sólida se fosse verdade que, como diz Humbert, "os poetas nunca matam". Porém, é claro que Humbert mata – e, tal como Kinbote, Humbert é exatamente tão bom escritor, exatamente tão bom artista, capaz de criar exatamente tanto êxtase iridescente quanto o próprio Nabokov. Nosso autor gostaria que as quatro características que compõem a arte fossem inseparáveis, mas tem de enfrentar o fato desagradável de que os escritores podem obter e produzir êxtase ao mesmo tempo que não notam o sofrimento, ao mesmo tempo que se mostram sem curiosidade sobre as pessoas cujas vidas lhes fornecem material. Nabokov gostaria de ver todo o mal do mundo – todas as faltas de ternura e de bondade – produzido por não poetas, por vulgares generalizantes e incuriosos como Paduk e Gradus[23], mas sa-

22 Contrastemos a lista nabokoviana das características da arte com o que Baudelaire nos diz ser a norma em Citera, isto é, "ordem, beleza, luxúria voluptuosa e calma". Essa também era a norma nas casas de campo da infância de Nabokov, ilhas em meio ao que ele afirmou ser um "país perfeitamente franco e bastante aterrador" (*SM*, pp. 85-6). A definição nabokoviana dá um novo toque ao lema da "arte pela arte" e à relação entre arte e moral. A descrição baudelairiana da norma em Citera não menciona nenhuma relação com outros seres humanos, a não ser, talvez, pelo gozo voluptuoso, mas a de Nabokov o faz.

23 Nabokov poderia ter incluído Lênin nessa lista, mas, por outro lado, não poderia, pois deve ter desconfiado de que ele e Lênin tinham mais em comum do que um ou o outro com Paduk ou Gradus [de *Bend sinister* e *Fogo pálido*, respectivamente]. Lênin, a meu ver, avulta no pano de fundo da consciência nabokoviana como a figura assustadora de O'Brien – o homem que dominará o

be que não é assim[24]. Nabokov gostaria, desesperadamente, que os dons artísticos bastassem à virtude moral, mas sabe que não há ligação entre a curiosidade contingente e seletiva do artista autônomo e o projeto político de seu pai – a criação de um mundo em que a ternura e a bondade sejam a norma humana. Assim, cria personagens que são extasiados e cruéis, atentos e desapiedados, poetas que são apenas seletivamente curiosos, obsessivos que são tão sensíveis quanto são insensíveis[25]. O que ele mais teme é que não se possa ter as duas coisas – que não haja síntese entre o êxtase e a bondade.

---

mundo, por combinar a crueldade de Paduk com algo incomodamente semelhante ao cérebro de Nabokov. A postura oficial de Nabokov é que "a vida de Lênin difere tanto da de James Joyce, digamos, quanto um punhado de cascalho difere de um diamante azul, embora os dois tenham sido exilados na Suíça e os dois tenham escrito um vasto número de palavras" (*SO*, pp. 118-9), mas duvido que ele conseguisse realmente acreditar nisso.

24 Sabe não apenas que Humbert está errado ao dizer que "os poetas nunca matam", como sabe ser inútil dizer, com Kinbote, que "quem mata é *sempre* inferior a sua vítima" (*Pale fire*, p. 157). É que "inferioridade" não significa nada aí – é uma daquelas idéias gerais feitas à máquina. Se pudéssemos especificar em que sentido os assassinos são sempre inferiores a suas vítimas, em que aspecto, por exemplo, Humbert é inferior a Quilty, ou O'Brien a Winston, talvez disséssemos algo útil, mas tudo que podemos dizer é que eles são *moralmente* inferiores – e, se é isso que queremos dizer, mais valeria declarar que "Não matarás" e dar o assunto por encerrado. A posição de Nabokov sobre as idéias gerais é que, uma vez deixados os detalhes concretos para trás, tudo se embota rapidamente, e mais vale não enunciar o resultado.

25 O que faz de Humbert e Kinbote pessoas tão interessantes é que, embora raramente reajam às pessoas de maneiras previsíveis, eles não são alheios aos outros. Não só são *intensamente* curiosos, ainda que de modo seletivo, como suas mentes descobrem "uma espécie de padrão distorcido no jogo", um tema na vida dos outros. Indagar se esse padrão realmente existe é tão ruim quanto indagar se um artista "representa verdadeiramente" as emoções humanas. Depois que o artista faz seu trabalho, este "existe" tanto quanto o padrão que o discurso moral convencional encontra na mesma história de alegria e sofrimento. Kinbote não "inventa alguma coisa" ao ler a história de Zembla nas entrelinhas do poema de Shade, do mesmo modo que não "representa de forma inexata". Ele reage a um estímulo e, com isso, cria um novo estímulo.

É importante notar que Kinbote *se importa* muito com o poema de Shade, mesmo que seja por todas as razões erradas. Pensa muito nele, ainda que seu pensamento tome rumos sumamente diferentes do de Shade. Isso ilustra a tese de que um comentário perverso, egocêntrico – o que Bloom chama de "leitura forte" – continua a ser um comentário. Assim como uma leitura heideggeriana

Os dois romances de seu auge explicitam esse medo[26]. O notável em ambos é a completa originalidade dos dois personagens centrais, Humbert e Kinbote. Até então, ninguém havia pensado em perguntar como seria ser um Skimpole que também fosse um gênio – alguém que não se limitasse simplesmente a jogar a palavra "poesia" de um lado para outro, mas que realmente *soubesse* o que era a poesia. Esse tipo particular de gênio monstruoso – o monstro da incuriosidade – é a contribuição de Nabokov para nosso conhecimento das possibilidades humanas. Desconfio que

de Kant continua a ser uma leitura de Kant, a reação de um homem como Kinbote ao suicídio da filha de Shade é algo que temos de levar em conta. É algo sobre o qual devemos sentir curiosidade, assim como devemos ser curiosos quanto à reação de John Shade, que consistiu em escrever "Fogo pálido", ou a de Sybil Shade, que foi a de traduzir para o francês o sermão de Donne sobre a morte e "A ninfa na morte do fauno", de Marvell. (Cf. Nabokov, *Pale fire*, Nova York, Berkeley, 1968, pp. 33, 161-2.) As pessoas reagem ao êxtase intolerável, ao anseio sem esperança ou à dor intensa da melhor maneira que podem, e, quando se troca o âmbito da ação pelo da escrita, de nada adianta a ninguém perguntar se a reação foi "apropriada". Propriedade é uma questão de assumir um lugar dentro de um padrão preestabelecido e conhecido. A curiosidade que Nabokov considera essencial para a arte consiste em nunca estar satisfeito com esse padrão.

26 Usarei uma nota de rodapé para falar um pouco de por que considero *Lolita* e *Fogo pálido* o auge de Nabokov. Insisto em considerarmos que esses dois romances giram em torno do mesmo tema de um de seus primeiros romances, *The gift* ["A dádiva"], ou seja, em torno da escolha entre ternura e êxtase enfrentada pelos seres dotados de talento artístico, a exigência de que eles sejam apenas *seletivamente* curiosos. Comparados aos dois romances posteriores, entretanto, *A dádiva* é didático, um conjunto de ilustrações de algumas idéias gerais. A trajetória da carreira de Nabokov, como da de Heidegger, foi moldada pela tentativa de não ser didático, de evitar o uso de palavras que tivessem sido maculadas, reduzidas à quase transparência pelo uso corriqueiro. Nabokov criticou seu primeiro romance, *Machenka* [trad. Jorio Dauster, São Paulo, Companhia das Letras, 1995], dizendo que "os personagens de exilados que reuni naquela vitrine [*Machenka*] eram tão transparentes ao olhar da época, que se podia facilmente discernir as etiquetas atrás deles" (Nabokov, *King, queen, knave* ["Rei, dama, valete"], Nova York, Putnam, 1968, p. viii). Heidegger suspeitava de que toda a sua obra anterior se tornaria ou já se havia tornado inútil, pelo fato de as palavras que ele tinha inventado estarem passando para o uso geral e, com isso, sendo reduzidas ao nível de "conceitos", meros instrumentos para chegar a uma finalidade que lhes era extrínseca. De maneira análoga, podemos imaginar Nabokov percebendo que sua obra anterior

só alguém que temesse estar executando um auto-retrato parcial poderia ter feito essa contribuição específica[27].

Deixem-me oferecer outras provas dessa interpretação dos dois romances, citando outro comentário do Posfácio de *Lolita*. Nabokov lista "os nervos do romance [...] os pontos secretos, a

---

corria o risco considerável de ser classificada conforme o tipo de termos gerais que forneço aqui. Esse é o único tipo de termos em que é possível fazer o tipo de coisa que estou tentando fazer, e que Nabokov desprezava as pessoas por fazerem – "situá lo" em relação a romancistas como Orwell, que tinham talentos diferentes e objetivos diferentes. Nabokov partilhava a esperança heideggeriana de vir a criar palavras e livros que fossem tão impossíveis de classificar, que ficassem tão claramente fora de qualquer forma conhecida de agrupamento de semelhanças e diferenças, que não sofreriam esse tipo de banalização. Mas – como nos ensinou Hegel – nenhuma realização individual de peso escapa a essa banalização, porque a "importância" é determinada exatamente pelo grau de esforço requerido para introduzir o particular no universal, para sintetizar o idiossincrático com o social. As realizações mais importantes são as que tornam essa síntese extraordinariamente difícil, mas sem torná-la impossível. Heidegger atingiu o equilíbrio perfeito entre a dificuldade inicial máxima de síntese e a transparência posterior e, portanto, atingiu seu auge em sua fase intermediária – o período em que escreveu o que chamou de "a história do Ser". Depois disso, em sua fase final, tornou-se *meramente* idiossincrático, buscando tramas pessoais, ressonâncias pessoais, obsessões pessoais. Nabokov atingiu o mesmo tipo de equilíbrio perfeito em seu período intermediário – o de *Lolita* e *Fogo pálido*. Depois disso, na fase iniciada por *Ada* e encerrada com *Somos todos arlequins* [trad. Vera Pedroso, Rio de Janeiro, Record, 1977], também ele se tornou *meramente* idiossincrático. Mesmo em *Ada*, passou metade do tempo falando apenas consigo mesmo. Como disse Robert Alter, *Ada* é "uma quase obra-prima deslumbrante, mas, às vezes, também exasperante, à qual faltam a seletividade e o controle perfeitos de *Lolita* e *Fogo pálido*" ("*Ada*, or the Perils of Paradise", em Peter Quennell [org.], *Vladimir Nabokov: a tribute*, Londres, Weidenfeld, 1979, p. 104). Os dois grandes romances têm uma idiossincrasia nitidamente nabokoviana, que falta aos romances anteriores (com a possível exceção de *Invitation to a Beheading*), e uma perfeição de forma que falta aos últimos romances.

27 A ninfolepsia de Humbert e a homossexualidade de Kinbote tornam-se tão plausíveis e interessantes (tão "cativantes", para usar a palavra que todos empregam a respeito de Skimpole em *A casa soturna*) que, provavelmente como pretendera Nabokov, despertam indagações na mente dos leitores sobre as próprias idéias nabokovianas do sexo. Considero que elas são apenas mais outras das célebres pistas falsas do autor. Certamente há algo de Nabokov nesses monstros, mas não tem nada particularmente a ver com nenhum tipo particular de sexo. As obsessões sexuais são apenas exemplos práticos de um fenômeno mais geral.

coordenada subliminar por cujo meio a trama do livro se constrói" (p. 315). Entre esses pontos secretos, diz-nos ele, está "o barbeiro de Kasbeam (que me custou um mês de trabalho)"[28]. Esse barbeiro aparece em apenas uma frase:

> Em Kasbeam, um barbeiro velhíssimo fez-me um corte muito medíocre no cabelo: tagarelou sobre um filho que jogava beisebol e, a cada fricativa, cuspia em meu pescoço, e volta e meia limpava os óculos na toalha que me envolvia, ou inter-

28 A cidade de Kasbeam é descrita tal como vista do alto de uma colina próxima, em termos que antecipam os usados no momento do clímax, pouco antes do fim do romance, quando Humbert olha de outra colina para mais uma cidade "de brinquedo", aquela da qual se ergue a "melodia de crianças a brincar". E então Humbert percebe que "a coisa irremediavelmente pungente não era a ausência de Lolita a meu lado, mas a ausência de sua voz naquela harmonia" (p. 306). Esse é o momento que produz o que Humbert chamara anteriormente de "o atroz, inacreditável, insuportável e, creio eu, eterno horror que *hoje* experimento" (p. 167). Ao escrever sua história, enquanto agoniza com uma doença cardíaca, Humbert descreve esse horror, ao dizer: "Mas – ai de mim! – sentia-me incapaz de transcender o simples fato humano de que, qualquer que fosse o consolo espiritual que pudesse obter, quaisquer que fossem as eternidades litofânicas que me pudessem ser proporcionadas, nada poderia fazer com que minha Lolita esquecesse a imunda luxúria que eu lhe infligira. A menos que se me possa provar – a mim, como sou agora, hoje, com este meu coração, esta minha barba e esta minha putrefação – que, no fluxo infinito das coisas, não tem a mínima importância que uma menina norte-americana chamada Dolores Haze tenha sido privada de sua infância por um maníaco, a menos que isso possa ser provado (e, se puder sê-lo, então a vida não passa de uma piada), não vejo outra coisa, para o tratamento de minha miséria, senão o paliativo melancólico e muito local da arte da palavra. Como diz um velho poeta,

> O senso moral, nos mortais, é o dever
> Que temos de pagar pelo senso mortal da beleza". (p. 281)

O velho poeta é o próprio Nabokov. Sugiro que ele esperava que os poetas tivessem que pagar esse tributo, mas não tinha certeza e, por isso, não tinha certeza de que a vida não fosse uma piada.
Não sei ao certo se o "me custou um mês de trabalho" significa que Nabokov reescreveu a frase referente ao barbeiro durante um mês, ou significa que suas associações com a idéia de não notar a morte do filho de outra pessoa impediram-no de escrever por um mês, ou que um encontro real com o sofrimento de outrem (talvez um barbeiro de verdade) impediu-o de escrever durante um mês. É típico de Nabokov deixar que o leitor tente adivinhar.

> rompia seu trabalho trêmulo com a tesoura para me mostrar recortes desbotados de jornal; e tão desatento estava eu que foi um choque perceber, quando ele apontou para uma fotografia emoldurada entre as velhas loções cinzentas, que o jovem e bigodudo jogador a quem se referia tinha morrido já fazia trinta anos. (p. 211)

Essa frase sintetiza a falta de curiosidade de Humbert – sua desatenção para com tudo o que não fosse pertinente a sua própria obsessão – e sua conseqüente impossibilidade de atingir um estado de ser em que a "arte", tal como definida por Nabokov, fosse a norma. Tal incapacidade é paralela a uma deficiência descrita anteriormente no livro, que ocorre quando Humbert transcreve de memória a carta em que Charlotte lhe propõe casamento, e acrescenta haver deixado de fora pelo menos metade dela, que incluía "uma passagem lírica, que li mais ou menos por alto na ocasião, referente a um irmão de Lolita que morrera aos dois anos, quando ela contava quatro, e do qual eu haveria de gostar muito" (p. 68).

Essa é uma das duas únicas passagens do livro em que o irmão falecido de Lolita é mencionado. A outra é aquela em que Humbert se queixa de que Charlotte raramente fala da filha – o único assunto de interesse para ele – e, em particular, de que ela se refere com muito mais freqüência ao menino morto do que à menina viva (p. 80). Humbert lamenta que a própria Lolita nunca tenha feito referência a sua vida pré-humbertiana na presença dele, mas chegou a entreouvi-la, uma vez, conversando com uma amiga, e o que ela disse foi: "Sabe, o que há de tão terrível em morrer é que a gente fica completamente entregue a si mesma" (p. 282). Isso leva Humbert a refletir que "eu nada conhecia sobre a mente de minha querida", e que "era bem possível que, atrás daqueles horríveis lugares-comuns juvenis, houvesse nela um jardim e um crepúsculo, e o portão de um palácio – regiões vagas e adoráveis que me eram lúcida e absolutamente proibidas, em meus andrajos poluídos e minhas convulsões miseráveis".

Dando continuidade a essa meditação sobre possibilidades que antes não lhe haviam ocorrido, Humbert recorda uma ocasião em que Lolita talvez se houvesse dado conta de que outra de suas amigas tinha "um pai maravilhosamente gordo e rosado, um irmãozinho rechonchudo, uma irmãzinha de colo nova em folha, um lar e dois cães de dentes arreganhados, e Lolita não tinha nada" (p. 285). Fica por conta do leitor estabelecer a ligação – juntar o comentário de Lolita sobre a morte com o fato de ela um dia ter tido um irmãozinho rechonchudo que morreu. Isso, somado ao fato de o próprio Humbert não estabelecer a ligação, é exatamente o tipo de coisa que Nabokov espera que seus leitores ideais – as pessoas que chama de "uma porção de pequenos Nabokov" – notem; mas, pesarosa e desdenhosamente cônscio de que a maioria dos leitores ficará aquém da tarefa, ele nos diz em seu posfácio o que deixamos de captar.

Consideremos o impacto de ouvir isso no leitor que só então se lembra de que a morte de uma criança é o exemplo-padrão nabokoviano da dor suprema – aquele que dá ensejo ao poema "Fogo pálido", de John Shade, além de ser o acontecimento central de *Bend sinister*. Revela-se então a esse leitor que ele mesmo foi tão desatento com aquela frase extensíssima, e com o filho bigodudo morto, quanto Nabokov desconfiava que ele seria. O leitor, subitamente revelado a si mesmo como alguém que, se não é um hipócrita, é pelo menos cruelmente desprovido de curiosidade, reconhece seu *semblable*, seu irmão, em Humbert e Kinbote. Súbito, *Lolita* efetivamente passa a ter "uma moral a reboque"[29].

29 Pouco antes de fornecer suas definições de "deleite estético" e "arte" no Posfácio, Nabokov diz: "Não sou leitor nem escritor de ficção didática e, a despeito da afirmação de John Ray, *Lolita* não tem nenhuma moral a reboque" (p. 313).

Mas a moral não consiste em manter as mãos longe das menininhas, e sim em observar aquilo que se faz e, em particular, em notar o que as pessoas dizem. Pode transparecer, como muitas vezes transparece, que as pessoas estão tentando lhe dizer que sofrem. À medida que o indivíduo fica preocupado com a construção de sua própria forma de deleite sexual, como Humbert, ou de seu deleite estético particular, como o leitor de *Lolita* que deixou escapar a frase sobre o barbeiro na primeira vez, as pessoas tendem a sofrer ainda mais.

Passando de *Lolita* para *Fogo pálido*, vemos que Shade foi dotado de toda a ternura, bondade e curiosidade de Nabokov, mas é Kinbote quem obtém todo o êxtase. O poema de Shade sobre a morte da filha não é nem de longe tão bom, como poema, quanto o é *Fogo pálido* como romance. Isso porque o restante do romance – o comentário de Kinbote – nos oferece algo que Shade não nos poderia dar: ele cerca o sofrimento comum de um mortal idoso com vislumbres de Zembla, vislumbres do que Humbert Humbert chamara de "um paraíso cujos céus tinham a cor das chamas do inferno"[30]. Kinbote é uma maravilha de autoabsorção, um homem que sabe ser (exceto em seus sonhos) totalmente desapiedado, mas que é muito mais imaginativo do que Shade. Afinal, os psicóticos *são* muito mais imaginativos do que o resto de nós. Em Humbert e Kinbote, Nabokov conse-

30 De certo modo terrível, Kinbote tem absoluta razão ao concluir seu Prefácio de "Fogo pálido" dizendo: "Sem minhas anotações, o texto de Shade simplesmente não tem a menor realidade humana, já que a realidade humana de um poema como o dele (tímido e reticente demais para uma obra autobiográfica) [...] tem que depender inteiramente da realidade de seu autor e do ambiente dele, de suas ligações e assim por diante, uma realidade que somente minhas anotações podem fornecer. Esta é uma afirmação que meu pobre poeta provavelmente não subscreveria, mas, para todos os efeitos, é o comentarista quem tem a última palavra". Nabokov gosta de pôr a verdade na boca dos que não se apercebem do que dizem. O prefácio de *Lolita* (assinado pelo "Dr. John Ray Jr.") é outro exemplo disso.

guiu criar dois sociopatas que, ao contrário da maioria dos psicóticos da vida real, conseguem escrever seus próprios relatos de caso, e fazê-lo sabendo exatamente como soarão esses relatos aos ouvidos normais.

Kinbote é realmente muito curioso a respeito de qualquer coisa que afete minimamente seus desejos de meninos ou de glória. Sente-se entediado e aborrecido com todo o resto. Fica furioso com o fato de Shade ter se atrevido a escrever sobre a morte da filha e a alegria de seu casamento, e não sobre "a glória de Zembla", os queridinhos divertidos de Kinbote e sua esposa infeliz; mas o poema de Shade, sem o comentário de Kinbote, seria meramente melancólico. É o contraponto entre o poema e o comentário que torna memorável o próprio poema. A ternura e a bondade de Shade tornam-se visíveis através da busca impenitente, por parte de Kinbote, de um tipo de êxtase que exclui, necessariamente, a atenção a outras pessoas. É mais provável observarmos as alegrias ou sofrimentos de uma pessoa quando nossa atenção é dirigida para eles pela surpreendente indiferença de um terceiro. Assim como a miséria dos camponeses torna-se visível pelo consumo ostensivo dos nobres, ou as choupanas dos negros pelas piscinas dos brancos, a morte da filha de Shade torna-se mais vívida pela maneira como Kinbote a descarta do que pela própria rememoração de Shade. A afirmação de Hegel tinha fundamento: a tese nos escapa à atenção, depois de passado algum tempo, a menos que capte o reflexo, o fogo pálido da reluzente antítese, novinha em folha.

Para dizê-lo em alguns dos termos elogiosos favoritos de Nabokov, Kinbote, por ser mais cruel, é mais frio e mais seco – e, portanto, um escritor melhor – do que Shade. A poesia de Shade, como ele mesmo confessa, é escrita acima do ponto de congelamento. Em seu poema, ele comenta que sua reputação entre os críticos literários está sempre "um lodoso passo" atrás da de Robert Frost. Fugindo à regra, Kinbote glosa um verso, com o devido respeito aos interesses de seu autor, e fala em nome de Nabokov ao dizer: "Nos gráficos de temperatura da poesia, o alto é baixo e o baixo é alto, de modo que o grau em que ocorre a cristalização perfeita fica acima do da facilidade tépida" (*Pale fire*, p. 136)[31].

Kinbote compreende aonde Shade pretende chegar porque, como convém a duas facetas de um único criador, Shade e Kinbote têm muito em comum. Shade se apercebe disso. Por mais cruel que seja, Kinbote não é vulgar o bastante para ser fisicamente violento e, para Shade, isso tem grande importância (p. 145). O fato de Shade saber que, "sem [...] o Orgulho, a Lascívia e a Indolência, talvez a poesia nunca houvesse nascido" (p. 150), permite que ele seja indulgente com os delírios de Kinbote,

31 Não tenho certeza de que Kinbote fale em nome de Nabokov quando começa a elogiar "Stopping by woods on a snowy evening" ["Parando junto ao bosque num anoitecer nevado"], de Robert Frost, e diz: "A despeito de todos os seus excelentes talentos, John Shade nunca poderia fazer *seus* flocos de neve caírem daquela maneira". Mas, apesar dos termos suspeitos que Nabokov faz Kinbote usar para elogiar Frost ("um poema que todo menino norte-americano sabe de cor"), desconfio que ele tinha perfeita consciência de que não era capaz de escrever poesia como Frost e, por conseguinte, de que Shade também não saberia fazê-lo.

Como quer que seja, Nabokov apreciava muito a metáfora da cristalização. O cristal é um estado do ser que difere da fluidez, um estado em que a transparência desaparece e é, vez por outra, substituída pela iridescência, mas os cristais têm que ser artificiais e tão impossíveis de se repetir quanto, convencionalmente, supõe-se que sejam os flocos de neve. A incapacidade de Gradus de apreender qualquer coisa que não sejam idéias gerais encontra um paralelo em sua incapacidade de gostar de qualquer outro pedaço de vidro senão os que são homogêneos e transparentes – como o "pequeno hipopótamo de vidro violeta" (*Pale fire*, p. 169) e a "girafinha de cristal" (p. 132) cujo preço ele indaga durante suas viagens. Kinbote descreve lindamente a forma assumida pelo marxismo, ao se tornar uma religião de Estado, quando diz: "As idéias, na Rússia moderna, são blocos feitos à máquina, que vêm em cores sólidas; a nuance é proibida por lei, o intervalo é tamponado, a curva é grosseiramente escalonada". Parece seguro presumir que o que Gradus admirava no hipopótamo e na girafa era sua semelhança com a vida real – isto é, sua proximidade da representação convencional transparente desses animais.

de um modo como não seria indulgente com ninguém que causasse danos físicos. Ele trata Kinbote como um par artístico em quem, como em Swift e Baudelaire, a mente adoeceu antes que o corpo falisse (p. 111). Os dois compartem a mesma visão dos tiranos e dos tolos – de pessoas como *monsieur* Pierre, Gradus e Paduk, cuja brutalidade, a seu ver, provém da vulgaridade subjacente neles. Essa vulgaridade consiste na obsessão com idéias gerais, e não com borboletas, palavras ou pessoas particulares.

Contudo, embora Kinbote esteja ciente, *grosso modo*, do perigo das idéias gerais, ele mesmo tem algumas que são péssimas, ao passo que Shade efetivamente consegue renunciar a todas[32]. Uma das piores idéias de Kinbote é o esteticismo, a cren-

32 Essa renúncia ocorre na passagem de "Fogo pálido" em que Shade abre mão de seu interesse pela imortalidade da alma e, em particular, da alma de sua filha morta, como um "disparate insignificante". Depois de constatar que a prova da imortalidade que julgava ter descoberto baseara-se num erro tipográfico, ele escreve (versos 806-815):

> Mas súbito me ocorreu que *essa*
> Era a verdadeira questão, o tema em contraponto;
> Apenas isso; não o texto, mas a textura; não o sonho,
> Mas uma coincidência de pernas para o ar.
> Não um disparate insignificante, mas uma rede de sentido.
> Sim! Bastava-me na vida poder encontrar
> Uma espécie de malha e contramalha, uma espécie
> De padrão correlacionado no jogo [...]

Shade resolve que o reconhecimento da contingência por parte do artista, o reconhecimento da ausência (ou, o que dá na mesma, da profunda imperscrutabilidade) de qualquer poder ordenador, é preferível à afirmação da religião ou da filosofia moral de haver descoberto o nome e a natureza verdadeiros desse poder. Em contraste, o gosto pelas idéias gerais (que Kinbote não consegue perceber que compartilha com Gradus) transparece quando Kinbote pede a Shade uma "senha" e este lhe diz "piedade". Quando Shade se recusa a fornecer um respaldo teológico dessa senha, Kinbote declara: "Agora peguei você, John: uma vez que neguemos uma Inteligência Superior que planeje e administre nossos futuros individuais, estamos fadados a aceitar a idéia indizivelmente pavorosa de que o Acaso se estenda pela eternidade afora" (p. 151). Essa é precisamente a idéia que Shade *aceita* nos versos que acabamos de citar, uma idéia cujos efeitos só podem ser mitigados pelo que Humbert chama de "paliativo muito local da arte da palavra".

ça na existência de algo chamado "técnica literária" ou "dom poético": uma capacidade prática que estaria livre das contingências da vida de um poeta individual. Essa é a razão de ele achar que, para conquistar a imortalidade, só precisa encontrar um bom poeta, falar-lhe de si mesmo e esperar para ser glorificado em versos imperecíveis. Ele espera que Shade "funda a glória de Zembla com a glória de sua poesia" (p. 144), porque, como lhe diz Shade, acredita que "é possível atrelar as palavras, como pulgas adestradas, e fazê-las puxarem outras pulgas" (p. 144). Essa idéia de que, de algum modo, a linguagem pode ser separada dos autores, de que a técnica literária é uma espécie de poder divino, que atua independentemente das contingências morais e, em particular, da visão contingente do autor do que é o bem, constitui a raiz do "esteticismo" no mau sentido do termo, o sentido em que o estético é uma questão de forma e linguagem, e não de conteúdo e vida. Nesse sentido do termo, o romancista Nabokov não estava interessado em ser esteta, ainda que o teórico Nabokov não conseguisse pensar em nenhuma descrição melhor de sua prática.

Muitas vezes, Nabokov é lido como esteta nesse sentido e, em particular, como alguém cuja obra provém da estranha visão barthesiana de que a linguagem funciona por si, e constitui uma ilustração dessa visão[33]. O teórico e generalizador Nabokov estimula essa leitura, mas trata-se de uma leitura que desconhece o que julgo ser ilustrado pela melhor prática nabokoviana: só

33 David Rampton e Ellen Pifer iniciam seus excelentes livros revisionistas sobre Nabokov citando e deplorando várias dessas interpretações, bem como enfatizando a faceta "moral" nabokoviana. Aprendi muito com esses dois livros, em particular com a discussão de Rampton sobre *A dádiva*. Cf. Rampton, *Vladimir Nabokov: a critical study of the novels* (Cambridge, Cambridge University Press, 1984), e Pifer, *Nabokov and the novel* (Cambridge, Mass., Harvard University Press, 1980).

o que é pertinente a nosso senso do que devemos fazer com nós mesmos ou com os outros é esteticamente útil.

Pode-se fazer essa afirmação e, ao mesmo tempo, concordar com Barthes e seus colegas textualistas em que o objetivo dos romances, peças teatrais ou poemas não é representar "corretamente" emoções ou situações humanas. A arte literária, o uso não padronizado e imprevisível das palavras, de fato não pode ser aquilatada em termos da exatidão da representação. É que tal exatidão é uma questão de conformidade às convenções, e a idéia de escrever bem está precisamente em romper a crosta das convenções. Mas o fato de que o mérito literário não é uma questão de reforçar um vocabulário final amplamente usado, não é uma questão de sucesso em nos dizer o que sempre soubemos, mas não sabíamos expressar de forma satisfatória, não deve obscurecer o fato de que a linguagem literária é e sempre será parasitária da linguagem comum, e, em particular, da linguagem moral comum. Além disso, o interesse literário será sempre parasitário do interesse moral. Em particular, não se pode criar um personagem memorável sem com isso fazer uma sugestão sobre como o leitor deve agir[34].

Posso resumir minha leitura de Nabokov dizendo que ele tentou defender-se da acusação de infidelidade ao projeto de seu pai brandindo algumas idéias gerais sobre a função do "es-

34 O que torna Humbert e Kinbote muito menos obscuros e muito mais memoráveis do que Cincinnatus ou Van Veen é a simples credibilidade e familiaridade das situações em que eles se envolvem, é sua interação com pessoas sadias (como Lolita e Shade), e não simplesmente com suas próprias fantasias ou com outros visionários (como *monsieur* Pierre ou Ada). Cincinnatus é tão simpático quanto Shade, e Van é tão execrável quanto Humbert, porém de maneiras menos concretas – e, portanto, menos úteis em termos morais. A concretude de um personagem de romance é uma questão de ele estar inserido em situações para as quais o leitor, a partir de sua própria vida, pode imaginar analogias.

critor", idéias que ligavam essa função a seus próprios talentos especiais e a seu medo especial da morte. Isso o levou a criar uma mitologia privada sobre uma elite especial – artistas que eram hábeis no uso de imagens, que nunca matavam, cujas vidas eram uma síntese de ternura e êxtase, que eram candidatos à imortalidade literal e literária e que, ao contrário de seu pai, não depositavam confiança em idéias gerais sobre medidas gerais para o bem-estar geral. Foi nessa mitologia que ele tentou, infrutiferamente, enquadrar Dickens, e foi nela que confiou, toda vez que lhe perguntavam ou que ele perguntava a si mesmo o que tinha feito para aliviar o sofrimento humano. Nabokov, porém, também sabia perfeitamente que seus dons, assim como o talento artístico em geral, não tinham qualquer ligação especial com a piedade e a bondade, nem tampouco eram capazes de "criar mundos"[35]. Ele sabia tão bem quanto John Shade que tudo que se pode fazer com esses talentos é pôr em ordem as próprias relações com este mundo – o mundo em que crianças feias e sem talento, como a filha de Shade e o menino Jo, são humilhadas e morrem. Os melhores romances de Nabokov são os que exibem sua impossibilidade de acreditar em suas próprias idéias gerais.

35 Nabokov usou repetidamente essa idéia de criação de mundos. Cf. David Bromwich, "Why writers do not create their own worlds", em *A choice of inheritance: self and community from Edmund Burke to Robert Frost* (Cambridge, Mass., Harvard University Press, 1989), para uma explicação dos inconvenientes dessa metáfora, que remonta a Kant e é parasitária da desastrosa distinção kantiana entre forma e conteúdo.

8
O último intelectual da Europa: Orwell sobre a crueldade*

Os dois últimos romances de Orwell são bons exemplos do que Nabokov via como "lixo local", pois sua importância resulta de eles terem feito uma grande diferença na prática. Não estaríamos hoje lendo e admirando os ensaios de Orwell, estudando sua biografia ou tentando integrar seu vocabulário de deliberação moral ao nosso, se ele não tivesse escrito *A revolução dos bichos* e *1984*. *Lolita* e *Fogo pálido* sobreviverão enquanto houver leitores talentosos e obsessivos que se identifiquem com Humbert e Kinbote, mas até Irving Howe, que escreveu uma das primeiras e melhores discussões de *1984*, admite que Orwell é um daqueles escritores "que vivem da maneira mais significativa para sua própria época"[1].

* Com relação a este capítulo em particular, é importante ter em mente que a primeira edição do livro é de 1989 e que o material apresentado resulta de trabalhos escritos na segunda metade da década de 1980. Isso permitirá conferir sentido a expressões algo anacrônicas como "a menos que Gorbatchov nos surpreeenda" (p. 289) e outras semelhantes, que expõem as questões de Rorty com relação ao contexto social e político da época. (N. de R. de T.)

1 Howe prossegue: "É possível que tais escritores não sobrevivam a sua época, pois o que os torna tão valiosos e caros a seus contemporâneos – essa mescla de topicidade desesperada e ternura desesperada – não tende a ser uma qualidade conducente à arte mais excelsa. Mas não nos deve importar essa possibilidade de que, no futuro, [Ignazio] Silone e Orwell não pareçam tão importantes quanto são para muitas pessoas de nossa época. Sabemos o que eles fazem por nós e sabemos que nenhum outro escritor, inclusive os que são muito maiores, é capaz de fazê-lo" ("1984: History as nightmare", em Samuel Hynes [org.], *Twentieth century interpretations of 1984*, Englewood Cliffs, N. J., Prentice-Hall, 1971, p. 53).

Os melhores romances de Orwell só serão largamente lidos enquanto descrevermos a política do século XX como fez esse autor. Quanto tempo isso durará é algo que vai depender das contingências de nosso futuro político: do tipo de pessoas que voltarão os olhos para nós, de como os acontecimentos do século XXI refletirão os do século XX, de como se decidirá descrever a Revolução Bolchevique, a Guerra Fria, a breve hegemonia norte-americana e o papel de países como o Brasil e a China. Orwell pensou em nosso século como o período em que "a igualdade humana tornou-se tecnicamente possível" e no qual, simultaneamente,

> práticas havia muito abandonadas, em alguns casos por centenas de anos – detenções sem julgamento, o uso de prisioneiros de guerra como escravos, execuções públicas, a tortura para arrancar confissões, o uso de reféns e a deportação de populações inteiras –, não só voltaram a se tornar comuns, como eram toleradas e até defendidas por pessoas que se consideravam esclarecidas e progressistas.[2]

Um dia, talvez essa descrição de nosso século venha a parecer tacanha ou míope. Se isso ocorrer, Orwell será visto como alguém que invectivou contra um mal que não compreendia inteiramente. Nossos descendentes o lerão como lemos Swift – com admiração por um homem que serviu à liberdade humana, mas com pouca inclinação a adotar sua classificação das tendên-

2 *The Penguin complete novels of George Orwell* (Harmondsworth, Penguin, 1983), p. 861. Farei referência a essa edição de *1984* indicando os números de páginas entre parênteses. Observe-se que as práticas citadas eram bastante comuns fora da Europa – na África e na Ásia, por exemplo – durante o século XIX. Orwell, porém, fala da Europa. Tal como também faço neste livro, ele está sendo conscientemente provinciano, escrevendo sobre os tipos particulares de pessoas que conhece e sobre a situação moral delas. O título provisório de *1984* foi *O último homem da Europa*.

cias políticas ou seu vocabulário da deliberação moral e política. Alguns críticos esquerdistas atuais de Orwell (como Christopher Norris) acham que *já* temos um modo de vê-lo como tacanho e míope. Consideram que os fatos para os quais ele chamou a atenção já podem ser inseridos num contexto em que têm uma aparência muito diferente. Ao contrário de Norris, não creio que tenhamos um contexto alternativo melhor. Pelo que conheço, nos mais de quarenta anos decorridos desde que Orwell escreveu, não surgiu ninguém com uma forma melhor de expor as alternativas políticas com que nos confrontamos. Tomando suas advertências iniciais contra os conservadores gananciosos e estúpidos juntamente com suas advertências contra os oligarcas comunistas, sua descrição de nossa situação política – dos perigos e opções a nosso alcance – continua a ser tão útil quanto qualquer outra de que possamos dispor.

Nabokov julgava que almejar esse tipo de utilidade, inevitavelmente temporária, deixava transparecer a falta ou o desperdício dos talentos que seriam essenciais a uma figura chamada "o escritor". Também Orwell tinha idéias sobre essa figura mítica, que eram basicamente o oposto das de Nabokov. Insisti, no capítulo 7, em que deixemos as duas visões de lado. Escritores diferentes querem fazer coisas diferentes. Proust queria a autonomia e a beleza; Nietzsche e Heidegger queriam a autonomia e a sublimidade; Nabokov queria a beleza e a autopreservação; Orwell queria ser útil às pessoas sofredoras. Todos lograram êxito. Cada um deles foi brilhantemente e *igualmente* bem-sucedido.

Orwell teve sucesso porque escreveu exatamente os livros certos, exatamente na hora certa. Sua descrição de uma contingência histórica particular, como se constatou, foi justamente o que era preciso para fazer diferença para o futuro da política liberal. Ele quebrou o poder do que Nabokov gostava de chamar de "propaganda bolchevique" sobre as mentes dos intelectuais liberais da Inglaterra e dos Estados Unidos. Com isso, colocou-nos vinte anos à frente de nossos equivalentes franceses. Eles tiveram de esperar pelo *Arquipélago Gulag** para pararem de achar que a esperança liberal precisava da convicção de que as coisas atrás da Cortina de Ferro necessariamente melhorariam, e para pararem de achar que a solidariedade contra os capitalistas exigia o desconhecimento do que os oligarcas comunistas estavam fazendo. Enquanto Nabokov sensibilizou seus leitores para a possibilidade permanente das crueldades em pequena escala pro duzidas pela busca privada do prazer, Orwell sensibilizou os seus para um conjunto de desculpas para a crueldade que fora posto em circulação por determinado grupo – para o uso da retórica da "igualdade humana" por intelectuais que se haviam aliado a uma quadrilha de criminosos excepcionalmente bem-sucedida.

O trabalho de nos sensibilizar para essas desculpas, de redescrever a situação política subseqüente à Segunda Guerra, redescrevendo a União Soviética, foi a grande contribuição prática de Orwell. O que Howe chama de combinação de "topicidade desesperada e ternura desesperada", em *A revolução dos bichos* e nos primeiros dois terços de *1984*, bastou para alcançar essa meta prática limitada, mas, no último terço de *1984*, temos algo diferente – algo que não é localizado, que é mais prospectivo do que descritivo. Depois que Winston e Julia vão ao apartamento de O'Brien, *1984* passa a ser um livro sobre O'Brien, e não sobre os Estados totalitários do século XX. Essa parte do livro centra-se em citações extraídas de *Teoria e prática do coletivismo oligárquico* (do qual O'Brien é co-autor) e na explicação que O'Brien fornece sobre por que Winston deve ser torturado, em vez de simplesmente morto a tiros ("O

* Alexandre Soljenitsin, *Arquipélago Gulag, 1918-1956* (trad. F. A. Ferreira, M. M. Llisto e J. A. Seabra, São Paulo, Círculo do Livro, 4. ed., 1976). (N. de T.)

objetivo da tortura é a tortura"). Trata-se de uma visão do que Howe chama de "pós-totalitarismo"[3]. Já não se trata de uma advertência sobre o que acontece atualmente no mundo, mas da criação de um personagem que ilustra o que pode acontecer um dia. Orwell não foi a primeira pessoa a sugerir que pequenas quadrilhas de criminosos poderiam tomar o controle dos Estados modernos e, graças à tecnologia moderna, permanecer no controle para sempre, mas foi o primeiro a perguntar como os intelectuais de tais Estados poderiam pensar neles mesmos, depois de ficar claro que os ideais liberais não tinham nenhuma relação com um futuro humano possível. O'Brien foi sua resposta a essa pergunta.

Quero discutir em separado as duas tarefas que Orwell executou em seus dois últimos romances – redescrever a Rússia soviética e inventar O'Brien. Começarei pela primeira, voltando a O'Brien mais adiante. Os admiradores de Orwell freqüentemente sugerem que ele realizou essa redescrição ao nos lembrar algumas verdades simples – verdades morais cuja obviedade se equipara ao "dois mais dois são quatro" – mas é comum ficarem nervosos com a segunda realização do autor e tenderem, como diz Howe, a descontar o "desespero apocalíptico" de *1984* e, em vez disso, a "celebrar a humanidade [de Orwell] e sua 'bondade'"[4].

3 Diz Howe: "É extremamente importante assinalar que o mundo de *1984 não é* o totalitarismo tal como o conhecemos, mas o totalitarismo depois de seu triunfo mundial. Estritamente falando, a sociedade de Oceania poderia ser chamada de pós-totalitária" (p. 53).

4 "De forma franca na Inglaterra, e com mais cautela nos Estados Unidos, surgiu entre os intelectuais um desejo de minimizar a realização de Orwell, muitas vezes sob a capa de uma celebração de sua humanidade e sua 'bondade'. Embaraçados diante do desespero apocalíptico do livro, eles começam a se perguntar se ele não seria um pouco exagerado e desprovido de humor, e até sugerem que tem um toque da histeria do leito de morte. Tampouco se pode negar que todos nos sentiríamos mais à vontade se o livro pudesse ser jogado fora" (p. 42).

Isso se coaduna com uma tendência a sugerir que Orwell não foi, na verdade, um escritor particularmente habilidoso, mas que compensou em bondade o que lhe faltava em talento artístico. Vejamos, por exemplo, o que diz Lionel Trilling: "Os dons inatos de Orwell talvez não sejam de natureza transcendental; enraízam-se numa qualidade mental que deveria ser tão freqüente quanto é modesta. Essa qualidade pode ser descrita como uma espécie de centralidade moral, uma relação direta com a realidade moral – e política"[5].

O próprio Orwell faz eco à fala de Trilling. Numa passagem muito citada do final de "Why I write" ["Por que escrevo"], diz ele: "A pessoa não pode escrever nada legível a menos que se esforce constantemente para apagar sua própria personalidade. A boa prosa é como uma vidraça de janela"[6]. Em um ponto anterior do mesmo ensaio, ele lista como um dos quatro motivos possíveis para escrever livros o "impulso histórico", definido como um "desejo de ver as coisas tais como são, de descobrir fatos verdadeiros e armazená-los para uso da posteridade" (*CEJL*, I, p. 4). Essas e outras passagens semelhantes nos ensaios orwellianos são comumente lidas em conjunto com o seguinte trecho de *1984*:

> O Partido ordenava que o indivíduo rejeitasse as evidências trazidas pelos olhos e ouvidos. Essa era sua ordem final, a mais essencial. O coração de Winston abateu-se quando ele pensou no enorme poderio que tinha pela frente, na facilidade com que qualquer intelectual do Partido o derrubaria num debate. [...] E, no entanto, estava com a razão! [...] O óbvio, o

5 Trilling, "Orwell on the Future", em Hynes (org.), *Twentieth Century Interpretations of 1984*, p. 24.

6 *The collected essays, journalism and letters of George Orwell*, vol. I, p. 7, doravante citado entre parênteses como *CEJL*.

> tolo e o verdadeiro tinham que ser defendidos. Os truísmos são verdadeiros, há que nos atermos a isso! O mundo sólido existe, suas leis não mudam. As pedras são duras, a água é líquida, os objetos largados no ar caem em direção ao centro da Terra. Com a sensação de estar falando com O'Brien e também enunciando um importante axioma, ele escreveu: "Liberdade é a liberdade de dizer que dois e dois são quatro. Admitido isso, tudo o mais é uma decorrência". (p. 790)

A ênfase nessas passagens (e noutras similares[7]) levou muitos comentaristas a concluírem que Orwell nos ensina a enfrentar todos os intelectuais traiçoeiros que tentam dizer-nos que a verdade não "está aí", que o que figura como verdade possível é uma função do vocabulário que usamos, e que o que figura como verdade é função do resto de nossas crenças. Orwell, em suma, tem sido lido como um filósofo realista, um defensor do senso comum contra os ironistas cultos que desprezam o senso comum[8].

Segundo essa leitura, a oposição crucial no pensamento orwelliano é a oposição metafísica padronizada entre a aparência montada e a realidade nua e crua. Esta última é obscurecida pela prosa ruim e não transparente e pela teoria ruim e desnecessariamente sofisticada. Uma vez tirada a sujeira da vidraça da janela, a verdade sobre qualquer situação moral ou política fica clara. Só os que houverem deixado sua personalidade (e, em particular, seu ressentimento, seu sadismo e sua sede de poder) toldar sua

7 Cf., por exemplo, *CEJL*, vol. III, p. 119.

8 Samuel Hynes, por exemplo, resume a moral de *1984* dizendo: "As crenças de Winston Smith são simples como dois e dois são quatro: o passado é imóvel, o amor é privado e a verdade é inalterável. Todos têm isto em comum: impõem limites ao poder dos homens, atestam o fato de que algumas coisas não podem ser modificadas. A questão está além da política – é uma questão de humanidade essencial" (Hynes, "Introduction", em Hynes [org.], *Twentieth century interpretations of 1984*, p. 19).

visão deixarão de apreender as realidades morais simples. Uma dessas realidades morais simples é que é melhor ser bom do que torturar. Somente essas pessoas tentarão esquivar-se das realidades epistemológicas e metafísicas claras, através de manobras filosóficas ardilosas (por exemplo, uma teoria da verdade calcada na coerência e uma filosofia holística da linguagem – os recursos que empreguei no capítulo 1). Entre essas realidades estão o fato de que a verdade "independe" das mentes e línguas humanas e o fato de que a gravitação não é "relativa" a nenhuma modalidade de pensamento humana.

Pelas razões já fornecidas, creio que não há qualquer realidade moral simples no mundo, nem tampouco verdades independentes da linguagem, nem qualquer campo neutro em que nos possamos basear para afirmar que a tortura ou a verdade são preferíveis uma à outra. Por isso, quero oferecer uma leitura diferente de Orwell. Não se trata de querer tê-lo do meu lado numa discussão filosófica. Ele gostava tão pouco desses debates e tinha tão pouca habilidade para construí-los quanto Nabokov[9]. Antes, trata-se de insistir em que o tipo de coisa que tanto Orwell quanto Nabokov fizeram – sensibilizar uma platéia para os casos de crueldade e humilhação que ela não havia notado – não é algo em que pensemos com proveito como uma questão de despir as aparências e revelar a realidade. Pensa-se melhor nisso como uma redescrição do que pode acontecer ou do que vem acontecendo – para compará-la não com a realidade, mas com descrições alternativas dos mesmos acontecimentos. No caso dos oligarcas comunistas, o que Orwell e Soljenitsin fizeram foi oferecer-nos um contexto alternativo, uma perspectiva alternativa, a

9 Sobre a não-leitura de filosofia por Orwell, cf. Bernard Crick, *George Orwell: a life* (Harmondsworth, Penguin, 1980), pp. 25, 305, 343, 506. Cf. também *CEJL*, vol. III, p. 98.

partir da qual nós, os liberais, as pessoas que julgam que a crueldade é a pior coisa que podemos fazer, pudéssemos descrever a história política de nosso século.

Decidir entre as descrições dessa história oferecidas por Sartre e Orwell no fim da década de 1940, assim como decidir entre as descrições que Fredric Jameson e Irving Howe hoje nos oferecem de nossa situação política atual, não é uma questão de confrontarmos ou nos recusarmos a confrontar fatos reais e desagradáveis. Também não se trata de nos cegarmos ou não nos deixarmos cegar pela ideologia. A questão é cotejar cenários com cenários contrastantes, projetos com projetos alternativos, descrições com redescrições.

As redescrições que modificam nossas idéias sobre as situações políticas não se parecem muito com vidraças de janelas. Ao contrário, são o tipo de coisa que somente escritores com talentos muito especiais, escrevendo no momento exato e da maneira exata, conseguem fazer. Em seus melhores momentos, o próprio Orwell abandonava a retórica da transparência com relação aos fatos simples e reconhecia estar fazendo o mesmo *tipo* de coisa que seus adversários, os apologistas de Stalin. Consideremos, por exemplo, o seguinte trecho:

> A escrita "ficcional" é, por assim dizer, um ataque pelos flancos a posições que são inexpugnáveis pela frente. O escritor que tenta algo que não seja friamente "intelectual" pode fazer muito pouco com as palavras em suas acepções primárias. Ele obtém seu efeito, quando o consegue, usando as palavras de forma astuta e indireta. (*CEJL*, vol. II, p. 19)

A forma astuta de Orwell, em *A revolução dos bichos*, consistiu em colocar em alto e absurdo relevo o caráter incrivelmente complexo e sofisticado da discussão política de esquerda, recontando a história política de seu século em termos adequados às crianças. O truque funcionou, uma vez que os esforços para discernir uma diferença importante entre Stalin e Hitler, e para continuar a analisar a história política recente com a ajuda de termos como "socialismo", "capitalismo" e "fascismo", tinham se tornado canhestros e inviáveis. Em termos kuhnianos, tantas anomalias se haviam acumulado, exigindo o acréscimo de tantos epiciclos, que a estrutura excessivamente espichada precisava apenas de um pontapé firme no lugar certo, precisava do tipo correto de ridicularização no momento exato. Foi por isso que *A revolução dos bichos* conseguiu modificar a opinião liberal. Não foi sua relação com a realidade, mas sua relação com a descrição alternativa mais popular dos anos recentes que lhe conferiu seu poder. O livro foi uma alavanca estrategicamente posicionada, não um espelho.

Para admiradores como Trilling, Orwell proporcionou um novo vislumbre de realidades morais óbvias. Para seus contemporâneos marxistas, como Isaac Deutscher, e para marxistas de hoje, como Norris, ele foi, na melhor das hipóteses, simplista[10]. A meu ver, a mente de Orwell não era transparente nem simples. Não era *óbvio* o modo de descrever a situação política posterior à Segunda Guerra, e continua a não ser. Isso porque a descrição política útil reveste-se de um vocabulário que sugere respostas à pergunta "que fazer?", assim como a descrição científica útil vem num vocabulário que aumenta nossa capacidade de

10 Para um exemplo dessa última reação, cf. a discussão de Orwell por Isaac Deutscher em "The mysticism of cruelty", em Hynes (org.), *Twentieth century interpretations of 1984*. Quanto ao uso posterior do rótulo de "vira-casaca", bem como a outras dúvidas a respeito de Orwell ter ou não conhecimentos suficientes de filosofia, cf. Norris, "Language, truth and ideology: Orwell and the post-war left", em Christopher Norris (org.), *Inside the myth* (Londres, 1984).

prever e controlar os acontecimentos. Orwell não nos deu pistas sobre como responder à pergunta de Chernyshevsky*. Disse apenas como *não* tentar respondê-la, qual vocabulário *parar* de usar. Convenceu-nos de que nosso vocabulário político anterior tinha pouca pertinência a nossa situação política vigente, mas não nos deu um novo vocabulário. Mandou-nos de volta para a prancheta, e ainda estamos diante dela. Não surgiu qualquer pessoa com uma grande estrutura para relacionar nossas esperanças amplas e vagas de igualdade humana com a distribuição real do poder no mundo. Os capitalistas continuam tão gananciosos e míopes, e os oligarcas comunistas tão cínicos e corruptos (a menos que Gorbatchov nos surpreenda), quanto Orwell nos disse que eram. Não surgiu qualquer terceira força no mundo, e nem os neoconservadores nem a esquerda pós-marxista apareceram com algo mais do que exercícios saudosistas. A possibilidade de olharmos para Orwell como tacanho e míope continua, infelizmente, a ser pura teoria. É que não apareceu qualquer pessoa com um cenário plausível para atualizar o que ele chamou de "possibilidade técnica de igualdade humana".

Esse cenário era o que os liberais de antes da Segunda Guerra pensavam ter. Houve momentos, na década de 1930, em que o próprio Orwell julgou dispor desse cenário, mas o desmentido reiterado de suas previsões, seu reconhecimento de que sua geração fora tapeada pelo uso da "teoria marxista" como instrumento da política russa e sua repulsa pelas profecias cínicas, como as de James Burnham, levaram-no a escrever *A revolução dos bichos* e os primeiros dois terços de *1984*. Esses livros atingiram seu objetivo não por nos confrontarem com realidades morais, mas por

* Nikolai G. Chernyshevsky (1828–1889), filósofo, crítico e revolucionário socialista russo, amiúde visto como um socialista utópico. É dele, em repetidas ocasiões, a pergunta "que fazer?". (N. de T.)

deixarem claro que já não podíamos usar nossas antigas idéias políticas e que, naquele momento, não dispúnhamos de nenhuma outra que tivesse grande serventia para direcionar os acontecimentos para metas liberais. Todas as acusações de "desespero masoquista" e "desamparo cínico" lançadas contra Orwell caem por terra enquanto não aparece alguém com novos panoramas.

Entretanto, Orwell realizou algo mais do que essa tarefa negativa, embora necessária e útil, de nos mandar de volta para a prancheta. E o fez no último terço de *1984*, na parte concernente a O'Brien. Nesta ele esboçou um cenário alternativo, que levava para a direção *errada*. Convenceu-nos de que havia uma chance perfeitamente razoável de que os mesmos desdobramentos que haviam tornado a igualdade humana tecnicamente possível fossem capazes de possibilitar a escravidão interminável. Fez isso convencendo-nos de que nada na natureza da verdade, do ser humano ou da história impediria tal cenário, assim como não subscreveria o cenário usado pelos liberais entre as duas guerras. Convenceu-nos de que todos os dons intelectuais e poéticos que haviam possibilitado a filosofia grega, a ciência moderna e a poesia romântica poderiam, um dia, vir a ser empregados no Ministério da Verdade.

Na visão que ofereço de *1984*, Orwell não tem nenhuma *resposta* para O'Brien, nem está interessado em dá-la. Tal como Nietzsche, O'Brien considera toda a idéia de receber "respostas", trocar idéias ou raciocinar em conjunto como um sintoma de fraqueza. Orwell não inventou O'Brien para que ele servisse de contraste dialético, como um equivalente moderno de Trasímaco. Inventou-o para nos advertir contra ele, do modo como se poderia alertar para um tufão ou um elefante desgarrado. Orwell não estabelece uma postura filosófica, mas procura tornar plausível uma possibilidade política concreta, respondendo a três perguntas: "como se descreverão os intelectuais de um certo futuro possível?", "Que é que eles farão deles mesmos?" e "como serão empregados os seus talentos?". Ele não vê O'Brien como louco, desorientado, seduzido por uma teoria equivocada ou cego para as realidades morais. Vê-o simplesmente como *perigoso* e *possível*. A segunda grande proeza de Orwell, além de fazer a propaganda soviética parecer absurda, foi convencer o restante de nós de que O'Brien era efetivamente possível.

Como prova de que esta maneira de ler a parte final de *1984* não é inteiramente artificial, posso citar uma coluna escrita por Orwell em 1944, na qual ele disseca o que chama de "uma falácia perigosíssima, hoje muito disseminada nos países em que o totalitarismo não se firmou":

> A falácia está em acreditar que, sob um governo ditatorial, é possível ser livre *internamente*. [...] O maior dos erros é imaginar que o ser humano é um indivíduo autônomo. A liberdade secreta de que supostamente se pode desfrutar sob um governo despótico é absurda, porque nossas idéias nunca são inteiramente nossas. Os filósofos, escritores, artistas e cientistas precisam não apenas de incentivo e de público, mas também da estimulação constante de outras pessoas. [...] Retire-se a liberdade de expressão e as faculdades criativas murcham por completo. (*CEJL*, vol. III, p. 133)

Como se mistura esse texto com a passagem do diário de Winston que citei há pouco, a que termina dizendo que "Liberdade é a liberdade de dizer que dois e dois são quatro. Admitido isso, tudo o mais é uma decorrência"? Sugiro que ambos os trechos podem ser vistos como uma afirmação de que não importa se é verdade que "dois e dois são quatro", muito menos se essa verdade é "subjetiva" ou "corresponde à realidade externa". A única coisa que importa é que, quando se acredita nela, pode-se enunciá-la sem sair machucado. Em outras palavras, o que importa é nossa capacidade de falar com outras pessoas sobre o que nos parece verdade, e não sobre o que de fato é verdade. Se cuidarmos da liberdade, a verdade poderá cuidar de si mesma. Se formos suficientemente irônicos sobre nossos vocabulários finais e suficientemente curiosos sobre o de todas as outras pessoas, não precisaremos ter a preocupação de saber se estamos em contato direto com a realidade moral, se fomos cegados pela ideologia, ou se estamos sendo debilmente "relativistas".

Considero a afirmação orwelliana de que não existe liberdade *interna*, de que não há nada que se possa chamar de "indivíduo autônomo", como a que é feita pelos críticos historicistas, inclusive marxistas, do "individualismo liberal". Trata-se de que não há nada no âmago de cada um de nós, não há natureza humana comum, não há solidariedade humana intrínseca que possam servir como um ponto de referência moral[11]. Não há nada nas pessoas senão o que lhes é introduzido pela socialização – sua capacidade de usar a linguagem e, por conseguinte, de trocar crenças e desejos com outras pessoas. Orwell reiterou essa idéia ao dizer que "abolir as distinções de classe significa abolir uma parte de nós mesmos", e ao acrescentar que, se "saísse da confusão de classes", ele próprio "dificilmente seria reconhecível como a mesma pessoa". Ser uma pessoa é falar uma linguagem *particular*, que nos faculta discutir crenças e desejos particulares com tipos particulares de pessoas. É uma contingência histórica

11 Ou mesmo, eu acrescentaria, usado como ponto de referência para idéias claras e distintas sobre a igualdade entre dois mais dois e quatro, mas essa é uma disputa filosófica sobre o *status* da verdade matemática em que não precisamos insistir aqui.

sermos socializados por neandertalenses, chineses da Antigüidade, pelas escolas Eton ou Summerhill, ou pelo Ministério da Verdade. O simples fato de sermos humanos não faz com que tenhamos um laço comum. Pois a única coisa que compartilhamos com todos os outros seres humanos é o mesmo que compartilhamos com todos os outros animais – a capacidade de sentir dor.

Uma das maneiras de reagir a esta última afirmação é dizer que nosso vocabulário moral deveria ser ampliado, para abranger tanto animais quanto pessoas. Um modo melhor, como sugeri no capítulo 4, é tentar isolar algo que distinga a dor humana da dor animal. É nesse ponto que entra O'Brien. Ele nos lembra que os seres humanos que foram socializados – socializados em qualquer língua, em qualquer cultura – compartilham, de fato, uma capacidade que falta aos outros animais. A todos é possível causar um tipo especial de dor: todos podem ser humilhados pelo despedaçar violento das estruturas específicas de linguagem e crença em que foram socializados (ou que se orgulham de haver criado para eles mesmos). Em termos mais específicos, eles podem ser usados, diferentemente dos animais, para satisfazer o desejo de O'Brien de "despedaçar as mentes humanas e tornar a juntá-las em novas formas, como bem se entender".

A idéia de que o sadismo visa à humilhação, e não meramente à dor em geral, foi detalhadamente desenvolvida por Elaine Scarry em *The body in pain: The making and unmaking of the world* ["O corpo dolente: o fazer e o desfazer do mundo"]. Uma conseqüência da tese de Scarry é que o pior que se pode fazer com alguém não é levá-lo a gritar de agonia, mas usar essa agonia de tal forma que, mesmo depois de ela terminar, a pessoa não consiga se reconstituir. A idéia é levar o indivíduo a fazer ou dizer coisas – e, se possível, a desejar e acreditar em coisas, a ter idéias – que, posteriormente, ele seja incapaz de suportar ter dito, feito ou pensado. Com isso, no dizer de Scarry, pode-se "desfazer seu mundo", tornando-lhe impossível usar a linguagem para descrever quem ele foi.

Permitam-me agora aplicar isso ao ato de O'Brien fazer Winston acreditar, por um breve momento, que dois e dois são cinco. Primeiro, note-se que, ao contrário do "Rutherford conspirou com o Estado-Maior eurasiano", não se trata de algo em que o próprio O'Brien acredite. Winston tampouco acredita, depois de ser enfraquecido e libertado. Essa não é nem pode ser a doutrina do Partido. (O livro escrito em co-autoria por O'Brien, *Teoria e prática do coletivismo oligárquico*, observa que, "quando se desenha um canhão ou um aeroplano", dois e dois *têm* que ser quatro [*1984*, p. 858].) O *único* objetivo de fazer Winston acreditar que dois e dois são cinco é subjugá-lo. Fazer alguém renegar uma crença, sem nenhuma razão, é o primeiro passo para torná-lo incapaz de ter um eu, porque ele se torna incapaz de tecer uma trama coerente de crenças e desejos. Isso o torna irracional, num sentido muito preciso: ele fica impossibilitado de fornecer para sua crença uma razão que combine com suas outras crenças. Torna-se irracional não no sentido de haver perdido o contato com a realidade, mas no sentido de não poder mais racionalizar – não mais poder se justificar perante si mesmo.

Fazer Winston acreditar brevemente que dois e dois são cinco cumpre a mesma função de "dobrá-lo" que fazer com que ele deseje, por um breve instante, que os ratos devorem o rosto de Julia, em vez do seu, mas este último episódio difere do primeiro por ser uma desarticulação final, irreversível. Winston talvez pudesse incluir a convicção que um dia teve, em circunstâncias inusitadas – a de que dois e dois são cinco –, em uma história coerente sobre seu caráter e sua vida. A irracionalidade temporária é algo em torno do qual se pode tecer uma história, mas a crença em que um dia ele quis que os ratos *fizessem isso com Julia* não é algo em torno do qual lhe seja possível tecer uma história. E foi por isso que O'Brien guardou os ratos para a melhor parte, a parte em que Winston tem que se ver despedaçar e, ao mesmo tempo, saber que nunca mais conseguirá juntar os pedaços.

Voltando a meu ponto principal: o fato de dois e dois não serem cinco não é a essência da questão. O que importa é Winston considerá-lo simbólico e O'Brien saber disso. Se houvesse uma crença em uma *verdade* que fosse capaz de dobrar Winston, fazê-lo acreditar nessa *verdade* serviria igualmente aos propósitos de O'Brien. Suponhamos que fosse verdade que Julia (tal como o suposto antiquário, o senhor Charrington) era uma antiga integrante da Polícia do Pensamento. Suponhamos que ela tivesse sido instruída por O'Brien a seduzir Winston. Suponhamos que O'Brien dissesse isso a Winston, sem lhe dar qualquer prova senão sua palavra, obviamente indigna de crédito. Suponhamos ainda que o amor de Winston por Julia fosse tal que só a mesma tortura que lhe permitira acreditar que dois e dois são cinco pudesse fazê-lo acreditar que Julia era agente de O'Brien. O efeito seria o mesmo, e o efeito é a única coisa que importa para O'Brien. A verdade e a falsidade ficam de fora.

O'Brien quer causar a Winston o máximo possível de sofrimento e, para tal fim, o importante é que Winston seja obrigado a perceber que se tornou incoerente, a perceber que já não consegue utilizar uma língua ou ser um eu. Embora nos seja possível dizer "*acreditei* numa coisa falsa", ninguém é capaz de dizer a si mesmo: "neste momento, estou acreditando numa coisa falsa". Portanto, ninguém pode ser humilhado no momento em que acredita numa falsidade, nem pelo simples fato de o haver feito, mas as pessoas podem, segundo esperam seus torturadores, vivenciar a suprema humilhação de dizerem sobre elas mesmas, em retrospectiva: "Agora que desejei ou acreditei *nisso*, nunca poderei ser o que esperava ser, o que achava que era. A história que tenho contado a mim mesmo a meu respeito – minha imagem como honesto, leal ou devoto – já não faz sentido. Não há mundo em que eu possa me imaginar vivendo, porque não há vocabulário em que eu possa contar uma história coerente a meu respeito". Para Winston, a frase que ele não podia proferir com sinceridade, e, apesar dela, juntar os pedaços de si mesmo, era "Faça isso com Julia!", e ocorre que a pior coisa do mundo eram os ratos – mas podemos presumir que cada um de nós tenha a mesma relação com alguma frase e com alguma coisa.

Quando se consegue descobrir essa frase-chave e essa coisa-chave, então, como diz O'Brien, pode-se despedaçar uma mente e tornar a juntar seus pedaços em novas formas, como bem se entender, mas é o som do despedaçamento, e não o resultado da junção, que constitui o objeto desse exercício. Dobrar o outro é o que importa. A recomposição é só um toque adicional. Quando Winston passa a amar o Grande Irmão, por exemplo, é irrelevante que o Grande Irmão seja efetivamente impossível de amar. O importante é que não há como transitar entre um Winston que ama o Grande Irmão e o Winston que amava Julia, que valorizava o peso de papel e conseguia lembrar-se do recorte de jornal que mostrava que Rutherford era inocente. O objetivo de dobrar Winston não é fazê-lo alinhar-se com as idéias do Partido. O Partido Interno não tortura Winston por temer uma revolução, ou por ficar ofendido com a idéia de que alguém possa não amar o Grande Irmão. Ele tortura Winston para lhe causar dor e, desse modo, aumentar o prazer dos filiados, em especial O'Brien. O único objetivo do estudo intensivo de Winston, feito por O'Brien durante sete anos, era possibilitar o espetáculo exuberante, complexo, delicado e absorvente de dor psíquica que Winston acabaria proporcionando. A única finalidade de deixar aquela coisa sentada no Café Castanheira, ainda viva por algum tempo, era que ela ainda pudesse sentir dor ao ouvir a teletela tocar "Sob a frondosa castanheira / Eu te vendi e tu me vendeste". A tortura não se destina a fazer as pessoas obedecerem, não se destina a fazê-las acreditarem em falsidades. Como diz O'Brien, "O objetivo da tortura é a tortura".

Para um intelectual talentoso e sensível que viva numa cultura pós-totalitária, essa frase é análoga às expressões "arte pela arte" ou "verdade pela verdade", porque a tortura passa a ser a única forma de arte e a única disciplina intelectual ao alcance dessa pessoa. Essa frase é a frase central de *1984*, mas é também aquela com que os comentaristas tiveram mais dificuldade de lidar. Muitos concordaram com John Strachey em que,

> a partir do momento em que Winston e Julia são apanhados, como seria inevitável, e em que começam seu interrogatório e sua tortura, o livro se deteriora. [...] o tema da tortura física, apesar de ser claramente mais uma de suas obsessões, não era um tema com que Orwell estivesse apto a lidar. Ele nunca fora torturado, assim como a maioria de nós não foi. E podemos presumir que quem não tem uma experiência pessoal com esse assunto não sabe absolutamente nada sobre ele[12].

12 John Strachey, "The strangled cry", em Hynes (org.), *Twentieth century interpretations of 1984*, pp. 58-9. Creio que Orwell respondeu a Strachey, implicitamente, ao escrever: "As pessoas que têm demonstrado a melhor compreensão do fascismo são as que sofreram sob o jugo dele ou as que trazem em si um traço fascista" (*CEJL*, vol. II, p. 172). Os biógrafos de Orwell comentaram seus surtos de sadismo. Cf. especialmente Crick, *George Orwell*, pp. 275n, 504, 572. Cf. também Daphne Patai, *The Orwell mystique: a study in male ideology* (Amherst, University of Massachusetts Press, 1984). Patai afirma que o sadismo estava bem próximo do centro do caráter de Orwell; sua tese não me parece convincente, mas ela com certeza cita muitas evidências. Orwell também tinha um bom olho para detectar o sadismo alheio; cf. suas observações sobre o sadismo de George Bernard Shaw em *CEJL*, vol. III, p. 222. É possível que a escolha do nome "O'Brien" e a descrição da aparência física do personagem (*1984*, p. 748) tenham sido uma bofetada consciente ou inconsciente em Shaw.

Esta última afirmação de Strachey, creio eu, é bastante fácil de responder. O que ele negligencia é que o terço final de *1984* diz respeito a O'Brien, não a Winston – é sobre o torturar, não o ser torturado.

Esse descaso resulta de um desejo natural de identificar Orwell com Winston. Se cedermos a esse desejo, as passagens como a que citei anteriormente, na qual Winston insiste na importância de acreditar que dois e dois são quatro, serão o centro do romance. O último terço do livro será um mero apêndice final, histérico e desnecessário. Os trechos que enfatizei – aqueles em que O'Brien diz como as coisas são, vistas do interior do Partido Interno – serão lidos como *reductiones ad absurdum* da postura dialética de O'Brien, ou lidos como Raymond Williams os lê. Williams interpreta as frases "O objetivo da tortura é a tortura. O objetivo do poder é o poder" no sentido de que (numa frase que Orwell havia usado para descrever a posição de James Burnham) "a sede de poder [...] é um instinto natural que não tem que ser explicado".

Williams reconhece não ser fácil fazer uma identificação simples de Orwell com Winston, mas acha que a identificação do escritor com O'Brien foi uma autotraição de última hora. E comenta:

> Não é preciso negar a existência ou mesmo a ocorrência freqüente da perseguição, do poder e da tortura "por eles mesmos" [...] para continuar a resistir à invalidação de todos os vínculos entre o poder e a política. E essa invalidação é algo a que se *deve* resistir, nem que seja porque, de outro modo, seria inútil tentar distinguir entre sistemas sociais, ou indagar com discernimento onde foi que tal ou qual sistema deu certo ou deu errado.[13]

13 Raymond Williams, *Orwell* (Londres, Fontana, 1984), pp. 124-5.

Na opinião de Williams, se Burnham estivesse certo ao dizer que a sede de poder é um instinto natural, não haveria "realidade dos fatos" nem "verdade objetiva" a respeito de a democracia social ser melhor do que o fascismo. Diz ele que a postura de Burnham "desacredita todas as crenças e aspirações políticas reais, já que estas seriam, inevitavelmente, disfarces do poder nu e cru e do desejo dele. [...] Há também uma invalidação da investigação e do debate e, por conseguinte, da possibilidade de verdade". Williams acha que Orwell sucumbiu, brevemente e no último instante, à idéia perniciosa de que essa possibilidade *não existe*. Tal como Strachey, ele acha que o romance descamba no final.

Citando a restrição de Orwell a Burnham – "O culto do poder embota o julgamento político, porque leva, quase inevitavelmente, à convicção de que as tendências atuais persistirão" –, Williams encerra da seguinte maneira seu livro sobre Orwell:

> No entanto, o próprio Orwell, que sempre se opôs ao privilégio e ao poder, comprometeu-se, na ficção, justamente com essa crença submissa. A advertência de que o mundo poderia estar tomando esse rumo tornou-se, no próprio absolutismo da ficção, uma submissão imaginária a sua inevitabilidade. E frisar repetidamente essa servidão é demonstrar pouco respeito pelos muitos homens e mulheres – inclusive, por seu histórico geral, o próprio Orwell – que lutaram e lutam contra as tendências destrutivas e ignorantes, ainda muito poderosas, e que conservam forças para imaginar e também para trabalhar pela dignidade humana, pela liberdade e pela paz.[14]

14 Idem, p. 126.

A referência de Williams às "forças para imaginar [...] a dignidade humana, a liberdade e a paz" me leva de volta a minha afirmação de que ainda estamos diante da prancheta. Não creio que nós, os liberais, *possamos* hoje imaginar um futuro de "dignidade humana, liberdade e paz". Em outras palavras, não podemos contar a nós mesmos uma história sobre como ir do presente real para um futuro assim. Podemos conceber vários arranjos socioeconômicos que seriam preferíveis ao atual, mas não temos uma idéia clara de como ir do mundo de hoje para esses mundos teoricamente possíveis e, por conseguinte, não temos uma idéia clara daquilo por que batalhar. Somos forçados a tomar como ponto de partida o mundo que Orwell nos mostrou em 1948*: um globo dividido entre um Primeiro Mundo rico, livre, democrático, egoísta e ganancioso, um Segundo Mundo imutável, dirigido por um Partido Interno inexpugnável e impiedoso, e um Terceiro Mundo faminto, superpopuloso e desesperado. Nós, liberais, não temos um cenário plausível de larga escala para modificar o mundo, a fim de concretizar a "possibilidade técnica de igualdade humana". Não dispomos de um análogo ao cenário que tiveram o pai de Nabokov e nossos avós para modificar o mundo de 1900.

Essa incapacidade de imaginar como ir daqui para lá não é uma questão de perda da determinação moral nem de superficialismo teórico, auto-engano ou traição a nós mesmos. Não é algo que possamos remediar através de uma resolução mais firme, uma prosa mais transparente, ou melhores descrições filosóficas do Homem, da verdade ou da história. É apenas o modo como sói acontecerem as coisas. Às vezes, elas se revelam tão ruins quanto pareciam à primeira vista. Orwell ajudou-nos a formular uma descrição pessimista da situação política, a qual quarenta anos de experiência posterior só fizeram confirmar. Essa

* Ano em que Orwell publicou *1984*. (N. de T.)

má notícia continua a ser o grande dado intransigente da especulação política contemporânea, aquele que barra todos os cenários liberais[15].

Em contraste com a visão de Strachey-Williams de que o livro teria feito bem em terminar antes, penso que a fantasia da tortura infindável – a sugestão de que o futuro é "uma bota pisoteando um rosto humano... para sempre" – é essencial em *1984*, e que a questão da "possibilidade da verdade" é uma pista falsa. Posso esboçar minha visão discordando de Williams em três pontos.

Primeiro, não creio que qualquer visão ampla, na forma de "as convicções políticas realmente são...", ou "a natureza humana realmente é...", ou "a verdade realmente é..." – nenhuma ampla afirmação filosófica –, seja *capaz* de desacreditar as crenças e aspirações políticas. Como afirmei no capítulo 3, não creio ser psicologicamente possível abrir mão do liberalismo político com base numa visão filosófica da natureza do Homem, da verdade ou da história. Essas idéias são maneiras de delinearmos e nos conscientizarmos de nossa identidade moral, e não justificativas dessa identidade nem armas capazes de destruí-la. Um sujeito teria que ser muito esquisito para modificar suas opiniões políticas por ter se convencido, por exemplo, de que uma teoria da verdade como coerência era preferível a uma teoria da verdade como correspondência. Segundo, nenhuma visão desse tipo é capaz (na linguagem de Williams) de "invalidar" a investigação, o debate e a busca da verdade – assim como não pode "invalidar" a busca de alimento ou de amor. Só a força pode impor essas in-

15 Creio que a esquerda européia e norte-americana tentou esquivar-se desse fato, refugiando-se na sofisticação teórica – agindo como se os cenários práticos fossem desnecessários, e como se os intelectuais pudessem cumprir suas responsabilidades políticas mediante a simples crítica de males evidentes, em termos de vocabulários teóricos cada vez mais "radicais". Cf. meu artigo "Thugs and theorists: a reply to Bernstein", *Political theory*, 1987, pp. 564-80.

validações, não a filosofia. Terceiro, não se deve ler O'Brien como se ele fosse Burnham – um filósofo fazendo afirmações amplas sobre o que é "natural". O'Brien não diz que todo o resto é uma máscara para encobrir a vontade de poder. Não diz que a natureza do Homem, o poder ou a história garantem que a bota pisoteará para sempre, mas que simplesmente *acontece* que ela o fará. Ele diz que foi assim que as coisas ficaram, e acontece que esse panorama já não pode ser modificado. Por uma questão de um simples fato contingente – tanto quanto um cometa ou um vírus –, é assim que será o futuro.

Essa me parece ser a única leitura compatível com o fato de que a descrição do futuro feita por O'Brien é a parte de que todos lembramos melhor em *1984*, a parte realmente *assustadora*. Quando tomamos O'Brien como alguém que não faz grandes afirmações gerais, mas sim previsões empíricas específicas, ele se torna uma figura muito mais aterradora. No fundo, todos sabemos que o debate filosoficamente sofisticado sobre se a natureza humana é inatamente benévola ou inatamente sádica, ou sobre a dialética interna da história européia, ou sobre os direitos humanos, a verdade objetiva ou a função representativa da linguagem, é coisa muito inofensiva. Como teórico, O'Brien tem mais ou menos tanta probabilidade de causar um medo real e autêntico, daqueles que dão frio na barriga, quanto Burnham ou Nietzsche; mas, como membro bem informado, bem posicionado, ajustado, inteligente, sensível e instruído do Partido Interno, ele é mais do que apenas alarmante. É um dos personagens mais aterradores que podemos encontrar num livro. Orwell conseguiu, através de lembretes hábeis e extrapolações do que aconteceu com pessoas reais em lugares reais – coisas que hoje sabemos ainda estarem acontecendo –, convencer-nos de que O'Brien é um tipo de caráter plausível de uma futura sociedade possível, uma sociedade em que os intelectuais terão aceitado o fato de que as esperanças liberais não têm chance de se realizar.

Nossa defesa inicial contra essa sugestão é que O'Brien é uma figura psicologicamente implausível. Segundo essa visão, os únicos torturadores que há são insensíveis, são pessoas banais como Eichmann, Gradus e Paduk. Qualquer um que tenha o jeito "curiosamente civilizado" de O'Brien de ajeitar os óculos *não poderia*, simplesmente, ter as intenções que ele professa. Ele é um intelectual curioso e perspicaz – exatamente como nós. E gente como nós não faz essas coisas.

Orwell nos mostrou como evitar esse gesto defensivo inicial, ao dizer que H. G. Wells era "sensato demais para compreender o mundo moderno". Situado no contexto, o que ele quis dizer foi que Wells não tinha o que ele chamava de "traço fascista", o qual, a seu ver, Kipling e Jack London possuíam, e que era necessário para se julgar o fascismo inteligível[16]. Creio que Orwell se orgulhava, de maneira semiconsciente, de compartilhar esse traço com Kipling. Orgulhava-se de ter imaginação para ver que a história poderia muito bem não rumar para onde ele queria, para onde Wells a julgava *fadada* a rumar, mas isso não significa que em momento algum, mesmo ao criar O'Brien, Orwell tenha acreditado que ela estava *fadada* a seguir por esse caminho. Seu traço antiteórico, que compartilhava com Nabokov e que impossibilitou os dois de levarem a sério a teoria marxista, deixou-o certo de que as coisas em geral podiam seguir por este ou aquele rumo, de que o futuro era uma questão em aberto.

Podemos perceber o sentido de dizer que Wells era "sensato demais", se imaginarmos um intelectual romano otimista, viven-

16 Cf. *CEJL*, vol. II, p. 172. A utilização que Orwell fez de seu próprio sadismo para criar o personagem de O'Brien me parece uma vitória do autoconhecimento e da auto-superação.

do sob o governo dos antoninianos e empenhado em fazer um levantamento do progresso da humanidade desde os primórdios do pensamento racional, em Atenas, até sua própria época esclarecida. Cai-lhe nas mãos, por acaso, um exemplar das Escrituras Sagradas cristãs, recém-coligidas e editadas. Ele fica estarrecido com a implausibilidade psicológica e a degradação moral da figura chamada "Jesus", pelas mesmas razões por que Nietzsche se estarreceria, tempos depois. Quando um amigo imaginativo lhe diz que os esforços para imitar essa figura talvez permeiem impérios maiores que o de Roma, e poderão ser liderados por homens "que se consideram esclarecidos e progressistas", ele fica incrédulo. Como observa seu amigo, ele é sensato demais para apreender a possibilidade de que o mundo dê uma guinada[17].

O sentido de minha analogia é que o complexo de idéias associado ao cristianismo – por exemplo, a idéia de que a piedade recíproca é uma base suficiente para a associação política, a idéia de que há algo significativamente errado (para usar a lista de Orwell) com "a prisão sem julgamento, o uso de prisioneiros de guerra como escravos, as execuções públicas, a tortura para arrancar confissões, o uso de reféns e a deportação de populações inteiras", a idéia de que as distinções de riqueza, talento, força, sexo e raça não são relevantes para a política pública – foi, um dia, um conjunto de fantasias tão implausíveis quanto as associadas ao Coletivismo Oligárquico de O'Brien. Houve época em que pessoas como Wilberforce e os Mill* teriam pare-

17 Na terminologia do capítulo 4, Wells e meu romano imaginário seriam metafísicos – pessoas incapazes de ver seu vocabulário final como contingente, e por isso levadas a crer que algo da natureza da realidade preservaria esse vocabulário.

* Alusão a William Wilberforce (1759–1833), estadista britânico que se opôs vigorosamente à escravatura, e James Mill (1773–1836) e seu filho John Stuart Mill (1806–1873), dos quais o primeiro, nascido na Escócia, foi filósofo, historiador e economista, e o segundo, nascido na Inglaterra, filósofo e economista. (N. de T.)

cido desagradáveis projeções histéricas da imaginação mórbida de um visionário. Orwell ajudou-nos a ver que *apenas aconteceu* o governo da Europa passar para as mãos de pessoas que se apiedavam dos humilhados e sonhavam com a igualdade humana, e que também pode *apenas acontecer* que o mundo acabe sendo dominado por pessoas em quem faltem sentimentos ou idéias semelhantes. A socialização, repetindo, vai de cima para baixo, e quem faz a socialização, muitas vezes, é uma questão de quem consegue matar quem primeiro. A vitória do Coletivismo Oligárquico, se vier, não virá por as pessoas serem basicamente ruins, ou não serem realmente irmãs, ou não terem realmente direitos naturais, assim como o cristianismo e o liberalismo político não triunfaram (na medida em que o fizeram) pelo fato de as pessoas serem basicamente boas, ou serem realmente irmãs, ou terem realmente direitos naturais. A história pode criar pessoas como O'Brien e dotá-las de poder, em decorrência do mesmo tipo de acidentes que impediu tais pessoas de existirem até recentemente – acidentes como os que criaram e deram poder a pessoas como J. S. Mill e o próprio Orwell. Que se considerasse expressivamente errado alguém se divertir vendo pessoas serem dilaceradas por animais foi, em certa época, uma contingência histórica tão implausível quanto o Coletivismo Oligárquico de O'Brien. O que Orwell nos ajuda a ver é que talvez tenha *apenas acontecido* a Europa começar a valorizar os sentimentos benevolentes e a idéia de uma humanidade comum, e que pode *apenas acontecer* que o mundo acabe sendo dominado por pessoas que não tenham tais sentimentos e tais idéias morais.

Pela minha leitura, a negação orwelliana de que exista o indivíduo autônomo faz parte de uma negação maior – a de que exista algo fora do tempo, ou mais básico do que o acaso, com que se possa contar para barrar ou, um dia, reverter essas seqüências acidentais. Assim, leio a passagem do diário de Winston sobre a necessidade de insistir em que dois e dois são quatro não como a visão orwelliana de como manter a distância pessoas como O'Brien, mas como uma descrição de como nos mantermos funcionando quando as coisas ficam feias. Nós o fazemos falando com outras pessoas – tentando obter uma nova confirmação de nossa identidade, articulando-a na presença de terceiros. Esperamos que esses outros nos digam algo que nos ajude a manter coerente a nossa rede de crenças e desejos. Observe-se que, quando Winston escreve em seu diário que "tudo é uma decorrência" da liberdade de dizer que dois e dois são quatro, ele tem "a sensação de estar falando com O'Brien". Descreve-se como "escrevendo o diário para O'Brien – *a* O'Brien; era como que uma carta interminável que ninguém jamais leria, mas que era dirigida a uma pessoa particular e disso extraía sua verdade" (*1984*, p. 790). Note-se também que, quando Winston é preso, O'Brien lhe diz que Winston "sempre soube" que ele não estava do seu lado, e Winston concorda (p. 880).

Pelo fato de, numa passagem anterior, Winston ter dito que "soube, com mais certeza do que antes, que O'Brien estava do seu lado", essa concordância fica difícil de entender. A melhor explicação que recebemos da contradição vem numa passagem posterior, quando, logo depois de finalmente conseguir fazer Winston acreditar por um breve instante que dois e dois são cinco, O'Brien pergunta:

> Lembras-te de ter escrito em teu diário que não importava se eu era amigo ou inimigo, pois era ao menos uma pessoa que te compreendia e com quem se podia conversar? Tinhas razão. Gosto de conversar contigo. Tua mente me atrai. Parece-se com a minha, com a diferença de que és louco. (p. 892)

Essa passagem faz eco à primeira menção de O'Brien no romance. Nela nos é dito que Winston

> sentia-se profundamente atraído por ele, e não só por ficar intrigado com o contraste entre a urbanidade de O'Brien e o seu físico de pugilista. Era muito mais por uma crença secreta – ou talvez nem chegasse a ser crença, apenas mera esperança – de que a ortodoxia política de O'Brien não era perfeita. Havia em seu rosto algo que sugeria isso, de maneira irresistível. E, de novo, talvez nem fosse falta de ortodoxia o que estava escrito em seu rosto, mas a simples inteligência. (*1984*, p. 748; cf. também p. 757)

No fim, ficamos sabendo que *era* mais uma esperança que uma crença, e que *era* inteligência, e não falta de ortodoxia.

É tentador dizer que esta passagem, assim como o amor obediente e constante de Winston por O'Brien, meramente exibe o masoquismo do primeiro, o outro lado de seu sadismo[18], mas isso seria descartar esse amor de maneira muito simplista. O que a passagem faz é nos lembrar que o ironista – a pessoa que tem dúvidas sobre seu vocabulário final, sua identidade moral e, talvez, sua própria sanidade – precisa desesperadamente *falar* com outras pessoas, precisa disso com a mesma premência com que as pessoas precisam fazer amor. Precisa fazê-lo porque somente a conversa permite lidar com essas dúvidas, manter-se íntegro, manter sua rede de crenças e desejos com coerência suficiente para lhe facultar a ação. Ele tem tais dúvidas e necessidades porque, por uma ou outra razão, a socialização não surtiu efeito. Visto que seus enunciados desviam-se pelo cérebro – em vez de pro-

18 Sobre o sadismo de Winston, cf. *1984*, p. 751.

virem, como no *patofalar*, diretamente da laringe bem programada –, tem dúvidas socráticas sobre o vocabulário final que herdou[19]. Por isso, tal como Sócrates e Proust, estabelece continuamente relações eróticas com os interlocutores na conversa. Ora essas relações são masoquistas, como a primeira relação de Marcel com Madame de Guermantes, ora são sádicas, como a esperada relação maiêutica de Charlus com Marcel, mas o fato de elas serem isto ou aquilo é menos importante do que serem relações com pessoas suficientemente inteligentes para compreender do que se está falando – pessoas que sejam capazes de ver como alguém pode ter essas dúvidas, por saberem como são essas dúvidas, pessoas que sejam, elas mesmas, dadas à ironia.

Essa é a função que O'Brien exerce para Winston, mas será possível chamarmos O'Brien de ironista? Orwell lhe dá todos os traços característicos do intelectual britânico de sua juventude. Aliás, é meu palpite (impossível de comprovar) que O'Brien modelou-se parcialmente em George Bernard Shaw, uma figura socrática importante para a geração de Orwell, mas ao contrário de Shaw, que compartilhava a predileção de Nietzsche pela sublimidade histórica, O'Brien acomodou-se com o fato de que o futuro será exatamente igual ao passado recente – não por uma questão de necessidade metafísica, mas porque o Partido elaborou as técnicas necessárias para impedir mudanças. O'Brien dominou o *duplipensar* e não é incomodado por dúvidas a respeito dele mesmo ou do Partido[20]. No meu sentido, portanto, ele *não*

19 Sobre o *patofalar*, cf. *1984*, pp. 923, 775. Cf. também a descrição de Winston, atormentado, na p. 882: "Tornou-se apenas uma boca que dizia, uma mão que assinava tudo quanto lhe fosse exigido", e cf. Scarry, *The body in pain*, pp. 49-51.

20 Entendo o *duplipensar* como uma espécie de esquizofrenia deliberadamente induzida, o convívio de dois sistemas de crenças e desejos habitando um único corpo. Um desses sistemas consegue conversar com Winston sobre suas dúvidas; o outro, não. O'Brien desloca-se entre eles de maneira inconsciente, como as pessoas com dupla personalidade passam de uma para a outra,

é um ironista. Mesmo assim, tem os *dons* que, em uma época em que o duplipensar ainda não tivesse sido inventado, teriam feito dele um ironista. Ele faz a única coisa que pode fazer com esses talentos: usa-os para estabelecer o tipo de relação que mantém com Winston. Pode-se presumir que Winston seja apenas uma de uma longa série de pessoas, cada qual com a mente semelhante à de O'Brien, que este descobriu e estudou a distância, e sobre quem acabou aprendendo o bastante para se comprazer em torturá-las. Com cada uma estabeleceu uma relação prolongada, íntima e intensa, para, no fim, sentir o prazer de torcer e quebrar as partes tenras, especiais e ocultas de uma mente dotada dos mesmos talentos que a sua – as partes que apenas ele, e talvez alguns de seus colegas do Miniver*, sabem descobrir e torturar. Nesse sentido restrito, podemos pensar em O'Brien como o último ironista da Europa – alguém que se emprega da única maneira que o fim da esperança liberal permite à ironia ser empregada.

A meu ver, Orwell nos diz que o fato de nossos futuros governantes virem a se parecer mais com O'Brien ou com J. S. Mill não depende – como Burnham, Williams e os metafísicos em geral sugerem que depende – de realidades profundas sobre a natureza humana. Isso porque, como mostram O'Brien e Humbert Humbert, os dons intelectuais – inteligência, julgamento, curiosidade, imaginação e gosto pela beleza – são tão maleáveis quanto o instinto sexual. São passíveis de utilizações tão diversificadas quanto a mão humana. As peculiaridades cerebrais que proporcionam esses talentos têm tão pouca ligação com uma região cen-

conforme a necessidade. Para maiores elaborações sobre esse modelo do inconsciente da personalidade dividida, cf. a abordagem que Donald Davidson faz de Freud (discutida no capítulo 2) e meu artigo "Freud and moral deliberation", em Joseph Smith e William Kerrigan (orgs.), *The pragmatist's Freud* ["O Freud dos pragmatistas"] (Baltimore, Johns Hopkins University Press, 1986) [incluído em *Escritos filosóficos 2: Ensaios sobre Heidegger e outros*].

* O Ministério da Verdade, na novilíngua de *1984*. (N. de T.)

tral do eu – um eu "natural" que prefira a bondade à tortura, ou a tortura à bondade – quanto os membros musculosos ou a genitália sensível. O que nossos futuros governantes serão não será determinado por nenhuma grande verdade necessária sobre a natureza humana e sua relação com a verdade e a justiça, mas por uma porção de pequenos fatos contingentes.

9
Solidariedade

Se você fosse judeu ou judia na época em que os trens iam para Auschwitz, suas chances de ser escondido por seus vizinhos gentios seriam maiores se você vivesse na Dinamarca ou na Itália do que se morasse na Bélgica. Uma forma comum de descrever essa diferença é dizer que muitos dinamarqueses e italianos mostraram um sentimento de solidariedade humana que faltou a muitos belgas. A visão de Orwell era de um mundo em que essa solidariedade humana era impossibilitada – deliberadamente, através de um planejamento criterioso.

A forma filosófica tradicional de explicitar o que queremos dizer com "solidariedade humana" é afirmar que há algo em cada um de nós – nossa humanidade essencial – que repercute a presença dessa mesma coisa em outros seres humanos. Esse modo de explicar a idéia de solidariedade coaduna-se com nosso hábito de dizer que o público do Coliseu, Humbert, Kinbote, O'Brien, os guardas de Auschwitz e os belgas que viam a Gestapo levar seus vizinhos à força eram "desumanos". A idéia é que faltaria a todos eles um componente essencial para um ser humano pleno.

Os filósofos que negam, como fiz no capítulo 2, a existência desse componente, que negam existir um "eu nuclear", ficam impossibilitados de invocar essa última idéia. Nossa insistência na contingência e nossa conseqüente oposição a idéias como "essência", "natureza" e "fundamentos" torna impossível conservarmos a idéia de que certos atos e atitudes são naturalmente "desumanos". Essa insistência implica que aquilo que figura como ser um ser humano honrado é relativo às circunstâncias históricas, é uma questão de consenso transitório quanto às atitudes tidas como normais e às práticas tidas como justas ou injustas. No entanto, em períodos como o de Auschwitz, quando a história se conturba e as instituições e os padrões de conduta tradicionais entram em colapso, queremos algo que se erga além da história e das instituições. Que pode haver senão a solidariedade humana, senão nosso reconhecimento da humanidade comum a nós todos?

Tenho insistido, neste livro, em que procuremos *não* querer algo que se erga além da história e das instituições. A premissa fundamental do livro é que uma crença pode continuar a regular a ação, pode continuar a ser considerada algo por que vale a pena morrer, entre pessoas plenamente cônscias de que essa crença não é causada por nada mais profundo do que as circunstâncias históricas contingentes. Minha imagem de uma utopia liberal, exposta no capítulo 3, foi o esboço de uma sociedade em que a acusação de "relativismo" teria perdido sua força, em que a idéia de "alguma coisa por trás da história" teria se tornado ininteligível, mas na qual o senso de solidariedade humana permaneceria intacto. No capítulo 4, meu esboço do ironista liberal foi de alguém para quem tal senso seria uma questão de identificação imaginária com os detalhes da vida de outras pessoas, e não um reconhecimento de algo previamente compartilhado. Nos capítulos 5 e 6, tentei mostrar como a teoria ironista pode ser privatizada e, com isso, impedida de se tornar uma ameaça para o liberalismo político. Nos capítulos 7 e 8, procurei mostrar como a abominação da crueldade – a idéia de que ela é a pior coisa que fazemos – pode se combinar, em Nabokov e Orwell, com o sentimento da contingência do eu e da história.

Neste último capítulo, direi alguma coisa mais geral sobre a afirmação de que temos a obrigação moral de nutrir um sentimento de solidariedade com todos os outros seres humanos. Começo por uma doutrina a que me referi de passagem no capítulo 1 – a análise de Wilfrid Sellars sobre a obrigação moral em termos de "intenções-do-nós". Essa análise considera que a noção explicativa básica nessa área é "um de nós"[1] – a idéia invocada em locuções como "gente do nosso tipo" (em contraste com comerciantes e criados), "um camarada do movimento [radical]", um "grego como nós" (em oposição a um bárbaro), ou um "correligionário católico" (em oposição a protestante, judeu ou ateu). Pretendo negar que "um de nós, seres humanos" (em oposição aos animais, aos vegetais e às máquinas) possa ter o mesmo tipo de força de qualquer dos exemplos anteriores. Digo que a força do "nós" é tipicamente contrastante, no sentido de que contrasta com um "eles" que também é composto de seres humanos – o tipo errado de seres humanos.

Consideremos, primeiro, os dinamarqueses e os italianos. Será que eles disseram, a propósito de seus vizinhos judeus, que

1 Cf. Wilfrid Sellars, *Science and Metaphysics*, p. 222: "É fato conceitual que as pessoas constituem uma comunidade, um *nós*, em virtude de pensarem umas nas outras como *um de nós*, e de quererem o bem comum *não* sob a forma da benevolência, mas quererem-no como um de nós, ou de um ponto de vista moral". (Por razões quinianas [cf. Willard Van Orman Quine], eu preferiria pôr entre parênteses o "é fato conceitual" da citação acima, porém essa divergência metafilosófica de Sellars é irrelevante para o presente assunto.) O capítulo 7 do livro de Sellars explicita as implicações dessa afirmação. Noutros pontos, Sellars identifica a "consciência do nós" com a *caritas* cristã e com a "lealdade" de Royce. Para análise e crítica úteis da metaética de Sellars, cf. W. David Solomon, "Ethical theory", em C. F. Delaney *et al.* (orgs.), *The synoptic vision: essays on the philosophy of Wilfrid Sellars* (Notre Dame, Indiana, University of Notre Dame Press, 1977).

estes mereciam ser salvos por serem seres humanos semelhantes? Talvez o tenham feito em alguns momentos, mas, em geral, se questionados, eles com certeza teriam usado termos mais prosaicos para explicar por que se arriscaram para proteger determinado judeu – por exemplo, que esse judeu particular era um conterrâneo de Milão ou da Jutlândia, ou um membro do mesmo sindicato profissional, ou um colega de jogo de bocha, ou alguém que também era pai ou mãe de filhos pequenos. Em seguida, consideremos os belgas: decerto havia pessoas que eles *correriam* riscos para proteger, em situações similares, pessoas com quem *de fato* se identificariam, por esta ou aquela descrição, mas os judeus raras vezes se enquadravam nessas descrições. É presumível que existam explicações histórico-sociológicas detalhadas para a relativa infreqüência, entre os belgas, de descrições inspiradoras de companheirismo em que os judeus pudessem se encaixar – explicações sobre por que o "ela é judia" suplantou, muitas vezes, o "ela é mãe de filhos pequenos, como eu", mas "desumanidade", "coração empedernido" ou "falta de sentimento de solidariedade humana" *não são* explicações. Tais termos, num contexto dessa ordem, são simples calafrios de repugnância. Consideremos, como último exemplo, a atitude dos liberais norte-americanos contemporâneos diante do desamparo e da miséria intermináveis da vida dos jovens negros nas cidades dos Estados Unidos. Acaso dizemos que essas pessoas devem ser ajudadas por serem nossos semelhantes humanos? Pode ser, mas é muito mais persuasivo, tanto em termos morais quanto políticos, descrevê-las como nossos conterrâneos norte-americanos – insistir em que é ultrajante que um norte-americano viva sem esperança. O que esses exemplos frisam é que nosso sentimento de solidariedade atinge sua intensidade máxima quando aqueles com quem nos solidarizamos são vistos como "um de nós", expressão em que "nós" significa algo menor e mais local do que a raça humana. É por isso que a frase "porque essa pessoa é um ser humano" constitui uma explicação pouco convincente para um ato generoso.

Do ponto de vista cristão, é deplorável a tendência a nos sentirmos mais próximos daqueles com quem a identificação imaginária é mais fácil – é uma tentação a ser evitada. Faz parte da idéia cristã de perfeição moral tratar a todos, até mesmo os guardas de Auschwitz ou do *gulag*, como semelhantes pecadores. Para os cristãos, não se alcança a santidade enquanto se sente uma obrigação maior diante de um filho de Deus e menor diante de outro; os contrastes discriminatórios devem ser evitados por princípio. O universalismo ético secular adotou essa atitude do cristianismo. Para Kant, não é por alguém ser um conterrâneo milanês ou norte-americano que devemos sentir uma obrigação para com ele, e sim por se tratar de um ser racional. Em seu extremo rigor, Kant nos diz que uma boa ação feita a outra pessoa não conta como ação *moral* – como um ato praticado em nome do dever, em contraste com um ato praticado meramente de acordo com o dever –, a menos que se pense nessa pessoa *simplesmente* como um ser racional, e não como um parente, um vizinho ou um conterrâneo. Contudo, mesmo que não usemos a linguagem cristã nem a kantiana, podemos intuir que há algo moralmente duvidoso em ter uma preocupação maior com um conterrâneo *nova-iorquino* do que com alguém que enfrenta uma vida igualmente desesperançada e estéril nas favelas de Manila ou Dacar.

A posição proposta na primeira parte deste livro é incompatível com essa atitude universalista, quer em sua forma religiosa, quer em sua forma secular. É incompatível com a idéia de haver um corte "natural" no espectro de semelhanças e diferenças, que abrange as diferenças entre uma pessoa e um cachorro, ou entre ela e um robô de Asimov – um corte que assinale o fim dos seres racionais e o início dos irracionais, o fim da obrigação moral e o início da benevolência. Minha postura implica que os sentimentos de solidariedade são, necessariamente, uma questão das semelhanças e dessemelhanças que nos impactam como salientes, e que essa saliência é função de um vocabulário final historicamente contingente.

Por outro lado, minha postura *não é* incompatível com a insistência em que procuremos estender nosso sentimento do "nós" a pessoas em quem antes pensávamos como "eles". Tal afirmação, característica dos liberais – as pessoas que têm mais medo de ser cruéis do que de qualquer outra coisa –, não se alicerça em nada mais profundo do que as contingências históricas a que me referi no fim do capítulo 4. Trata-se das contingências que acarretaram o desenvolvimento dos vocabulários moral e político que são típicos das sociedades democráticas secularizadas do Ocidente. À medida que esses vocabulários foram aos poucos desteologizados e desfilosofados, a "solidariedade humana" despontou como uma poderosa figura de retórica. Não desejo diminuir sua força, mas apenas desvinculá-la do que é comumente tido como seus "pressupostos filosóficos".

A visão que ofereço diz que existe um progresso moral e que esse progresso se dá, de fato, em direção à maior solidariedade humana, mas essa solidariedade não é vista como o reconhecimento de um eu nuclear – a essência humana – em todos os seres humanos. É vista, antes, como a capacidade de considerar sem importância um número cada vez maior de diferenças tradicionais (de tribo, religião, raça, costumes etc.), quando comparadas às semelhanças concernentes à dor e à humilhação – a capacidade de pensar em pessoas extremamente diferentes de nós como incluídas na gama do "nós". Foi por isso que afirmei, no capítulo 4, que as descrições detalhadas de variedades particulares de dor e humilhação (por exemplo, nos romances ou nas etnografias), e não os tratados filosóficos ou religiosos, foram as principais contribuições do intelectual moderno para o progresso moral.

Kant, agindo com base nos melhores motivos possíveis, fez a filosofia moral desviar-se por uma direção que dificultou aos filósofos morais a percepção da importância, para o progresso moral, dessas descrições empíricas pormenorizadas. Kant quis facilitar os tipos de desenvolvimento que de fato ocorreram desde sua época – o maior desenvolvimento das instituições democráticas e de uma consciência política cosmopolita – mas julgou que a maneira de fazê-lo era enfatizar não a comiseração pela dor e o remorso pela crueldade, e sim a racionalidade e a obrigação – especificamente, a obrigação *moral*. Ele via o respeito à "razão", núcleo comum da humanidade, como o único motivo que não era "meramente empírico" – não dependente dos acidentes da atenção ou da história. Ao contrastar o "respeito à razão" com os sentimentos de piedade e benevolência, fez com que estes últimos parecessem motivos duvidosos e de segunda categoria para não sermos cruéis. Fez da "moral" uma coisa distinta da capacidade de notarmos e nos identificarmos com a dor e a humilhação.

Nas últimas décadas, os filósofos morais anglo-americanos têm-se voltado contra Kant. Annette Baier, Cora Diamond, Philippa Foot, Sabina Lovibond, Alasdair MacIntyre, Iris Murdoch, J. B. Schneewind e outros questionaram o pressuposto kantiano fundamental de que a deliberação moral deve, necessariamente, assumir a forma da dedução de princípios gerais, de preferência "não empíricos". Mais recentemente, Bernard Williams procurou distanciar a "moral" – *grosso modo*, o complexo de idéias, centrado na de *obrigação*, que herdamos do cristianismo por intermédio de

Kant[2] –, chamando-a de uma "instituição peculiar". Trata-se de uma instituição que se recusa a permitir que as obrigações sejam fatores a ponderar com outras considerações éticas na hora de decidir o que fazer, mas que insiste em que, no dizer de Williams, "somente uma obrigação é capaz de suplantar uma obrigação"[3]. Nessa perspectiva, um dilema moral só pode ser "racionalmente" resolvido quando se descobre uma obrigação de ordem superior que suplante as obrigações rivais de ordem inferior – idéia esta que Schneewind descreveu como básica para o tipo de filosofia moral que busca o que ele chama de "princípios primordiais clássicos"[4]. Williams resume sua postura ante essa instituição peculiar na seguinte passagem:

> Na verdade, quase toda vida humana digna situa-se entre os extremos que a moral coloca diante de nós. Ela [a moral] enfatiza nitidamente uma série de contrastes: entre força e razão, persuasão e convicção racional, antipatia e desaprovação, simples rejeição e culpa. A atitude que a leva a enfatizar todos esses contrastes pode ser rotulada de sua *pureza*. A pureza da moral, sua insistência em abstrair a consciência moral

2 Williams, em *Ethics and the limits of philosophy*, p. 174, diz que a moral – como sistema de idéias centrado num tipo especial de obrigação, chamada "moral" – "não é uma invenção dos filósofos", mas "a visão ou, incoerentemente, parte da visão de quase todos nós". Entendo que com "nós" Williams se refira às "pessoas que tendem a ler este livro", e, nesse sentido, ele está certo em sua atribuição. A meu ver, porém, isso faz parte da visão da maioria de nós, nesta parte do globo, porque alguns de *nossos* teólogos e filósofos a inventaram.

3 Williams, *Ethics and the limits of philosophy*, pp. 180, 187.

4 Cf. J. B. Schneewind, "Moral knowledge and moral principles", em G. A. Vesey (org.), *Knowledge and necessity* (Londres/Nova York, Macmillan, 1970). Esse ensaio foi reproduzido em Stanley Hauerwas e Alasdair MacIntyre (orgs.), *Changing perspectives in moral philosophy* (Notre Dame, Indiana, Notre Dame University Press, 1983), uma antologia que contém vários bons exemplos do teor antikantiano da filosofia moral recente. Cf., em especial, Iris Murdoch, "Against dryness", e Annette Baier, "Secular faith", bem como o ensaio introdutório de MacIntyre, "Moral philosophy: what next?".

> de outros tipos de reação emocional ou influência social, esconde não apenas os meios pelos quais ela lida com os membros desviantes de sua comunidade, mas também as virtudes desses meios. Não é de admirar que os esconda, uma vez que as virtudes só podem ser vistas como tais de fora do sistema, de um ponto de vista capaz de lhes atribuir valor, ao passo que o sistema da moral é fechado em si mesmo e tem que considerar um equívoco indecente que se apliquem ao sistema quaisquer valores que não os da própria moral.[5]

Um bom exemplo de visão que o "sistema da moral" faz parecer indecente é a esboçada na primeira parte deste livro: a visão de que, embora a idéia de um componente humano central e universal, chamado "razão", uma faculdade que constitui a fonte de nossas obrigações morais, tenha sido muito útil para criar as sociedades democráticas modernas, agora ele pode ser dispensado – e *deve* ser dispensado, a fim de ajudar a trazer à luz a utopia liberal do capítulo 3. Tenho insistido em que as democracias encontram-se hoje em condições de jogar fora algumas das escadas usadas em sua construção. Outra afirmação central deste livro, que parecerá igualmente indecente aos que julgam atraente a pureza da moral, é que nossas responsabilidades para com o outro constituem *apenas* a faceta pública de nossa vida, uma faceta que compete com nossas afeições pessoais e nossas tentativas privadas de autocriação, e que não tem prioridade *automática* sobre essas motivações privadas. Se ela tem prioridade em algum caso, é um tema de debate, processo este que, em geral, não será auxiliado pelo recurso aos "princípios primordiais clássicos". A obrigação moral, segundo essa visão, deve ser cotejada com diversas outras considerações, e não suplantá-las automaticamente.

5 Williams, *Ethics and the limits of philosophy*, pp. 194-5.

A visão sellarsiana das obrigações morais como "intenções-do-nós" oferece-nos um modo de firmar a distinção de Williams entre o "moral" e o "ético", e minha própria distinção entre o público e o privado. Ela identifica ambas com a distinção entre as considerações éticas que provêm do sentimento de solidariedade e as considerações éticas provenientes, por exemplo, do apego a uma pessoa particular, ou da tentativa idiossincrática de recriar a si mesmo. É que Sellars reconstrói a distinção kantiana entre obrigação e benevolência de um modo que evita a suposição de um eu central, a suposição de que "razão" é o nome de um componente presente nos outros seres humanos e cujo reconhecimento constitui a explicação da solidariedade humana[6]. Em vez disso, ele nos permite ver a solidariedade como algo criado em vez de encontrado, produzido no decorrer da história, e não reconhecido como um fato anistórico. Sellars identifica a "obrigação" com a "validade intersubjetiva", mas deixa a gama de sujeitos entre os quais vigora essa validade ser menor do que a raça hu-

6 Tomar por seu valor aparente esse "componente essencial da humanidade" tendeu a fazer os filósofos morais se assemelharem a casuístas sofísticos. Isso se deve a primeiro calcularmos que práticas adotar e, em seguida, esperarmos que nossos filósofos adaptem a definição do "humano" ou do "racional" em consonância com isso. Por exemplo, sabemos que não devemos matar um semelhante, exceto em nossa função oficial de soldados, verdugos, aborteiros ou similares. Então, será que aqueles que *efetivamente* matamos no exercício dessas funções – os exércitos do tirano invasor, o assassino em série, o feto – não são humanos? Bem, em certo sentido, sim, e em certo sentido, não – mas definir os sentidos pertinentes é um exercício *a posteriori* e predominantemente escolástico. Primeiro deliberamos sobre a justiça da guerra, ou sobre a correção da pena capital ou do aborto, e depois nos preocupamos com o "*status*" do invasor, do assassino ou do feto. Quando tentamos fazer o inverso, descobrimos que nossos filósofos não oferecem condições suficientes de humanidade ou racionalidade menos controvertidas do que as perguntas práticas originais. São os *detalhes* dessas perguntas originais (que fizeram ou farão os invasores, quem é executado e por quê, quem decide abortar e quando?) que nos ajudam a decidir o que fazer. Os grandes princípios gerais aguardam pacientemente o resultado, e, em seguida, os termos cruciais que eles contêm são redefinidos para concordar com esse resultado.

mana. Em sua exposição, a "validade intersubjetiva" pode referir-se à validade para todos os membros da classe dos milaneses, dos nova-iorquinos, dos homens brancos, dos intelectuais ironistas, dos trabalhadores explorados ou de qualquer outra "comunidade comunicativa" habermasiana. Podemos ter obrigações em virtude de nosso sentimento de solidariedade para com *qualquer* desses grupos. É que podemos ter "intenções-do-nós" - intenções que expressamos em orações da forma "*Nós* todos queremos...", intenções que contrastam com as expressas em frases iniciadas por "*Eu* quero..." - em virtude de pertencermos a qualquer dessas comunidades, seja ela grande ou pequena[7]. A idéia fundamental de Sellars é que a diferença entre obrigação moral e benevolência é a diferença entre a concordância intersubjetiva real ou potencial entre um grupo de interlocutores e as emoções idiossincráticas (individuais ou grupais). Essa concordância não tem (que nos perdoe Habermas) nenhuma condição anistórica de possibilidade, mas é um simples produto fortuito de certas circunstâncias históricas.

Isso não quer dizer - e Sellars não o diria - que a tentativa de pensar em termos de abstrações como "filho de Deus", "humanidade" ou "ser racional" não tenha sido benéfica. Ela fez um bem enorme, do mesmo modo que o fizeram idéias como "verdade pela verdade" e "arte pela arte". Tais idéias mantiveram aberto o caminho para a mudança política e cultural, ao proporciona-

7 O interesse de Sellars não é afirmar que o "nós" pode se referir a um subconjunto da classe dos seres humanos ou racionais (por exemplo, a tribo), mas preservar a distinção entre obrigação e benevolência num arcabouço naturalista (e, a rigor, materialista), um arcabouço que não faça referência a um eu numenal, a desejos não condicionados historicamente etc. É óbvio que compartilho o interesse por esta última tentativa, mas meu principal interesse aqui é a afirmação anterior. Para meus propósitos, neste momento, o essencial é a idéia de Sellars de que a "validade categórica" e a "obrigação moral" podem ser identificadas com "ser querido como um de nós", *independentemente* de perguntas sobre quem seria esse "nós".

rem um *focus imaginarius* confuso, mas inspirador (por exemplo, verdade *absoluta*, arte *pura*, humanidade *como tal*). Os problemas filosóficos e a sensação de artificialismo associada a eles surgem apenas quando uma imagem retórica conveniente é tomada como objeto adequado da "análise conceitual", quando os *foci imaginarii* são submetidos a um escrutínio rigoroso – em suma, quando começamos a indagar sobre a "natureza" da verdade, da arte ou da humanidade.

Quando as perguntas desse tipo soam tão artificiais quanto passaram a soar depois de Nietzsche, é possível que as pessoas comecem a ter dúvidas sobre a idéia de solidariedade humana. Para conservar essa noção, ao mesmo tempo reconhecendo o acerto de Nietzsche quanto ao caráter contingentemente histórico de nosso sentimento de obrigação moral, precisamos darnos conta de que um *focus imaginarius* não é pior por ser uma invenção, em vez de uma característica inata (como a via Kant) da mente humana. A maneira certa de acolhermos o lema "temos obrigações para com os seres humanos simplesmente como tais" é vê-lo como um meio de nos lembrarmos de continuar procurando expandir ao máximo nosso sentimento de "nós". Esse lema nos exorta a fazer mais extrapolações no sentido estabelecido por certos acontecimentos do passado – incluir entre "nós" a família da caverna ao lado, depois a tribo do outro lado do rio, depois a confederação de tribos para além das montanhas, depois os infiéis para além dos oceanos (e, talvez como a última coisa de todas, os subalternos que, durante todo esse tempo, fizeram o nosso trabalho sujo). Esse é um processo que devemos tentar manter em andamento. Devemos estar atentos às pessoas marginalizadas – às pessoas em quem ainda pensamos, instintivamente, como "eles", em vez de "nós". Devemos tentar observar nossas semelhanças com elas. A maneira correta de interpretar o lema é entendê-lo como nos exortando a *criar* um sentido mais expansivo de solidariedade do que o que temos atualmente. A maneira errada é achar que ele nos exorta a *reconhecer* essa solidariedade como algo que existiria antes de nosso reconhecimento dela. É que, nesse caso, ficamos expostos a uma pergunta potencialmente cética: "Essa solidariedade é *real*?". Ficamos expostos à insinuação nietzschiana de que o fim da religião e da metafísica deve significar o fim de nossas tentativas de não ser cruéis.

Se lermos esse lema da maneira certa, daremos ao "nós" um sentido tão concreto e historicamente específico quanto possível. Ele significará algo como "nós, liberais do século XX", ou "nós, herdeiros das contingências históricas que criaram instituições políticas cada vez mais cosmopolitas e cada vez mais democráticas". Se o lermos da maneira errada, pensaremos em nossa "humanidade comum" ou em nossos "direitos humanos naturais" como uma "base filosófica" da política democrática. A maneira certa de ler esse lema permite-nos pensar na filosofia como algo que está *a serviço* da política democrática – como uma contribuição para a tentativa de obter o que Rawls chama de "equilíbrio reflexivo" entre nossas reações instintivas aos problemas contemporâneos e os princípios gerais segundo os quais fomos criados. Assim entendida, a filosofia é uma das técnicas para tornar a tecer nosso vocabulário de deliberação moral, a fim de incorporar novas crenças (por exemplo, a de que as mulheres e os negros são capazes de mais coisas do que haviam suposto os homens brancos, a de que a propriedade não é sagrada, a de que as questões sexuais são de interesse meramente particular). A maneira errada de ler esse lema faz com que pensemos na política democrática como sujeita à jurisdição de um tribunal filosófico – como se os filósofos houvessem obtido ou, no mínimo, devessem empenhar-se ao máximo em obter o conhecimento de algo menos dúbio do que o valor das liberdades democráticas e da relativa igualdade social de que, muito recentemente, algumas sociedades ricas e afortunadas passaram a desfrutar.

Neste livro, tentei elaborar algumas conseqüências da suposição de que tal tribunal não pode existir. No lado *público* de nossas vidas, *nada* é menos duvidoso do que o valor dessas liberdades. No lado privado de nossas vidas, pode haver muitas coisas das quais é *igualmente* difícil duvidar, como nosso amor ou ódio por determinada pessoa, ou a necessidade de realizar algum projeto idiossincrático. A existência desses dois lados (assim como o fato de que podemos pertencer a diversas comunidades e, desse modo, ter obrigações *morais* conflitantes, além de conflitos entre as obrigações morais e os compromissos privados) gera dilemas. Trata-se de dilemas que sempre estarão conosco, mas nunca serão resolvidos pelo apelo a um conjunto adicional e superior de obrigações que um tribunal filosófico possa descobrir e aplicar. Assim como não há nada que valide o vocabulário final de uma pessoa ou de uma cultura, não há nada implícito nesse vocabulário que dite como tecê-lo novamente, quando ele ficar sob pressão. Tudo que podemos fazer é trabalhar com o vocabulário final de que dispomos, mantendo os ouvidos abertos para as sugestões de como seria possível expandi-lo ou revisá-lo.

Foi por isso que, no começo do capítulo 3, afirmei que o único argumento que eu podia fornecer, em defesa das idéias sobre a linguagem e o eu expostas nos capítulos 1 e 2, era que essas idéias me pareciam mais coerentes com as instituições de uma democracia liberal do que as alternativas disponíveis. Quando o valor dessas instituições é contestado – não por propostas práticas para a criação de instituições alternativas, mas em nome de algo mais "básico" –, não se pode dar qualquer resposta direta, porque não existe campo neutro. O melhor que se pode fazer com o tipo de questionamento feito por Nietzsche e Heidegger é dar o tipo de resposta indireta oferecido no capítulo 5: podemos pedir que esses homens *privatizem* seus projetos, suas tentativas de chegar à sublimidade – que os vejam como irrelevantes para a política e, portanto, compatíveis com o sentimento de solidariedade humana que o desenvolvimento das instituições democráticas facilitou. Esse pedido de privatização equivale a pedir que eles resolvam um dilema iminente, subordinando a sublimidade ao desejo de evitar a crueldade e a dor.

Em minha opinião, não há nada que respalde esse pedido, nem precisa haver. Não existe maneira *neutra*, não circular, de defender a afirmação do liberal de que a crueldade é a pior coisa que fazemos, assim como não há maneira neutra de respaldar a assertiva de Nietzsche de que essa afirmação expressa uma atitude ressentida e subserviente, nem a assertiva de Heidegger de que a idéia da "felicidade máxima do maior número de pessoas" é apenas mais "metafísica", mais "esquecimento do Ser". Não podemos enxergar atrás dos processos de socialização que nos convenceram, aos liberais do século xx, da validade dessa afirmação, e apelar para algo que seja mais "real" ou menos efêmero do que as contingências históricas que deram origem a esses processos. *Nós* temos de partir de onde *nós* estamos – isso faz parte da força da afirmação sellarsiana de que não temos outras obrigações senão as "intenções-do-nós" das comunidades com que nos identificamos. O que tira a maldição desse etnocentrismo não é que o maior desses grupos seja a "humanidade", ou "todos os seres racionais" – ninguém, venho afirmando, é *capaz* de fazer *essa* identificação –, mas sim o fato de que se trata do etnocentrismo de um "nós" ("nós, os liberais") que está empenhado em se ampliar, em criar um *éthnos* cada vez maior e mais variado[8]. É o "nós" das pessoas que foram criadas para desconfiar do etnocentrismo.

Resumindo, quero distinguir a solidariedade humana compreendida como identificação com a "humanidade como tal" e a solidariedade humana compreendida como a dúvida a respeito de si mesmo que, aos poucos, no correr dos últimos séculos, foi inculcada nos habitantes dos Estados democráticos – dúvida sobre sua própria sensibilidade à dor e à humilhação de outros, dúvida de que os atuais arranjos institucionais sejam suficientes para lidar com essa dor e humilhação, curiosidade sobre as alternativas possíveis. A identificação me parece impossível – é uma invenção de filósofos, uma tentativa canhestra de secularizar a idéia da unificação com Deus. Duvidar de si mesmo me parece ser a marca característica da primeira era da história humana em que um grande número de pessoas tornou-se capaz de separar duas perguntas: "Você deseja e acredita no que desejamos e acreditamos?" e "Você está sofrendo?". Em meu jargão, essa é a capacidade de distinguir entre perguntar se você e eu compartilhamos o mesmo vocabulário final e perguntar se você está sofrendo. Distinguir tais perguntas possibilita distinguir as questões públicas das privadas, distinguir as perguntas sobre a dor das referentes à finalidade da vida humana, distinguir o domínio do liberal do domínio do ironista. Com isso, torna-se possível que uma única pessoa seja as duas coisas.

8 Desenvolvo essa colocação em "Solidarity or objectivity?", em John Rajchman e Cornel West (orgs.), *Post-analytic philosophy* (Nova York, Columbia University Press, 1984), e em "On ethnocentrism: a reply to Clifford Geertz", *Michigan Quarterly Review* 25, 1986, pp. 525-34 [ambos incluídos em *Objetivismo, relativismo e verdade: escritos filosóficos*, vol. 1].

Índice onomástico

1ª **edição** agosto de 2007 | **Diagramação** Megaart Design
Fonte Palatino | **Papel** Alta alvura Suzano
Impressão e acabamento Corprint Gráfica e Editora Ltda.